Tintenpalast

OLAF MÜLLER

TINTENPALAST

Roman

Berlin Verlag

Umschlaggestaltung:
Nina Rothfos und Patrick Gabler, Hamburg
Lektorat: Mathias Gatza
Gesetzt aus der Palatino
durch die Offizin Götz Gorissen, Berlin
Druck & Bindung: GGP, Pößneck
Printed in Germany 2000
ISBN 3-8270-0361-X

Gedruckt auf chlor- und säurefreiem Papier

Erstes Kapitel

Omaruru, Namibia, Herbst 1992

Ist es möglich, daß Simon diese rotäugigen Schwächeanfälle seit Henrys Verschwinden immer noch nicht zu beherrschen gelernt hatte?
In Windhoek aus dem Flugzeug gestiegen, wich die anhaltende Zerfahrenheit nicht von ihm.
Ist hier erneut ein folgenschwerer Zusammenhang anzunehmen: Der vage, in afrikanischen Landstrichen geortete, Henry Magdaleni könnte die in Simon schlafende Krankheit auslösen wollen?
Dabei war Henry fremde Krankheit lästig, wurde höchstens mit einem höhnischen Kommentar bedacht: Man solle sich nicht an Eingebildetheiten verschwenden. Gerade er.
Simon nahm auf dem Weg vom Flughafen in Windhoek nach Tsaobis einen Umweg über das Rastlager Omaruru, von dem er am Flughafen gehört hatte.
Das Camp Omaruru war bekannt dafür, Treffpunkt mittelloser Europäer zu sein.
Mister McCullough, der Besitzer des Camps, hatte ihm erzählt, daß ein Deutscher, auf den Simons Beschreibung zutreffen könnte, vor zwei Wochen Omaruru verlassen hatte.
Noch gab es keinen Plan.
Die namenlose Hure, sie leistete Simon einige nutzlose Stunden Gesellschaft, hatte er nicht bestellt. In der Blechhütte, die er für eine Nacht mietete, wurde Simon von ihr überrascht. Sie döste müde und auf eine sonderbare Weise lauernd an seiner Seite. Er war für sie als Geldquelle so wichtig, daß sie sich keine seiner Bewegungen entgehen ließ.
Simon begehrte nichts, was die junge Frau ihm hätte geben kön-

nen. Denn jede Form von Vertrautheit, auf welche dieser Nachmittag hinauslaufen konnte, war ihm gleichgültig.
Doch genoß er es, neben der jungen schwarzen Frau zu liegen, die ihm geduldig den Schweiß vom weißen Bauch wischte.
Der Verzögerung die Stirn bieten, nicht weitere Jahre verstreichen lassen bis die Angelegenheit Magdaleni bereinigt ist, erschien Simon die dringlichste Aufgabe und die komplizierteste. Anfällig für jede Art von Ablenkung, nähme er vielleicht doch die Gelegenheit wahr, der Verfolgung Henrys abzuschwören, die gefürchtete Begegnung mit dem Flüchtigen zu vermeiden. Verstecke sind überall unter und über der Erinnerung angelegt.
Er durfte der Planlosigkeit, die ihn so lange behindert hatte, keine neue Chance eröffnen.
Die junge Hure spielte an seiner Hose herum und forderte ihn ohne besonderen Nachdruck dazu auf, ihre Dienstleistung zu akzeptieren. Er schob sie kraftlos und unsanft zur Seite, hielt dabei einen Augenblick ihre Hände fest. Nachdem er die Tür geöffnet hatte, die er vom Bett aus erreichen konnte, gab er ihr den leicht verdienten Lohn. Sie versuchte noch eine zaghafte Umarmung, bevor er die Tür zuschlug.
Simon erhob sich darauf vom Bett und begann Henry in Gestus und Stimmlage zu imitieren. Wie grotesk sein Auftritt ausfallen mußte, war ihm klar. Trotzdem erfand er einen Text, wie er ihn gerade jetzt von Henry erwartet hätte.
»Die anderen Frauen gingen zurück zu ihren vergeblichen Männern, von denen sie ihre verdreckten Mäntel geschenkt bekamen, geschrubbt, verlaust, unterkühlt, kein wunderbarer Geschmack in den Achselhöhlen.
Zu ihren Augen paßt nur dieses Kleid, sagten sie ihr, dieser Schatten dunkelgrün auf weißem Grund.
Unter mir Korallenfarbenes, Riffe.«
Wo weit und breit kein Wasser in Sicht war, Trockenheit nur, an der Schwelle zur Vertrocknung Vegetierendes.
Die Hure wäre geblieben, solange er zahlungsfähig war. Aber der

Überdruß, der in ihrem Blick lag, die nur noch mechanisch ausgeführte Liebkosung, hatten sie Simon endgültig verleidet. Die Befürchtung, daß man so versanden könnte, in dieser kompromittierenden, unerwünschten Verbindung.

»Runde zwei schon wieder
vorbei,
es dreht sich weiter,
wird lauter, lauter ...«

Von seiner eigenen Lautstärke angewidert, brach Simon den Gesang so unvermittelt ab, wie er ihn begonnen hatte.

Henry hätte gesagt: diese Lieder sind es nicht, die aufgehoben werden.

Für einen Dichter allerdings hatte Simon ihn nie gehalten.

Simon verließ Omaruru ohne weitere Verzögerungen und fuhr nach Tsaobis.

Die Entscheidung war wenige Monate zuvor im Sommer zweiundneunzig in Berlin gefallen.

Simon hatte der eleganten Frau ausweichen wollen. Wo immer es ging: Berührungen vorbeugen. Wie Henry es ihm beigebracht hatte.

Die alte Frau mit dem Umschlag in der Hand hatte ihm den Auftrag erteilt.

Simon sah die empfindlichen Lippen wie unter Stromstößen zucken, als sie den Satz hervorbrachten.

»Henry Magdaleni muß es erfahren!«

Diese Einsicht, von einer verstörten Unbekannten vorgetragen, verschlug ihm die Sprache.

Der nervöse Auftritt entsprach nicht ihrer Erscheinung, aber keiner wußte besser als Simon, daß ihr Verhalten gerechtfertigt sein könnte. Wenn Henry Magdaleni auch sie in seine Klientel gerechnet hatte, verdiente sie jede seiner Bemühungen.

Bis dahin war es Simon nicht in den Sinn gekommen, daß es anderen wie ihm ergangen sein könnte, schlimmer möglicherweise, und plötzlich entstand die Gelegenheit sich einzumischen, obgleich er nicht einmal genau wußte, worum es sich bei ihr handelte und welche Rolle ihm nun zufiele. Weil diese Begegnung aber so schnell endete, wie sie zustande gekommen war, atmete er überrascht seiner eigenen Zusage hinterher.

Sie ließ Simon stehen, und ihr Gang, fast ein Torkeln, hatte nichts mehr von der angestrengten Sicherheit, mit der sie auf ihn zugegangen war.

Er ahnte nicht, worauf er sich einließ, als er ihr versprach, Henry Magdaleni zu finden.

Simon hatte ihn seit Jahren nicht gesehen.

Einer Postkarte, die er aus Namibia erhalten hatte, entnahm er, daß Henry dort seinen Feldzug beenden würde. So hatte er das genannt.

Eine überraschende Prophezeiung, die Simon sich eingeprägt hatte.

Unter allen anderen Möglichkeiten besaß diese außerdem den Vorzug, daß Henry damit selbst eine Spur gelegt hatte.

Herbst '92, Tsaobis, Namibia

Simon ist der erste Gast seit vielen Monaten.
Die Nächte im Hochland sind nicht so kalt, wie jene in der Wüste, die kaum zwanzig Meilen von hier beginnt und das Hochland im Landesinnern vom Atlantik trennt. Die Felsen reflektieren auch in der Dunkelheit die Hitze in das Tal, so daß Simon es in seinem Bungalow nicht aushält. Paviane haben sich auf die Baumkronen verzogen. In Sicherheit. Wie verdunkelte, überreife Früchte sitzen die Silhouetten der Affenkörper auf den blattlosen Ästen oben auf dem Kamm der Hügel. Schwarze Sterne, gefangen im trockenen Geäst, erdnah, kaum abwendbares Unheil. Am Morgen kehren die Affen ins Tal zurück, sind einmal mehr der Gefahr entronnen, brechen nun auf, um ihrerseits zu jagen und zu töten. Daß die Leoparden am Tag nicht schlafen würden, befürchtet Simon nicht, daß Henry mit ihnen im Bunde wäre ebensowenig. Pavianängste.
Simon will in die Nacht hinauslaufen, in die Ebene, sich der Schutzgemeinschaft der Paviane anschließen, die besser wissen, wie man sich vor drohendem Unheil bewahrt, als er es jemals wußte.
Er sieht sich im Tal von Tsaobis doppelt eingezäunt: Berge und Drahtverschläge, die den Leoparden die Grenze ihres Revieres anzeigen sollen.
Es erscheint ihm verlockend, die Klausur im Hochland auszudehnen. Nur Meditation und Einkehr, bis er die schmale ausgemergelte Gestalt eines Mönches angenommen hätte. Ohne Verlangen, frei von der Lust zu strafen. Dann könnte er Henry vielleicht Absolution erteilen.
Aber am Kreuz des Südens ist die Glocke aufgehängt, in der sie

ihm das Hirn dünsten wollen, die verdammten Wettermacher, so daß er sich bald nicht mehr erinnert, warum er hierher kam. Um die Erinnerungen zu verbrennen, ist es indessen noch nicht heiß genug.
Dienstag oder schon Mittwoch? Nein, Mittwoch kann es noch nicht sein, sonst wären heute die beiden Nama-Tänzer bei ihm erschienen. Heinz Kröger hatte ihn vor deren religiösen Übungen, wie er das nannte, gewarnt. Also kommen sie morgen. Die Krögers wissen, was es mit seinem Haus auf sich hat. Sie haben ihn dennoch dort einquartiert. Der bleiche Mann, der die Priester aus ihrem Tempel vertreibt und den geweihten Ort beschmutzt?
Eines der anderen Häuser hätte ihn genausogut beherbergt. Genug davon stehen herum. Aber Kröger bestand darauf, daß er hier einzog. Simon hat keine Ahnung, ob das, was die beiden Schwarzen, der Alte und die Junge vom Volk der Nama, wie Kröger sagt, praktizieren, Voodoo genannt wird, oder sonstwie.
Der Tempel bewacht Simons Schlaf. Die Schwarzen hatten in einer Ecke des Schlafraumes einen Altar aus Vogelfedern und gebleichten Knochen aufgebaut. Von dort regieren sie ihr Tal, lassen sie die weiße Familie gewähren, solange es ihnen beliebt.
»Fliegt! Steht auf aus der Zimmerecke, sammelt euch und flieht. An jeder anderen Bahn ... ist nichts sicher, solange Paviane an den Altären ihr Geschäft verrichten ...«
Hochmütig könnte Simon die beiden Nama missionieren wollen, bevor er sich an größere Aufgaben heranwagte: an die Suche nach Henry. Aber außer seiner nächtlichen Trunkenheit hat er nichts anzubieten. Und Schnaps besaßen sie, wenn er ihren glanzüberzogenen Augen glauben durfte, selbst in ausreichenden Mengen. Nicht zu übersehen markiert eine Rauchfahne die Hütte, in der sie den Schnaps brennen, ohne sich um den Herrn der Farm oder um Recht und Gesetz zu kümmern.
Am zweiten Tag verläßt Simon früh seinen Bungalow und findet sich bei Krögers Haus ein. Die Familie bewohnt ein langgestrecktes Steinhaus, das die Südseite des Lagers zu den Hügeln hin ab-

schließt. Emily und Heinz Kröger frühstücken auf der Terrasse.
»Ein schöner Morgen, ist das nicht deine Tageszeit, Simon?«
Emily sieht aus, als hätte sie diesen Tag erfunden.
»Ich will in die Hügel«, antwortet Simon.
Heinz schaut von seinem Teller auf.
»Du kannst doch mit einem Gewehr umgehen? Es ist besser, eines dabei zu haben. Die Katzen schlafen am Tag. Es reicht, wenn du in die Luft feuerst. Sie verziehen sich schon. Es ist noch nichts passiert, seitdem ich hier bin. Auch wenn die Kaffern viele Geschichten von ihren Kämpfen mit den Leoparden erzählen aus einer Zeit, als sie noch allein in dieser Gegend siedelten. Aber die palavern lieber als zu arbeiten.«
Außer einer Kleinkalibermaschinenpistole, mit der er als Jugendlicher Wehrsportübungen absolvieren mußte, und einem Luftgewehr auf dem Jahrmarkt hatte Simon noch nie eine Waffe in der Hand gehabt.
»Ich müßte das Gewehr mal sehen. Ich denke schon, daß ich damit zurechtkomme. Nur in die Luft?« Kröger nickt.
Er geht ins Haus und kommt kurz darauf mit der Waffe zurück.
»Das ist Emilys Büchse. Sie ist leicht, ein kleines Kaliber. Geladen ist sie schon. Wenn du sie entsichern willst, dann legst du diesen Hebel um. Das ist alles. Aber geh den Katzen lieber aus dem Weg.«
»Du siehst aus wie ein richtiger Tsaobismann heute morgen. Habt ihr diese Morgen auch in Europa?«
»Ich weiß es nicht. Sicher.«
Emily lacht.
»Aber du kommst von Europa. Warum weißt du das nicht?«
»Vielleicht im Süden, in Deutschland kaum, manchmal. Nein. Die Morgen sind anders. In Deutschland ist es auch kühl an Sommermorgen, das Licht ist nicht so intensiv, die Farben sind blasser, milchiger. Außerdem bin ich selten so früh aufgestanden in den letzten zehn Jahren.
In Deutschland sagt man, daß Morgenstunde Gold im Mund

hätte. Ich hatte regelmäßig einen schlechten Geschmack, am hellen Mittag.«
Emily lächelt immer noch, aber ihr Lächeln hat einen härteren Zug angenommen. Als Frau eines Farmers bleibt ihr nichts anderes übrig, als immer sehr früh aufzustehen.
»Ich war noch nie in Europa, obwohl meine Großeltern von England kommen. Ich war nie da. Im nächsten Jahr wollen wir nach Europa fahren, vielleicht. Ich habe ein paar Fotos, es ist wunderbar dort, so grün.«
»Grün, ja.« Zweisilbig, denkt Simon.
Ob er sich jetzt besser von der Terrasse zurückziehen soll, oder ob es im Gegenteil unhöflich ist, jetzt plötzlich zu gehen, überlegt er. Die Regeln, nach denen hier verfahren wird, sind ihm nicht bekannt.
»In Europa habt ihr keine Termiten?« sagt Emily noch. Sie setzt die Tasse ab und richtet sich ein wenig auf, als wäre diese Frage der Mittelpunkt ihres Nachdenkens.
»Nein, Termiten gibt es nicht. Dort sind es die Ameisen.«
Simon verabschiedet sich.
Er legt sich das Gewehr über die Schulter. Die Tasche mit der Karte schlägt gegen seine Hüfte. Die beiden Nama beobachten ihn von ihrem Stammplatz im Schatten einer Akazie aus. Sie werden heute ihren Tanz haben. Simon hat den Altar aus Vogelfedern und Knochen in der Ecke seines Schlafraumes nicht berührt.
Er verläßt das Camp auf einem Weg in die Hügel. Das Haus hinter seinem Rücken wird kleiner, und ganz gegen seine Gewohnheit nimmt Simon bald einen unbeschwerten, beinahe federnden Gang an. Wie in einer Filmszene: der große weiße Jäger auf dem Weg zu den Leoparden. Simon weiß genau, daß Henry die Szenerie zur Filmkulisse verklären würde. Simon hat erlebt, wie Henry einem fiktiven Filmteam Anweisungen gab: »So schnell soll es also gehen? Die Katzen werden mich fressen, damit ich es nicht auskosten kann. Ich habe die Büchse. Kommt nur, ihr seid eingeladen zum Fest. Ich mache das Feuer und die Katzen tanzen

dazu, linksherum, rechtsherum. Fürchtet euch nicht, ich bin bei euch bis an der Welt Ende! Linksherum …«

Die Lautstärke seiner Stimme schwindet, bis die Worte fast nicht mehr zu hören sind. Er befürchtet plötzlich, eine ausgehungerte Katze zu wecken, und verstummt vollends. Jene, die nicht zu sehen sind, sind die gefährlichsten. Jederzeit können sie dich erwischen. Jederzeit.

Die Temperatur ist schnell gestiegen. So geht er langsam durch die Felsen. Das Gewehr wird ihm allmählich zur Last. Es scheuert am Rücken. Unter seinen Schuhen zerbröckelt das Gestein. Die Markierungen im Blick weiß er schon, wo er sich hinsetzen wird, um die Flasche Bier zu trinken, die mit der Tasche an seine Hüfte schlägt. Die Flasche hatte sich in der kurzen Zeit, die er unterwegs ist, erwärmt. Er darf sich nicht zu weit vom Lager entfernen. Spätestens wenn die Sonne den Zenit überschritten hat, muß er den Rückmarsch antreten. Kröger hat erzählt, daß die Sonne an jedem Tag im Jahr gegen sechs Uhr am Abend untergeht. Hier kündigt keine Dämmerung den Sonnenuntergang an, und wenn er sich zu diesem Zeitpunkt zu weit entfernt vom Lager befindet, steht ihm eine Nacht in der Wildnis bevor.

Kurze Zeit später steht Simon auf einem der höchsten Punkte in der Landschaft aus brüchigen Hügeln und verrottendem Fels. Er zieht seine Mütze vom Kopf, um sich den Schweiß aus dem Nacken zu streichen. Unter einem Felsvorsprung sucht er sich einen Platz. Seine Stimme hallt unter dem Felsen: »Scherbenhaufen verschenkt, auf dem Steinhaufen gelandet. Wenn ich gewußt hätte, daß ich mich eines Tages …, dann wäre ich besser ein schwarzer Mann …, bin ich nicht, bist du auch nicht, Henry, melde dich, damit wir, … wohin sollen wir nach Hause fahren, an diesem Punkt entbehrt es einer Grundlage, Henry. Ich könnte zurückfahren, aber du …«

Unter dem Felsen, der die Hitze wie in einem Brutkasten über den Ausläufern des Tales versammelt, versinkt Simon in einen tranceähnlichen Zustand, der zwischen Aufruhr und Wachsein liegt, der ihn fast vollständig in Besitz nimmt. Mit absoluter Sicherheit wird der Kopf des Jägers sich gerade hier verbergen wollen, nur hier. Er hat gelernt, wohin sich freches Wild flüchten würde: Ins Ungewisse immer, aber ins unauffindbar Ungewisse, wie gerade hier, ins Lebensfeindliche, das den gejagten Jäger schützt, bis irgend jemand sich den hohen Anforderungen steinländiger Jagd stellt. Dann soll es sich hüten.

Wie lange dieser Zustand andauerte, weiß Simon nicht. Als die Sonne den Zenit längst überschritten hat, schreckt er aus seiner Abwesenheit auf.

Es ist, als dächte er in einem unbekannten Körper nach.

Manchmal gibt es keine Rettung.

Herbst 92, Namibia

Henry Magdaleni schreit dem Farmer noch hinterher:
»Verdammtes Arschloch! Asshole!«
Der Farmer macht nicht die kleinste Andeutung, daß er sich noch einmal nach ihm umdrehen wird. Als er den Fuß auf das Trittbrett des Jeeps setzt, schüttelt er nur kurz seinen Kopf und steigt ein.
Er fährt zu seinem Wohnhaus zurück und hinterläßt Henry in einer wüstenheißen Staubwolke. Hier an der Einfahrt zur Farm ist die verfluchte Hitze um die Mittagszeit nicht auszuhalten. Die Vögel sind aus der flimmernden Luft verschwunden.
Einige knarrende Zikaden nur halten noch ihren Ton. Henry entdeckt in kurzer Entfernung einen Kameldornbaum und setzt sich langsam dorthin in Bewegung.
Zwei Tage hat er auf der Farm gearbeitet.
Morgens Brunnen überprüfen, danach Zäune reparieren. Spät am Abend ins karg möblierte Zimmer zurückkehren.
Henry ist hungrig gewesen und hatte den Job dringend gebraucht.
In der letzten Nacht, bevor er hier eintraf, reichte sein Geld gerade noch für ein stickiges Zimmer ohne Bad auf einer abgewirtschafteten Gästefarm etwa sechzig Kilometer weiter südlich. Die Leute von der Gästefarm kamen nicht auf die Idee, ihn zum Essen einzuladen. Henry saß in jener Nacht auf der Stufe zu seiner Behausung und wartete darauf, daß die Sonne unterging. Das Fenster in seinem Zimmer ließ sich nur einen Spaltbreit öffnen. Er wußte, daß er die Laken dazu benutzen würde, die ganze Nacht den schweißnassen Körper zu trocknen.
Aber er wollte nicht im Freien übernachten. Das war ihm hier, fast im Busch, zu gefährlich. Am nächsten Tag hatte er durch die

Empfehlung des merkwürdigen Alten, der die ganze Zeit hinter den Kindern her gewesen war, den Job auf der Farm gefunden, der nun nach zwei Tagen schon wieder beendet ist.
Mit der Vogelflinte hatte der Farmer Henry dazu gezwungen, in den Jeep zu steigen. Henry sah direkt in ihren Lauf. Von dort kommt es angeflogen, dachte er, zerfetzt dich. Überall kann man der besten Lösung begegnen. Warum nicht hier? Der Farmer schoß nicht. Und Henry fügte sich.
Er setzt sich unter den herrlichen Kameldorn und lehnt sich an den rissigen, graubestaubten Stamm. An dieser Stelle wird es wohl einige Stunden dauern, bis ihn ein Auto zur nächsten Farm oder in den nächsten Ort mitnehmen wird.
Im Umschlag, den ihm der Farmer widerwillig in die Hand gedrückt hat, findet er vierzig zerknitterte Namibia-Dollar. Lohn für zwei Tage Arbeit. Damit wird er nicht einen einzigen Tag auskommen.
Er muß weg von der Straße.
Obwohl er an diesem Morgen noch nichts gegessen hat, verspürt er den unwiderstehlichen Drang, an den Kameldorn zu kotzen, würgt, ohne irgend etwas hervorzubringen.
Die Hitze hat inzwischen eine Intensität erreicht, die den Schweiß auf seiner Haut verdunsten läßt. Da er keine Kopfbedeckung trägt, und es ihm zu mühevoll ist, sich aus einem Kleidungsstück einen Schutz für den Kopf zu knoten, rückt er noch näher an den Stamm heran, die dichteren Stellen des Dornendaches suchend. Schon nach kurzer Zeit beginnt sein Nacken zu schmerzen. Henry versucht, eine bequemere Stellung zu finden, fragt sich, wie er es die nächsten Stunden ohne Wasser aushalten soll. Der einzige Brunnen in der Nähe liegt auf dem Gelände des Farmhauses. Dorthin will er nicht zurücklaufen. Er blickt sich um, ob er nicht doch ein Zeichen für eine Wasserstelle entdecken kann, damit er den Farmer nicht erneut um etwas bitten müßte. Vielleicht würde dieser Mann ihn wirklich erschießen, wenn er ihn nochmals auf seinem Grund erwischte.

Henry will das Geschehen jederzeit selbst steuern, widerspricht, entzieht sich jede Gesprächsgrundlage, läßt Farmer und Vorgesetzte verständnislos und in kalter Ablehnung zurück. Der Farmer wird ihm nicht noch einmal helfen. Da ist Henry sich sicher. Der Gedanke an Wasser verstärkt seinen Durst nur.
Er zwingt sich, an etwas anderes zu denken, aber in diesem Moment haben alle Dinge auf eine vertrackte Art und Weise mit Wasser zu tun. Verfluchtes, vertrocknendes Afrika. Henry überlegt, wie es wäre, wenn er seinen Fluchtweg in einen nördlicheren Kontinent verlegt hätte, oder in welchem Verhältnis die Anstrengung stünde, hier und jetzt, an Ort und Stelle einen Brunnen zu graben, ob er es schaffen würde, bevor die afrikanische Austrocknung das Innere seiner Organe erreichte.
Sein Blick fällt schließlich auf einen hellen Punkt am Rande der Schotterpiste hinter dem Eingangstor zur Farm. Obwohl er den Gegenstand nicht genau erkennen kann, und ihm jetzt schon jede überflüssige Bewegung Schmerzen bereitet, will er sehen, was dort am Straßenrand liegt. Henry erhebt sich mühsam und geht langsam zum Eingangsgatter zurück. Er vergewissert sich immer wieder, ob sich nicht von der einen oder der anderen Seite ein Wagen nähert. Als er am Gatter ankommt, sieht er den Plastikkanister, den der Farmer aus dem Wagen geworfen hat.
Sicher, daß der Farmer nicht in der Nähe ist, überwindet er den Zaun und läuft zum Wasserkanister. Trotz seines Durstes muß er sich zwingen, das heiße Wasser zu trinken, würgt und spült mit dem zurückgeschwemmten Wasser den verkrusteten Weg.
Vom Horizont bewegt sich eine Staubfahne auf ihn zu.
Er kann nicht erkennen, ob es sich um ein Fahrzeug handelt, oder ob aufsteigende, heiße Luft die Ursache der Erscheinung ist.
Vorsichtshalber klettert er schnell über den Zaun. Er steht wieder auf der Straße. Sie ist in beiden Richtungen leer. Er nimmt seinen Platz unterm Kameldorn wieder ein. Es dauert ein paar Minuten, bis er die Stellung wiedergefunden hat, die seinen Nacken nicht allzusehr in Mitleidenschaft zieht. Er stellt in seinem Kopf eine

schmerzhafte Veränderung der Tonkulisse fest. Die Hitze verbrennt die tiefen Töne. Alles, was übrigbleibt, ist ein schneidend hoher Ton, dem er nicht entfliehen kann. Der Ton ist überall in ihm, überall um ihn herum. In Deutschland hätte er die Existenz eines solchen Tones nicht für möglich gehalten. In Berlin hatte er einmal von diesem Phänomen gehört.
Er trinkt sehr sparsam das Wasser aus dem Kanister. Möglicherweise muß er noch ein paar Stunden an dieser Stelle warten. Als ob der Kopf damit nichts zu tun habe, wühlen die Hände in seinem Rucksack, bis sie ein Buch hervorgezogen haben. Über den ganzen Band verteilt liegen eingefügt Notizblätter zwischen eng beschriebenen Seiten.
Henry starrt den schmutzigen Umschlag des Buches an, ohne den Titel wirklich zu lesen. Langsam schälen sich Buchstaben aus dem verschwommenen Hintergrund. Er besitzt diesen Band seit seinem siebzehnten Lebensjahr. Auf den Umschlag der Kladde hatte er damals einen Titel geschrieben, der ihm angemessen schien, für das Konvolut, welches er in diesem Band versammeln wollte. Den Titel fand er in einem Buch über Deutsch-Südwestafrika, vergilbte dreihundert Seiten, blasse Fotografie des Palastes in einem kunstledernen Einband.
»Tintenpalast«, so überschrieb er seine Aufzeichnungen.
Im »Tintenpalast« sollte Henry gelingen, was ihm sonst versagt zu bleiben schien. Von einem Gebäude nur die Statik, den Status, von seinen Worten nur die Idee, der er einen Namen gibt, Ort, an dem er sich verfremden, verkleiden darf, bevor irgendwann Grund genug sein würde auszubrechen.
Gerade siebzehnjährig, sah er sich in einem Land eingesperrt, konnte sich nicht ungehindert ausbreiten. Sollte warten, bis es eines Tages besser sei. Oder größer. Oder offener.
Bis dahin, wie weit die Zeit auch entfernt sein mochte, konnte er sich in den »Tintenpalast« zurückziehen, der seinen jungen Wahn noch aufzunehmen in der Lage war. Dichtung war ein zu schwacher Begriff für seine Idee.

Später einmal, vielleicht in Simons Gegenwart, kokettierte er immerhin mit dem Etikett, auch wenn er es noch so empört von sich wies. Außer ihm sollte nie jemand Genaues erfahren.
Aber er hatte keinen Palast eingerichtet, ein Hundehaus höchstens, er war Knecht geblieben. Sein Lesezeichen befand sich ganz am Ende des Bandes.
Als im November 1989 in Ostdeutschland die Dämme brachen, besorgte sich Henry sofort einen Paß und verließ nach seiner paniküberschatteten Rückkehr aus Blubars über den Westen Berlins das Land.
Er begab sich auf den Weg zum Tintenpalast.
Dort wollte er um Einlaß bitten.
Armer Henry.
Er schlug die erste Seite auf:

›Elmer Gantry war betrunken.‹

So unverfroren klang das, daß es Henry imponierte.
Er hatte diesen Satz auf dem Pariser Flughafen schon einmal gelesen, einen Satz, den er abgeschrieben hatte. Daraufhin war er an die Bar gegangen und hatte sich betrunken. Als er dann zu seinem Flugsteig zurückging, begegnete ihm dieser Mann. Sie sahen sich lange an. Der Mann ging durch die Abfertigungshalle immer auf ihn zu. Henry sah ihm in die Augen. Der Mann lächelte, Henry sah, daß seine Augen von einem unnatürlich intensiven Blau waren. Der Mann kam geradewegs auf ihn zu. Verriet Henrys bloße Anwesenheit den Plan, nicht wieder zurückzukehren in das rettungslos verlorene Land? Sollte er ruhig sitzen bleiben oder dem Mann entgegengehen? War ihm dieser Mann bekannt? Oder war er diesem Mann bekannt? War es an der Zeit, eine erste Rechnung zu begleichen? Erste Anzeichen von Paranoia? Henry wandte seinen Blick ab. Der Mann würde sich aufgelöst haben, ein Trugbild. Henry hatte getrunken. Nein. Er sah diese blauen Augen, ein Gesicht, das gerade ihn anlächelte.

Sekunden später verschwand der Mann in der Menge, die zu einem Flugsteig drängte. Warum hatte der Mann ihn angesehen? Diese Frage, diese Art von Fragen beschäftigten ihn ständig. Wenn nicht er, wer sonst war vor der Paranoia gefeit, versicherte sich Henry und blickte sich um.
In Paris, kurz vor dem Abflug nach Afrika, war Henry Magdaleni sehr betrunken. Es fiel ihm schwer, sich unauffällig an den Stewardessen vorbei in die Maschine zu schieben. Er wußte nicht, ab welchem Grad von Trunkenheit ihm der Mitflug verweigert werden könnte. Diesen Flug durfte er nicht versäumen.
Seit Paris hatte Henry seltener in dem Buch gelesen. Das war vor etwa drei Jahren. Häufiger als er darin las, trug er ein, führte er aus.
Das Wasser geht zur Neige. Er entwirft einen Plan, wie er es auf eine oder sogar zwei Stunden strecken könnte. Einen kleinen Schluck, wenn er einen Vogel sähe, einen größeren bei einem anderen Tier, alles, wenn am Horizont ein Wagen auftauchte.
Kein Vogel, kein Wagen.
Nach einiger Zeit scheint ihm, als würde sich vom Horizont her wieder etwas auf ihn zu bewegen. In einiger Entfernung taucht ein Punkt auf, der schwächer wird, der stärker wird. Die Silhouette verschwimmt, nimmt im Ablauf der Sekunden andere Formen an, nimmt in Henrys Kopf die Form eines Wagens an, bis er sich fast sicher ist. Der Zeitpunkt, an dem der Wagen ihn erreichen muß, rückt näher. Kein Geräusch begleitet sein Näherkommen. Es ist nichts als die in der siegreichen Hitze flirrende Luft.

Zweites Kapitel

Blubars, Nov. 1989

Am Ende des Ganges erscheint ein Gesicht in der Tür. Hundgroß nur richtet sich das Tier auf, das fehlgeborene, und wenn er seine Frage stellt, ist die Tür schon wieder nur Glas und Stahl.
Entgegen seiner Annahme, daß es im Herbst schwer sein würde, per Anhalter von Berlin nach Blubars zu kommen, hatte er die Reise in einer Stunde bewältigt.
Im Herbst 1989 saß Henry Magdaleni an der Zufahrtsstraße nach Blubars auf einem verblichenen Kilometerstein.
Er suchte in seinem Beutel nach dem »Tintenpalast«, zog den Band heraus und schlug wahllos eine Stelle auf, einem Menetekel zu begegnen. Was ihm begegnete, war nicht zu gebrauchen. Im Grunde nicht einmal die Mühe wert, gelesen zu werden.

›Da steht sich eine Herde dieser Wildpferde fest in den Boden. Es ist sehr trocken in der Gegend, und die Kraniche lassen sich doch nicht davon abhalten, an dieser Herde vorüberzufliegen. Sie haben ihre Ziele in andere Gegenden gesteckt. Sie fliegen langsam über die Wildpferde hinweg. Es ist Morgen. Alle sind sie unterwegs, den Kranichflug zu sehen.
Die marodierende Reiterherrschaft weiß, wie staubig diese Gegend sein kann. Sie sitzen schon lange hier und spielen ihr dreckiges Spiel, während der Rauch aus den Schloten den Pferden den Atem nimmt. Die Pferde laufen eine kurze Strecke weg von den Schornsteinen.
Den ganzen Morgen ziehen die Kraniche, die Wildpferde unter ihnen halten nicht Schritt. Wo soll sich noch das Wildpferd bewegen zwischen den Türmen, wo es nicht mehr aufsteigen kann, wo es keine Kraft mehr hat.‹

Henry meinte, einen Anflug von Atemnot zu spüren. Jahrelang unangetasteter Staub aus den Abgründen des Bühnenbodens.

›Die Wege, die gegangen werden, sind andere. Da ist noch eine fremde Hand im Spiel, die alles umwerfen kann, wenn sie Unvorhergesehenes zieht und ausspielt.
Die Sechs fällt in ein tiefes Loch.
Eine junge Frau steckt sich die Haare hoch, um zu prüfen, ob der Spiegel hält, was er verspricht, weil es im Bereich des Möglichen liegt hindurchzuspringen, in die Steppe, mitten hinein.‹

Wieder sah er nur Steppe, Zukünftiges, den Fluch, den er sich mit seiner Voraussage aufgeladen hatte.

›Sorglos Warmes bedeckt die Ebene mit Steinen und Gesträuch. Der Tag ist ausgebrochen.‹ TINTENP. '85, SEPT.

Einen Kilometer noch würde er bis Blubars laufen müssen, und dort durch den ganzen Ort bis zum Rotumaschen Anwesen.
Die Unternehmung sollte lange dauern, möglichst lange. Er hatte keine Ahnung, wie er nach zehn Jahren an der Schwelle dieses Hauses empfangen werden würde. Henry Judas Magdaleni hatte sich nicht aufgehängt. Nein. Er kehrte unangemeldet an jenen Ort zurück, der vermutlich in Agonie und Dumpfheit versunken war.
Er stellte sich vor: Klingeln. Eine fremde Person würde die Tür öffnen. Henry würde seinen Namen nennen, sein Anliegen erklären. Er könnte den Geschmack der Mauern, die sie um ihn herum errichten würden, in seinem trockenen Mund schmekken.
Beatrice und Ursula, die beiden Töchter des Luftpumpenfabrikanten Rotuma, waren wahrscheinlich lange aus dem Haus. Oder bis zur Unkenntlichkeit gealtert, würden sie sein Anliegen nicht

verstehen, würden sie den Besucher an der Pforte noch abweisen. Er hätte sich nicht vorgestellt. Sein Gesicht wäre vergessen worden.

Schon diese Ahnung setzte zehn Jahre Zurückliegendes in Bewegung.

In die leerstehenden Gesindekammern hatte er Beatrice und Ursula befördert, wenn zu befürchten war, daß man sie in einem ihrer Zimmer erwischen könnte. Er dachte an die hemmungslosen Nachmittage, Nächte waren es nie, und er erinnerte sich, daß er das Haus der Rotumas immer mit einem unbestimmten Gefühl der Geilheit betreten hatte, das sich auch dann nicht erschöpfte, wenn er mit einer der beiden Schwestern geschlafen hatte, oder mit beiden. Diese spezielle Geilheit, die nicht ihre Körper betraf, konnten sie nie befriedigen.

Die Schwestern waren um einiges älter als Henry, sechs Jahre die eine, sieben die andere. Beatrice war eine dunkelblonde, zur Hagerkeit neigende, ruhige, junge Frau und Ursula glich ihr beinahe bis aufs Haar. Die orientierungslose Lust der beiden konzentrierte sich auf Henry. Er wäre natürlich nie ernsthaft als Familienmitglied im Range eines Schwiegersohnes in Frage gekommen, aber gerade deshalb war seine Position in diesen Monaten unumstritten. Seinen Rang als Liebhaber der Rotuma-Schwestern machte ihm niemand streitig.

Scheinbar ahnungslos sah der alte Rotuma, der damals noch nicht sehr alt gewesen sein konnte, den harmlosen Tändeleien seiner Töchter zu.

Weil Henrys Mutter die Apotheke betrieb, gehörte sie in gewisser Weise zu den angeseheneren Leuten im Ort. Die Rotumas dagegen bildeten ihre eigene Kaste in Blubars. In gebührender Entfernung von der Stadtmitte, über eine kümmerliche Allee zu erreichen, demonstrierte das Wohnhaus des Fabrikanten allgegenwärtige Distanz.

Henrys Vater existierte nur als Name, als Phantom. Ein Apotheker. Henry erzählte, daß er das unerwünschte Ergebnis eines pharmazeutischen Versuchs sei, der Homunkulus, den abzutreiben die Mutter sich gescheut hatte. Kleines Frettchen, riefen sie, lauf, flieh!

Die Seitensprünge, Entgleisungen in Pferdiges und Hündisches, sind Indizien für die Befindlichkeit dessen, der sich in der Umnachtung wiederfand. So empfand sich Henry oft als unvollkommen, unvollständig, wie einer, bei dem man vergessen hatte, einen funktionstüchtigen Motor einzubauen, nicht fähig, von der Stelle zu kommen.

Lähmung drohte sich auszubreiten.

An einer Schwelle zu stehen und sie niemals zu überschreiten, konnte nicht das Ziel seines siebzehnjährigen Lebens sein. Sein Handicap bestand darin, daß er nicht wußte, worauf er die schwergängige Zielvorrichtung einstellen sollte.

Seinen Lehrern glaubte er grundsätzlich nicht. Daß gerade sie Wissen bereitstellen könnten, das ihn aus der Masse herausheben würde, sie, die sich längst eingerichtet, die sich abgefunden hatten. Er glaubte seiner Mutter nicht, die ihm versprach, daß alles eines Tages besser werden würde, nur Geduld müsse er haben, dann würde er es noch erleben. Er wollte nicht, daß es irgendwann besser würde, und über einen Fortschritt an sich wußte er sehr wenig. Daran, daß er für ihn überhaupt einen Sinn bereithielt, zweifelte Henry. Er strebte nach anderen Zielen, nach höheren Weihen, als sie ihm seine Mutter aufzuzeigen vermochte.

Andererseits sicherte die Stellung der Mutter Henrys Zugang zum Haus der Rotumas. Er lernte die Schwestern kennen, als Beatrice an einer schweren Lungenentzündung erkrankte. Er erledigte die Besorgungen aus der Apotheke und saß immer wieder lange an ihrem Bett, war fasziniert vom fieberdurchleuchteten Blick Beatrices, tastete manchmal verstohlen nach ihrem heißen, unfreiwillig niedergeworfenen Körper.

Anders, als er es erwartet hätte, löste sein Besuch bei Beatrice keine romantischen Elogen im »Tintenpalast« aus.

›Ich öffnete die Tür mit einem Haken, von dem ich mir nicht mehr vorstellen kann, wie ich ihn hergestellt habe, wie ich es lernte, mit ihm eine Tür zu öffnen. Es gelang mir tatsächlich, mit diesem Instrument die Tür zu öffnen, und fand nur Leere, nicht einmal die Tapeten hatten sich von den Wänden gelöst, kaum Schimmel an den Wänden, kein Schwamm in den Mauern. Wenig Schutt und wenig Dreck in den Räumen. Trotz Dunkelheit und Kälte beschloß ich, mich einzunisten, umgeben von Schutt und Dreck, ohne eine Ahnung davon zu haben, wie unvermeidlich sich solches in mir ansammeln würde.‹ TINTENP. AUG. 78

Als sich durch die Gesundung Beatrices seine Lieferungen erübrigten, entfielen Henrys Besuche im Haus Rotuma vorläufig. Er suchte verzweifelt einen Grund, die Schwestern weiterhin zu besuchen, fand ihn aber nicht. Es vergingen acht Wochen, bis die Schwestern Rotuma sich in der Apotheke nach ihm erkundigten. Henrys Mutter war nicht wenig erstaunt über das Interesse der beiden Frauen an ihrem Jungen, der gerade die elfte Klasse absolviert hatte und nur ab und zu in ihrer Apotheke aushalf. Die Schwestern luden Henry zu einem Sommerfest ein, das vom alten Rotuma angeordnet worden war.
Das Fest verlief sich im Garten, aber Beatrice suchte immer wieder Henrys Nähe und machte ihm schließlich unter dem Vorwand, ihre Genesung feiern zu wollen, das eindeutige Angebot, sie in ihr Zimmer zu begleiten. Henry versprach sich augenblicklich Exotischstes, auch wenn darauf bisher nichts hingedeutet hatte. Niemand kümmerte sich darum, als die beiden den Garten verließen. Ursula folgte ihnen später, und so wachte er am Abend nach einem kurzen Schlaf zwischen den Schwestern Rotuma, seiner Unschuld ledig, in einem der großen Betten auf.
»Du bist bestimmt der erste Junge, der es zum Auftakt gleich mit zwei Frauen getrieben hat.«
Ursulas vulgäre Art schockierte Henry.
»Na getrieben ist übertrieben, so wild war es nicht.«

Henry, dem das Blut in den Kopf geschossen war, glaubte, einen Punkt gemacht zu haben. Ursula rückte so nah an ihn heran, daß er ihre Brüste an seiner Stirn spüren konnte, bis ihm die angenehme Berührung eine leichte Erektion verschaffte. Beatrice ließ sich äußerst wachsam keine der Bewegungen oder Blicke ihrer Schwester entgehen.

»Es war immerhin das Wildeste, was du jemals erlebt hast, und so wie ich das sehe, wird es für lange Zeit auch das Wildeste bleiben.«

Er drehte sich auf die Seite und schaute Ursula ins Gesicht, die Erektion zwischen seinen Beinen hatte ihr volles Ausmaß erreicht, was ihr nicht verborgen blieb.

»Spielt sich alles auch ohne euch ab.«

»Wie ich sehe.«

Ursula verzog ihr Gesicht zu einem häßlichen Grinsen.

»Das sucht sich allein seinen Weg.«

»Warum hast du denn so lange gewartet?«

»Was heißt lange? Ich bin siebzehn.«

»In deinem Alter kannten wir Männer.«

»Waren die noch jünger als ich?«

»Das waren Männer!«

»Habt ihr die Männer auch geteilt?«

»Es gab für jede genug.«

»Deshalb habt ihr euch auf mich gestürzt, als hättet ihr vergessen, wie ein siebzehnjähriger Junge aussieht.«

Beatrice stieß ihn zurück.

»Ich glaube, daß du ein unverschämter Bursche bist, vor dem man Angst haben sollte. Ich bin mir nicht sicher, ob ich nicht jetzt schon Angst vor dir haben muß. Jeder andere Junge wäre vor Scham aus unserem Zimmer geflohen, nachdem ihn zwei erfahrene Frauen verführt haben. Du bleibst zwischen uns liegen, als wäre es die selbstverständlichste Sache, uns gevögelt zu haben.«

Henry lachte.

»Das klingt mir zu pathetisch. Hat es euch nicht gefallen?«

Die beiden Schwestern erhoben sich wie auf eine plötzliche Verabredung hin. Ursula zog ihm die Bettdecke weg.
»Geh jetzt, die Audienz ist beendet!«
Er sprang aus dem Bett und zog sich lachend seine Hosen an und das Hemd.
»Bis zum nächsten Mal.«
Das war der Auftakt.
Eine Weile blieb ihr Verhältnis so innig, wie Henry es im ersten Augenblick nicht für möglich gehalten hatte.
Kein anderer Mann in Blubars kam für die Schwestern in Betracht. Im Jahr 1978 galten dort noch die gleichen Gesetze wie ein Jahrhundert zuvor. Mit wem Beatrice und Ursula zeitweilig ihre Bedürfnisse befriedigten, übersah der Alte großzügig.
Und Henry kam wirklich nicht in Frage.
In der Nacht noch veränderte er die wenige Tage zuvor vorgenommene Eintragung. Warum er das allerdings tat, konnte sich Henry damals nicht eingestehen.

›*Ich öffnete die Tür mit einem Haken und sah, daß die Wohnung noch nicht lange leer stand. Die Tapeten blätterten noch nicht von den Wänden, unter dem Fenster war der Schimmel noch frisch. Die Zimmer waren dunkel. Aus den Fenstern im Flur konnte ich den Schutt auf dem Hinterhof sehen. Ich dachte dabei oft an dich, wie du mit den Eltern in der warmen Stube saßest, etwas zu fressen auf dem Tisch, ja etwas zu fressen. Ich wollte in dieser Wohnung leben, unbedingt dort, und holte mein Bett, eine Matratze, in eines der Zimmer. Ein Mädchen würde ich in der ersten Zeit nicht einladen können, aber später…*‹ TINTENP. 78

Henry war von der selbstverständlich aristokratischen Art des Rotumaschen Umgangs, so wie er ihn damals definierte, angezogen. Das war die prächtige Kulisse, in der er seinen mutwilligen Part zu spielen gewillt war. Eine Inszenierung, die ihm gefiel. Für

jeden der gebührende Platz. Seiner unweit des Thrones. Dort, wo man den Geruch nach Verwilderung ignorieren kann. Wo die Proportionen noch stimmen. Frieden herrscht.
Den Frieden in diesem Haus hatte es immer gegeben.
Die Unverrückbarkeit des Oben und des Unten. Er wollte dazugehören, ganz selbstverständlich der verruchten Elite angehören, die sich nicht darum schert, wer die Nebensächlichkeiten des Alltags regelt, in ihren unsichtbaren Palästen Feste der Autarkie feiert.
Rotuma gab den Ton in Blubars an, und daran änderte sich auch nichts, als der Alte 1972 enteignet wurde. Rotuma deutete einmal an, welche Beziehungen er spielen ließ, daß bestimmte Leute von ihm abhängig waren, daß er sie unter Druck setzte, sie wohl auch bestach. Er hatte es geschafft. Der Luftpumpengott saß noch auf seinem Thron, so wie es immer gewesen war in Blubars. Henry wollte ein Teil jener Energie sein, die darüber entschied, wer dazugehört und wer nicht. Er gehörte dazu. Er befriedigte die Töchter der besseren Gesellschaft.
Ursula hatte ihn gefragt: »Bist du überhaupt in der Lage, dich für eine von uns zu entscheiden? Hast du dich in Beatrice verliebt? Oder nutzt du uns nur aus, wie es dir gefällt?«
Henry hatte diese Fragen irgendwann erwartet. »Wenn es keiner weh tut, bin ich überhaupt nicht verliebt. Der Name meines Gottes ist...«
Mit ein paar Schritten war er aus dem Zimmer.
»Henry!« rief ihm Ursula nach.
Der alte Rotuma nannte ihn Henry oder mein Junge und war nicht erstaunt, den Jungen beinahe zu jeder Tageszeit im Haus anzutreffen. Einmal, Henry saß im Kaminzimmer und wartete auf Ursula, kam der Alte herein, stellte ihm wortlos ein Bier hin und setzte sich an seine Seite. Sprach nicht mit ihm, schaute ihn nur an, während er seine Flasche Bier trank. Nach einer halben Stunde stand er auf und verließ ohne ein Wort der Erklärung oder des Abschieds das Zimmer. Ursula kam an diesem Tag nicht

herunter, um Henry zu treffen. Sie ließ ihm durch Beatrice ausrichten, daß sie sich nicht gut fühlen würde, aber auch Beatrice war nicht gewillt, den Nachmittag mit Henry zu verbringen.
Henry hatte die lange erwartete Ermahnung erhalten, den ersten Hinweis darauf, daß er wirklich wahrgenommen wurde, auch als leichtfertig unterschätzte Gefahr.
Mühsam brachte er seine Wut, die Aufregung unter Kontrolle. Er würde sich nicht so leicht abweisen lassen. Etwas Geduld würde er noch aufbringen, entschied Henry und widmete sich zu Hause den Aufzeichnungen, arbeitete Liegengelassenes, Protokolle auf. Wahllos griff er ein Buch aus dem Bücherschrank, las und blieb bei diesem Satz hängen, den er seiner Sammlung, den Tagnachtreportagen, voranstellte, die er »Tintenpalast« genannt hatte, nach dem Palast in Windhoek, der für den Siebzehnjährigen mit den dunkelsten Figuren bevölkert war.
Wünschte nichts sehnlicher, als die beiden Sphären, in denen er ausharren mußte, miteinander zu vereinen.

›Elmer Gantry war betrunken.‹ TINTENPALAST 78

Beim Verfassen spezieller Notizen hatte Henry besondere Fertigkeiten entwickelt, Magdalenische Strategien entworfen, denn seine Mutter hielt es bis zu seinem fünfzehnten Lebensjahr für nötig, Henry dazu zu zwingen, von seinem Schulstoff, seinem Lesestoff, kurze Zusammenfassungen anzufertigen. Dabei beschränkte sie sich nicht nur darauf, ihm diese Last zusätzlich zu den aus der Schule mitgebrachten Aufgaben aufzubürden. Von Zeit zu Zeit, ihm eine Belohnung in Aussicht stellend oder eine Strafe, verlangte sie ihm Notizen über Bücher ab, die nicht auf seinem Lehrplan standen. Jahrelang entledigte sich Henry dieser Pflicht mit Sorgfalt. Erst im vergangenen Jahr, bevor die Mutter aus unerfindlichen Gründen ihre Forderungen einstellte, ersann er Texte, die das Ergebnis einer nur flüchtigen Durchsicht der Lek-

türe waren. Sie wurden ihm von seiner Mutter ohne weiteres abgenommen. In der Folge lieferte er meist haarsträubende Geschichten ab, die ihm einfielen, nachdem er einzig den Titel des Buches gelesen hatte. Irgendwann schrieb er nur noch, was ihm zu diesem und jenem Tag oder zu seinen schnell wechselnden Stimmungen in den Kopf kam und erntete auch dafür keine Zurückweisung, was ihn nur in der Ansicht bestärkte, daß seine Mutter sich nicht die Mühe machte, die Ergüsse zu lesen. Nachdem ihm keine zusätzliche Lektüre mehr aufgebürdet wurde – er fragte seine Mutter nicht nach einer Begründung –, setzte er seine Niederschriften fort. Sie verwandelten sich in Wunschzettel. Sie wurden geschrieben und vernichtet. Henry wollte die Zeugnisse seiner Begrenztheit nicht um sich haben. Später erst bewahrte er Texte auf. Einiges fügte er dem »Tintenpalast« hinzu. Die Lügen, die ihm die Mutter widerspruchslos abgenommen hatte, wurden ihm zur zweiten Haut.
Von dem Band hat er sich seit diesen Tagen nicht wieder getrennt. Er eröffnete damals die Aufzeichnungen mit den Eindrücken, die er bei der Begegnung mit dem Gott der Luftpumpen gesammelt hatte. Ergänzte sie durch Notizen, die seit Wochen in seinem Zimmer entstanden waren, ohne die Absicht, sie in diesem Band zu versammeln.
Im Zentrum hatte er Beatrice und Ursula getroffen, begnügte sich danach nicht mehr damit, Zeitungsränder und irgendwelche Zettel vollzuschmieren.
Die halbleere Flasche Likör, die neben seinem Bett stand, besoff sich an seiner Gier.
Das hätten sie sehen sollen in dieser langweiligen Stadt, wie er neben dem Luftpumpengott saß und Bier mit ihm trank. Der Atem hätte ihnen gefehlt zwischen den Worten, den Sätzen, vor Aufregung wären ihnen die Knöpfe von den Schürzen gesprungen, dunkelrot ihre fettigen Gesichter. Die Weiber hätten die Nachtruhe zum Teufel gehen lassen, um zu schwatzen, endlos und fruchtlos, wie sie es immer taten.

Gerade Henrys Mutter kam schon lange das Geschwätz zu Ohren. Es wurde ihr täglich zugetragen. Ihr entging auch nicht, daß sich ihr Sohn häufig im Haus der Rotumas aufhielt. Sie war froh darüber, daß er, den sie für einen versponnenen Eigenbrötler hielt, wofür sie sich einen Großteil der Schuld gab und natürlich seinem Vater, endlich Kontakt in dieser ungemütlichen Stadt gefunden hatte. Die Familie Rotuma war ihr dabei so recht, wie es jede andere Familie gewesen wäre, jeder andere Freund, den ihr Sohn nicht hatte. Sie bewältigte kaum die Sorge, die ihr der ferne Apotheker bereitete. Nach Henrys Dafürhalten hatte sich dessen Fruchtbarkeit mit seiner Zeugung erschöpft. Von ihm war nichts mehr zu erwarten. Der Apotheker als Sendbote der Unverbindlichkeit, Tropfen, aber keine Heilung, wo Henry dringend etwas gebraucht hätte, worauf er sich verlassen konnte. So war er gezwungen, sich selbst unbedingte Gefolgschaft zu beeiden. Und das Wort Vertrauen kam in seinem Sprachschatz nicht vor. In der Apotheke setzte sich die Betriebsamkeit nach den Besuchstagen des Vaters auch in der Nacht fort. Um sich die tröstenden Liköre zuzubereiten und um ungesehen zu trauern, zu weinen, die Klagen hörte man nicht, verkroch sich Mutter Magdaleni in den Keller der Apotheke. An den nachfolgenden Tagen durchzog ein leichtes, süßliches Likōraroma die Wohnung. Die Mutter zog sich noch entschiedener zurück, als sie es ohnehin immer getan hatte. Henry schwieg dazu. Er bediente sich selbst oft von ihrem Vorrat und entwickelte mit der Zeit eine ausgesprochene Vorliebe für die klebrigen Getränke. Später, wenn er an seine Mutter dachte, trank er oft gerade diesen Schnaps. Betrunken vom Industrielikör, war sie ihm dann ganz nah.

Sie blieb der einzige Mensch, der ihm nicht völlig fremd war.

Alles andere, die unaufregende, unansehnliche Stadt mit ihrer Bevölkerung, die Familie Rotuma, forderte ihn dazu auf, endlich von diesem Friedhof zu fliehen. Er hatte sich nicht gewünscht, dort hinein geboren zu werden. Vom Tag an, an dem seine Erinnerung einsetzte, hatte er das Gefühl, sich arrangieren zu müssen.

Der Name Blubars stand für einen übelriechenden Kosmos, in den man auf Grund einer Fehlleitung geschleudert wurde.
Man kam weder vorwärts noch rückwärts an einen besseren Ort.
Höllisch die Qual, die Henry unter den mittelmäßigen Bewohnern litt.
Weithin sichtbar brannte der Makel in seiner Biographie, und das Mal auf der Stirn vergrößerte sich wie bei den anderen, die er verachtete, die ihr Zeichen nur überschminkt hatten, weil es ihnen nicht möglich war, den grundlegenden, den zerstörenden Haß zu empfinden, der Henry von allen trennte. Sie alle würden Blubars nie verlassen. Henry dagegen war das Bleiben von Anfang an verboten.
Die schlichte Unmöglichkeit, einen Ort zu bewohnen, der seine Existenz nicht nachzuweisen imstande war.
Lediglich die Nachmittage, die er mit Beatrice und Ursula verbracht hatte, vor der Ermahnung, vor der Kenntnisnahme durch den Vater, hatten ihn zeitweilig in Taumel versetzt. Natürlich gehörte er jetzt dazu, natürlich erwarb er durch diese Liaison das Recht, sich zu erheben, wurde er bestätigt in seiner Gewißheit, daß ihm andere Wege vorbehalten waren, von denen JENE nichts ahnten.
Treppen, die er zu ihren Zimmern hinauflief, veränderten ihre Breite. Die Zahl der Stufen nahm mit seiner Wichtigkeit im Hause Rotuma zu. Von der Empore hoch über der Halle blickte Henry herunter auf eine Zahl von Menschen, die sich aus den wesentlichsten Figuren der Vorstellung zusammensetzte. Ein illustrer Kreis hatte sich zu einem Fest zusammengefunden, sie winkten ihm zu, aber er mußte sich in eines der Boudoirs begeben, um seine Pflicht zu tun, wie es sich für einen Liebhaber gehörte, der den Preis für seinen Aufstieg zu entrichten hat.
In ihre Betten war er lange nicht mehr gestiegen, und als er das letzte Mal vom Treppenabsatz im ersten Stock herunterblickte, war die kleine Halle leer bis auf eine rote Kokosmatte und einen dürren Strauß scheußlicher Nelken.

Danach gab es für ihn keinen Grund mehr, den ersten Stock zu besuchen. Das Eßzimmer, in das er fortan ausschließlich geladen wurde, befand sich im Erdgeschoß. Einmal auf dem Weg in Beatrices Zimmer fand er einen Text für seine Kladde. Jede Stufe gab ein Wort. Mosaiksteine zu Sätzen. Dieses Sekundenkino im Hirn wollte er sich einprägen, sprach es laut vor sich hin, ordnete, bis es zu einem Text verschmolzen war, den Henry so lange abrufen konnte, bis er aufgezeichnet war. Danach vergaß er ihn. Ohne den »Tintenpalast« wären alle Texte für ihn verloren gewesen.

›*Du bist nicht ihr Bruder, nicht ihr Besitz, auch jetzt in diesem Augenblick, da ich hier liege, kannst du tun und lassen, was du willst. Du kannst dich in Paris mit einem Chinesen betrinken und dafür bezahlen. Du kannst in Peru einen Polizisten erschießen und dafür bezahlen. Du kannst mit dieser Frau schlafen.*‹

TINTENP. 78

Ihr Zimmer war verschlossen.
Nach den ersten Erfolgen, die er bei den Schwestern erzielt hatte, schärften sich seine Sinne derart, daß er bald eine ziemlich genaue Vorstellung davon bekam, daß es auf diesem Gebiet, aber nicht nur hier, noch etwas Lebendigeres geben mußte, das in der Lage wäre, ihn vollkommener zu befriedigen. Danach zu suchen, würde sich lohnen, dachte er und behielt diese Erkenntnis selbstverständlich für sich.
Die Schwestern verstanden den Gang der Dinge, ohne daß Henry sich erklären mußte. Ihre Schlafzimmer verschlossen sich vor ihm, und für ein paar Wochen verschloß sich das ganze sagenhafte Haus. Henry war sehr beunruhigt. Ob er in eine der Schwestern verliebt war und wie sich das ausgewirkt hätte, wußte Henry nicht. In seinem Gebäude war dafür kein Raum vorgesehen. Henry versah jeden Verdacht, die Kontrolle zu verlieren, mit einer Korrektur der Rolle, die er unbedingt erfolgreich ab-

schließen wollte. Aber der Verweis aus ihren Zimmern, die scheinbare Mißachtung seiner Anwesenheit, verletzten ihn mehr, als er ertragen konnte.

In diesen Wochen schloß er sich im »Tintenpalast« ein, lebte mit seinen Schriften, produzierte und verwarf das, was er später einmal als seine Basis bezeichnen würde.

Die Basisarbeit wurde unterbrochen, als ihm die Post eine Einladung an den Tisch der Familie zustellte. Er sollte sich zu einem Abendessen einfinden.

Als wäre ich ein alter Freund, notierte Henry noch am Vorabend. Er erfuhr nie, wem er die Einladung zu verdanken hatte. Eine solche Eigenmächtigkeit schrieb er nicht den Schwestern Rotuma zu. Andererseits schien wenigstens Ursula mit allen Wassern gewaschen zu sein. Das nötigte ihm damals wenigstens einen Anflug von Respekt ab.

Den Kopf in herbstblasse Hände gestützt, auf einem Kilometerstein sitzend, erinnerte er sich daran. Der Tag seiner Rückkehr begann kaum weiter als unzählige Schritte entfernt vom Geburtsort. Wo würde die unsichtbare Stadtgrenze heute verlaufen, wenn er nicht vor zehn Jahren die Flucht ergriffen hätte?

Die Mahlzeiten begannen immer mit dem gleichen Ritual. Beatrice und Ursula sprangen aufgeregt die Treppe hinunter, als hätten sie soeben erst erfahren, daß etwas so Außergewöhnliches anstand wie ein gemeinsames Abendessen.

›*In dieser Kapelle ist es angenehm kühl, und ich kann mit den Bildern der Heiligen aus der Messe gehen.*
Die Bauern auf dem Weg durch den Ort heben nur ab und zu den Kopf, als wollten sie diese Tage ignorieren, diese armen Bauern.
Einige Wochen zuvor ging der Morgen unter, schob sich das Dunkelblau von den Wiesen, flohen die Vögel, daß die alten Frauen sagen konnten, sie hätten es gewußt.‹ TINTENP. SE. 78

Die Gesichter der Schwestern waren vor Aufregung unnatürlich gerötet. Sie schwatzten wild durcheinander. Wenn er ihnen nur die Luft hätte abdrehen können.
Wie sie dann aber mit ihren erhitzten Mündern am Tisch saßen und hastig von den nebensächlichsten Beschäftigungen sprachen, die sie unterbrochen hatten, um rechtzeitig zu dieser Mahlzeit erscheinen zu können, ekelte sich Henry zum ersten Mal vor ihnen. Plötzlich waren sie nicht mehr als Komparsinnen, die am Rande standen und für ein paar Sätze auf die Bühne gerufen wurden. Sich mit ihnen einzulassen war ein Schritt in die gewünschte Richtung. Sie vervollständigten die Inszenierung. Ekel zu empfinden war gewissermaßen das Vorrecht Henrys. Er war soweit, den Einsatz der Figuren berechnen zu können.
Beatrice und Ursula hielten erst inne, als der Vater das Zeichen gab, daß man sich jetzt auf das Geschenk besinnen solle, welches der Herrgott ihnen mit jeder neuen Mahlzeit bescherte.
Im Jahr 1978 waren die Töchter, obwohl Mitte Zwanzig, noch ohne Beruf und ohne eine Aussicht auf Ehe. Rotumas Einfluß auf die entsprechenden Ämter, die unregelmäßig nach dem Lebensunterhalt seiner Töchter Erkundigungen einzogen, weil es ihre Pflicht war, befreite sie davon, sich erklären zu müssen. Für den alten Rotuma genügte es, daß es seine Töchter gab.
Mutter Rotuma, die so still war, daß sie Henry für eine Angestellte hielt, obwohl es hier seit langem keine festen Hausangestellten mehr gab, füllte den Teller ihres Mannes. Henry wartete, was geschehen würde, wenn alle Teller gefüllt wären, aber nichts geschah. Keiner sprach. Man aß schweigend.
Henry betrachtete die Mutter von der Seite. Sie war anwesend, wenn sie anwesend sein sollte, ansonsten wurde augenscheinlich auf sie verzichtet. Henry bemerkte ihre klassisch geschnittene Nase, die empfindsamen, vollen Lippen, die sich bei Rotumas Ausbrüchen kaum merklich verzogen, als hätte sie ein schwacher Stromstoß getroffen. Henry war berührt davon, sie so uneingeschränkt positiv beurteilen zu können, und geriet in Versuchung,

sie mehr als sympathisch und schön zu finden. Schamlos überlegte er einen aufregenden Moment lang, wie er Mutter Rotuma zu einer Mesalliance verführen könnte.

›In der Kapelle hatten sie den Schleier von der Maria mit dem Kinde genommen. Das war seit vierzig Jahren nicht geschehen, erklärte der Kaplan. Vierzig Jahre bedeckte ein dünner weißer Schleier die Figur.
In der Kapelle ist es sehr kühl, und ich konzentriere mich, denn manchmal, wenn ich Ungläubiger auf diesen kalten Fliesen liege, als könne ich teilhaben an der apostolischen Sukzession, erinnere ich mich der Figuren meiner Bestimmung.‹ TINTENP. OKT. 78

Henry hatte nie an einem Essen teilgenommen, das in solcher Stille stattfand. Jeder der Anwesenden war ängstlich bemüht, nicht mit dem kleinsten Geräusch den Blick des alten Rotuma auf sich zu ziehen, der augenscheinlich diese Stille angeordnet hatte, wie er ein Fest anordnen konnte oder den Abbruch einer Liebschaft, die seine Töchter heimlich einfädelten, und die ihm natürlich auf Dauer nicht verborgen blieb. Henry versuchte, ein Anschlagen an den Tellern zu hören, wie es normalerweise entsteht, wenn man eine Scheibe Fleisch zerschneidet.
Geräuschlose Mahlzeit.
Rotuma verordnete seine eigene Dramaturgie. Wie der übermütige Auftritt der Töchter zum Ritual gehörte, waren auch die stillen Minuten, mit denen das Essen eingeleitet wurde, ein Teil der Aufführung. Rotuma beendete diesen Teil genauso übergangslos, wie er ihn eingeleitet hatte.
»Sie schlafen also mit meinen Töchtern. Ich muß Ihnen zu Ihrem Geschmack gratulieren, obwohl ich ein wenig überrascht bin, daß Sie sich nicht für eine meiner Töchter entscheiden konnten, sondern gleich ins verdammt noch mal pralle Leben reingegriffen haben.«

Erschrocken sah Ursula ihren Vater an. Die Gabel in ihrer Hand bewegte sich heftig. Beatrice verschluckte sich an dem Bissen, den sie sich in den Mund geschoben hatte. Sie würgte, ihr Gesicht verfärbte sich, und sie war nahe daran zu ersticken. Henry rettete sie mit einem überaus kräftigen Schlag auf den Rücken, erleichtert darüber, eine Handlung ausführen zu können, die ihm gestattete, dem Blick des Alten auszuweichen.
»Sie sind ein aufgeweckter junger Mann, ein wenig zu jung für meine Töchter, wie ich finde, aber die Zeiten haben sich geändert und manches, was wir für unmöglich hielten, ist heute eine Selbstverständlichkeit. Ich habe allerdings noch nicht gewußt, daß es zum guten Ton gehört, sich als Abiturient zwei Geliebte zuzulegen, die dazu noch wesentlich älter sind als man selbst ... Ich frage mich nun, Sie müssen verstehen, als Kaufmann mache ich immer eine Rechnung auf, an deren Ende stehen sollte, was dabei herausspringt, wem die ganze Geschichte nützt.«
Mutter Rotuma war zu lange mit diesem Mann verheiratet, als daß sie die selbstgerechte Färbung seines Tonfalles nicht verstanden hätte. Sie wollte dem anschließenden Vortrag nicht beiwohnen. Täglich war sie seine Zuschauerin, die ihn, immer bemüht um den häuslichen Frieden, in seinen unberechenbaren Stimmungen beklatschte. Heute würde er noch kurz den zornigen Übervater geben, der Nachsicht walten lassen konnte oder furchtbares Unwetter ausbrechen lassen. Dann würde er Henry großmütig die Unbedachtheit vergeben.
Wenigstens einmal hat ein normaler Junge den Weg hierher gemacht, dachte sie, und wird nun das Weite suchen, wie jeder vor ihm es getan hat. Und wie es jeder nach ihm tun wird.
Die ahnungslose Mutter.
Sie trug die geleerten Teller und Schüsseln in die Küche und entzog sich damit der Verhandlung. Henry empfand keine Furcht vor der richterlichen Autorität des Hausherrn. Wen er erreichen will, den darf er nicht fürchten. Rückte seinen Stuhl noch näher an ihn heran. Signalisierte unteilbare Aufmerksamkeit.

Henry stellte sich vor, wie er zu seiner Tischseite hinübergehen würde, den Kopf des Mannes in seine Hände nähme und ihn auf die Stirn küßte, ihm sagen würde, daß er die Vorstellung begeistert verfolgt habe, daß jetzt der Zeitpunkt gekommen sei, von der Bühne abzutreten, um den neuen Meistern Platz zu machen, daß er in diesem Zusammenhang seine Töchter behalten könne. Seine Lippen formten dagegen ein stilles »Alter, schweig!«, und er blieb sitzen und hörte weiter zu.

»Das Ergebnis meiner Rechnung ist ebenso eindeutig, wie es nach sofortiger Mitteilung verlangt. Die Geschichte mit euch Dreien nützt niemandem etwas, und das legt den Schluß nahe, daß es das Beste ist, sie mit dem heutigen Datum zu beenden.«

Rotuma rief nach seiner Frau, die aus der Küche nicht wieder ins Eßzimmer zurückgekommen war.

»Mutter, der Junge braucht etwas zu trinken. Wir wollen uns nicht nachsagen lassen, daß unsere Gäste nicht auf ihre Kosten kommen. Nicht wahr, Henry, jetzt kannst du was zu trinken vertragen? Wer zwei Mädchen auf einen Schlag glücklich machen kann, und ich will doch hoffen, daß du das getan hast, sonst gnade dir Gott, dem wird ein kräftiger Schluck nicht schaden. Mein Großvater, Gott hab ihn …, dort hängt sein Bild, schau ihn dir an, ein Kerl von einem Mann, Henry, der hatte Frauen, und gesoffen hat er wie ein Ochse.«

Henry wollte jetzt wirklich trinken, nicht weil ihn die Befehle des alten Mannes erschüttert hatten, sondern um sich in Form zu trinken, denn wenn er in dieser Nacht nicht mit einer der Schwestern schlafen würde, oder besser mit beiden, konnte sein Gebäude niemals Bestand haben, wenn er nach so einer lächerlichen Zurechtweisung nicht seinem Trieb nachging, hatte er es nicht anders verdient.

Er trank mit Rotuma einige Flaschen Bier und selten aufgetischten schottischen Whisky. Rotuma wollte ihn, den Likörerprobten, einer weiteren Prüfung unterziehen. Henry war sich seinerseits sicher, daß er die richtigen Fäden spann, Rotuma in seinem Netz zu fangen. Auf dem Weg zur Toilette entriegelte er den Seiteneingang, um sich für die Nacht Zutritt zum Haus zu verschaffen. Und als Rotuma die Gesellschaft, die nur noch aus ihm und Henry bestand, auflöste, wartete Henry zehn Minuten im Garten, bevor er sich wieder ins Haus schlich und nach einem leisen Aufstieg in den ersten Stock an Ursulas Zimmer klopfte. Obwohl die Unruhe, die sie hinter der verschlossenen Tür ausstrahlte, für ihn deutlich wahrnehmbar war, hielt sich Ursula an die Anweisung des Vaters. Sie öffnete die Tür nicht. Beatrices Tür, an der er den Versuch wiederholte, blieb gleichfalls verschlossen.

Henry notierte den Vorgang, die Vorhaltungen Rotumas, noch in der Nacht Wort für Wort in seiner Kladde.

Aber der Riß im Gebäude blieb. Gips wäre zu durchlässig. Entgegnungen, bloße Worte genügten nicht.

›*Sind sie nicht größer? Die Opfer um mich herum sind es nicht wert, daß ich mich um sie bemühe. Gott frißt mir aus der Hand. (Klingt gut, entspricht aber nicht ganz der Wahrheit, noch nicht. Luftpumpengott.)*

DIE *und* DIE *und* DIE, *aber ich. Ich habe den Plan. Verborgene Pläne sind der Realität ebenbürtig. Überlegen. Sie entziehen sich der Kontrolle und der Korrektur. Sich im System einquartieren, Rotumas Energie umfunktionieren, Lüge zu Liebe, Lüge oder Tod. Ich trete in die Schattenregierung der Nebenrealität ein, Minister, graue Eminenz, ein paar Dutzend Abendessen noch, sorgfältige Auswahl der Geschichten (Plan); es wäre doch gelacht, wenn ich nicht auf den Fick mit den Schwestern verzichten könnte, wo ich so nah dran bin, auf Ursula sicher, Beatrice: memories were made to fade! (Wo gelesen?) Der Verbrecher und der Fahrensmann Henry Magdaleni.*

Alles ausprobieren, die Basis verbessern, warum sich begnügen, wenn man alles haben kann?‹ TINTENP. 30. OKTOBER 1978

Damals ertappte er sich immer wieder dabei, wie er einen Dialog mit Rotuma konstruierte.
Monate ohne Nachrichten aus dem Hauptquartier.
Im Frühjahr neunundsiebzig rief wie aus heiterem Himmel Beatrice in der Apotheke seiner Mutter an und erkundigte sich nach Henrys Befinden. Der nahm das überraschende Telefonat zum Anlaß, den Rotumas noch in derselben Woche gegen den eigenen heftigen Widerstand einen Besuch abzustatten, und als wäre seit der letzten Begegnung kein Tag vergangen, bat man ihn, zum Abendessen zu bleiben.
Die Schwestern sprangen aufgeregt die Treppe hinunter. Wieder redeten sie wild durcheinander. Nur diesmal schienen sie in Henry, einen Ansprechpartner gefunden zu haben, den sie lange vermißt hatten. Er registrierte, daß besonders Beatrice seine Nähe suchte, bevor sie sich auf ihren Platz begab. Sie berührte ihn einmal leicht am Arm und legte ihre Hand so auf seine Schulter, daß er ihren Druck spüren mußte. Henry deutete die Signale als Aufforderung, die vor Monaten eingestellten intimen Beziehungen wieder aufzunehmen, merkte aber bald, daß das Regime Rotuma keinen Rückfall duldete. Nach dem Tischgebet dauerte die Phase der Geräuschlosigkeit nur kurz. Rotuma war gut gelaunt dazu aufgelegt, die Runde zu unterhalten.
»Henry, Sie können sich nicht vorstellen, wie verrottet dieses Land ist. Sie gehen noch zur Schule. Seien Sie dankbar dafür, daß Sie die ganze Misere nicht am eigenen Leib erleben. Wenn ich nicht etwas so ausgesprochen Nilpferdiges an mir hätte, wer weiß. Obwohl, was sie euch in der Schule erzählen, ich würde mich nicht für die Richtigkeit der Darstellungen verbürgen.«
Die Deckenbeleuchtung war ausgeschaltet, medusenarmige Leuchter, mit fünf oder sechs Kerzen bestückt, standen auf dem Tisch.
Henry wollte etwas notieren: ... den Traum eines müden Hundes, etwas über Halsbänder, Stachelhalsbänder, über die Perspektive eines Hundes, der das Wasser aus der Gosse säuft, eine sinnlose Erektion hat in der Gegenwart steriler Hündinnen, ... daß er Ka-

pellen anpißt, Schulen und Luftpumpenfabriken; doch er sieht sich an diesem lächerlichen Tisch sitzen und kann die Verbindung zum »Tintenpalast« nicht aufnehmen. Die Zeilen, die er nicht schreiben konnte, waren damit verloren.
Der Wortgletscher Rotuma umschloß, vereiste ihn. In einem letzten Versuch, die Zeilen zu retten, sprach er sie laut vor sich hin: »Eisiges spielt meiner Zunge auf zum Zapfenstreich, denke an all die Kadaver in meiner Hundeverwandtschaft, das Fell glattgestrichen, bevor sie zur letzten Ruhe gebettet werden, Gräber leuchten schwarz im Schnee, ein Brunnen, der noch Wasser führt, saufe, sinke...«
»Henry?«
Beatrice trat an seine Seite und legte ihre kalte Hand auf seine Stirn.
»Wir sollten ihn nach Hause bringen.«
»Ach was, dem Jungen ist der Wein zu Kopf gestiegen. Mutter, wir trinken Kaffee.«
Rotuma hatte nicht vor, die Rede abzubrechen. Seine Frau brachte Kaffee, Rotuma rieb sich die gerötete Stirn, trank schnell aus seiner Tasse und setzte seinen Vortrag fort.
»Sie fordern es heraus. Ich betrüge sie nicht, aber sie betrügen alle. Sie wollen uns die Luft abdrehen, mir die Luft abdrehen, dabei pumpe ich durch ganz andere Kanäle, von denen haben die noch nicht mal gehört.«
»Unterirdisch?«
»Keine Ahnung, das ist es, was sie haben. Sie bieten Erklärungen an, Scheinrealitäten. Ich liefere ihnen meine Scheinantworten. Was ist überhaupt noch Realität für die? Sprüche.«
»Oder die Antwort auf die ewige Frage nach den langen Kerls, die dieses Land zugrunde gerichtet haben. Unterirdisch war mit denen aber nichts zu machen. Das wäre heute anders, bei der Technik, über die sie verfügen.«
Rotuma, sichtlich irritiert, sprach weiter.
»Realität ist das, was auf dem Tisch steht, was unter dem Strich

rauskommt. Das ist kein Gegenangebot, aber das Ergebnis der Gegenrealität, der sie nun mal keine eigene entgegenzusetzen haben.«

Henry bekam fast wörtlich die Bestätigung seiner Theorie. Ihm war es einerlei, ob Rotuma »Gegenrealität« gesagt hatte. Er traf sich mit dem Alten an diesem Punkt. Lüge oder Untergang. Das galt im Haus Rotuma. Henry gehörte dazu. Er beglückwünschte sich zu seiner Weitsicht.

»Zahlen sagen gar nichts. Sie geben heute Zahlen heraus, also gebe ich ihnen morgen Zahlen, mit denen sie zufrieden sind. Meine Zahlen werden sie nie erfahren. Die behalte ich für mich. Meine Töchter behalte ich für mich und meine Zahlen.«

Rotuma lachte aus vollem Hals. Henry hatte ihn noch nie so lachen sehen. Höchstens war da ein Lächeln gewesen oder ein hintergründiges Grinsen, nie ein solch erschütterndes Lachen.

»Und übermorgen hol ich der Königin ihr Kind.«

Er konnte sich nicht mehr beruhigen, lachte, trank abwechselnd aus der Tasse und seinem Weinglas und verließ unerwartet und immer noch von Lachkrämpfen überwältigt, nicht ohne sich noch einmal nach Henry umzuschauen, den Raum. Aus dem oberen Stockwerk noch hörte er ihn.

Rotumas letzter Blick hatte sofort seinen Überschwang gebändigt. So sah der Richter den Delinquenten an oder den Gerichtsdiener. Das war kein Blick von Gleich zu Gleich.

Henrys erster Impuls bestand darin, unter dem Tisch den Rock von Beatrice zu berühren, um sich ihrer Gegenwart zu versichern. Ihre Antwort, nur geflüstert, befahl ihm, seine dreckigen Hände an einer anderen abzuwischen. Ursula, die wie immer ihre Schwester beobachtet hatte, der nichts entging, kommentierte die Zurückweisung, indem sie ihn kühl und ohne sichtbares Interesse ansah. Henry hielt sich kurz an der Tischkante fest, starrte auf seine Hände, spürte, wie sich eine Schmutzschicht um ihn legte, wie aufständische Bakterienkolonien explodierten und ein Film seine dünne Haut überzog.

Wie der Alte es ausgerechnet hatte.
Unter dem Strich kam bei seiner Liaison mit den Schwestern kein positives Ergebnis heraus, keines, das er im Sinn einer Fortbewegung hätte werten können. Die Erinnerung an die Minuten zwischen ihren Schenkeln mischte sich mit den kleinlichen Versuchen der Demütigung, die sich anschlossen.
Sie versuchten, ihn zu erniedrigen. Wie eine Verschwörung, deren verspotteter Gegenstand er war. Der Hofnarr wurde auf Umwegen in sein Amt eingeführt. Lange war ihm wenigstens ein Vergnügen sicher gewesen. Den Platz im Eßzimmer hatte er als Zeichen der Beförderung gewertet. Ein Ergebnis seiner Aktivitäten, wie er es erwartet hatte. Er fand sein Vergnügen, gepaart mit einer Art von Nervenkitzel, die ihm bis dahin unbekannt gewesen war.
Nunmehr zum Publikum zu gehören, in der ersten Reihe zwar, aber doch als bloßer Zuhörer, Zuschauer, das konnten sie nicht von ihm verlangen. Der Plan war zerstört. Hier konnte er nicht länger bleiben. Der Rolle als Claqueur war er nicht gewachsen.
Sein System war zusammengebrochen. Ein Blick, eine geringe Abweichung hatte genügt. Henry sollte die Funktion eines Taschenspiegels übernehmen, in dem die Schwestern überprüfen konnten, ob das Make-up sorgfältig aufgetragen war, die Frisur keine Schäden erlitten hatte.
Henry machte sich auf einen längeren Zeitraum gefaßt, in welchem er sich ausschließlich der Arbeit für das Abitur widmen wollte und den Eintragungen im »Tintenpalast«.
Die Jugend war, wie Henry annahm, zu Ende.

›Falsche Zahlen, Kolonnen marschieren an meiner Seite, nach seinem Befehl. Ich falle in ihren Schritt, kann den Rhythmus nicht verlassen. Der scharfe Schritt der Zahlen trommelt gegen meine Schläfe. Ich erkenne Nullen, mehrere Nullen halten sich in meiner Nähe auf…
Die Töchter versinken in einem See aus Nullen. Die Kapelle, die an seinem Ufer steht, bröckelt langsam in den Schlamm.

Der Alte hat seine Töchter um ihren Liebhaber betrogen, will sie mit Zahlen füttern. Alles ist in seinem Besitz. Er kann mich nicht betrügen, mich nicht!‹ TINTENP. FEB. 79

Zwischen den lästigen Schulbesuchen blieb Henry in seiner Schreibstube. Er entwarf, vernichtete.
Das Haus seiner Mutter schnürte ihm den Atem ab.
Die seltenen Kontakte, die er zuvor bisweilen mit Nachbarn oder Schulkameraden unterhalten hatte, stellte Henry jetzt ganz ein.
Der »Tintenpalast« war bald nur noch wenig mehr als ein Bündel loser Blätter, die er mühevoll in den Einband klebte, um sie später wieder herauszureißen und im Heizkessel zu verbrennen.
Im Frühsommer dieses Jahres fand auch die letzte Begegnung mit einem Mitglied der Familie Rotuma statt. Auf der Straße wurde ziemlich laut sein Name gerufen, ein zweites Mal leiser. Beatrice stand auf der anderen Straßenseite und bat ihn mit einer Handbewegung, auf sie zu warten. Gerade dieses Zusammentreffen hatte er vermeiden wollen, als sie aber näher kam, wurde ihm klar, daß es ein letztes Gespräch geben mußte, immer geben würde, daß dies geradezu eine Bedingung dafür ist, um sich vergewissern zu können, und dafür, daß ein neuer Plan reifen kann. Als sie auf ihn zukam, zweifelte er für einen Augenblick an seinem Verstand. Die Farbe ihres Haares, aschblond, eigentlich keine richtige Farbe, gefiel ihm nicht. Er fand plötzlich, daß ihre Oberschenkel etwas dick waren und die Größe ihrer Brust etwas zu dürftig ausfiel. In ihrem Gang bemerkte er ein leichtes Schlurfen, das besser zu einer der alten Frauen in seiner Straße gepaßt hätte.
Er überprüfte noch einmal seine Beobachtungen und zwang sich, zu einem anderen Schluß zu kommen. Sie war ein schönes Mädchen, und er war zufrieden, daß sie eine seiner ersten beiden Frauen gewesen war.

»Du vernachlässigst deine Pflichten, Henry. Wir haben dich noch nicht freigegeben.«
Henry sah ein zaghaftes Lächeln. Sie standen sehr nahe beieinander.
»Prüfungen stehen an, die Zeit ist knapp.«
»Für ein Essen am Abend wird sie noch reichen, heute zum Beispiel. Es wird einen Hasen geben.«
Er trat noch näher an sie heran, flüsterte ihr zu:
»Ich esse zu Hause, wenn ich esse. Lauf du dem Hasen nach, Beatrice!«
Er drehte sich nicht mehr nach ihr um. Sie schien seine Worte nicht vollständig verstanden zu haben. Wie weggeweht war die hochmütige Maske der Familie Rotuma. Beatrice konnte ihre Bestürzung nicht verbergen. Damit war sie entlassen.

›So entsteht kein Plan, das ist kein Palast, und in einem Schuppen wird nichts bewirkt. Die Erfindungen bleiben in meinem Kopf hängen, sind tot. Schreibe ich sie hier hinein, werden sie nicht lebendiger.
(Lese ich nach, verstehe ich nicht mehr alles, verstehe kaum, warum ich es schrieb.)
In drei Wochen bin ich achtzehn Jahre alt. Meine Notizen werden nicht gebraucht. Ich bin nutzlos. Den letzten Rest hat mir der Rotuma-Clan gegeben. Ich hätte mit einem Mädchen aus meiner Klasse ins Bett steigen sollen, ich hätte mit meiner Nachbarin ins Bett steigen sollen oder mit der Mutter meines Direktors. All das wäre besser gewesen. Ich mußte denen übers Bett laufen.
Der Alte mit seinen Zahlen weiß nicht, worum es wirklich geht. Das hat mit Poesie nichts zu tun. Er hat sich absolut verrannt. Ich werde nichts mehr aufschreiben.‹ TINTENP. 79

›Rotuma die Chance verschaffen, mich endgültig zu verstehen!‹
TINTENP. MAI 79

Henry verbrachte seinen achtzehnten Geburtstag mit seiner Mutter. Er teilte ihr mit, daß er nach dem Abitur das Haus verlassen würde, er wisse noch nicht wohin, aber das spiele keine Rolle. Die Mutter hatte mit dieser Eröffnung gerechnet, als sie aber an diesem Tag erfuhr, daß Henry wirklich gehen würde, zog sie sich von ihrem Sohn zurück, verschwand sie ganz hinter der mühsam gewahrten Fassade. Sie wurde einsilbig, trank, wollte später nur ein paar Stunden neben ihrem Sohn sitzen. Sie saß zusammengesunken neben Henry, der zum ersten Mal an eine alte Frau denken mußte, als er seine Mutter ansah. Vergeblich forschte er nach einem Impuls, der ihn dazu gedrängt hätte, bei ihr zu bleiben, oder nach einem anderen starken, zärtlichen Gefühl, das ihn mit seiner Mutter verbunden hätte. Die Mutter nahm einmal kurz Henrys Hand, legte sie aber gleich darauf, als wäre sie nur eine vergilbte Fotografie, zurück.
Henry hatte keine Schwierigkeiten, die Prüfungen zum Abitur zu bestehen. Er mied die folgenden Feierlichkeiten, schloß sich noch für eine Weile mit seinen Entwürfen ein.
Es galt, seinen Entschluß, Blubars zu verlassen, in die Tat umzusetzen.
An einem Vormittag ging er hinüber zur Apotheke, umarmte flüchtig seine Mutter, verabschiedete sich. Sie entzog sich ihm schnell. Ein Patient mußte bedient werden.
Auf dem Weg zum Bahnhof ging Henry am Rathaus vorbei, studierte die Tafeln, die in der Eingangshalle angebracht waren, lief zwei Treppenabsätze hinauf, klopfte an einer Tür, gab einer Mitarbeiterin der Dienststelle einen Umschlag und verließ das Rathaus wieder. Anderthalb Stunden später traf er in Berlin ein.
In den folgenden Wochen wurde das Haus Rotuma mehrmals von der Staatsanwaltschaft durchsucht. Die Aktivitäten fanden ihren Abschluß mit der Verhaftung des alten Rotuma.
Das Bezirksgericht Potsdam verurteilte Rotuma zwei Monate später wegen Steuerhinterziehung zu sechseinhalb Jahren Gefängnis. Diesmal versagten alle Rotumaschen Beziehungen. Die wenig-

sten Leute waren überhaupt für ihn zu sprechen. Es schien, als hätte man nur darauf gewartet, daß es auch ihn eines Tages erwischen würde, und stand nun dabei und sah zu, wie der Herr der Luftpumpen seine Pfründe verlor, und nicht nur diese. Blubars hatte sich des letzten der Götter entledigt.
Henry las von diesem Prozeß und dem Urteil in einer Berliner Zeitung.

›Die Reisenden wußten, wie staubig diese Gegend sein kann. Sie saßen schon zu lange hier und spielten ihr dreckiges Spiel, während der Rauch aus den Schloten den Pferden den Atem nahm.‹

TINTENP. '79, NOVEMBER

Zehn Jahre später saß Henry vornübergebeugt auf einem Kilometerstein, nur ein paar Schritte vom Haus der Rotumas entfernt. Atmete schwer.
Er wollte dem Friedhof einen Besuch abstatten, wußte aber nicht, wo das Grab seiner Mutter war. Blubars hatte er nie wieder betreten, auch nicht, als man ihm bei einem seiner seltenen Anrufe bei der Mutter mitteilte, daß sie unerwartet verstorben sei.
Henry erhob sich vom Kilometerstein und schlich mehr als er ging in Richtung der Rotumaschen Villa. Er sah, daß einige Häuser, die an seinem Weg lagen, zugemauert waren. Dort hatten früher Schulkameraden von ihm gewohnt. Die Häuser wurden vielleicht für den Abriß vorbereitet, oder sie verfielen, weil das der Gang der Dinge war, und keiner ein Interesse daran zeigte, den Gang der Dinge aufzuhalten.
Die Schilder am Fabrikgebäude hatten den Zusatz – Volkseigener Betrieb/Werk 3 – erhalten. Der Name Rotuma tauchte nur noch im Signet der Firma an der Giebelwand des Klinkerbaus auf. Von weitem sah er schon, daß das Tor zur Einfahrt der Villa verschlossen war.
Henry nahm es als Zeichen, dort nicht anzuklopfen, und wandte sich dem nahen Stadtzentrum zu, in dem sich die ehemalige Apotheke seiner Mutter befand, das Haus, in dem er aufgewachsen

war. Kaum hatte er den Marktplatz betreten, sah er einen ehemaligen Mitschüler, der seinen Weg kreuzen mußte.
Der Marktplatz war leer und schien der einzige Ort in Blubars, der nicht dem Verfall preisgegeben wurde.
Er wollte gerade seinen Arm heben, um den jungen Mann auf sich aufmerksam zu machen, als dieser die Richtung seines Weges änderte. Der Mann bedachte Henry mit keinem weiteren Blick. Es waren nicht viele Leute in Blubars auf der Straße unterwegs. Niemand hatte einen Gruß für ihn übrig. In der Apotheke leugnete man sogar, einen Henry Magdaleni zu kennen. Man wich seinem Blick nicht aus, als man ihn mit Ausflüchten abfertigte. Über ihn war der Bann verhängt worden.
Es blieb das Grab seiner Mutter. Die Beerdigung hatte er versäumt. Letzter heimischer Ort in der Stadt seiner Kindheit.
Henry bekam vom Friedhofsgärtner die gewünschte Auskunft nach der Grabstelle. Er ließ die Kapelle linker Hand liegen und ging zur Umfassungsmauer, an welcher das Grab seiner Mutter liegen mußte. Es befand sich in einem guten Zustand. Henry wußte nicht, wer das Grab versorgte.
Der Stein, auf dem ihr Name stand, taugte für Henry nicht zum Gesprächspartner. Er setzte an, ein paar Worte zu stammeln, aber es bildeten sich keine Sätze. Henry konnte nicht einmal mit der toten Mutter Kontakt aufnehmen, säuberte überflüssigerweise das Beet, stand noch eine Weile unschlüssig. Den Wunsch zu weinen, über den er nachdachte, konnte er sich nicht erfüllen. Seine Unfähigkeit, Trauer zu zeigen, erstaunte Henry nicht, aber gerade an der Friedhofsmauer von Blubars hatte er sich ein paar Tränen zu seiner Rolle gewünscht.
Er lief an der Friedhofsmauer entlang, las unwillkürlich die Namen, die auf den Grabsteinen standen, bis er vor einer Grabanlage aus der Gründerzeit, die ihn an eine Grotte oder ähnliches erinnerte, doch stehenblieb.
Rotumas Familiengrab, von glänzendem Granit eingefaßt.
Er las die Namen von Hans-Heinrich, Ursula und Beatrice Ro-

tuma auf dem Stein. Der alte Rotuma war am 13. November 1983 gestorben, seine Töchter drei Wochen nach ihm. Beide am selben Tag. Nur die Mutter war hier nicht begraben worden.
Henry verlor die Fassung. Er taumelte, mußte sich auf den schwarzpolierten Stein stützen, um nicht auf die Grabstelle zu stürzen.
Er rechnete aus, daß Rotuma noch im Gefängnis gestorben sein mußte. Aber die Frage, warum die Schwestern so unmittelbar folgten, blieb offen.
Damals hatte ihn ein fast heiliger Zorn getrieben. Er konnte sich nur an diesen erinnern. Fast wäre Henry so weit gegangen, zu rufen, daß er noch zu jung gewesen war, um abzusehen; aber er kalkulierte auch, wie sich mit dieser Entdeckung der »Tintenpalast« wiederbeleben ließe. Verläßlicher Dramaturg, der ihn mit einem Regieeinfall versorgte. Wenn die Friedhofsszene nicht nützlich war, würde sie nicht stattgefunden haben.
Schub, Injektion, Dankbarkeit wären die Überschriften, unter denen Henry eine Tintenpalastbedingung angelegt hätte, weil Nahrung für vergangenheitsverzehrende Sätze bereitgestellt wurde. Der Friedhof war in dieser Beziehung für ihn eine willkommene Bühne, wie beinahe jede andere auch.
Die letzte Eintragung lag lange zurück, nichts Bemerkenswertes hatte er seitdem gezwungen, gedacht, phantasiert. Bezahlen würde er müssen. Seine Rechnung stand offensichtlich noch aus. Die anderen hatten die ihre schon beglichen. Die große Bilanz würde ihn nicht vernachlässigen dürfen.
Den Rückweg durch die Stadt, zur Autobahn, nahm Henry kaum wahr.
Der Fahrer, der ihn nach Berlin mitnahm, wagte nicht, ihn anzusprechen.
Er kam erst wieder zu sich, als er in seiner Wohnung saß und im »Tintenpalast« die Eintragung las, die er soeben vorgenommen haben mußte.
›Alle tot. Die Familie Rotuma existiert nicht mehr.‹

TINTENPALAST, SOMMER 1989

Drittes Kapitel

Herbst 1992, Tsaobis, Namibia

Der unfreundliche Himmel muß über Nacht Tausende Steine im Tal verstreut haben. Beschuß im Sinn.
Simon sitzt am frühen Morgen unter dem kleinen Vordach seines Bungalows und beobachtet die Nama, die unter ihrer Akazie lagern und ihn fixieren.
In Tsaobis rechnet sich der Fortgang des Tages nach Wimpernschlägen, die hier viel seltener vorkommen als sonst irgendwo. Simon paßt sich an, die Augen beginnen zu brennen. Der staubige Vorplatz seines Bungalows verschwimmt.
Ob der Organismus der Einheimischen vielleicht anders funktioniert? Er zählt die Sekunden. Die beiden Nama kann er bald nicht mehr erkennen. Haben diese ihre Augen einmal geschlossen? Ein Reflex beendet sein Experiment.
Namaaugen, er weiß nichts von ihnen, sind mit sich beschäftigt, schließen sich nicht. Sie visieren einen Punkt an, der hinter ihm liegt, im Haus.
Der Altar aus Vogelfedern, den er nicht berührt hat, ist Mittelpunkt ihrer Gedanken.
Würden sie Gewalt anwenden, um den weißen Eindringling aus ihrem Heiligtum zu entfernen? Ihm unter Triumphgesängen die Eingeweide aus dem Leib tanzen? Lediglich auf Grund des Verdachts, er hätte ein Sakrileg begangen, würde eines begehen wollen? Simon kennt den Strafkatalog nicht, weiß nicht, was das zerlumpte Namagericht verabreichen würde.
Er sollte die Beziehungen verbessern, noch vor seiner Abreise alle Zweifel über seine Lauterkeit ausräumen, am besten heute damit beginnen. Aber unter ihren gnadenlosen Blicken kann er sich darauf nicht konzentrieren.

Er will vor Sonnenuntergang das Camp verlassen, um die Nacht diesmal im Freien zu verbringen. Kröger hatte ihm abermals ein paar Regeln mitgegeben, die er da draußen nicht außer acht lassen darf.
Er wird die Tür seines Hauses offenstehen lassen. Sollen sie ihren Göttern opfern!
Am nächsten Morgen wird er den Tempel wieder in Beschlag nehmen, bis zu seiner Abreise.
Bis zum Sonnenuntergang liegt noch ein halber, zu verschwendender, angebrochener Tag vor ihm.
Simon erwägt, Emily zu einem frühen Dinner in seinen Bungalow einzuladen. Das Mißverständnis scheuend, das diese Geste zwangsläufig begleiten wird, verwirft Simon die Idee.
Dann sinkt die Sonne nicht, sie stürzt.
Simon ist sich sicher, daß ihn niemand beobachtet. Er läuft in die Hügel und weiß nicht, wie er das Weiche, Faßbare, beschreiben könnte. Luft nennen sie es. Wenn er in der Lage wäre, dem etwas Wesentliches hinzuzufügen. Mit den Händen kann er sie greifen, sich in sie einhüllen. Mit keinem würde er jemals diesen Moment teilen wollen, von dem er gefangengenommen wird, an einem Ort, an dem der Verstand und die Erinnerungen unbrauchbar sind.
Aber unerwartet schnell verflüchtigt sich der euphorische Ausbruch und weicht der Aufmerksamkeit, die er der Wegstrecke widmen muß. Nur noch die Schemen kleinerer Steinbrocken heben sich vom braunschwarzen Boden ab, hinterlassen einen Schattenriß.
Vorsichtig setzt er Schritt vor Schritt. Erst am nächsten Tag würde man die Suche nach einem gestrauchelten Simon aufnehmen. Bis dahin könnte es zu spät sein.
Lautlos wird Simon umschlichen. Will sich nicht ins Beutemuster fügen. Woher das Kratzen kam, kann er nicht orten.
Unbemerkt mußte er einen der Hügelkämme überschritten haben, denn in seinem Rücken ist das Camp im Tal nicht mehr zu erkennen. Wie viele Stunden mochte er unterwegs sein?

Simon gelingt es nicht, auf dem Felsen, auf dem er sein Lager aufschlagen wollte, Schlaf zu finden. Den Schlafsack zu verlassen und aufzustehen, den Rückweg anzutreten, soll ihn vorerst von seinem Drang nach nächtlichem Abenteuer kurieren. Unbestimmbare Geräusche, intensive, noch nie gerochene Gerüche, hatten ihn stundenlang wachgehalten. Er ist noch nicht in der Wildnis angekommen. Das Gewehr griffbereit, ohne Ruhe, eingedrungen in unsicheres Revier, ist der Wunsch größer als die Bereitschaft, das Risiko auf sich zu nehmen, mit dem alle hier draußen leben müssen. Die Sonne wird am Horizont erscheinen. Noch ist es dunkel.
Der Weg zurück ins Camp ist dennoch leicht zu finden. Afrikanisches Mondlicht beleuchtet den Pfad.
Er würde den Versuch wiederholen, wird sich nicht damit abfinden, daß er in der Felsenkulisse versagt hat.
Kurz bevor er das Tor zum Camp öffnet, sieht Simon, daß in seinem Bungalow ein schwaches Licht flackert. Aus den Fenstern dringt ein kaum wahrnehmbarer Lichtschein in die Dunkelheit des Camps. Die Geräusche und Gerüche um ihn herum werden weniger intensiv, je näher er dem Lager kommt. Vorsichtig öffnet Simon das Tor und geht auf seinen Bungalow zu. Nur noch die schmale hölzerne Terrasse trennt ihn vom Tempel. Simon nähert sich dem Fenster.
Ein Ritual, daß er für sich einfach »Voodoo« nennt, hat offenbar noch nicht sein Ende gefunden. Hatte es in dieser Nacht den entscheidenden Tanz, den vorhergesagten Gesang gegeben? Simon kann sich einen Voodoo-Zauber nicht vorstellen, in dem nicht bis zur Ekstase getanzt und afrikanische Lieder gesungen werden. Dabei rührt sein Wissen über diese abgelegenen Gegenden nur aus Reisemagazinen und den einschlägigen Reportagen im Fernsehen.
Sie sind längst über diesen Punkt hinaus. Die Nama hocken an ihrem Altar, wenn es überhaupt ein Altar ist, und wiegen ihre Oberkörper in einem imaginären Rhythmus, der sich ständig verlangsamt. Als fielen die unhörbaren Takte in sich zusammen, flie-

hen die Körper der beiden Nama aus dem Schaukeln in eine sich ankündigende Bewegungslosigkeit. Ihre Oberkörper, von den blauen Arbeitsanzügen befreit, vom Kerzenlicht matt beleuchtet, werden ruhig, erstarren fast. Simon wird diese Ruhe später einmal als den Endpunkt der Reise bezeichnen.
Sie bemerken das sparsame Schaukeln nicht, das Simons Kopf hinter dem Fenster vollführt. Er sieht die länglichen, birnenförmigen Brüste der jungen Frau. Zwei Meter von ihr entfernt sitzt der alte Nama und hält eine Kunststoffflasche mit einer milchigtrüben Flüssigkeit in der Hand. Seine Augen sind blutunterlaufen, soweit Simon das im Licht der Kerzen erkennen kann. Trotzdem wirkt er jünger als am Tag und führt ruhig die Flasche an seine Lippen, die er mit winzigen Schlucken mehr benetzt, als daß er trinkt. Simon hat gesehen, wo sich die Schwarzen ihre Getränke selbst brauen, hörte aber auch, daß sie für Weiße ungenießbar seien, eine fast tödliche Wirkung hätten.
Die junge Frau ist nicht schön. Ihr Gesicht ist von Pockennarben übersät, und der Alkohol hat in ihm schwere Verwüstungen angerichtet. Immerhin kann Simon jetzt aus der Nähe erkennen, daß sie noch nicht sehr alt ist.
Simon läßt sich auf den Boden der Holzumbauung nieder. Irgendwann werden sie sein Haus verlassen müssen. Als Indiz dafür, daß die beiden Nama in einen größeren Zusammenhang gebunden sind, deutet Simon die ausgesprochene Gelassenheit, mit der sie ihre Handlungen vollziehen. Sie verbinden sich in ihrer Trance mit der größeren Gemeinde, von der sie in diesem Tal abgeschnitten sind, der sie dennoch angehören, solange sie Zeugnis davon ablegen im Bungalowtempel.
Wenigstens, so viel glaubt Simon darüber zu wissen, besteht ein Zusammenhang zwischen den Ahnen, den Geistern des Voodoo und den beiden Nama.
Auf den Platz ihrer Trance haben die Krögers einen ihrer Bungalows gestellt. Diese Einsicht verstärkt das Gefühl, ein Eindringling zu sein.

Damals in Berlin wurde weder gesungen noch getanzt.
Selten genug ließ sich Simon überreden, Henry zu etwaigen Bekanntschaften zu begleiten. Meist allerdings lehnte er Einladungen dieser Art ab.
Das bizarre Gebilde ihrer Beziehung wollte er durch Henrys undurchsichtige Umgebung nicht gefährden lassen. Er ging soweit, sich und Magdaleni eine Form von Emigration zuzugestehen, beide dort hineinzudenken, daß es fast selbstverständlich war, andere zu meiden.
An die seltsamen Gespräche mit Henry hatte er sich inzwischen derart gewöhnt, daß er darauf nicht mehr verzichten wollte. Nächtliche Treffen in Henrys ständig wechselnden Kreisen fand er dagegen entbehrlich.
Dennoch erinnert Simon sich an eine Zusammenkunft: Er sieht sich in der Nähe Henrys sitzen, um dessen Auftrag er weiß. Doch Henry führt das Gespräch, stellt immer wieder Antworten bereit, fragt nicht oder nur wenig nach, scherzt, lacht und greift ab und an mit kühlen Händen nach Simons Arm, um sich dessen greifbarer Anwesenheit zu versichern.
Ob Henry möglichen Auftraggebern berichtet hat, erfuhr Simon nie. Simon sprach nicht, nahm aber mit schmerzhafter Intensität die Runde wahr. Vier oder fünf Männer waren es, denen sie in einer nachlässig eingerichteten Wohnung, unweit der Lychener Straße, im Dachgeschoß gegenübersaßen.
Wenige Dezibel über dem Pegel der weitverbreiteten Geräuschlosigkeit füllte sich die Kneipe, mit der ebenerdig das Haus seinen Anfang nahm. Weiter entfernt froren die letzten Gruppen Berufstätiger auf einem windigen Bahnsteig, warteten auf den sie erlösenden nächsten Zug.
Daran konnte sich Simon nie gewöhnen.
Unverfroren, kaum zu glauben, dirigierte Henry das Konvolut flüchtiger Sätze, und mit keiner noch so geringen Ahnung gelang es Simon, sich dem Wert zu nähern, den das Gespräch für Henry haben mußte. Der stand der liebenswürdigen Runde vor, in der

Belangloses verhandelt wurde. Welcher Mann im Begriff war, welche Frau zu verlassen. Henry bot seine Hilfe an. Einmal sogar, Simon erinnert sich genau, nahm er nach einer dieser Nächte einen verlassenen Mann mit sich nach Hause.

Natürlich, lang und breit, ohne wirkliches Wissen darum, die Schuldfrage. Welches Spiel am letzten Wochenende von wem verschoben worden war, und ob darum die ostdeutsche Fußballmeisterschaft zu einer Farce verkam. Trinksprüche, schnell improvisierte Festreden.

»Ich verleihe Ihnen eine Auszeichnung für die außerordentliche Übersichtlichkeit, mit der Sie Ihrer vollkommen überflüssigen Existenz jeden Anschein eines Planes verweigern. Eine Arbeitsgruppe zur Verweigerung der Einsetzung einer Kommission, die nicht befaßt werden soll mit Ihrem Lebenswerk, wird darüber befinden, ob ihr Ihr Name vorenthalten werden kann.«

So oder ähnlich konnte sich das anhören. Einverstanden war man schnell. Über jeden noch so abseitigen Einfall wollte man glücklich sein.

Und gratuliert wurde zu diesen Existenzen und getrunken wurde. Simon verstand nicht, woraus derartige Ausbrüche gespeist waren. Henry dagegen feuerte die Runde an, ohne sich aber selbst wirklich daran zu beteiligen.

Eine weitere Rede sollte auf Magdaleni gehalten werden, der dieser Eloge allerdings dadurch aus dem Weg ging, daß er eilig das Zimmer verließ.

Einem, der so weit ging zu bemerken, daß er mit einer philosophischen oder soziologischen Abhandlung überraschend gut vorankäme, wurde kurzerhand das Wort abgeschnitten, worüber der zurückgekehrte Henry einen Augenblick verstimmt schien. Der angestrengte Versuch, dieses Thema wieder aufzunehmen, scheiterte an der nächsten, inzwischen reichlich alkoholbefeuerten Rede des Gastgebers.

Eine weitere Flasche giftig verschnittenen, algerischen Weins kreiste unter den Männern.

Die Kneipe im Haus schloß hinter dem letzten Gast die schmächtige Tür. Leere Waggons der Stadtbahn harrten vergeblich dem Zustieg aus der Dunkelheit des windigen Bahnsteigs. Fahrlässig verschloß sich der offene Raum der Stadt vor ihren Einwohnern. Und als erster erhob sich Simon bei der Ankündigung, das Frageantworthinundher in der spärlich eingerichteten Wohnung unterm Dach, Nähe U-Bahnhof Dimitroffstraße, könnte einem Ende entgegengehen. Eine wenig herzliche Verabschiedung. Simon sah sich schüchtern Hände verabreichen. Henry entließ ihn auf der Straße unvermittelt mit einer brüderlichen Umarmung in eine nicht zu bewältigende Nacht.
Sein kurzer Fußweg nach Hause wurde von der verschlossenen Stadt nicht mehr wahrgenommen. Niemand wäre bereit gewesen, sich Simons Beichte anzuhören.

In Tsaobis ist er nur ein Eindringling mehr, dessen Namen sich die Schwarzen nicht merken müssen. Nur für Tage bleiben die Besucher hier und verweisen die Nama auf ihren Platz außerhalb des Tempels.
Wie er ins Heiligste eindringen konnte?
Hinter Simons linkem Ohr schlagen die Bässe urnächtlicher Musik in die Kopfhälfte ein. Hemd und Hose verdampfen von seiner Haut. Sein Körper wird von einer Welle scharfriechenden Schnapses benetzt. Mit einem Mal bewegt er sich, den Bässen folgend, zu denen sich höhere, klare Töne gesellen, Worte, Gesang. Simons Tanz wird von jungen, starken, flinken Händen gelenkt. Bungalowwände sind überwunden. Die Hände berühren ihn mal heftig, mal flüchtig, sind überall. Sie erzeugen eine Lust, die Hände, Arme, Schultern, Brüste, die Simon hinter den Berührungen nur ahnt, besitzen zu wollen. Simons Muskeln, eher schwach und unterentwickelt, straffen sich, umspielen seine Knochen lebendiger als je zuvor. Muskelkontraktionen gehorchen Befehlen aus trüber, wahngetränkter Atmosphäre. Die Mächtigkeit, zu der sich seine zwielichte Erektion erhoben hat, bedeutet ihm, Kraft zu haben,

die Kraft, um jede, jeden zu befriedigen. Simon schwitzt. Um ihn herum blitzt Helligkeit auf. Aus dem Mundwinkel ergießt sich ein Strom von Speichel auf seine Brust. Simon dringt in die Höhle ein, erschlafft nur kurz in der Gewißheit neuerlicher, endloser Umarmungen.
Als ob eine bleichbraune Hand nach ihm greift. Die rissig trokkene Handfläche berührt Simons Schulter. Sie hält ihn. Wenn Simon sie festhalten könnte! Ein anderer, kahlglänzender, dunkler Kopf, der sich über ihn beugt. Unter Simon die Erdfarbene weicht nicht. Morgenlicht verfälscht ihre Farben. Kehlig gestimmter Singsang korrigiert Simons Fluchtgedanken. Mit einem schmerzhaften Griff wird Simon daran erinnert, daß er noch nicht entlassen werden kann. Der daraus nicht entlassen werden will. Ein Faden Schnaps langt bei ihm an. Die Betäubung schickt ihn zurück in die Priestergrube, wo er endlich als Gleichgestellter, gleichgesinnt, in die Liturgien, die Gebete einstimmt. Bis Vorlautes aus ihm drängt; nicht zu übersetzen. Ohne Unterbrechung verstreut Simon die wirren Stimmen, die seine Zunge beisteuert. Noch einmal nimmt er Anlauf. Wieder trifft er das Zentrum, heben ihn geübte Hände über sich selbst hinweg.
Aber Baßspiel und Summen entfernen sich dennoch.
Als er erwacht, steht die Tür des Bungalows offen. Der Raum ist leer. Sein Rücken schmerzt von der unbequemen Haltung, in der er eingeschlafen sein muß. Er betritt den Schlafraum, findet aber keinen Hinweis auf die nächtlichen Gäste. Ein Gottesdienst, der keine sichtbaren Spuren hinterlassen hat. Wieder wird kein Beweis geführt werden können.
Vogelfedern paradieren in der Zimmerecke, der Raum ist sauber, die Kerzen verschwunden, und in der Luft liegt nicht die geringste Spur des Parfumes, das ihn an die vor kurzem beobachtete Zeremonie erinnert hätte. Er legt sich auf sein Bett und schläft weitere zwei Stunden. Vogelduft markiert die Wege nach draußen, treibt die Bilder zurück in seinen Traum. Simon lacht mit den anderen, die sich bei seinem Fest eingefunden haben. Henrys Ge-

sicht findet er nicht, aber Simon lacht, wie er es lange nicht mehr getan hat. Von seinem Traumgelächter wacht er schließlich auf. Simon will nur noch diesen einen Tag in Tsaobis bleiben.
Er duscht lange im Bretterverschlag hinter dem Haus. Es ist sehr heiß. Auch für diese Tageszeit und für diesen Ort. Der alte Nama und die junge Frau sitzen unter der Akazie, als Simon den Bretterverschlag verläßt. Sie beobachten ihn. Simon holt den Sprachführer mit den wichtigsten namibischen Sprachen aus dem Haus und geht zur Akazie hinüber, heißt sie mit einer vorsichtigen Handbewegung, einen Augenblick zu warten, schlägt die entsprechende Seite im Sprachführer auf und begrüßt sie. Dabei legt er, wie es empfohlen wird, die Zunge an die oberen Schneidezähne, um den Anlaut mit einem Klickgeräusch zu versehen. Er schnalzt mit der Zunge, läßt sie vom Gaumen mit einem kräftigen Geräusch nach unten fahren, dem sich der Rest des Wortes anschließt, und erntet keine Reaktion. Er versucht es mehrmals, variiert die Geräusche, verweist auf die Erklärungen im Sprachführer, welche beide nicht lesen können, und setzt seine Zunge einer Kraftanstrengung aus, die sich nicht in Verständnis oder gar Verständigung auszahlt. Virtuos gleitet die Zunge von den Schneidezähnen ab, windet sich zurück zum Gaumen, überrascht Simon mit einem vollen, interessanten Laut, der seine Bemühung um Verständlichkeit aber nicht weiterbringt.
Offenbar Simons Mundakrobatik müde, belagert von diesem Fremden, verlassen die Nama ihren Platz. Gleichgültig schlendern sie aus der Mitte des Camps. Kaum zehn Meter weiter entspinnt sich eine heftige Diskussion zwischen dem alten Mann und der jungen Frau, die sich noch mehrmals nach Simon umblickt. Er geht langsam durch das Camp, sieht, wie Emily sich auf den Weg zum Schwimmbecken macht, das ganz am Rand des Tales in den Schatten der Felsen gebaut ist. Simon will ihr später dorthin folgen.
Zum dritten Mal an diesem Tag überrascht ihn der Schlafraum in seinem Bungalow durch eine unerwartete Veränderung. Er wird

sofort des einzigartigen Geruches gewahr, der den gesamten Raum ausfüllt, kann die Ursache dafür aber nicht sofort entdecken.
Auf dem Boden vor dem Altar aus Vogelfedern steht die Plastikflasche mit der milchig-trüben Flüssigkeit, welche er schon in der Hand des alten Mannes wahrgenommen hat. Er öffnet sie, und der Geruch, der sich im Raum ausgebreitet hatte, schlägt ihm intensiv aus der Flasche entgegen. Es ist kein unangenehmer Geruch. Er muß sich nicht überwinden, aus der Flasche zu trinken. Angenehm warm rinnt die Flüssigkeit in seinen Magen und schlägt ihn gleich darauf nieder, daß er sich wieder für Sekunden benommen auf sein Bett setzen muß. Die Benommenheit weicht eine Minute später der besonderen Wahrnehmung, die ihn das Licht als angenehm empfinden, den Raum größer erscheinen läßt. Mühelos gelingt es Simon plötzlich, Sätze der Nama nachzusprechen. Er sitzt allein vor dem Vogelfederaltar und führt ein Gespräch mit der jungen schwarzen Frau. Er greift nach ihren Flaschenbrüsten, fällt vornüber und bleibt liegen. So unvermittelt, wie er gekommen war, verfliegt der Rausch. Die Befürchtung, daß sich der sorgfältig unterdrückte Schmerz aus seinem Unterleib vehement zu Wort melden könnte, wird nicht bestätigt.
Als wäre sie schwerelos, treibt Emily auf dem Wasser, unternimmt ab und zu eine kleine Bewegung, um nicht zu versinken. Das Wasser belebt nicht, umschließt bloß den Schnaps in Simons Blut, wie eine zweite Wandung, treibt ihn, eingeschlossen in einen Kokon, auf Emily zu.
Mit seiner Vision kann Emily nicht mithalten. Dafür ist sie zu real. Wasserfarbenhell wirkt sie zerbrechlicher, als es an Land, auf den Geländen der Farm, der Fall wäre. Sie ist eine zuverlässig existierende Person. Aber Simon fragt sich gerade deshalb, ob er mit ihr etwas anfangen könnte.
»Es geschieht nicht oft, daß ich um diese Tageszeit schwimmen gehen kann. Unsere Farm wird zum größten Teil auf der anderen Seite der Paßstraße außerhalb des Tales bewirtschaftet. Um diese

Zeit sind wir meistens bei den Weiden und reparieren Zäune, oder wir fahren herum und sehen nach, ob es kranke Tiere gibt.«
Emily wendet sich Simon zu, der von ihr wegschwimmt.
»Na, wir haben etwa dreitausend Rinder auf der Farm, etwas weiter unten ein paar Dutzend Strauße. Und die Tiere stehen ja nicht beieinander. Fast zehntausend Hektar, auf denen die Rinder grasen. Wir müssen weit fahren, die Tiere zu finden.«
Emily schwimmt zum Beckenrand und frottiert sich die blonden Haare trocken, bevor sie erneut ins Becken taucht.
»Heinz ist heute morgen allein losgefahren. Ich sollte mich einmal ausruhen, hat er gesagt. In den letzten Jahren ist das nicht oft vorgekommen. Durch die Trockenheit wird es immer schwieriger, das Vieh durchzubringen. Vier Jahre hat es nicht geregnet.«
Sie macht trotz allem nicht den Eindruck, als wäre sie für das Leben einer Farmersfrau geschaffen.
»Es ist sehr einsam im Tal.«
Es strengt ihn ungeheuer an, diese Art von Konversation mit ihr zu treiben. Den Kokon aufreißen, untertauchen, auftauchen in eine ruinöse Liebschaft mit Emily, nur am Tag, auch in der Nacht, eintauchen, eindringen in die lichtdurchblitzte Höhle, in fremden Zungen singen, bis der Tag ihm Emily zurückbringt.
»Heinz ist ganz anders. Er ist schwächer als ich, glaube ich. Er paßt nicht nach Tsaobis. Er wollte Arzt werden, aber seine Eltern haben diese Farm gekauft, und Heinz hat sie irgendwann übernommen. Er konnte das Erbe nicht ausschlagen.«
Emily schwimmt unter Wasser, bis sie kurz vor Simon wieder auftaucht.
»Ich suche einen Freund«, sagt Simon, »der hier untergetaucht ist. Ich suche den Freund und treffe dich. Wir könnten Freunde werden.«
Sie steigt aus dem Wasser und setzt sich auf die steinerne Umrandung des Beckens, bleibt aber in Simons unmittelbarer Nähe.
»Ein sehr direktes Angebot.«
Sie schweigt einige Sekunden.

»Ich könnte länger bleiben.«
»Du kannst so lange bleiben, wie du willst, die Sommer sind heiß und trocken, die Winter sind kälter und trocken. Du kannst bleiben, wenn du willst. Du solltest aber nicht zu viel Zeit an einem Ort wie diesem zubringen, wenn du auf der Suche nach jemandem bist. Hier wirst du ihn vermutlich nicht finden. Ich weiß nicht einmal, wen du suchst.«
»Ich suche einen Freund, der sich in Namibia vor mir oder vor ich weiß nicht was versteckt. Ich weiß nicht einmal genau, wo er sich aufhält.«
»Such ihn! Ich bin auch noch eine Freundin, wenn du zu uns kommst, nachdem du ihn gefunden hast.«
Emily hält seinem Blick stand, bewegt sich nicht und legt dann ihre kräftige, schmale Hand auf Simons Arm. Ihre Hand liegt auf seinem Arm und wird schwerer, sie unternimmt nichts, ihn von ihrer Schwere zu befreien. Keine Klammer, keine Fessel, eine dritte Haut... Simon schrumpft unter ihrem Blick, dem Druck ihrer Hand. Sie ist keine, die man im Vorübergehen mit einem Blick mißt, die man anfordern kann, wenn sie dem einen Blick genügt hat, denkt er und entzieht sich ihrer Berührung.
Simon bleibt am Schwimmbecken zurück, als Emily ihn verläßt. Er war wieder einer Frau nahe gekommen. Sie hat ihm ihre Zuneigung gezeigt und ihm klar gemacht, daß zwischen ihm und den Männern, mit denen man ein Leben verbringt, ein wesentlicher Unterschied besteht. Vielleicht wäre sie sich für eine kurze Begegnung nicht zu schade gewesen.
Auf dem Vorbau seines Bungalows sitzt Simon dann stundenlang und sieht sich im Tal um, als müßte er sich jede Einzelheit genau einprägen. Als könnte er dadurch die Gewißheit erlangen, daß er noch einmal nach Tsaobis zurückkehren wird.
Dabei wird ihm allmählich bewußt, daß er in Berlin nur Trümmer zurückgelassen hat, die seit Jahren an ihm hafteten. Da er aber glaubt, ansonsten nichts vorzuweisen zu haben, weigert er sich heftig, dem Vorhandenen einen Namen zu geben.

Versteinert rekapituliert er die Möglichkeit, das zurückgelassen zu haben, was er hier zu finden beabsichtigt. Es läßt sich kaum denken, noch weniger aussprechen. So weit wagt sich Simon nicht hinein.
Als ob die Einsicht darauf gewartet hätte, ihn in Besinnung zu finden, überfällt sie ihn an diesem verschwendeten Nachmittag auf der Holzveranda seines Bungalows.
Die Nama beobachten, wie er auf seiner kleinen Terrasse sitzt und eine Melone von ihrer Schale befreit. Er beobachtet seinerseits den alten Mann und die junge Frau, die in ihren blauen Arbeitsanzügen unter dem Baum hocken und ihm zusehen, wie er langsam, ohne Hast, obwohl er sehr hungrig ist, die Melone ißt und dazu den Rest der milchig-trüben Flüssigkeit aus der Plastikflasche trinkt.
Die Selbstverständlichkeit, mit der Simon in Tsaobis auf dieses Paar getroffen ist, mit der er ihnen bei ihren Alltäglichkeiten zuschauen kann; daß er überhaupt nach Afrika reisen konnte, verblüfft ihn immer noch. Vor drei Jahren wäre das unmöglich gewesen. Und es fällt ihm außerordentlich schwer, es so zu behandeln, als wäre es die normalste Sache der Welt.
Am Nachmittag sitzt er über der Karte und sucht nach der nächsten Stadt, dem nächsten Camp, das er anlaufen könnte, eine Spur von Henry zu finden. Windhoek, die Hauptstadt der Wüste. Windhoek wird er später besuchen. Er wird zur Küste fahren, von dort vielleicht nach Süden, wenn in Swakopmund, der deutschen Stadt am Meer, nichts in Erfahrung zu bringen sein sollte. Heinz Kröger hat inzwischen den Bungalow betreten und unterbricht seine Überlegungen.
»Du willst weiterfahren?«
Henry legt den Stift auf die Karte und schaut Heinz Kröger, Emilys Mann, zum ersten Mal genauer an. Kröger hat bei einsachtzig Größe eine kräftige Statur. Von der Sonne verbrannt, schimmert seine Haut an den Armen und im Nacken rot-metallisch. Die Haare stehen dicht und schwarz auf seinem Kopf. Das Gesicht

scheint fast schon eine Spur zu dunkel. Feuchtschimmernde graue Augen, die, klein und kalt, alles gleichzeitig zu erfassen scheinen. Nur die Hände, mit denen er seine Ausführungen zu unterstreichen versucht, passen nicht zu seiner Statur. Die Finger sind lang und dünn, die Hände kräftig, aber sehr feingliedrig. Es sind die Hände Emilys, die nicht nach Tsaobis passen.
»Ich will zur Küste, fahre morgen.«
»Du suchst etwas oder jemanden?«
»Deswegen bin ich hier.«
»Wenn du nach Ruhe suchst, mehr als hier wirst du nirgendwo finden. Es ist das ruhigste, einsamste Tal der Welt.«
Kröger setzt sich neben Simon.
»Siebzehn Jahre sitzen wir in Tsaobis. Ich habe mich damit abgefunden, aber manchmal frage ich mich, wie es Emily aushält. Sie ist noch jung und hat noch nicht viel gesehen von den großen Städten. Ein paarmal im Jahr fahren wir nach Windhoek. Du kennst Windhoek, viel ist da nicht zu holen. Ich bin in Kapstadt aufgewachsen. Meine Großeltern sind vor dem Krieg nach Kapstadt gekommen. Das ist eine Stadt. Windhoek ist nur ein ödes Hochlandnest, viermal im Jahr unsere große Hoffnung. Tanten, Bingo spielen, ein Nachmittag im Café, Kaffee und Kuchen.«
Simons Gesichtszüge spiegeln deutlich die Langeweile, die ihm die weinerlichen Erklärungen Krögers bereiten.
»Ich wollte die Farm nicht, hab sie trotzdem hochgebracht. Was meine Eltern mir hinterlassen haben, war nicht der Rede wert. Felsen und Sonne. Gerade sechshundert Stück Vieh verliefen sich auf den Weiden. Ohne Emily hätte ich das nicht geschafft. Sie ist wunderbar, findest du nicht?«
Simon macht der Redeschwall, den er nicht herausgefordert hatte, verlegen. Er weiß nicht, warum sich Kröger, den er gerade drei Tage kennt, ausgerechnet bei ihm Luft zu verschaffen sucht. Er mag ihn nicht, weil es für ihn selbstverständlich ist, daß Emily sein Leben teilt. Er sollte sich mit seiner Klage an Emily wenden, die das alles aber wahrscheinlich schon zu oft gehört hat.

Diesem Mann scheint, durch wen auch immer, das Recht eingeräumt worden zu sein, mit ihrer Hilfe seinen Existenzkampf auszufechten. Daß er diesen Kampf wohl auch allein bestehen würde, macht ihn für Simon noch unerträglicher.
»Ich wollte in Kapstadt Medizin studieren. Es gibt dort eine berühmte Klinik. Die erste Herztransplantation haben sie da gemacht. Ich hätte Emily ein anderes Leben bieten können. Du willst deine Fahrt vorbereiten?«
Er erhebt sich von seinem Stuhl.
»Nein, ich bin mir über die Route im klaren.«
Kröger setzt sich wieder.
»Ob es altmodisch klingt oder nicht. Es klingt heutzutage altmodisch, aber Emily hat ein aufregenderes Leben verdient, als sie es hier mit mir führt. Nein, nicht daß es nicht aufregend ist, jeden Tag ums Überleben zu kämpfen. Es wird eintönig. Vier Jahre hatten wir keinen Regen. Die Banken sitzen den Farmern an der Kehle. Und die Regierung. Wenn sie Kredite geben können, wenn sie Kredite unterstützen können, sind sie schnell bei der Hand, aber wenn es nicht regnet und die Farmer keinen Ertrag haben, dann ändert sich die Zugänglichkeit der Herren sofort. Von der Regierung erwarten wir sowieso nichts mehr. Ich bin kein Rassist, aber von denen erwarte ich nichts. Regnen können die es auch nicht lassen. Da gehe ich lieber zu meinen Kaffern und frage nach, ob sie nicht ein wenig für den Regen zaubern können. Du hast sie gesehen. Gewöhnen kann man sich daran nicht. Hier in deinem Schlafraum tanzen sie. Meistens steht er leer, sie stören keinen und keiner stört sie. Ich wollte, ihre Tänze könnten es regnen lassen.«
»Ich habe sie gesehen.«
»Der Tanz hat nichts genützt. Die beiden kann ich mir im Grunde auch nicht mehr leisten. Aber wo sollen sie hin. Tsaobis ist ihr Zuhause, wie es unseres ist. Für Emily sind sie nicht die richtige Gesellschaft, so viel weiß ich.«
»Kinder?«

»Keine Kinder.«
Vorläufig hat Simon nichts parat, um die Unterhaltung fortzusetzen. Aber der lästige Kröger sollte nicht ohne eine Verunsicherung zu Emily zurückkehren.
»Ich saß oben unter dem Felsen heute nacht, und ich fragte mich, ob es weit genug ist; ich dort oben zu finden wäre. In Berlin stand ich in der letzten Zeit unter Beobachtung. Man könnte auch sagen: Jemand war hinter mir her. Ein Phantom.
Es gibt vielleicht jemanden, der Grund genug hätte. Ich bin einfach abgehauen. Nicht, daß ich absolut sicher sein könnte. Dafür ist die Stadt zu unübersichtlich. Mit dem Schrecken bin ich noch davongekommen.«
Mit dieser maßlos erfundenen Fortsetzung rechnet Simon selbst nicht; noch weniger als Kröger.
»Weil mir dann keine Chance geblieben wäre. Gegen die Maße dieses Mannes sind wir beide von Zwergenwuchs. Der hätte mich leicht aus einem vierten oder sechsten Stockwerk werfen können.
Was ich für eine schreckliche Übertreibung gehalten hätte. Im Fallen. Schließlich ist die Todesstrafe in Berlin abgeschafft. Welche Konsequenzen …«
Der Farmer besinnt sich einen Moment und schneidet dann Simon das Wort ab.
»Du könntest mir einen Gefallen tun. Ich fahre heute abend zur wöchentlichen Versammlung. Kannst du Emily heute abend Gesellschaft leisten? Sie fühlt sich wohl in deiner Gegenwart. Sie hat es mir gesagt und wird ein besonders ausgefallenes Dinner zubereiten. Und ich sage dir, sie ist eine großartige Köchin.«
Kröger verließ darauf das Haus, Simon blieb, über die Karte mit der eingezeichneten Route gebeugt, zurück.
Er wird Emily zum Abendessen sehen und am nächsten Morgen das Tal verlassen, weiterfahren, Henry zu finden, und noch etwas anderes.

Henry hockt an der Straße, balanciert den »Tintenpalast« unter großer Mühe auf seinen Knien, kritzelt, ganz dicht über die Kladde gebeugt, Sätze auf eine leere Seite.

›Wenn Straßen in die Leere fallen oder steigen, die Häuser, die erwarteten, nicht den Weg mit ihrer Sicherheit ausstatten, ist es vergeblich, einen Fuß vor den anderen zu setzen, vergeblich, den Kopf aufrecht auf dem Nacken zu tragen. Sich wie Vieh die Lenden an einem Baum scheuern, Schweiß hinterlassen. Reviere abstecken, verlassen müssen.
In den Häusern fließt das Wasser aus der Wand auf den Tisch, sind die Schüsseln mit Fraß gefüllt. Wieder einen Schritt, bis der nächste Busch den Fuß nur mit seinem Schatten begrüßt, nicht den Kopf, nicht das Brennen im trockenen Hals. Ein Schritt noch, zu viel…
Texte unter dem Titel:
Wasserphantasien oder Phantasien nach Wasser, alle zusammen in den Band einkleben. Ich werde wieder Durst haben wie jetzt und schreiben und sammeln und schreiben…
weil ich nichts anderes habe, um meine Wasserphantasien festzuhalten. Warum bin ich so weit gelaufen? Ich laufe los, weil ich weg will von dort, wo ich jedesmal wieder ankomme. Einfach dazubleiben, würde mich sicher nicht so durstig machen. Dem Tintenpalast bin ich keinen Schritt näher gekommen, mit keinem Schritt. Ich laufe zu viel. ~~Ich sollte fahren, reisen! Ich könnte der Kladde einen anderen Titel geben, aber ich habe nur diesen einen Einband und dieses eine formulierte Ziel.~~
Trug den Tintenpalast viele Jahre mit mir herum, das Luderhaus, und komme einfach…‹ TINTENP. 27. OKT. 92

Henry muß sich immer wieder abstützen, um nicht zu fallen. Mühsam hält er Stift und Kladde und notiert.

›Er kündigte sich mit einem Rauschen an, daß ich im linken hinteren Bereich meines Schädels lokalisierte. ~~Er rauschte nicht sofort~~

~~*Sturm, wie wir als Kinder den Dauerton, meist böswillig mit Absicht in Gang gesetzt, bezeichneten. Ein zartes Läuten aus dem linken hinteren Bereich des Schädels, eindringlich genug, es wahrzunehmen, zu zaghaft, um es zu fürchten. Schlägt um ins Klopfen, Knallen, läutet an, tritt ein. So erfahre ich, daß er auch zu dem Konvolut gehört, das immer anwesend ist, das Anspruch auf mich erhebt, das ich fortwährend niederhalten muß, damit es nicht von mir Besitz ergreift, wie es nach dem Knall im Begriff ist, es zu tun. Vom Knall zum Läuten im ganzen Kopf, den Resonanzraum vollständig ausschöpfend, war es nicht weit, dauerte es nicht lange, dazu ein Rauschen, das sich aus dem brennenden, vertrockneten Hals zu speisen scheint. Der Ton der Glocke wird nicht gedämpft, begleitet eher, verzerrt, der Reinheit beraubt, den hellen, stechenden Schmerz, wenn der Klöppel gegen die Glocke aus Schädelknochen hämmert.*~~

~~*Er gehört zu mir, der Feind.*~~ *Ich bin Durst.*

~~*Er überspringt die Schranke, hält sich nicht damit auf, sich in mir auszubreiten, verbindet sich mit dem überhitzten Außen.*~~

~~*Ruf mir die Sonne ..., ruf mir das Meer ...!‹*~~

WASSER, TINTENP. OKT. '92

Ein Transporter hält am Straßenrand. Der Fahrer, ein junger Schwarzer, steigt aus. Er sieht sich den Mann an, der unter einem Busch liegt, als schliefe er. Er ruft zwei weitere Männer, die auf der Ladefläche des Transporters hocken. Sie tragen Henry, dessen Körper leicht ist, gefährlich ausgetrocknet, zum Transporter, legen ihn auf der Ladefläche ab, auf der sich weitere acht schwarze Arbeiter drängen.

Einer sammelt die Papiere, die sich am Straßenrand ausgebreitet hatten, ein und verstaut sie in der Tasche des Weißen.

Henry ist bewußtlos. Wäre er es nicht, würde er in verdunkelte Augenpaare blicken, die ihn verwundert und mit einem Anflug von Feindseligkeit mustern.

Viertes Kapitel

Berlin, 1984

Im gleichgültigen September neunzehnhundertvierundachtzig bezog Simon eine Wohnung in einem verfallenen Haus in der Lychener Straße in Berlin.

Mit einem Dietrich erbrach er das Türschloß, inspizierte die feuchten Räume, die längere Zeit nicht mehr bewohnt waren. Das gesamte Haus beherbergte Existenzen, die jener Simons ähnelten. Essenfahrer der Volkssolidarität, Musikstudenten, Abbruchstudenten, Abbruchlehrlinge, lichtscheue Trinker.

Unsicheres Personal.

Regen lief die Wände der Treppenaufgänge herab. Feiern dauerten oft bis zum nächsten Morgen. Polizeibekannte Adresse. Ein Haus unter vielen.

Seit Wochen plante Simon, die Glühbirne vor seiner Wohnungstür auszuwechseln, entschied sich dann aber dagegen, da ihm diese Ausgabe letztlich überflüssig erschien. Wie Simon handhabten das die übrigen Bewohner des Hauses. Keiner hatte gestohlene oder zerschlagene Glühbirnen ersetzt. Nach Einbruch der Dunkelheit erhellte höchstens hier und da ein schwacher Schein aus einem undichten Türrahmen das verblichene Treppenhaus.

Ein nächtlicher Aufstieg war gefährlich.

Die Geländer waren längst zerstört. So tastete Henry sich, die fremden Klingeln ängstlich meidend, an den schorfigen Wänden entlang, jede Stufe behutsam erfühlend, um nicht aus dem Gleichgewicht zu geraten und in die darunter liegende Etage zu stürzen. Der Modergeruch drang bis an die Türen der Wohnungen vor. Nach jedem Regen verstärkte sich der Gestank derart, daß Simon seine Tür zusätzlich mit einem Vorhang abschirmte.

Niemand ging der Ursache des Gestanks auf den Grund. Die

Küche, in der Giftiges gekocht, verbrochen wurde, war sicherlich im baufälligen Keller eingerichtet.
Die ermüdende Stelle in einer Druckerei hatte Simon gerade gekündigt. Aussicht auf Veränderung seiner beruflichen Situation deutete sich in absehbarer Zeit nicht an.
Der Umstand, daß man anscheinend kaum Anstoß an der Lebensweise im Haus in der Lychener Straße, wie in ähnlichen Hausgemeinschaften, nahm, war kein Thema mehr in den seltenen Gesprächen, zu denen sich die Nachbarn aufrafften. An die regelmäßigen Besuche verunsicherter Polizisten waren sie gewöhnt. Man kontrollierte Papiere, stellte immer die gleichen Fragen, kannte sich, war einander überdrüssig.
Bevor Henry die gesuchte Wohnungstür fand, mußte er über die schiefen Stiegen in beinahe jedes Stockwerk steigen. Die Namensschilder waren im Halbdunkel der Flure kaum zu entziffern. Gerade so hatte er überhaupt das Haus entdeckt, dem die Hausnummer abhanden gekommen war.
Zweimal war er ohne Ergebnis die Straße auf und ab gelaufen. Die Hinweise auf einen Simon Sanges, mit welchen man ihn versorgt hatte, waren nur spärlich gewesen.
Henry dagegen hatte sich seit längerem im Viertel den Ruf erworben, ein unsicherer Kantonist, eine zweifelhafte Figur zu sein. In seinem zyklisch schwindenden Bekanntenkreis spekulierte man, worin die Berufung des beinahe allgegenwärtigen Henry Magdaleni bestehen könnte. In der Lychener Straße war sein Name öfter gefallen, nie jedoch in Simons Haus.
Nach der Mittagszeit klopfte es an dessen Tür.
Würde man so einen um diese Tageszeit antreffen, fragte sich Henry.
Einer Arbeit ging Sanges nicht nach.
Unwirklich verhallte Henrys Klopfen in den Etagen der Mietskaserne.
Er trat zurück ins Dunkel. Wäre, diffus und sehr spärlich beleuchtet, kaum zu erkennen gewesen.

Zuerst rührte sich hinter der Tür minutenlang nichts. Das schmale Fenster am Treppenabsatz ging auf den Hinterhof. Durch die schmutzigen Scheiben konnte Henry sehen, wie der Müll, den die Hausbewohner einfach aus ihren Fenstern kippten, auf dem nur wenige Meter breiten Hof vielfarbige Pyramiden figurierte. Keiner wäre auf die Idee gekommen, seinen Müll in die zerbeulten Tonnen zu schütten, die nutzlos neben dem Hauseingang vor sich hin trauerten.
Nahe beim Fenster wäre Henrys Gesicht fast vollständig ausgeleuchtet gewesen. Träte er aber nur einen weiteren Schritt zurück, wäre auch davon nichts mehr zu sehen. Er wollte es aus der Halbdistanz heraus versuchen. Den Lichteinfall probierte er aus. Noch tat sich nichts hinter der Tür. Er trat noch einmal zurück, schnellte vor. Wollte auf dem Absatz kehrtmachen. Noch eine Probe.
Henry glaubte, schon den ersten Anlauf abbrechen zu müssen, als die Tür geöffnet wurde.
»Ja?«
Ein hastiger Schritt nach vorn ließ Simon an einen Überfall denken.
Aber das Gesicht war zu sehen. Wohnungslicht leuchtete Henry unvollständig aus. So aus dem Halblicht kommend, fühlte sich Henry am sichersten.
Von einem unangemeldeten Besucher konnte man nichts Gutes erwarten.
Simon war zu allem entschlossen. Auch sein Gegenüber machte keine Anstalten, nicht ein Lächeln der Verständigung. Aber Henry war keinerlei Nervosität anzusehen.
Sie maßen sich mit ihren Blicken, musterten sich.
Der da war es.
Mit dem da den Versuch starten, feuerte sich Henry an, ein Gegenüber erfinden, sich seinen Anteil nehmen.
Der erste Freund, der einzige, ohne den man immer auf der Flucht sein wird. Henry zögerte nicht, war sich sicher, daß es Entscheidungen gibt, die im Zeitraum eines Lidschlags getroffen werden

müssen. Diese gehörte dazu. Der sollte der Freund sein, über den er schweigen wird.
Fast hätte Henry diese Ansprache laut deklamiert, und war noch nicht einmal gebeten worden einzutreten.
Tintenpalasttauglichkeit spielte in den Auftaktspielereien für Henry noch keine Rolle.
»Ja?«
Simon bedeutete Henry, ihm in die Wohnung zu folgen. Unschlüssig, was er mit so einem anfangen sollte, bot er von seiner improvisierten Mahlzeit an.
Henry nahm sofort den Teller, aß gierig, und Simon war peinlich berührt von der Schamlosigkeit, mit der ein Fremder sein Essen verschlang. Er hätte eher mit einer höflichen Ablehnung gerechnet.
»Hungrig?«
Ein Nicken.
»Ich habe deinen Namen nicht verstanden?«
Henry legte den Löffel zur Seite.
An dieser Stelle könnte er noch umkehren. Es wäre ganz leicht, ein bewährtes Muster zu bedienen. Eine Antwort wie: Danke, ich habe schon gegessen, getrunken, geschlafen, entschuldige die Störung, die Unterbrechung, den Maskenbildner, die schlechte, zu oft gespielte Komödie, ich suche einen Bekannten, den Schlafwandler, der noch mit mir verkehrt. Kannst du mir weiterhelfen?
Nur unter Mühe bekam Henry die schwammig unappetitlichen Brocken herunter. Schwer zu Definierendes in lauwarmer, graugelber Brühe. Vor einer knappen halben Stunde hatte er vorzüglich zu Mittag gegessen.
An einem konkreten Auftrag mangelte es. Den würde man erfinden können.
Dieser da sollte es sein. Kein Grund umzukehren.
»Ich bin Henry. Ich habe vor einer halben Stunde gegessen, aber ich würde niemals eine Mahlzeit ausschlagen.«
»Das war das einzige Essen, das ich mir heute leisten konnte.«
»Schön, daß du es mit mir geteilt hast. Stell dir vor: Ich hätte da-

neben gesessen und dir zugesehen. Du hättest dich die ganze Zeit gefragt, ob ich hungrig bin, was in der Regel nicht der Fall ist. Woher solltest du das wissen? Deine Freigebigkeit hat dich vor einem schlechten Gewissen bewahrt. Außerdem zeugt es von deinen guten Manieren.«

»Milchsuppe mit Brot ist eher die Ausnahme. Bis vergangenen Monat habe ich als Aushilfe bei einem Drucker gearbeitet. Fast ein Jahr. Ich habe nur die Hilfsarbeiten erledigt, nichts gelernt. So gut wie nichts verdient. Bis jetzt habe ich noch nichts Neues gefunden. Und du, Henry?«

Wie vertraut das klang. Gleich nistete sich der Name in seiner Küche ein.

»Ich nehme Geld, aber auch Essen. Eigentlich von jedem, der es mir anbietet.« Lächelte.

»Gehst du auf den Strich? Ich habe dir die Hälfte meines Mittagessens für deine Anwesenheit gezahlt. So ist es doch? Geld werde ich dir nicht geben, auch wenn ich welches hätte. Es ist eine absurde Vorstellung, daß ich dir vielleicht doch Geld geben würde, wenn ich welches hätte, nur so, nur weil du zu mir gekommen bist.«

Henry entschied erneut, daß ihm dieser Simon gefiel.

»Früher wimmelte es hier nur so von Ungeziefer. Hummer, Langusten; unter dem Teppich wuchsen weiße Trüffeln, Kaviar bröckelte aus den Unterleibern der Fische, die sich im Waschbecken tummelten. Ich mußte den Kammerjäger holen. Der hat dem kulinarischen Spuk ein Ende bereitet. Seitdem bin ich auf Vegetarisches umgestiegen. Oder Brotsuppe ohne Einlage und ohne Zugabe.«

Dieser Simon war bereit, das Spiel mitzuspielen. Bei dem konnte er weit gehen, mit dem konnte er ankommen.

»Ich bin es wert. Ich spiele falsch und gewinne.«

Simon war keineswegs bereit, jedes Spiel mitzuspielen. Allenfalls registrierte er auflodernde Unruhe.

»Weißt du, Henry, mich beschäftigen zwei Dinge: Entweder du

bist aus einer psychiatrischen Anstalt entwichen, so etwas wie ein böser Fluch, ...«
»Wie in einem Horrorfilm. Wie in ›Die Drehung der Schraube‹. Kennt kaum jemand. Ich liebe Filme.«
»... dem man nicht entkommen kann. Oder du bist der aufdringlichste Kerl, der mir jemals begegnet ist. Beides bräuchte ein Happy-End, um erträglich zu sein.«
Simon wollte sich jetzt nicht durch Abschweifungen und Spitzfindigkeiten von seiner grundsätzlichen Rede abhalten lassen.
»Es beginnt mit einem Manuskript, das mit alter, verblichener Tinte von einer Frau geschrieben wurde. Dort findet sich der ganze Horror«, fuhr Henry fort.
Simon unterbrach den Eindringling heftig.
»Ich frage mich, ob es wirklich notwendig ist, dich kennenzulernen. Bin ich etwa in Gefahr? Hier liegen Messer herum, dort drüben auf dem Brett liegt ein schwerer Hammer. Wenn du aber nur einfach der unverschämte Kerl bist, muß ich dir mitteilen, daß du bei mir an der falschen Adresse bist.«
»Wie wäre es mit einer dritten Variante?«
Henry erhob sich, durchschritt die Küche, setzte sich wieder, schob den Teller ganz an den Rand des Tisches. Nichts durfte im Weg sein.
»Du bist kein Billardspieler. Ich liebe dieses Spiel. Billard und Domino. Egal. Mit einem Hammer beginnt man dieses Spiel nicht, stößt nicht damit an. Es würde mißlingen. Eine Frage! Drei Kugeln sind im Spiel. Zwei weiße, eine rote. Welche ist die Imposanteste, die Wichtigste?«
Henry ließ sich nicht beirren.
»Du würdest die rote Kugel wählen. Jeder würde sie heraussuchen. Die Kugel. Nur weil sie eine auffällige Farbe hat. Dabei bleibt sie passiv. Läuft dorthin, wohin sie geschickt wird. Darüber hast du niemals nachgedacht.«
Er gestikuliert, führt einen Stoß mit dem unsichtbaren Queue in Simons Richtung aus.

»Ich bin eine weiße Kugel. Du könntest eine sein.
Spielkugel. Zwischen den weißen Kugeln sind unzählige Kombinationen möglich. Rot wird nur berührt. Verstehst du? Nicht wesentlich mehr. Läuft. Plop. Plop.
Schlachtvieh.
Die Kettenreaktion ist nicht zu stoppen. Wenn eine Kugel über die Bande springt, ist nicht abzusehen, wo es endet.
Sie könnte mitten in ein überhebliches Lachen einschlagen. Wie sie es schon einmal getan hat. Der Fall ist dir nicht bekannt:
Einer der schwarzen Steine, der umgefallen ist, weil er nun mal in der Reihe stand, hieß Rotuma.
Bei ihm schlug sie ein. Zwangsläufig fiel alles bis zum Ende.
Bevor die Energie verbraucht ist.
Auch die Energie, die Billardkugeln bewegt.
Deshalb bin ich hier. Ein Billardtisch so groß wie diese Küche. Oder größer. Wie die ganze Stadt. Kleiner nicht.
Fallen um wie die Fliegen. Wenn die gewußt hätten, wie falsch dieser Satz ist, und daß es trotzdem so geschehen wird.
Ich hätte dein Haus auch bei schlechtem Wetter gefunden. Von eurem Hof her muß es fürchterlich stinken, wenn es einmal richtig heiß ist. Ihr solltet euch um die Müllabfuhr kümmern.
Bis jetzt hat das noch jeder verstanden. Als rote Kugel hat man von vornherein verloren. Jedes Spiel.«
Henrys Maske gefror für Sekunden.
»Du bist eine weiße Kugel. Wie ich?
Ich laß mir einen Anzug aus grünem Filz schneidern. Der Mann aus Billardgrund.«
Henry federte erneut vom Stuhl.
»Das bleibt so oder so nicht aus. Auch wenn der Fall Rotuma wirklich nicht vorherzusehen war. Ich bin vor drei Jahren nach Berlin gekommen. In meiner Heimatstadt habe ich einen Mann ans Messer geliefert. Er mußte ins Gefängnis. Rotuma. Der Mann hieß Rotuma. Der hatte alles. Beatrice Rotuma besaß alles. Mich! Ursula Rotuma: Das gleiche. Mich! Mich nicht mehr. Die nicht.

Ich habe dem vertraut. Er hat mich, alle betrogen. Der hat mich herumgeschoben. Anfangs war ich ihm gut genug, dann nicht mehr, später wieder. Freundlich grinsen und applaudieren. Frau Rotuma, die Mutter der Töchter, der hätte ich das gern erspart. Von wegen; wie die Mutter so die Töchter. Alle hat der betrogen. Sich wie Gott aufgeführt, bis ich ihn gestoppt habe. Von mir hatte er das bestimmt nicht erwartet. Jeder hat eine schwache Stelle. Er hat sie mir auf dem Silbertablett präsentiert. Betrug in ich weiß nicht wie vielen Fällen. Da verstanden sie keinen Spaß mehr. Ich konnte nicht anders. In Berlin sind sie zu mir gekommen. Plop.«
»Wer?«
Henry lachte. Niemals hätte er darüber sprechen dürfen.
Simon fröstelte, und er war neugierig geworden, obwohl es ihm unangenehm war und widerstrebte, sich Henrys Geschichten anzuhören. Aber er wird sich möglicherweise infizieren, heftig von der Krankheit befallen werden, ins Fieber der Ungeheuerlichkeiten sinken.
Simon widersprach letztlich nicht.
»Man hat mich gefragt. Ich habe erzählt.«
»Berichte denen! Ich habe dich nicht darum gebeten. Es hat dir nicht geschmeckt, und die Vorräte sind aufgebraucht. Um meine Kochkunst ist es schlecht bestellt.«
»Warte einen Moment, die Geschichte ist noch nicht zu Ende:
Hast du mal was vom Tintenpalast gehört?
Rotuma auch nicht.
Fernes heißes Land.
Dort ist man unauffindbar.
Domino nie gespielt worden.
In diesem Klima könnte sich sogar der Luftpumpengott erholen, wenn er jemals wieder draußen wäre.
Vielleicht werde ich ihm diesen Rat erteilen.«
Henry saß wieder, schwieg. Jetzt maß Simon erregt schrittlang die Küche aus, überlegte, ob er Hand an diesen Mann legen soll, ihn aus der Wohnung prügeln.

»Ich bin nicht, was du siehst, was du von mir hörst. Wohin soll das führen? Wann fangen wir an? Es gibt Leute, die verdient haben, bestraft zu werden. Hurra! Raus aus den Häusern, rein in die Hütten! Augen. Ohren.«
Als Henry fortfuhr, stand Simon so dicht bei ihm, daß sie kaum noch einen Atemzug auseinander waren.
»Ich kenne inzwischen so viele Betrüger. Everybody loves somebody, sometime. Hurra! Ich könnte dir Geschichten erzählen. Aus einem glücklichen Ende geht kein Wert hervor. Im Gegenteil, vernichtet alles. Welche Aufgabe!
Ich gebe einen Hinweis. Suchen und forschen müssen die anderen. Unschuldige kommen in meinen Erzählungen nicht vor. Niemals.«
Henry war ganz ruhig.
»Du nimmst Geld für diese Art von Informationen!«
»Manchmal nehme ich Geld. Sie geben es mir, damit ich schweige, oder rede. Es ist wie im richtigen Leben.«
»Schweigst du?«
»Nicht in jedem Fall.«
»Warum kommst du mit dieser Offenbarung ausgerechnet zu mir? Ich kenne dich nicht. Du ziehst mich mit hinein. Was kümmern mich deine Billardtheorien. Ich würde die Kugel eben wieder aufheben, wenn sie über die Bande gesprungen ist. Ich habe ausreichend Ärger. Rotweißen Tumult, wenn du so willst. Nimm dir einen Zettel. Ich wohne illegal in diesem Haus. Die Polizei geht mir auf die Nerven, nicht die Dominospieler oder irgendwelche Kettenreaktionen. Du ermüdest mich. Ich werde verfolgt, jetzt auch von dir. Ich habe keine Arbeit und bin damit, wie die das nennen, asozial. Reicht denn das nicht?«
»Ich helfe dir.«
»Nein danke, ich bin nicht wohlhabend genug, um mir deine Unterstützung leisten zu können.«
Henry lehnte sich zurück. Die Spannung, unter die ihn seine Erklärung gesetzt hatte, fiel von ihm ab. Er hatte erzählen müssen,

aber die Geschichte war nur angerissen, nicht einmal das. Daß seine Andeutungen wenigstens eine Reaktion ausgelöst haben, die nicht nur daraus bestand, ihn hinauszuwerfen, beruhigte ihn.
»Was wirst du mit deinem Wissen anfangen? Ich vertraue dir, habe ich gesagt. Du kannst entscheiden. Wirst du deine Freunde über meine Existenz in Kenntnis setzen?«
»Ich habe keine Freunde. Sag mir nur, wie ich dir wieder entkomme, das genügt.«
Henry lachte.
»Du hast keinen Grund, dich verfolgt zu fühlen.«
»Hier, sogar in meiner Wohnung, wie du siehst, habe ich immer einen Grund, mich verfolgt zu fühlen, und jetzt habe ich einen mehr.«
Henry stand auf und versuchte, einen Arm um Simons Schulter zu legen. Diese Geste war nicht geeignet, ihn zu beruhigen. Unwirklich breitete sich der irrsinnig lächerliche Dialog in seinen Räumen aus, und Simon erwartete jeden Moment, von einem Regisseur aus der Szene abberufen zu werden.
»Wenn du mich noch mal anrührst, schlage ich dir in die Fresse!«
Henry verstellte ihm den Weg, den er seit geraumer Zeit durch die Küche nahm.
»Du kannst mich schlagen. Hau drauf! Schlag mich, bestrafe mich, verletze mich! Ich habe dir keinen Grund geliefert, aber schlag mich, wenn es dir danach besser geht. Ich helfe dir. Wir müssen irgendwo anfangen. Die Betrüger sollten dorthin, die Lügner dahin, Mörder ... Mit den Betrügern fange ich an. Ich bin der Letzte, der aus dem Spiel ausscheidet.«
Simon war nicht in der Lage, sich der überwältigenden Nähe Henrys zu entziehen. Er hörte sich weit entfernt weiterstottern.
»Das ist ein schlechtes Stück, überflüssig dazu. Du bist nur ein ganz kleiner Fisch. Nenn es, wie du willst, für mich bist du ein Spitzel. Ich erzähle es niemandem. Ich behalte es für mich. Du kannst dich darauf verlassen. Geh jetzt! Bitte! Ich vergesse dieses Gespräch. Ich danke für dein Vertrauen, aber aus meiner Sicht ist

es so, daß du nie hier gewesen bist. Ich streiche diesen Tag aus meinem Kalender. Du bist nicht hier gewesen. Alles ist, wie es war. Du bespitzelst Leute, ich suche mir eine anständige Arbeit.«
»Ist das nicht ein Widerspruch in sich? Du verkaufst dich mit Leib und Seele…«
»Nicht mit der Seele.«
»… um deine lachhafte Suppe kochen zu können. Du kannst doch nichts. Sonst müßtest du keine schlecht bezahlten Hilfsarbeiten annehmen. Du redest dir ein, daß du dich im Spiegel noch ansehen kannst, weil du nur von wenigen Leuten in den Arsch getreten wirst. Aber hinter diesen wenigen Leuten stehen wieder andere, die denen in den Arsch treten, und so stehst du am Schluß einer langen, langen Reihe und wirst in den Arsch getreten. Du hast das Pech, ohne dir darüber klar zu sein, den ekelhaften Geschmack, der sich bei der Arschtreterei aufbaut, abschmecken zu müssen.«
»Ich schade niemandem.«
»Dir!«
»Tintenpalast«, denkt Henry, große Vorstellung, an den Sätzen feilen, denkt er.
»Du bist krank, irre. Du bist schon jetzt so beschädigt, daß du aufgeben kannst. Es ist vorbei.«
»Ich habe die Entscheidung darüber wenigstens in der Hand.«
Für einen Moment nur waren beide aufgestanden, als gäbe es noch etwas anderes abzumachen, nicht nur zu reden. Fäuste schlossen sich kurz. Jetzt, da sie nicht mehr am Anfang waren, sondern mittendrin, maßen sie sich wieder mit Blicken, und sie konnten nichts mehr feststellen von einem anfänglichen unverstellten Interesse. Was nun vom Schweigen untermalt wurde, war endgültiger, feindlicher, unentrinnbarer.
Henry verließ die Küche. Simon hörte, wie die Wohnungstür ins Schloß fiel. Er stand an dieser Stelle in der Küche und sah aus dem Fenster.
Von den vorher verhandelten Dingen würde Henry nicht wieder

sprechen, weder davon noch von einem Tintenpalast, von dem Simon vorher nie gehört hatte.
Das Haus gegenüber wurde anscheinend für den Abriß vorbereitet. Rostige Gitter, hinter denen sich der Müll häufte, wo die Ratten eines ihrer Paradiese fanden, trennten das Grundstück vom Rest der Straße. Die Gitter schienen schon immer dort zu stehen, immer einen Teil der Straße vom anderen abzutrennen. Wer einmal hineinging, käme ein Leben lang nicht mehr heraus. Die Ruine würde ihnen dabei alles abverlangen. Nur um eine Aufenthaltserlaubnis zu bekommen. Aus einem Greis könnte ein Wiedergekehrter werden, der sich am typischen Nasenzucken aus dem vorherigen Leben zu erkennen gibt, aus einem Spieler ein Hund, aus einem sekundenschnellen Eintritt ein lebenslanger Fluch. Was doch nicht in Jahren zu messen wäre. Nicht einmal in Katastrophen.
So lange dauerte es, in der Lychener Straße in Berlin einen Abriß vorzubereiten.
Henry hatte einen Überfall inszeniert.
Wer hatte den Irren zu Simon geschickt?
Er stand auf der Stelle und sah aus dem Fenster auf das Haus gegenüber, von dem man immer noch nicht genau wußte, ob es nun wirklich zum Abriß vorbereitet wurde.
Weil Simon am ganzen Körper zitterte, sich kaum noch auf den Beinen halten konnte, suchte er Halt in der Fensternische. Er konnte die heftige Reaktion, die mit voller Wucht einsetzte, nachdem Henry die Wohnung verlassen hatte, nicht unter Kontrolle bringen. Schmerzhaft zwang er sich, seine Hand vom Fensterrahmen zu lösen. Wenige Schritte zurück zum Tisch wurden zur endlosen Wanderung, bei der seine eingefallenen Schultern den Weg noch erschwerten. Die Einrichtung der Küche begann erbarmungslos um ihn zu kreisen. Nichts fand sich später an dem Ort wieder, an dem es sich einmal befunden hatte.
Stunden danach fand er im Flur neben der Wohnungstür drei Geldscheine, die zusammengefaltet unter der Bodenmatte steck-

ten. Dreihundert Mark waren für Simon das Auskommen für einen Monat. Er hob sie vom Boden auf und wollte sie im Flur an einer auffälligen Stelle hinterlegen, um sie Henry, von dessen Wiederkehr er überzeugt war, sofort zurückzugeben.
So sah das Honorar für die absonderlichste Unterhaltung aus, die er jemals geführt hatte. Simon war versucht, sich die Scheine in den Mund zu stopfen, als Ersatz für die entgangene Mahlzeit. Er konnte kaum glauben, daß er selbst von grünfilzenen Anzügen geschwatzt hatte. Dabei hatte es sich eindeutig um die Wahnvorstellungen Henrys gehandelt.
Statt dessen nahm er das Geld mit in die Küche und breitete die drei Scheine vor sich auf dem Tisch aus. Geld für einen Monat. Er saß lange, wollte den Lohn für seine ungewollte Mitwisserschaft einbehalten. Henrys Bemerkung, er werde ihm nicht schaden, entwickelte sich, um so länger er darüber nachdachte, zu einem Grund, das Geld zu nehmen. Wegzehrung oder Judaslohn. Simon entschied sich schließlich, die Wegzehrung anzunehmen. Heiß stieg ihm die Säure aus dem Magen in die Speiseröhre, als er das Geld einsteckte und darauf die von ihm bewohnte Bühne verließ, um für die nächsten Tage Milch und Schnaps einzukaufen.

Das Licht erscheint nicht mehr so grell. Hinter der Bewegungslosigkeit der beiden Nama, die in der Abendsonne unter ihrer Akazie sitzen, hört Simon die Gesänge, sieht er das Schaukeln ihrer nackten Oberkörper.
Henry hatte gepredigt, daß es nur ums Überleben ginge.
Die Reglosigkeit der täglichen Auftritte des alten Mannes und der jungen Namafrau vermag Simon nicht mehr zu täuschen. Sie laben sich an den hilflosen Versuchen der Weißen, hier heimisch zu werden. Die Vergeblichkeit der späten, fremden Annäherung an ein Tal wie dieses empfiehlt ihnen, nur in Ruhe auszuharren, bis ihre Geduld belohnt werden wird. Dann wird man immer noch beobachten können, wie sich die Affen vor den Katzen in Sicherheit bringen.
Das Gleichgewicht stellt sich wieder ein, auf die Weise, die Kröger sich nicht vorstellen kann. Die Eindringlinge beobachten nicht, sie sehen nicht, daß das Fest schon lange vorbereitet wird. Simon hat die Nama in den drei Tagen seiner Anwesenheit niemals arbeiten sehen.
Der Farmer zwingt sie schon lange nicht mehr, ihn in seinem Kampf um das Überleben seines Betriebes zu unterstützen.
Emily Kröger wäre sicher besser auf einem alten englischen Landsitz aufgehoben oder würde in New York eine Nachtbar betreiben, als in diesem weltabgewandten Tal zu verdorren. Aber Kröger ist nicht so nachgiebig und ungefährlich, wie es seine Predigten glauben machen wollen, kennt sich mit seinen Gewehren genau aus, wird sich nicht davor scheuen, sie gegebenenfalls in Anschlag zu bringen.
Und doch vertrauen sie Simon Sanges ihre, in der Not konstruierte, ausweglose Biographie an. Sie können sich auf Simon ver-

lassen. Er ist seit der ersten Begegnung mit Henry geübt darin, Publikum zu sein, Inszenierungen beizuwohnen, die einzig dafür da sind, notwendige gerade Wege zu verschleiern, schillernde Nebel, falsche Fährten zu legen.
Wie bei einem auf den Kopf gestellten Gebirge heben sich am Himmel die Grate der Bergrücken von wattigen Schneefeldern ab. Wie an jedem Morgen in den vergangenen vier Jahren werden sie beim Aufgang der Sonne verschwunden sein, das Tal der Gluthitze ausliefern.
Simon verläßt den Bretterverschlag, in dem er geduscht hat, und sieht, daß auf der Terrasse des Krögerschen Hauses ein großer Tisch gedeckt ist. Es ist niemand zu sehen, und er hat sein Kommen nicht angekündigt. Der Tisch ist für zwei Personen gedeckt. Er zieht sich um und geht zum Haus, grüßt auf dem Weg den Alten und seine Tochter, die seinen Gruß mit einer kaum angedeuteten Bewegung des Kopfes beantworten. Wenn er mit Sicherheit sagen könnte...
Er steigt die beiden Stufen zur Terrasse hinauf und nimmt am Tisch Platz, erhebt sich aber gleich wieder, als Emily die Terrasse betritt. Sie trägt einen schwarzen Anzug, einem Reitanzug ähnlich, der auffällig mit ihrem kurzen blonden Haar kontrastiert.
»Schmeckst du das?«
Seine Hände fahren in Gedanken durch Emilys Haar, und er schreckt bei ihrer Bemerkung auf.
»Ich habe noch nicht gekostet.«
»Nicht das Essen. Die Luft schmeckt heute abend anders. Ich bilde mir das nicht ein. Sie schmeckt nach Veränderung.«
»Ich werde morgen fahren.«
»Ich weiß. Heinz hat es mir erzählt. Du hast es herausgefunden. Was auch immer es gewesen sein mag.«
»Ich habe was herausgefunden?«
»Du fährst nicht weg von hier, ohne gefunden zu haben, wonach du gesucht hast. So einer bist du nicht. Dein Aufbruch kommt überraschend. Du mußt etwas gefunden haben.«

Nur keine Erklärungen abgeben. Er ist auf die Terrasse gekommen, um zu essen und sich zu verabschieden. Jetzt sieht es nach Erklärungen aus, und es steigt ihm wieder heiß aus dem Magen in die Speiseröhre. Er hat dazu einen unbekannten Geschmack im Mund, obwohl er das Essen noch nicht berührt hat.
»Ich habe etwas gefunden.«
»Du ißt nicht?«
»Ich habe bei euch taubes Gestein gefunden, das ich hier nicht erwartet hätte.«
Die Schamlosigkeit seines Angriffes, den sie sofort durchschaut, erstaunt Emily.
»Ich kenne dich nicht gut genug, ansonsten würde ich sagen, daß sich das alles nach einer groben Unhöflichkeit anhört.«
»Es ist unverschämt.«
Er darf nicht die Wahrheit sagen und will nicht bleiben. Es ist unmöglich.
Wenn Emily verunsichert ist, zeigt sie es nicht.
Um sich wenigstens für kurze Zeit dem Gespräch zu entziehen, beginnt Simon langsam zu essen.
»Ich weiß, wonach die Luft schmeckt. Sie schmeckt nach überhastetem Abschied, aber sie hat noch einen anderen Akzent.«
»Ich glaube nicht, daß ich wiederkommen kann.
Mehr als ein Gast werde ich ohnehin hier niemals sein können.«
»In Tsaobis?«
»Wo sonst? Da, wo auch ihr nur eine Aufenthaltsgenehmigung habt, die früher oder später ablaufen wird. Wie bei einem zufälligen Windstoß, der eine morsche Tür aus den Angeln hebt und sie mit sich nimmt.«
»Konntest du hinter die Tür sehen?«
»Nein.«
»Es wäre gut zu wissen, was aus dir geworden ist, wenn auch wir das einmal eingesehen haben werden.«
Im selben Moment umarmt sie ihn überraschend, legt kurz ihren Kopf an seinen Hals. Und er entläßt Emily nicht aus der Verbin-

dung, als sie sich wieder von ihm lösen will. Simon hebt sie auf seine Arme und trägt sie ins Haus. Die Heftigkeit ihrer Umarmung läßt ihn vom ersten Augenblick an an einen Kampf denken. Emily hält Simon fest zwischen ihren Schenkeln, ihr Mund ist seltsam trocken. Sie lieben sich auf eine schweigsame, verbissene Weise, als müßten sie in der Kürze dieser Nacht ein fernes Ziel erreichen, wissend, daß ihre Kraft dafür nicht ausreichen wird. Emilys unterdrückter Schrei, Simons schlecht verborgene Enttäuschung. Schmerzhaft fast werden sie von dieser Anstrengung erlöst. Simon liegt neben Emily, die ihn wie aus großer Entfernung ansieht. Erst will er dem Schweigen seine Verabschiedung entgegensetzen. Aber zwischen diesem Abschied und der vergeblich genährten Hoffnung, daß sich etwas fortsetzen ließe, muß er schweigen. Allein ihrer beider Einverständnis, daß man immer, wie auch in diesem Moment, zu früh oder zu spät an den Ort der Entscheidung gelangen wird, verbindet sie jetzt noch. Das will er nicht zerstören.
Simon läßt das Krögersche Schlafzimmer hinter sich. Er denkt daran, daß es wieder unmöglich war, dieser Gefahr zu entgehen. Kurz vor Sonnenaufgang verstaut er seine Tasche im Wagen und kontrolliert den Zustand der Räder. Eine lange Fahrt durch die Wüste ans Meer steht ihm bevor. Er füllt die Wasserkanister auf und nimmt, bevor er den Bungalow abschließt, eine Vogelfeder aus dem Ensemble, das er den Altar genannt hat.
Die Wolken, die er am Vorabend am Himmel beobachtet hat, sind entgegen ihrer langjährigen Gewohnheit nicht weitergezogen.
Der Wagen fährt aus dem Camp heraus, dem Ausgang des Tales entgegen. Noch bevor er die Paßstraße erreicht, schlagen die ersten Regentropfen an die Scheiben des Wagens. Der Regen ist mit vier Jahren Verspätung nach Tsaobis zurückgekehrt. Und Simon schmeckt wieder diesen schamlosen Geschmack auf der Zunge.

Fünftes Kapitel

Berlin, 1. März 1989

Zwischen seinen Fingern wog die Karte merkwürdig leicht, ganz anders, als nach der Ankündigung des meineidigen Nachbarn zu erwarten gewesen war. Als ob dieser damit nichts zu tun gehabt hätte.

Die staatlichen Organe bestellten Simon ein.

Er hätte die Karte auf eine Waage legen können und sofort gewußt, wie schwer sie wirklich wiegt. Kaum mehr als ein paar Gramm.

An keinem der Briefkästen, die braun und verbeult, aufgebrochen zumeist, den Hauseingang ergänzten, stand sein Name. Er hätte in Berlin als unauffindbar gelten müssen, zumindest für die Post.

Die Briefträgerin kannte ihn nicht. Sie hätte ihn nicht mit Herr Sanges ansprechen können. Aber vielleicht wurden solch gewichtige Schreiben nicht durch austauschbares Personal zugestellt.

Im Nirgendwo war Simon Sanges gemeldet.

Ob die ahnungslos scheinende Postbotin in dieses Unternehmen eingeweiht war, konnte er nicht mit Bestimmtheit sagen, aber verdächtig war auch sie ihm.

Seitdem er in Berlin lebte, hatte er noch keine Meldestelle aufgesucht. Sie würden sich bei ihm einfinden, wenn es Dringendes zu besprechen gäbe, dachte Simon. Nun waren sie auf ihn zugekommen.

Aus der Wohnung nebenan streifte Simon der rostige Sound einer Punkoperette, die üblicherweise erst spät in der Nacht aufgelegt wurde. Was gab es da zu feiern?

Simon wurde zur Klärung eines Sachverhaltes in den nächstge-

legenen Dienstraum des Abschnittsbevollmächtigten der Volkspolizei bestellt. Selbstverständlich hatte er Sachverhalte angeboten. Keinen, der etwa auffällig gewesen wäre, aber für eine Einbestellung genügten sie anscheinend jetzt alle.
Es dauerte tatsächlich eine gewisse Zeit, bis Simon sich erinnern konnte, wann er aus der letzten Arbeitsstelle geflohen war. Am Beginn des kommenden Monats würden es dreizehn Monate sein. Ob sie dort wohl so lange ausgehalten haben, erwartet hatten, er käme zurück?
Seither bezeichnete er sich manchmal als Gelegenheitsarbeiter, was immerhin ziemlich genau beschrieb, womit er die Miete und den dürftigen Unterhalt verdiente. Zu beinahe jeder Gelegenheit ergriff er diese, um zu arbeiten. Ein verdammter Begriff, der ihm zutiefst zuwider war. Dafür hätte eine bessere Bezeichnung erfunden werden müssen. Eine, die dem gerecht werden konnte, womit sich Simon herumschlug. Für etwas, was so schwer auszuhalten war.
Allerdings bezweifelte er, daß sich die Polizei mit einer derart fadenscheinigen Beschreibung seines Berufsstandes zufriedengeben würde.
In drei Tagen würde er sich dort eingefunden haben. Flucht war diesmal ausgeschlossen. Die Verfolger wären ihm in jeder Hinsicht überlegen gewesen. Technisch gesehen stand das Gesetz wahrscheinlich auf deren Seite.
Vielleicht, dachte Simon, komme ich nicht aus der monströsen Dienststelle zurück. Sie behalten mich da, sie verfrachten mich weiter. Das konnte man sich ausmalen.
Für Henry wäre es sicher eine Kleinigkeit, eine wirksame Strategie zu erfinden, sich die windigsten Begründungen zurechtzulegen.
Wieder begann er zu rechnen. Er hat ihn vermißt, stellte er dabei fest. Und es ist fast ein halbes Jahr vergangen, seitdem sich Henry zuletzt bei ihm eingefunden hatte. Seine Visite dauerte damals nicht länger als zwanzig Minuten, und er zauderte bei jedem

Wort, drückte sich um eine Erklärung für seinen Besuch, war einsilbig und ging, ohne sich übertrieben rituell zu verabschieden. Wie es sonst seine Art gewesen war.
Simon wollte dennoch versuchen, ihn zu erreichen.
An der Wohnungstür Henrys fehlte das Namensschild, und Simon erinnerte sich nicht, ob jemals eines daran geklebt hatte. Zerstreut lief er auf Umwegen nach Hause, die Passanten im Blick, ob er ihn entdecken könnte, aber er stieß nur auf Verweigerung, erkannte keinen, den er hätte fragen können.
In der vertrauten Umgebung seiner Küche schwand seine Unruhe, obgleich die Untersuchung erfolglos gewesen war.
Er mußte sich nun allein, ohne Henrys Verschlagenheit, der Herausforderung stellen, nagelte die Karte an den Fensterrahmen, damit sie ihm die Aussicht über die Straße behinderte.
So, die Vorladung immer im Bewußtsein, wollte er die Tage verbringen, bis es soweit war. Auch die Nächte. Es gab einiges vorzubereiten.
Vor allen Dingen mußte Simon seine Physiognomie trainieren. Er notierte auf sechs verschiedenen Karten die Begriffe: kühn, entschlossen, desinteressiert, belustigt, nachdenklich, gelassen.
Danach mischte er die Kärtchen und legte sie mit der Beschriftung nach unten vor sich auf den Tisch. Er war entschlossen, sich nicht selbst zu betrügen. Mit jeder Karte würde er zufällig einen Begriff aufdecken, auf welchen er sich dann sofort einzustellen hatte. Der Polizist fände genau den Gesichtsausdruck bei ihm vor, den er zu produzieren in drei Tagen imstande sein würde.
Simon verfolgte konsequent sein Programm. Er schlief auf dem harten Küchenstuhl, bereitete in den kurzen Pausen einen Tee und absolvierte wieder seine Übungen, bei denen er sich nicht einmal mit einem Spiegel kontrollierte. Die Küchenlampe hatte er so ausgerichtet, daß sie ihm direkt und schmerzhaft in die halbgeöffneten Augen strahlte.
Er war sich der rein mechanischen Reaktionen vollkommen sicher. Und niemals zog er eine Karte zweimal hintereinander.

Kühn, entschlossen, gelassen, nachdenklich, desinteressiert, belustigt.
Erst als Simon Tage später den kühlen Aluminiumknauf in der Hand hielt, nachdem sein Name auf dem Flur des Abschnittsbevollmächtigten aufgerufen worden war, begriff er, daß die Befragung über seine Existenzberechtigung tatsächlich stattfinden würde. Der Mann in diesem Raum würde das Recht verwalten einzugreifen.
Dann war plötzlich, bevor Simon noch den Auftakt des Verhöres vollständig wahrgenommen hatte, von illegalem Zuzug nach Berlin die Rede, von Versäumnissen, die Meldepflicht betreffend, und einem überhaupt sehr undurchsichtigen Lebenswandel. Dazu lächelte der Zivilist an der Schreibmaschine unverbindlich. Der Uniformierte, der Simon direkt ansprach, vermied jeden gestischen Kommentar, ließ jedoch keinen Zweifel an der Absicht schonungsloser Aufklärung der Vergehen.
Der Kopf-Stoß findet Anwendung, wenn man zu einem Tiefstoß wegen einer nahen Bande oder einem hindernden Ball nicht ansetzen kann, zitierte Simon still die Regel Nummer eins, die Henry ihm in seinem Billardlehrbuch angestrichen hatte, damit er sie auswendig lernen konnte.
Simon sah den Fragesteller, welcher dabei war, den Umständen seiner beruflichen Wünsche rücksichtslos auf den Grund zu gehen, unverwandt an.
Die Karte mit der Aufschrift »nachdenklich« war gezogen worden, und Simon sah seine Chance, unbeschadet aus der Befragung herauszukommen, schwinden.
Wenn er das physiognomische Programm auf das Äußerste strapazieren würde, könnte er den Anschein von Unschuld oder wenigstens Ahnungslosigkeit erwecken.
Mitten in die aufkeimende Verärgerung des Befragers hinein stammelte Simon etwas von der schwierigsten Übung, die man unter diesen Verhältnissen in Betracht ziehen könne. Über eine Bande anspielen. Da hielt auch der Protokollant inne und fuhr auf

seinem Stuhl herum, um sich diesen Delinquenten genauer zu betrachten.
Es ging vor allen Dingen darum, wortwörtlich zu zitieren. Nur so machte die Übung Sinn. Simons Gesichtszüge sollten nun Entschlossenheit anzeigen. Der Uniformträger war aufgestanden.
Um sich diesbezüglich keine Fehler anzugewöhnen, muß man sich bei der Erlernung des Kopf-Stoßes, welcher einen Rückläufer ersetzen soll, buchstabierte Simon, die Lippen verstohlen bewegend, von vornherein immer wie zu einem Rückläufer hinstellen und wie zu einem solchen das Queue anlegen, jedoch mit dem Unterschied, daß man es kurz, nur wenig hinter der Mitte, hält. Hauptsache ist, frei und ungezwungen in dieser Stellung stehenzubleiben und sie nicht etwa durch einen kleinen Schritt zur Seite zu verändern. Gelungen.
Ungehalten schlug der Vernehmer auf den Tisch. Der Protokollant erschrak. Was Simon laut und deutlich zur Erklärung vorzubringen habe? Laut und verständlich; das sei seine Pflicht, insistierte der Mann.
»Sind Sie vielleicht krank? Wollen Sie zur Entlastung ein Attest beibringen?«
Simon zögerte. Warum wurde ihm dieser Ausweg angeboten?
Um die Hände trocken zu halten, benutzt man üblicherweise ein Magnesiumpulver, aber im Notfall funktioniert das auch mit einfacher Schultafelkreide. Das Queue soll trocken und ruhig durch die Hand laufen.
»Ich bin die weiße Kugel!«
»Sollen wir das ins Protokoll nehmen? Womit verdienen Sie Ihren Lebensunterhalt? Wo will ich gar nicht fragen! Das wissen wir ja.«
»Gelegenheitsarbeiten.«
»Dieser Begriff existiert hier nicht, Herr Sanges.«
Der Protokollant schien fast amüsiert zu sein. Der Ankläger nicht. Wie lange soll das noch dauern, fragte sich Simon. Kurzer Prozeß! Er erwachte aus der Trance, als ihm der Polizist ein Formular in der Größe eines Krankenscheines über den Tisch schob.

»Dort haben Sie sich zu melden. Wir prüfen das.«
Danach wurde ihm nur noch die Quittierung dieser Unterhaltung abverlangt, und er war entlassen.
»Schreiben können Sie immerhin. Wir sehen uns wieder!«
Deutlich verärgert blickten die ratlosen Beamten Simon nach, als dieser den Raum verließ.
Henry hatte ihn vorläufig gerettet, aber in der Hand hielt er wieder eine federschwere Anweisung, sich auf dem Amt für Arbeit einzufinden.

Daß sie Wera hieß, erfuhr Simon erst nach einigen Wochen. Sie war es, die auf dem Amt seinen Fall bearbeitete. Irgendwie angewidert, durchsuchte sie die Aktenstöße, um das Simons Fall entsprechende Formular herauszufingern. Er hatte nicht den Eindruck, daß ihr die Arbeit gefiel.
Sie sollte Handschuhe bei der Arbeit tragen. Sie soll die eifrigen Finger nicht durch diese Papiere ruinieren, wünschte sich Simon. Und er dachte, daß er durch diese Frau weitaus tiefer beunruhigt war als durch die polizeiliche Untersuchung, obwohl es unwahrscheinlich, ja unmöglich schien, sie mit dem Apparat in Verbindung zu bringen, der ihn bedrängte.
Größte Vorsicht war geboten.
Wera erkannte augenblicklich, wie schwierig dieser Fall sein würde. Zu ihm würde sie nicht durchdringen können. Sie kannte ihre Klienten gut. Der Vorgang mußte trotzdem ohne Komplikationen abgeschlossen werden. Sie wollte sich nicht darauf einlassen. Zu viele hatten sie bisher dazu verführt, ihnen mehr als die dienstliche Aufmerksamkeit zu widmen.
Sie überlegte, welchen Arbeitsplatz sie ihm anweisen könnte. Er war ohne Zeugnisse erschienen und verweigerte beinahe jede Auskunft, gab schließlich den Abschluß einer zehnklassigen Schulbildung zu. Alles andere befände sich im Reich der Abbrüche, des Unvollendeten.

Zweifellos tat dieser Mann Wera leid.
Jeder gleichgültigere Berater wäre sofort auf die Adresse des Schlachthofes verfallen, wo sie immer Leute einstellen. Dort interessierte man sich nicht für Vergangenheiten.
Nein, auch besondere Interessen lägen nicht vor, wären nicht in Betracht zu ziehen, antwortete Simon auf die entgegenkommende Frage.
»Sind Sie krank? In Behandlung?«
Warum er beim zweiten Mal nicht einfach genickt hatte, fragte er sich später. Und die Antwort hieß natürlich: Er wäre einem Arzt vorgestellt worden, einem vom Amt. Simon hätte sich einer weiteren unberechenbaren Gefahr ausgesetzt. Trotzdem hatte er den Gedanken ernsthaft erwogen.
Nein, er wüßte nicht, auf welche Art von Arbeit er Lust verspüren würde.
»Was mich inspirieren könnte«, fügte er hinzu.
Möglicherweise lohnte sich ein zusätzlicher Blick auf Simon Sanges. Und Wera saß still hinter ihrem Schreibtisch, den Kopf in die Hände gestützt, in einer sehr privaten Haltung, der sie sich durchaus bewußt war, und sah ihn an.
Wie verwandt sie diesem Mann war, durfte sie nicht zu erkennen geben.
So sieht Resistenz aus, konstatierte sie und zog das Blatt mit der Adresse des Schlachthofes aus der Schublade.
Sie setzte seinen Namen, die Hausnummer in vorgesehene Spalten und ließ sich die Angaben bestätigen.
Simon sollte den folgenden Kandidaten hereinschicken, als sie doch noch hinzufügte, daß es möglich sei, etwas Besseres für ihn zu finden.
Zwei Straßenzüge vom Arbeitsamt entfernt warf Simon den Zettel in einen Papierkorb und war sich gleich darüber im klaren, daß auch das die Lawine nicht aufhalten würde.
Hauswandkaskaden, Straßenbrüche, Hohes und Niedriges vor allem trennte sie, und es lag in der Natur dieser halbwüchsigen

Hauptstadt Berlin, daß sie sich wiedertreffen würden. Auch wenn sie nicht daran geglaubt noch darauf gewartet hätten.
So war es kein Zufall, als Simon Wera wiedersah.
Etliche Häuser gaben sich den Anschein, sie seien nur zu dem Zweck arrangiert worden, den Treffpunkt zu umgrenzen. Fahl zeigten sie ihr Angesicht; hielten die Fassaden magere Wangen hin. Sie stünden auf der Seite derer, die sich unbedingt bei ihnen versammeln sollten, auch wenn es sich nur um ein Liebespaar handeln würde.
Ein Donnerstagmorgen, der die Zeichen der Ereignislosigkeit, des Nichtgeschehenden abzustreifen wagte, wie das Land, das zu lange dem Winter gefrönt hatte und sich endlich für den Frühling bereit machte. Am vergangenen Mittwoch, den Simon erstmals den Uniformmittwoch nannte, hatte noch nichts auf den kommenden Festtag hingedeutet. Als wären es Freudenhäuser, Feierstraßen gewesen. Darüber konnte gerade Simon wieder nur Vermutungen anstellen.
Durch einen Hinterhof gelangte man in das Haus unweit der Dimitroffstraße, das er manchmal besucht hatte. Sie hatten sich in ihrer Wohnung getroffen. Nur dort. Ihren Namen oder den Ort ihrer ersten Begegnung hatte Simon vergessen.
Nur einen Monat etwa hatte diese Geschichte gedauert.
Henry erfuhr von diesen und ähnlichen Arrangements nie etwas.
Die Frau aus dem Hinterhaus ist schön gewesen. So jedenfalls hat Simon sie sich beschrieben.
Ganze Tage sprachen sie miteinander.
Gefährlich nah, bis ihm die Sätze ausgingen und er nur noch nachts über den unbeleuchteten Hinterhof zu ihr schlich. Bis auch sie begann zu schweigen.
Wie er es immer erlebt hatte.
Nach ihr hatte er keine mehr getroffen. Seit fast einem Jahr.
An ihre Schönheit dachte er nur noch manchmal.
Und Wera erkannte Simon über eine breite Straße hinweg. Obwohl einsetzender Berufsverkehr ihre Sicht behinderte, erinnerte

sie sich an seinen unruhigen Gang, der ihr sofort aufgefallen war, der ungewöhnlich aus der Reihe fiel.
Bis auch sie nach einem kurzen Innehalten weiterlief. Und als sie sich gegenseitig aus den Augen verloren hatten, suchten sie einen Umweg, der sie beide an den Ausgangspunkt zurückführen würde.
Die Häuser zogen sich ein wenig zurück. Kurven und Biegungen glätteten ihre schwierigen geometrischen Figuren, um es ihnen zu erleichtern.
Was hätte ein Orientierungsverlust für Folgen haben können? Nicht weit hinter dem Stadion befand sich die Staatsgrenze. Dorthin wollte sich keiner von beiden verirren.
Auf der Blaupause des Stadtplans erschienen die Routen, auf denen eine Rückkehr zum Treffpunkt möglich war.
Wera stand unschlüssig, ob sie nicht einfach umkehren sollte, um ihn an seiner Wohnadresse aufzusuchen. Sie hatte sich auf keinen Fall getäuscht. Dieser Simon Sanges wollte ihr ein Zeichen geben, bevor sie sich zum Weiterlaufen entschlossen hatte. Sie hätte nur ein wenig warten müssen, dann hätte er sie bestimmt gerufen. Auch wenn er ihren Namen noch nicht kannte. Oder sie hätte ihm ihren Namen über die Straße hin zugespielt.
Er habe keine speziellen Interessen. Auch an ihr nicht, dachte sie auf dem Amt.
Es stand so in der Akte. Sie könnte den Vermerk jederzeit heraussuchen.
Sie entschied sich für einen weiten Bogen, der den Straßenzug umkreiste, in welchem sie ihn vermutete.
An der Schwelle eines durchschnittlichen Wohnhauses erblickte sie einen leeren Stuhl, der sie einlud oder gerade verlassen worden war, einem Bewohner gehörte, der an diesem Portal seinen Nachmittag zerschlug.
Vielleicht hätte Simon Sanges auf dem Stuhl Platz genommen.
Auf der Höhe des Postamtes spielte Wera mit dem Gedanken, ein Telegramm in die Lychener Straße zu schicken.

Was er nicht erhalten hätte, da er eben einen Leichenzug kreuzte, wie er ihn noch nie in dieser Gegend gesehen hatte. Der Friedhof war seit Jahrzehnten stillgelegt. Es mußte sich wohl oder übel um eine makabre Aufführung handeln, deren Ziel ihm verborgen blieb. Zwanzig Leute, die einen Totenwagen begleiteten, dem jeder Schmuck fehlte, auf dem nur ein mattschwarzer Sarg zu sehen war. Er war nicht der einzige, der unvermittelt dem Ensemble folgte.

In einem Blumengeschäft hatte er einen angewelkten, billigen Strauß erstanden. Als er den Wagen erreicht hatte, bog die Prozession in einen Torweg ein, über dem ein Laken die Vorstellung angepriesen hatte.

Welke Astern fielen auf den Gehsteig. Simon zog sich vor dem herannahenden Publikum zurück.

War es Zufall, daß er tatsächlich in die Nähe seines Ausgangspunktes zurückverschlagen wurde? Nur noch der sich stauende Berufsverkehr hielt ihn auf. Doch dieser eine Moment genügte, um seine Wünsche zu korrigieren.

Weil die Angelegenheit im Grunde mißraten war, entschied er, auf dem kürzesten Weg zu seiner Wohnung in der Lychener Straße zurückzukehren.

Er ließ nun jeden möglichen Termin verstreichen. Im Schlachthof hatte er sich nicht vorgestellt, obwohl ihm die Adresse von der Bescheinigung noch geläufig war.

Ganz weit hinten in der verborgensten Ecke der kleinen Wohnung stand sein Bett. Er hatte die Tür zum Schlafzimmer verriegelt.

Der Haupteingang war zusätzlich gesichert.

Fast wäre er erstickt, weil er das Kissen zu fest über den Kopf gestülpt hielt. Schlafen konnte er nicht, und irgendwann bemerkte er es doch.

»Jetzt kommen sie schon persönlich.«

Hörte er und riß dem Nachbarn den Brief aus der Hand.

»Wie sah sie aus?«

Nach wenigen Sätzen erkannte er Wera in der Beschreibung der Botin, von der er damals immer noch nicht wußte, wie sie hieß. Sie hatte ihm geschrieben. Den Brief selbst in sein Haus gebracht. Er mußte ihr Klopfen überhört haben, obwohl er nicht geschlafen hatte.
Hastig zerriß er den Umschlag, auf eine persönliche Nachricht hoffend. Aber gleich erkannte er den amtlichen Druck, den sie warum auch immer selbst zustellen wollte.
Er wurde erneut zu einer Aussprache einbestellt, weil er den angebotenen Arbeitsplatz nicht aufgesucht hatte. Welche Gründe dafür vorlägen, wurde gefragt. Daß eine mündliche Klärung des Problems anstünde. Keinesfalls würde man ein wiederholtes Fehlen akzeptieren.
Und unterschrieben war der Stellungsbefehl.
Jetzt wußte er, daß sie Wera hieß. Noch minutenlang starrte er auf die überaus deutliche Unterschrift, als hätte sie besondere Mühe darauf verwandt.
Vor dieser Einladung stellte sich nicht der erwartete Anflug von Furcht ein, den er vor dem Zusammentreffen mit der Polizei gespürt hatte. Noch wenige Tage zuvor war er kilometerweit gelaufen, um Wera wiederzusehen. Und gewissermaßen hatte sie die Macht, ihm Ruhe zu verschaffen. Weil sicher ein Wink ihrerseits genügt hätte, um den Apparat wieder auf ihn aufmerksam zu machen.
Jetzt war Simon am Zug.
Als der Wecker am nächsten Morgen anschlug, tauchte er nur schwer in die Wirklichkeit zurück.
Simon hörte den Aufruf durch die menschenleeren Gänge des Amtes hallen und erhob sich, wie sie es gleichzeitig in ihrem Zimmer tat, um ihn diesmal stehend zu begrüßen.
Wera reichte ihm kaum bis zur Schulter. Dabei trug sie hohe Schuhe, hatte ihr Kostüm passend zu diesen ausgewählt. Von der Schulter fiel es überwältigend ungebunden.
Dann verlor sich augenblicklich alles Amtliche ihrer Begegnung,

und Simon wußte, daß er an diesem Tag nichts zu befürchten hatte.
Aber er wollte widersprechen, egal, was sie sagen würde.
Wie wäre das anzugehen? Mit ihm, den alles kalt zu lassen schien.
»Man hat mir mitgeteilt, daß Sie nicht in der Kaderabteilung erschienen sind.«
»Nein. Ja.«
»Ich wäre auch nicht hingegangen.«
»Nein?«
Simon glaubte ihr.
»Ich habe heute keinen Termin mehr. Wir könnten ...«
Er nickte abwesend. Nun hatte er sich freiwillig in die persönliche Nähe der Anstalt begeben, die er doch jahrelang gründlich gemieden hatte. Das konnte möglicherweise unabsehbare Konsequenzen haben.
Als sie drei Minuten vom Amt entfernt waren, drehte sie sich um, zeigte auf den Bau und sagte: »Dort habe ich fünf Jahre gearbeitet. Ich bin einunddreißig. Ich hätte es nicht tun sollen. Dort wohnt die Verwesung. Da stirbt man, bevor man sich's versieht.«
»Drehen wir uns einfach weg«, sagte Simon, »ich bin durchaus nicht freiwillig zu Ihnen gekommen.«
»Und nun?«
»Aus freien Stücken.«
»Ich heiße Wera.«
Nervös suchte er Weras Nähe. Nach Feierabend liefen die Leute aus den Betrieben auf die Straße. Von der Straße in die Geschäfte. Gedränge war schnell entstanden.
Simon wollte sich nicht von ihr trennen lassen.

Die anschließenden Tage, den Beginn, die Fortsetzung, das Ende, beschrieb Wera wie folgt:
Ich hatte den Eindruck, daß man sich auf Simon verlassen könnte, wenn es darauf ankäme. Mir waren auf dem Amt wilde Männer

begegnet und zahme. Auch solche, die Simon ähnlich waren, die nichts mit sich anzufangen wußten. Von denen man annehmen mußte, daß sie nichts mit sich anzufangen wissen. Die meisten hatten Schwierigkeiten mit der Polizei, viele waren wenigstens einmal im Gefängnis gewesen. Aber auch darin bestand nicht der entscheidende Unterschied, der mich veranlaßt hat, Simon einzuladen.
Wir sind mit einem Taxi nach Oranienburg gefahren. Zwischen den Menschenmassen in der S-Bahn hätte sich Simon nicht verständigen können, nicht wohl gefühlt. Obwohl man wirklich nicht behaupten kann, er würde zu den geborenen Rednern gehören, was heißen sollte: Er schwieg auf der gesamten Fahrt.
Das Amt für Arbeit hatte mich einem Berufslosen vermittelt.
Wenn ich es richtig verstanden hatte, wartete er.
Ich sagte ihm, daß jeder zu irgend etwas taugen würde, aber er lächelte nur darauf, erwiderte nichts.
Am frühen Abend trafen wir in Oranienburg ein. Die Fahrt hatte fast eine Stunde gedauert, während der ausschließlich ich geredet hatte.
Aus dem Besuch eines Lokals wurde nichts, weil Simon sofort abwiegelte. Er wollte lieber mit mir spazierengehen. Er liefe außerordentlich oft.
Betonte, wie wichtig es für ihn sei, zu Fuß zu den notwendigsten Institutionen laufen zu können.
Das ist mir aufgefallen. Später habe ich gedacht, daß es sehr unvorsichtig von mir war, mit diesem merkwürdigen Mann allein durch den Wald bei Oranienburg zu spazieren. Ich hatte schließlich von Amts wegen Grauenhaftes über einige meiner Klienten gehört, wenn sie nach zwölf oder zwanzig Jahren entlassen worden waren.
Mehrmals sagte Simon unterwegs, ich solle genau hinhören; ob ich es vernehmen würde. Da war der ferne Verkehr von der Autobahn oder die Geräusche aus dem Stadtzentrum.
Diese meinte er nicht. Aber er bestand darauf, mir zu erklären: Er

habe nicht gelernt, genau hinzusehen. Das würde ihn immer wieder in Schwierigkeiten bringen. Nicht einmal der Schlaf gäbe ihm die Kraft, die er bräuchte, um es zu sehen. Hören, ja, hören. Wenn es nur darum ginge. Daß der Arbeitsverweigerer der natürliche Feind wäre. Im Gegenteil! Wer erhält denn die Illusionen am Leben. Das höre man nicht.

Es war anstrengend, ihm zu folgen oder seinen spärlichen Aussagen etwas Vernünftiges abzugewinnen.

Ich begann meine Einladung zu bereuen.

Ein gewisser Henry hätte das bestimmt gesehen, sagte er. Und daß es keinen Sinn machen würde, in dieser Seenlandschaft Brunnen zu bohren.

Für jedermann wäre genug Atemraum anzuweisen, bis sich das auch in meinem Amt herumgesprochen haben würde. Wie glücklich er darüber war, daß man nun nicht in einer verrauchten Kneipe sitzen müsse, um sich kennenzulernen.

Mein leerer Magen forderte genau das Gegenteil.

Simons hoch aufgeschossene, vibrierende, irgendwie hilflose Erscheinung zog mich unbegreiflicherweise an. Auch wenn ich nur selten einen seiner Blicke auffangen konnte, mit denen er seiner eigenen Aussage zufolge nichts sah. Dunkelgraublaue Unruhen. Die ich immer vermißt hätte.

Ich reichte ihm kaum bis an die Schulter. Jede andere Größe wäre für mich nicht in Frage gekommen. Nichts außer so einem Mann.

Ich bin ein ganz einfacher Mensch, sagte er.

»Meine Großmutter hätte ihre Seele jedem verkauft. Sie war eine kräftige Bäuerin, aber als der Russe ihr bis in den Hof gefolgt war, sie in seine Gewalt gebracht hatte, mußte sie mit ansehen, daß er schon gekommen war, bevor er noch die Hose aufsperren konnte. Genau so sagte sie: Aufsperren.«

Bis ganz hinein in das Dickicht wollte ich mich nicht überreden lassen. Ich griff nach seinem Arm und zwang ihn zur Umkehr.

Von der Großmutter erfuhr ich nichts mehr und bin damals froh darüber gewesen.

Es gelang uns, zwei Zimmer in einem Hotel in Oranienburg zu finden. Womit die nächste Schwierigkeit heraufbeschworen war. Er besaß nicht genug Geld, um die Zimmer zu bezahlen. Dabei war das meine Einladung. Es kostete mich Mühe, ihn zu überreden.
Nach dem Abendessen verabschiedete er sich schnell, obwohl er sich bis dahin immer ganz in meiner Nähe aufhalten wollte.
Ich sah ihn erst am nächsten Morgen wieder und mir schien, daß er wenig geschlafen hatte.
Als wir uns vor dem Amt trennten, bedankte er sich umständlich und so zurückhaltend, daß ich mir wünschte, wir könnten es beliebig oft wiederholen, wenn er nur Zeit hätte.
»Zeit ist reichlich ...«
Gleich erinnerte ich mich an den vergangenen Abend und bereute.
Wir sind noch einmal zu diesem Hotel gefahren.
Da war er noch schweigsamer.
Aus mir dagegen brach es heraus, in aller Breite über meine Arbeit erzählen zu dürfen, über die steinernen Jahre, von den hingerichteten Hoffnungen. Tagein, tagaus.
Über die Zukunft schwieg ich. Das wäre in diesem Stadium unserer Bekanntschaft wahrscheinlich zu weit gegangen.
Simon hörte gern zu, wie er gesagt hatte. Hören, ja.
Aus einem optimistischen Rausch heraus traf ich im Sommer neunundachtzig die Entscheidung, mich in eine der osteuropäischen Botschaften zu begeben. Ich wollte nicht nur das Amt hinter mir lassen. Alles.
Nur meine Mutter mußte noch unterrichtet werden, und nur sie, dachte ich.
Dort versorgte ich mich mit den Ratschlägen, die mir nichts genützt haben. Und ich fragte sie, ob ich Simon, von dem ich das erste Mal erzählte, einweihen solle.
Mir wollten die Argumente für diesen Schritt nicht ausgehen.
Er sei mehr als ein Freund.

Komme in Betracht.
Sei vielleicht zu überreden.
Noch nie hat mir jemand so ausdauernd zugehört.
Mehr könne man sich nicht wünschen.
Alles andere würde wachsen.
Sich wie von selbst ergeben.
Zu zweit stünden die Chancen besser.
Einen guten Kopf größer sei er als ich, versicherte ich ihr.
Nein, einen ordentlichen Beruf habe er nicht.
Ob das der Grund dafür war, daß meine Mutter mir dringend abriet, mich ihm zu offenbaren, hat sie mir nicht mitgeteilt.
Aber wenn ich mich entschlossen hätte, ein unkalkulierbares Risiko einzugehen, dürfte ich es nicht erhöhen, indem ich einem vertraute, der mir fremd geblieben sei, wie nur einer fremd sein konnte. Das waren ihre Worte.
Ihrer fürsorglichen Belehrung war ich nicht gewachsen. Ich wollte meine Entscheidung nach ihren Erfahrungen ausrichten, und so unterließ ich es, Simon in meine Fluchtpläne einzuweihen.
Sparsam begründet waren daraufhin die Absagen, die ich ihm erteilte, kühl.
Simon drängte nicht.
Es gäbe mehr Zeit als genug.
Die letzten drei Wochen vor meiner Abreise habe ich ihn nicht mehr gesehen.
In München traf ich wenig später den Mann, von dem ich mich nach zwei Jahren wieder scheiden ließ.

Im Sommer des Werajahres entschloß sich Simon, ihr von Henry zu berichten. Mittlerweile hatte er sich damit abgefunden, daß Magdaleni verschollen blieb. Seine unzähligen Versuche, die namenlose Wohnung zu observieren, brachten kein Ergebnis.
Vielleicht hätte Wera eine Idee, wie Henry zu finden sei, hoffte er.
Obwohl auch bei seiner Beichte jede Vorsicht angebracht sein

würde. Allein um Wera nicht zu gefährden. Henrys Aktivitäten waren und würden immer zu undurchsichtig sein.
Aber deutlicher waren seine Zeichen nicht zu setzen. Er wollte ihr vom nächsten Augenblick an vertrauen. Simon hätte ihr das Rätsel gelöst. Worauf sie monatelang gewartet haben. Und nun ließ sie sich auf dem Amt verleugnen. Speiste ihn mit dürftigen Ausreden an ihrer Wohnungstür ab. Nie ist er zudringlich gewesen, hatte sicherlich kein Recht erworben, eine Erklärung zu verlangen. Zwischen Tür und Angel konnte er nichts erklären. Wo alles noch bevorsteht, braucht Wera Zeit, sich zu gewöhnen, nachzudenken, beruhigte sich Simon.
In gleichem Maß, wie sich die Verfehlungen des folgenschweren Herbstes in Ostdeutschland häuften, gegenseitig eliminierten, zum Ausbruch herausforderten, um sich schlugen, verrieten, schwand Simons Kraft, nach Wera zu suchen.
In ihrer Wohnung war sie schon wochenlang nicht mehr anzutreffen. Bis auch ihr Namensschild verschwand.
Auf dem Amt erteilte man ihm keine Auskunft. So ist das auf Ämtern, dachte Simon.
Und außerdem registrierte er die Falschmeldungen und fehlfarbenen Wetterlagen ganz genau. Das Gehörte, kaum das Gesehene. Es drängte ihn, in Cafés zu sitzen, in denen man ihn früher nicht angetroffen hatte. Er lief nicht nur wegen ihr die Schönhauser Allee herauf und hinunter, sondern um aus der Entfernung die aufgeregten Debatten und das unwissende Geschwätz zu verfolgen.
Bis es ihn langweilte.
Nichts zu sehen.
Er wollte es zu Hause abwarten.
Wieder funktionierte das System der verriegelten Türen, des verborgenen Bettes.
Wera durfte er nicht drängen. Dennoch suchte er ein Wort für ihre Spurlosigkeit festzuhalten, das zum Fährtenersatz taugen könnte.

Er hätte gern gewußt, ob Henry den Herbstauftakt überstanden hatte, würde ihm seine Hilfe angeboten oder dessen Unterstützung und Geduld eingefordert haben.
Weder von Wera noch von Henry hörte er wieder.
Wie tief unter der Erde.

Am ersten Oktober 1989 fand sich Simon Sanges in der Kaderabteilung des Schlachthofes ein, um seine Stelle noch am gleichen Morgen anzutreten.

Sechstes Kapitel

Herbst 92, Outjo, Namibia

Von einem Klatschen auf dem Boden wacht Henry auf. Wasser läuft ihm über das Gesicht, läuft am Hals herunter. Er kommt zu sich und sieht, daß um ihn herum nur Dunkles versprühende Augenpaare sind, die ihn besorgt anblicken Dann nimmt er die Gesichter wahr. Verwüstete, alte Gesichter und junge, glatte, dunkle Haut.

Die Männer hatten einen Eimer Wasser über seinem Kopf ausgeleert. Er sieht sich um und bemerkt, daß er in einem niedrigen Raum abgelegt worden war, einer Art Halle. Der rauhe Putz an der Decke ist weiß überstrichen. Die Fensterhöhlen, einfache, rechteckige Öffnungen, dienen den Webervögeln als Einflugschneisen.

Henry braucht nur Sekunden, um sich einen Eindruck vom Ort zu verschaffen, und obwohl er am Boden in keiner günstigen Position ist und die Männer um ihn herum seinem Blick im Weg stehen, nimmt er an, daß er in einer Fabrik untergekommen sein könnte. Durch die Wand aus Arbeitsanzügen, die immer näher auf ihn zu rückt, erlangt er für Sekunden, schemenhaft nur, einen Bildausschnitt, in dem Maschinenteile auf dem Boden liegen, was den intensiven Ölgeruch erklären könnte.

Henry gewinnt allmählich die Gewalt über seine Sinne zurück.

Am Straßenrand sitzend, in den »Tintenpalast« eintragend, war ihm das Bewußtsein abhanden gekommen. Niemand hatte sich für den dürren weißen Mann interessiert. Der geleerte Wasserkanister lag an seiner Seite. Er hatte sich dort niedergelassen, um auszuruhen, vielleicht zu schlafen, um den Durst zu vergessen. Er erinnerte sich auch, daß er den »Tintenpalast« aus seiner Tasche genommen hatte und über Dursttexte nachdachte.

Ob er die Texte geschrieben hat oder sie nur Teil seines Deliriums waren, das zu diesem Zeitpunkt bereits eingesetzt hatte, weiß er nicht mehr. Von diesem Moment an fehlt ihm die Erinnerung.
Henry schaut von einem Mann zum nächsten. Er befürchtet, daß sie seine Tasche auf der Straße liegengelassen haben. Darin befindet sich alles, was er noch besitzt.
Der »Tintenpalast«.
Die Kladde ist für Henry inzwischen mehr als nur die Sammlung von Notizen und Texten. Er würde sicherlich jede neugierige Unterstellung abwehren, daß er diese Blätter so dringend braucht wie die Luft zum Atmen, aber wenn er überhaupt versuchen würde, seine Notizen zu bewerten, so wären sie Ausdruck des Versuchs, ein intelligenteres Bild seines Selbst zu fixieren.
Das einzige verbliebene Band, das es ihm möglich macht, ein Wort wie Heimat zu denken, findet sich im »Tintenpalast«.
Henry muß die Tasche wiederfinden. Er versucht aufzustehen, schafft es nicht, gestikuliert mit den Händen, weil er kein Wort herausbringt. Sein Mund ist nur eine brennende Öffnung im Gesicht, ein Stück unterhalb der Nase, der noch nicht befohlen werden kann zu sprechen. Die Arbeiter registrieren Henrys Aufregung. Ein heftiges, babylonische Sprachverwirrung heraufbeschwörendes Wortgefecht beginnt. Obwohl Henry die Männer nicht versteht, konnten nur seine Gesten die Diskussion ausgelöst haben. Auch daß die Männer ihn nicht mit Flüssigkeit versorgen, beunruhigt Henry. Jede Zelle seines Körpers verlangt nach Wasser, aber die Schwarzen scheinen ihn nicht verstehen zu wollen. Absichtlich verlängern sie ihr Palaver, um ihn zu quälen, denkt Henry.
Einer der Männer verläßt den Raum und kehrt kurz darauf mit Henrys Gepäck zurück. Ihm die Tasche aus der Hand zu reißen und sich dafür zu entschuldigen, ist Folge ein und desselben Impulses. Augenblicklich läßt er sich wieder auf dem Boden nieder. Daß er die Männer durch seine Reaktion gekränkt hat, bemerkt er erst, als sie sich einer nach dem anderen von ihm abwenden,

an ihre Arbeit zurückkehren, und Henry ist immer noch nicht von seinem Durst erlöst, er sitzt zwischen Maschinen und Arbeitern auf dem Boden, ist unfähig, sich zu artikulieren, und zu ausgedörrt, um an seiner Lage etwas ändern zu können. Noch einmal streift ihn eine kurze Bewußtlosigkeit. Er kommt sofort wieder zu sich und entdeckt einen Eimer mit Wasser. Als er den Kopf in den Eimer taucht, sich die brennende Öffnung unter der Nase, die Nase selbst, mit dem Wasser füllt, entsinnt er sich der Wasserphantasien, die er im »Tintenpalast« nachschlagen wollte, und ist noch immer nicht sicher, ob er die Texte wirklich geschrieben hat, oder ob sie nur Illusion sind und nachträglich hergestellt werden müssen. Den Band in der Tasche greifend, zieht er den Kopf aus dem Eimer, schlägt nach und findet die Texte. »... ein Rauschen, das sich aus dem brennenden, vertrockneten Hals zu speisen scheint ...«
Wenn es ein Rauschen gab, ist es jetzt verschwunden. Unter dem Wasserfall, der über seinen Körper fließt, verschwimmen die Buchstaben in seinem Text, ohne daß Henry sich die Mühe macht, die Zeilen zu schützen.
So einen haben die Arbeiter noch nicht gesehen. Was werden sie über ihn denken, wie er da auf dem hartgebrannten Boden liegt und in einem Buch liest. Kaum in der Lage, eine Seite umzublättern, die Hand zu heben, gelingt es ihm ebensowenig, die gelesenen Satzfetzen zu ordnen, ihnen einen vernünftigen Gedanken zu unterstellen, obwohl die wild durchstrichene Niederschrift erst gestern entstanden war. Allein ein Satz springt ihm ins Auge: »Ich bin Durst.« Ansonsten scheint die Korrespondenz nichts mehr mit ihm zu tun zu haben.
Zwei Männer greifen Henry unter die Arme und bringen ihn aus der Halle heraus. Das grelle Sonnenlicht verursacht erneut Brechreiz. Er würgt an dem Wasser, das er zu hastig aus dem Eimer getrunken hat. Die Männer führen ihn zu einem Nebengebäude, einem Schuppen, in dem ihn ein alter Mann erwartet. Den Mann in der Hütte kann Henry kaum erkennen, als er aus dem Sonnen-

licht in die Dunkelheit des fensterlosen Schuppens tritt. Der kleine Mann ist unscheinbar, trägt wie die anderen einen blauen Arbeitsanzug, der sich nur dadurch unterscheidet, daß er so sauber ist, als käme er mit Schmutz oder Maschinenöl nie in Berührung. Die Mischung aus Hochachtung und Unterwürfigkeit, mit der die beiden jungen Männer dem Alten begegnen, überrascht Henry. Auf der niedrigen Bank aus dunklem, fettigem Holz, wo der alte Schwarze hockt, sind verschiedene Stöße mit Papieren abgelegt. Henry lehnt sich an den Türpfosten, verfolgt das Gespräch. Den kurzen Wortwechsel bestimmt der alte Mann. Seine Bemerkungen sind bestimmt und klingen eher nach Befehlen. Die jungen Arbeiter senken den Blick, während der Alte spricht. Auf dem Hof und in respektvollem Abstand stehen andere in Gruppen zusammen und beobachten die offene Tür des Schuppens.
Schließlich kommt der Alte auf Henry zu und spricht ihn auf deutsch an:
»Wie geht es Ihnen?«
Als wolle er der Wiederkehr seiner Sprache huldigen, reihen sich die Sätze Henrys schnell aneinander:
»Gut. Guten Tag. Die Männer haben mir das Leben gerettet. Sie haben mich auf der Straße gefunden. Ich hatte Durst, aber ich hatte kein Wasser. Sagen Sie mir, wo ich bin. Die Männer haben mich hierher gebracht. Ich wollte nicht hierher, gut, sie haben mir das Leben gerettet, aber ich will nirgendwo sein, wenn ich nicht weiß, wo ich bin. Sie dürfen nicht denken, daß ich undankbar bin. Ich bin sehr dankbar dafür, daß die Männer mir das Leben gerettet haben. Es hätte anders ausgehen können, und das wäre für keinen gut gewesen. Ich kann Ihnen nicht erzählen, warum es besser ist, daß ich am Leben geblieben bin.«
»Sind Sie gesund?«
»Ich bin gesund. Ich stehe vor Ihnen, so gesund wie ich bin. Ich habe nur eine Frage: Wo bin ich hier?«
Henry hört ein Selbstgespräch, bei dem ein alter, schwarzer Mann anwesend ist.

Er wendet sich dem alten Mann zu, der wieder still in seinen Papieren blättert.
»Sie sprechen sehr gut deutsch.«
Der Mann ordnet weiter seine Papiere, sieht nicht zu Henry herüber.
»Mein Großvater hat für die Deutschen gearbeitet. Er hat uns Kindern von den Deutschen erzählt. Das ist sehr lange her. Ich habe auch für die Deutschen gearbeitet. Meine Tochter arbeitet in Swakopmund für die Deutschen. Sie spricht es viel besser als ich, wie eine Deutsche.«
»Kennen Sie vielleicht meinen Urgroßvater Rudolf Magdaleni? Wenn man so will, hat der auch für die Deutschen hier gearbeitet, als Soldat. Bei uns zu Hause hängt noch ein Bild von ihm. Ich sehe ihm sehr ähnlich, nur daß er einen Kaiser-Wilhelm-Bart trug.«
»Den Namen habe ich noch nie gehört. Es waren viele Deutsche hier. Mir hat keiner etwas von diesem Mann erzählt.«
»Zu welchem Volk gehören Sie?«
»Damara.«
Henry bemerkt, daß seine Anwesenheit den alten Mann befangen macht. Er wirft einen Blick auf die Papiere, die der Alte wieder und wieder umschichtet. Sie sind mit einfachen Bleistiftzeichnungen bedeckt. Es sind keine Rechnungen oder Lieferscheine. Verwachsene, fehlfarbene Antilopen, ungeschickt proportioniert. Riesenhaft überzeichnete Stoßzähne der Elefanten, rasende Nashörner und niedriges, in sich verschobenes Erdwild. Warzenschweine, vermutet Henry.
Zurückhaltend, als könne man das Papier verletzen, sind Linien und Schraffuren aufgebracht. Einmal bedeckt eine blasse Figur das ganze Blatt, andere sind gefüllt mit Dutzenden der Tierbilder oder unbekannten Zeichen.
»Interessante Zeichnungen.«
Der kleine Mann sieht ihn erstaunt an.
»Auf den Zetteln; die Zeichnungen finde ich interessant.«

»Sie erzählen unsere Geschichte.«
»Warum schreiben Sie sie nicht auf?«
»Das ist unsere Geschichte. Ich habe sie zusammengetragen. Früher wurde sie nur weitererzählt, immer vom Vater auf den Sohn. Mein Vater hat sie mir erzählt, wie sein Vater meinem Vater. Diese Bilder kannst du in den Bergen finden. Wir haben ein gutes Gedächtnis.«
»Würden Sie mir die Geschichte erzählen?«
»Sie beginnt in einem großen Haus ...«
»In einem Palast?«
Unwillig schließt sich der Bedrängte für einen Moment ab.
»Kein Haus aus Stein. Du würdest es nicht verstehen. Es gibt nur wenige, die sie erzählen können. Noch weniger können sie verstehen. Die Weißen verstehen sie nicht.«
Er nimmt den Stapel mit den Blättern und trägt ihn aus dem Blickfeld Henrys in eine Ecke des Schuppens, in der er sich niederläßt und damit beginnt, die Papiere erneut zu ordnen. Auch Henrys Audienz ist beendet. Von einer Sekunde zur nächsten kümmert sich niemand mehr um ihn.
Er verläßt die Fabrik und läuft eine schmale Straße am ausgetrockneten Flußbett entlang, an dem sich die Stadt ausgebreitet hat. Er hofft, auf eine Hauptstraße mit regem Verkehr und Ausschilderungen zu stoßen, die ihm sagen sollen, wo genau er sich befindet. Dort will er entscheiden, welche Richtung er einschlagen wird. Sein Wasserkanister ist gefüllt, er kann im Freien übernachten und am nächsten Tag jemanden suchen, der ihn zu einer Farm mitnimmt, auf der er seine Arbeitskraft anbieten kann. Als er an der Kreuzung einer Hauptstraße anlangt, ist es bereits dunkel. Er liest auf einem Ortsschild: Outjo.
In der Nähe einer Tankstelle, die an jeder dieser großen Kreuzungen stehen, sucht Henry sich einen Platz, der ihm eine gewisse Sicherheit bietet, wenn er in seinen Schlafsack kriecht. Taubheit und traumgefluteter Schlaf bemächtigen sich sofort der schmalen Gestalt am Straßenrand.

Auf den Knien rutscht Henry einen langen Weg bergab, an dessen Ende der Schuppen steht, kriecht in den Schuppen hinein, der jetzt ausgestattet ist wie die Halle im Rotumaschen Haus. Die Ausmaße des Schuppens sind für Henry nicht mehr zu überblicken. Weit hinaus dehnt sich die rote Kokosmatte durch sein Blickfeld. Auf der harten Bank liegend, sieht er den alten Rotuma auf sich zukommen. Henry soll auf die Seite rücken, Platz für Rotuma machen.
Henry will ihm sagen, wie sehr er ihn mag.
Er rückt zur Seite und fällt von der Bank.
Er bittet den kleinen schwarzen Mann um Vergebung.
Mutter Rotuma springt wie ein junges Mädchen die Treppe hinunter. Sie bittet den kleinen Mann ebenfalls um Vergebung.
Henry will sich einmischen, Mutter Rotuma verteidigen. Henry entdeckt eine Reihe von Bierflaschen auf dem großen Eßtisch.
Er fragt den alten Rotuma nach einer Flasche Bier.
Der alte Rotuma bittet den kleinen Mann im blauen Arbeitsanzug um Vergebung.
Rotuma trinkt das Bier allein.
Henry bittet den kleinen schwarzen Mann immer wieder um Vergebung, aber Rotuma gibt Henry keine Flasche Bier.
Der kleine Mann gibt Henry die Blätter mit den Tierbildern, und dieser beginnt der Familie Rotuma die Geschichte zu erzählen. Sie beginnt in einem Haus, aber Henry behauptet, daß sie im Tintenpalast beginnt. Und im Tintenpalast ist kein Platz für die Tiere, die der kleine blaue Mann hereinführen will. Henry will erzählen, will vermitteln. Dann mit einem Mal stellt er sich an die Spitze der Bewegung, die im Tintenpalast Platz schaffen wird für ganze Herden von Antilopen, Pferden, aber im Palast findet sich dennoch kein Platz. Henry ist verzweifelt.
Henry bittet die Anwesenden um Vergebung, aber er ist so nicht in der Lage, die Geschichte zu erzählen.
Er will sich noch einmal eingehender mit den Zeichnungen beschäftigen, um von vorn beginnen zu können.

Aber die Blätter sind verschwunden, der Schuppen steht am Ende des Weges.
Henry sinkt auf die Knie.

Am Morgen wird er von schweren Transportfahrzeugen geweckt, die von den altersschwachen Industrieanlagen des Nordens nach Windhoek unterwegs sind. Er wählt die richtige Abfahrt und steht kaum eine Stunde, als ihm ein Transport angeboten wird. Vierzig Meilen außerhalb Outjos liegt die Farm, auf welcher der Fahrer arbeitet. Er bietet an, ihn dorthin mitzunehmen, als ihm Henry erzählt, daß er auf der Suche nach einem Job ist. Die Umstände, unter denen ihm seine letzte Arbeit gekündigt wurde, verschweigt er. Der Traum muß im »Tintenpalast« notiert werden, bevor er vergessen ist.
Als der Wagen von der Asphaltstraße auf den Schotterweg abbiegt, erinnert er sich nicht mehr an den Anfang der Bildfolge. Von der Schotterstraße spritzen die Kiesel zur Seite. Hinter dem Wagen steigt eine meterhohe Sandwolke auf, die jeden Blick auf Zurückgelegtes verstellt.
Das Farmhaus mit den typischen Windrädern und den großen Wassertanks aus Blech sieht man schon von der Straße aus. Die Gebäude sind in einem schlechten Zustand. Windräder, denen die Flügel fehlen, Flügel, die nur lose in ihren Verankerungen hängen, überragen die schadhaften Stellen des Daches. Überhaupt wirkt die ganze Anlage wie ein Provisorium.
Die Entscheidung fällt günstig für Henry aus. Er wird zur Inspektion der Weidezäune, diesem endlos wiederholten Ritual, der Farmfolklore, wie Henry befindet, eingestellt. Ihm ist gleich zu Beginn seiner Reise aufgefallen, daß das ganze Land von Zäunen durchzogen ist, aber er konnte sich nicht vorstellen, daß er eines Tages sein Geld damit verdienen würde, immer wieder diese Zäune zu kontrollieren. Aus gefährlich umzäunter Manege war er entflohen. Sie holt ihn ein. Henry steigt in den Jeep des Farmers und lacht und wundert sich. Fast wäre er verdurstet.

»Wie alt bist du?« fragt ihn der Farmer.
Der Jeep wird auf der Piste hin und her geworfen. Henry muß sich am Sitz festhalten, um nicht aus dem Wagen zu fallen.
»Einunddreißig.«
»Ist es nicht ungewöhnlich, daß ein Mann wie du durch das Land fährt und als Weißer in Südwest einen Job sucht? Wo warst du vorher?«
»In Lüderitz, bei einem Maurerbetrieb.«
»Das ist eine ganze Ecke weg. Wo kommst du denn her, du bist doch aus Deutschland?«
»Berlin.«
»Bin ich mal gewesen.«
Der Farmer stoppt den Jeep. Sie haben die Stelle erreicht, von welcher aus der Zaun kontrolliert werden muß.
»Setz das auf!«
Der Farmer wirft Henry einen Stoffhut zu und geht in entgegengesetzter Richtung davon.
Henry sucht sich am Ende des Zaunes, so weit er ihn überblicken kann, eine Stelle, an der er umkehren wird. Ob er die Pfosten markiert oder nicht, spielt für ihn keine Rolle. Der Farmer hatte ihm zu verstehen gegeben, daß er kein Geld hat, die Pfosten zu ersetzen.
Gestern lag er noch auf dem Boden einer Fabrikhalle und las in seinen Notizen, während die Arbeiter um ihn herum an ihren Maschinen werkten, jetzt läuft er an einem Zaun entlang ins Ungewisse, ohne daß seine Arbeit irgendeinen Nutzen haben wird. Wie so vieles wird auch die Zahl der zerfressenen Pfosten schon überholt sein, wenn er sie dem Farmer vorgetragen hat. Die Termiten haben sie dann längst korrigiert.

Simon ist unsicher, ob der Vogel Regenbogenpfeifer oder einfach nur Regenpfeifer heißt. Er hat keine Ahnung, warum er den Ton dieses Vogels in seinem Wagen hört. Ist er unversehens aus dem Tal der Leoparden in die Steppe der Regenbogenpfeifer oder der Regenpfeifer gelangt? Der Pfeifton ist deutlich zu hören. Simon schließt das Fenster seines Fords, aber der Ton wird dadurch noch intensiver. Als ob das eine Rolle spielen würde auf dem Weg nach Omaruru, zu dem sich Simon entschlossen hat, bevor er an die Küste fahren wird. Natürlich spielt es für Simon eine Rolle, wenn er den Ton eines Regenbogenpfeifers oder Regenpfeifers hört, gerade weil er sich sicher sein kann, daß es in dieser Gegend keinen solchen Vogel gibt. Töne nur. Die einmal höher anschlagen, danach tiefer, als ob sie gleich abbrechen wollen. Und plötzlich klingt es wie das Klopfen in der Namanacht, versehen mit einem Ton, der noch entfernt an ein Pfeifen erinnert.
Simon bremst den Ford ab, bringt ihn zum Stehen, um zu prüfen, ob das Geräusch vielleicht vom Wagen verursacht wird. Aber sein Körper ist der Resonanzraum, in dem sich das Trommeln mit dem Pfeifen mischt. Feuchtes, schwarzkrauses Haar, Blitzlichter, Schnapsdunst, überlagert von Emilys erstauntem Gesichtsausdruck, als sie zum Höhepunkt kam. Simon fühlt, daß seine Bauchdecke leicht vibriert. Das Orchester zieht vom Hirn in die Eingeweide. Der Tonmeister ordnet die Register, so daß weder die hohen Töne noch das Plätschern oder der harte Schlag des Tempelwassers im Magen die Oberhand gewinnen. Hier die Trommeln, dort der Gesang. Feste geben einen Takt auf die Straße, ein Schritt vor den anderen, hinter den Tänzern ziehen sich die Vorhänge wachsender Entfernungen zu. Das Schlagwerk reicht bis

ins Mark. Die Räder greifen nicht. Die Flügel heben sich dennoch. Im Maschinenflur tragen die Schläge weiter als draußen. Schließlich, langsam, setzt sich auch das Räderwerk in Gang. Endlich gibt die Maschine den Ausstoß frei. Metall erwärmt sich und die Hölzer fangen Feuer. Die Temperatur im Innern des Schlagwerks erreicht den Höchststand. Aufwinde bewegen sich klangwärts dem Ausgang zu. Ein Zittern im Gefieder ..., letztes Kreischen.

Simon sitzt in seinem Wagen und schreit, ohne daß es ihm sofort bewußt wird. Durchdringend klingt es nach, und er ist erschrokken darüber, daß er zu einem solchen Laut überhaupt fähig ist.

Simon sieht, wie sich wasserschwere Wolken vor den Ausläufern des Hochlandes stauen und sich ihrer Last nicht entledigen wollen.

Seine Stirn und das Hemd sind trocken, obwohl die Temperatur im Innern des Wagens schnell angestiegen ist, seitdem er steht. Entweder ist es im Wagen schon so heiß, daß der Schweiß sofort wieder verdunstet ist, oder aber das Konzert, das inzwischen an Intensität verloren hat, nimmt seine Energie derart in Anspruch, daß er nicht einmal mehr die Reserven mobilisieren kann, um zu schwitzen. Er verläßt den Wagen.

»Ich schwitze nicht. Ich fahre an einen der heißesten Orte auf der Erde, die es überhaupt gibt, und ich schwitze nicht. Am Südpol würde ich wahrscheinlich nicht frieren. Ich sollte diese außergewöhnliche Fähigkeit in bare Münze verwandeln. Ich bin so erschöpft, als hätte ich den Wagen hierher geschoben, aber geschwitzt habe ich nicht. Tote schwitzen nicht. Nicht mehr.

Die erste Stufe nur, die Stufe, auf der das Schwitzen eingestellt wird, habe ich also erreicht. Es wäre eine zu lästige Begleiterscheinung, in der Hölle zu schwitzen. Das wenigstens bleibt mir erspart. Anfälle von Musik muß ich überstehen, Orgien, an deren Einzelheiten ich mich nicht erinnern kann. Zum wievielten Mal fahre ich dir nun hinterher? Ich habe hier nichts verloren. Ich bin Henry gefolgt, folge ihm immer noch. Ist es nicht naiv zu glauben, daß es irgend etwas ändern würde oder bereinigen, wenn ich Henry den verdammten Umschlag übergebe? Auf den Umschlag kommt es überhaupt nicht an. Was könnte er an Neuigkeiten für ihn oder mich enthalten? Wenig; nichts. Als hätte ich nur darauf gewartet, bin ich sofort losgefahren. War ich seit unserer letzten Begegnung nur damit beschäftigt, auf einen Ruf zu warten? Henry hat mich nicht gerufen. Keiner hat mich auf diese Landstraße bestellt. Kein Wunsch, mich zu sehen ... Kein Verlangen, offene Rechnungen zu begleichen, ja, zu begleichen, endlich zu zahlen. Oder ist es noch nicht soweit? Muß ich noch warten? Was soll ich tun, mein Herr? Jetzt bin ich erblindet. Ende auf der Landstraße.«

Simon ist ein Stück durch die lichten Baumbestände des Farmlandes gegangen, an deren Grenze die Landstraße verläuft. Weiter war er nie gekommen. Und er könne sich in Afrika frei bewegen. Es ist kaum damit zu rechnen, daß die alte Frau aus Berlin eines Tages von ihm verlangen wird, Rechenschaft abzulegen. Ob er den Umschlag wirklich zugestellt hat. Damit wäre das dann erledigt, und er könnte seines Weges gehen, denkt Simon.

Die Tür des Wagens steht offen, und Simon schwankt einen Augenblick, ob er seinen Impuls nicht in die Tat umsetzen soll. Weiterlaufen. Er bleibt stehen, aber das Orchester, dessen Einsatz er erwartet, bleibt still. Und er wäre bereit, weiterzulaufen, den Wagen stehenzulassen.

Simon hat den Ford inzwischen aus seinem Blickfeld verloren.

»Ich wüßte schon, wie ich es beenden kann, Henry. Ich mußte das nicht aushalten. Ich nicht. Ich hatte bis vor kurzem eine Waffe dabei, Emilys Mann, du kennst Emily nicht, hat sie mir gegeben. Auch bei ihr konnte ich nicht bleiben. Das hat mit dir zu tun. Hätte es dich nicht gegeben, wer weiß, vielleicht hätte ich es gewagt. Ich kann mit einer Waffe umgehen. Es ist keine große Sache, geht schnell, Henry. Schneller, als du eine deiner Lügen fabriziert hättest, um mich im letzten Augenblick davon abzuhalten. Ein Gewehr, Henry! Das ist eine der Lösungen für unser

Problem. Wie bezeichnet man den Punkt auf einer Landstraße, zehntausend Kilometer von einer Heimat entfernt, an dem man Selbstgespräche führt und die Hoffnung fallengelassen hat, einmal ein wirkliches Gegenüber zu sehen. Das ist der Punkt Null, Henry. Dieser Punkt verlangt nach radikalen Lösungen. Von diesem Punkt geht es nur noch aufwärts, egal, was man tut, Henry, mein Freund.«

Während Simon den Ford in Richtung Omaruru lenkt, will ihm der Gedanke an eine Waffe nicht aus dem Sinn gehen. Daß die radikalste Lösung im Bereich seiner Möglichkeiten liegt, erschien ihm bis dahin nicht vorstellbar. Daß sich vielleicht mehr als ein arrogantes Staunen auf Henrys Gesicht zeigen würde, wenn er begriffe, daß mit dem trockenen Knall aus dieser Mündung sein Ende verbunden sein kann. Ein für allemal. Aber dafür müßte er ihn erst einmal finden.

Auf dem Gelände des Camps hat sich seit seinem ersten Besuch nichts verändert. Wahrscheinlich hat es jahrelang so ausgesehen und lohnt nicht die Mühe. Zerbrochenes Kinderspielzeug liegt neben zerschlissenen Autoreifen.

Simon wartet an einem Steintisch vor dem Wohnhaus, ob ihn irgend jemand in Empfang nehmen würde. McCullough wickelt normalerweise die Vermietung der Bungalows dort ab, die sich den Besuchern dann als schlichte Blechhütten präsentieren. Seine Frau fragt Simon nach einer halben Stunde sehr freundlich, warum er nicht ins Restaurant gegangen ist, wo ihr Mann wie jeden Tag um diese Zeit den Mittagstisch vorbereitet. Simon verblüfft der Titel »Restaurant«, mit dem sie die Mischung aus Abstellkammer, Büro, Bar und Kantine ausgezeichnet hat, und geht die wenigen Meter hinüber.

»Ein Bier?«

McCullough kehrt hinter die Theke zurück, bedient andere Gäste, bringt Simon schließlich das Bier. Nach dem Mittagessen leert sich das Restaurant. Simon glaubt, bald eine Gelegenheit zu bekommen, um McCullough nach Henry zu fragen. Er hätte dies eindringlicher bei seinem ersten Aufenthalt tun können, hatte sich aber schüchtern mit einer oberflächlichen Auskunft begnügt. McCullough ist beschäftigt, sieht, wie Simon an seinem Tisch sitzt und das sich langsam leerende Restaurant beobachtet. Hinter Simon an der Wand hängt jetzt ein Fischernetz, als stünde es ihm zur Verfügung. Und der Atlantik ist weit entfernt.

»Noch eins?«

»Nein. Nur eine Auskunft.«

»Wenn es länger dauert, dann komm heute abend her. Ich will die Baustelle sichern, bevor es anfängt zu regnen.«

»Draußen scheint die Sonne!«

»Es wird regnen!«

»Gut, dann heute abend.«

Nachdem Simon eine halbe Stunde durch Omaruru gelaufen ist, findet er einen Supermarkt und einen Laden für Wein und Bier, in dem er sich mit dem Nötigsten für die nächsten Stunden eindeckt. Da ihn der Spaziergang nach kurzer Zeit ermüdet – die Stadt ist zu klein und zu uninteressant, um ihn von der bevorstehenden Befragung McCulloughs abzulenken –, will er den Nachmittag in seiner Blechhütte verbringen. Der ungewohnt frühe Aufbruch aus Tsaobis steckt ihm in den Knochen, aber ein paar Flaschen Bier und eine Tasse des warmen Wodkas werden ihn bis zum Abend entspannen. Als Simon die Hütte erreicht, beginnt es zu regnen. Das karge Mobiliar, bestehend nur aus Eisenbett und Stuhl, verspricht indessen für diesen Nachmittag die Heimat seiner bevorstehenden Trunkenheit zu sein. Die Trunkenheit am Nullpunkt herbeizuführen, bleibt wenig Zeit. Simon will sich damit beeilen. Er hofft, daß McCullough ihm am Abend weiterhelfen wird.

Simon trinkt das Bier und den Wodka abwechselnd, in jeder Hand eine Flasche, und weiß genau, daß er auch jetzt Theater spielt, daß die Szene mit dem anschließenden Rausch nur dafür gedacht ist, den in ihm rumorenden Widerstand gegen die Sinnlosigkeit seiner Unternehmung zu unterdrücken. Simultan setzt

das Trommeln des Regens auf der Blechhütte mit dem Pulsieren des Wodkas in seinen Schläfen ein. Beides ergänzt sich wunderbar. Er legt seinen Kopf auf das Kissen, was die Resonanz der Schläge an seinem Trommelfell noch erhöht. Simon öffnet den Kanal, auf dem das Orchester ihn am Vormittag bespielt hatte, aber es sind nur noch wenige leise Stimmen zu vernehmen. Baßlinien, die sich ohne Mühe den Klangmonotonien des Regenschlages unterordnen. Die Temperatur im Innern der Maschine wird vom Wodka angeheizt, aber die lodernden Hölzer sind gelöscht, das Metall ist zur eigenen Schwerkraft zurückgekehrt. Simon wird diesen Ruhezustand zulassen, akzeptieren, daß der Schnaps ihm eine Pause verschaffen will. Sein Kopf sinkt tiefer ins Kissen. Es beruhigt ihn, daß es noch Stunden dauern wird, daß er die Zeit dehnen kann, bis er die Höhle verlassen muß.
Auf der Bettdecke nach der Wodkaflasche tastend, greift Simon das feuchte Laken, wohin sich das Bier aus der Flasche ergossen hat, nachdem Simon eingeschlafen war. Durch das kleine Fenster der Hütte fällt das Licht einer der Scheinwerfer, die das Camp dürftig beleuchten. Der kurze Weg zur Tür, zwei, drei Schritte, belehrt Simon über den Grad seines Betrunkenseins.
Die Fenster des Restaurants liegen wie Bullaugen eines Raumschiffs fremd in der fast vollkommenen Dunkelheit des Camps. Die Theke ist nur von drei einheimischen Männern besetzt, die hier an jedem Abend ihr Bier trinken. Sie verabschieden sich bald, als wäre ihnen die Gegenwart eines Fremden in der Stunde der Stammgäste unangenehm. Womit sollen sie sonst rechnen in einem Camp für Touristen, denkt Simon, und er glaubt, sein Orchester einsetzen zu hören, als fordere der Genuß des Wodkas einen späten Tribut.
Hinter einem fast mannshohen braunen Kasten, der sich als elektronische Orgel oder wenigstens als Vorläufer einer solchen entpuppt, entdeckt er McCullough. Während die Männer aus Omaruru das Restaurant verlassen, begleitet der Wirt ihren Auszug mit einem Orgelstück. Ausgelassen zieht er die Register, bearbei-

ten seine Füße die Pedale mit einer Kraft, die sogar den schweren Kasten ins Schwanken bringt. Zwischendurch erhebt er sich kurz und schaut sich um, ob sein Konzert die erwartete Begeisterung auslöst. Und er spielt, in dem Rahmen, den ihm die Qualität des Instruments gestattet, gut. Simon kann seine Überraschung kaum verbergen, wird sich der Tatsache bewußt, daß McCullough wohl ihm, dem Deutschen zu Ehren, Bach spielt, wie er für einen Italiener wahrscheinlich mit Verdi aufgewartet hätte. Auf einem heruntergekommenen Campingplatz auf dem zwanzigsten Breitengrad südlich des Äquators sitzt ein riesiger Mann mit einem vernarbten Gesicht und spielt für ihn, der das Restaurant am Ende der Welt für ein potjemkinsches Dorf halten wollte. McCulloughs Gesicht leuchtet unter der Textur seiner Narbenhaut. Die überraschend gute Akustik des Raumes läßt eine Fülle von Tönen zu, die dieser Kasten nur hier produzieren kann. Simon ist überzeugt davon, daß er es in dieser Gesellschaft aushalten könnte. Mit diesem Organisten hat es etwas Besonderes auf sich, aber er war schon einmal einer Verführung erlegen.
Unvermittelt bricht McCullough ab.
»Maria läßt Grüße ausrichten. Ich glaube, sie hat sich über dich gewundert. Sie sagt, daß du sehr müde gewesen sein mußt.«
Simon suchte vergeblich nach einer Verbindung zu diesem Namen.
»Kannst du dich nicht erinnern, Maria, die in deinem Bungalow auf dich gewartet hat, als du vor kurzem hier warst.«
»Die hieß Maria?«
»Ja.«
»Ich hatte sie vergessen.«
»Dann hast du sie nicht kennengelernt, denn wenn du sie kennengelernt hättest… Sie ist ein Diamant. Du kannst die Männer in Omaruru fragen.«
Daß ihm daran gelegen ist, diese Umfrage durchzuführen, bezweifelt Simon. Daß er glücklicher ist ohne die genaue Kenntnis der Fertigkeiten Marias, wie er vermutet. Der Wodka erobert

die kurzzeitig aufgegebenen Bastionen in Simons Hirn zurück. Simon schätzt diesen Zustand als Grundlage einer Unterhaltung, weil er ihm eine Klarheit beschert, in der er selten zu denken vermag.

»Ich suche immer noch diesen Mann. Ich habe ihn dir beschrieben.«

»Ja. Es könnte der gewesen sein, mit dem ich mich unterhalten habe. Mir ist das erst eingefallen, als du weg warst. Er hat seltsame Geschichten erzählt. Ich dachte, daß er mich verarschen will.«

»Du sprichst Deutsch, du spielst Bach. Du hast Talente.«

»Nach und nach ist es über mich gekommen. Hab mir alles selbst beigebracht, nicht alles. Maria hat mir Sachen gezeigt, die ich nicht kannte. Sweet bitch. Der Mann machte nicht den Eindruck, als ob er auf irgendwen warten würde.«

»Er weiß nicht, daß ich ihn suche.«

»Kann sein, daß er nicht gefunden werden will.«

»Ich vermute es.«

»Dann laß es wie es ist. Verbringe zwei angenehme Wochen mit Maria, über den Preis läßt sie mit sich reden, und fahr wieder nach Hause, als hätte es ihn nicht gegeben!«

»Ich bin hierher zurückgekommen, weil ich denke, daß ich die Spur nur hier aufnehmen kann. Meine Zeit ist knapp bemessen.«

»Du hast mir erzählt, daß du den Mann seit Jahren nicht gesehen hast. Laß es darauf beruhen! Ich bin jahrelang solchen Hirngespinsten nachgelaufen, wollte ein großer Boxer sein, dann Pianist, und jetzt bin ich ein kleiner Campbesitzer. Du wirst nicht zufriedener sein, auch wenn du ihn finden solltest. Es lohnt sich nicht. Du mußt vergessen und akzeptieren, daß du vergessen wirst!«

»Wie ist es dann mit einer Waffe?«

»Du hast getrunken, brauchst eine Frau und ein Bett, keine Waffe!«

»Gibt es die Möglichkeit, eine Waffe zu kaufen?« beharrt Simon.

McCullough gräbt achselzuckend in einer Kiste hinter der Theke und bringt eine etwas angerostete Maschinenpistole zum Vorschein.
»Das ist sie, ein wenig Öl, und sie ist wie neu. Hier ist ein Paket Patronen. Zusammen vierhundert Rand. AK 47, die beste Waffe der Welt, stammt noch aus dem Krieg mit den Angolanern; ich wollte sie schon lange aus dem Haus haben. Bei dir wird sie niemand suchen. Mach nur keine Scheiße damit. Nun Wodka, um das Geschäft zu besiegeln.«
Sie trinken.
»Die Omaruru-Leute haben vorhin eine irre Geschichte erzählt. Von einem Weißen, der am Straßenrand fast verdurstet wäre; einer wie du ihn suchst, bis die Kaffern ihn aufgelesen und in ihren Kral verschleppt haben. Ein Deutscher. Gar nicht weit von hier. Zweihundert Kilometer nördlich. Ein Weißer, der von den Kaffern aufgelesen wird. Daß ich das noch erlebe. Die Welt ist ein Irrenhaus.«
Sie trinken.
Auf die Maschinenpistole gestützt, erreicht Simon seine Behausung.
Die U-Bahnschächte sind dunkel und verwaist. Maria ist von seinen Rufen nicht zu erreichen.
Mr. McCullough vermittelt, ohne Simon um Zustimmung gebeten zu haben.
Die schlanken Arme, fast zu zerbrechlich für Marias Körper, die sich um seine Brust legen, nimmt Simon nicht mehr wahr.

Das Buschland, die Färbung der Weite, hat sich verändert. Seltener werden die Kameldornbäume, die Vegetation drängt sich an den Boden, wird lichter, verschwindet. Wüstenrosen bedecken die Bodenwellen, die der helle Sand aufgeworfen hat.
Unvermeidbar ist die erneute Flucht von der Farm gewesen. Es hatte schwere Auseinandersetzungen gegeben, als Henry schon

nach wenigen Tagen einen Lohn forderte. So würde dort nicht gerechnet, warf man ihm vor und riet dringend, sich auf der Stelle vom Gelände zu bewegen.
Henry hat die Wüste erreicht. Auf dieser Straße ist er noch nicht gefahren. Oder kann er sich nur nicht erinnern? Der Bau, den der Fahrer ansteuert, sieht von weitem aus wie eine Moschee. Henry befürchtet, auf einen Moslem getroffen zu sein, für den die Uhrzeit gekommen ist, sein Gebet zu sprechen, was seiner Reise einen unnötig lästigen Zwischenstop verordnen würde. Von einer Moschee in diesem Landstrich hatte Henry noch nie etwas gehört. Der Fahrer biegt von der Straße ab und fährt in den Eingangsbereich des Bauwerks, welches sich bald als Raststätte zu erkennen gibt. Henry legt keinen Wert darauf, sich mit dem Fahrer zu unterhalten.
Das Bild der Moschee mitten in der Wüste, auch wenn es sich herausgestellt hat, daß es nur eine Raststätte ist, bringt Henry dazu, sich den »Tintenpalast« vorzunehmen, einige Notizen über seine Begegnung mit dem alten Schwarzen in Outjo anzufertigen. Vom Fahrer trennt er sich für eine halbe Stunde mit einer leicht hingeworfenen Entschuldigung.
Während Henrys Schritte in den weichen Untergrund sinken, gelingt es ihm durchzuatmen.
Wenn es nun nicht bevorsteht, das Wesentliche, wann sonst, denkt er.
Der Fahrer hatte versprochen, ihn nicht allein zurückzulassen.

›*Notizen, später ausführlich: Ich betrachte es als Geschenk, gerettet zu sein, ~~aufzuwachen und von Gleich zu Gleich~~ ..., ein Gegenüber, meinem Wunsch entsprechend,... hat mich angenommen, als wäre ich seinesgleichen, der große schwarze Chief ...,... im Allerheiligsten wach werden, nicht gesalbt und doch gesalbt, gelabt ... ~~Vertrauen~~ ... rituelle Begrüßung, Branntwein ... Trauben, eine Art Weihrauch ... Worte, Gesten werden gewechselt ... Verbeugung,*

Händedruck, Umarmung ... wie es sich gehört ... als Freund gekommen, ohne Hintertür, -list ... Geschenk erwidern ... ~~das Leben zurückgeben, was ich nicht kann~~ ...
schwarz. weiß, Verschlingungen ... sag ich Welt ... verhandeln wir ~~die Zukunft~~ im Allerheiligsten ... Ahnentafeln an den Wänden ... mir nicht verständliche Zeichen ... Erklärungen folgen, ... eintauchen in die Kultur ... den Mythos der untergegangenen Kultur ... die Erkenntnis ~~der allumfassenden Nähe~~, nur möglich auf dieser Ebene ... ~~eine Welt~~ ... Pferdezeichen, Menschenzeichen, Verträge ... Notizen von einer leeren Fläche, Wüste, die Namib läßt die großartige Dimension der Begegnung noch wachsen, weil ich hier nicht die Andeutung einer Begrenzung finde, kein Reglement mich behindert. Ich bin allen Gepäcks ledig. Gram wird in die Wüste geweht, verliert sich unter den Aberbillionen fremder, zu Kieseln geschrumpfter, Schicksale. Das Areal ist unverhüllt ausgesetzt, der Lichtquelle gegenüberliegend, polarisiert die Energie, nicht an Plunder und Bewuchs verschwendet, wird umgewandelt, wandelt den Ort für einen Anfang ~~und das Ende~~ ...‹ TINTENP. OKTOB. 92

Henry hat sich in Sichtweite der Moschee auf einen Sandhaufen gesetzt, ist umgeben von Wüste, so weit er blicken kann. Mittendrin die Moschee, die keine ist, in der keiner mehr auf ihn wartet.

Siebtes Kapitel

Wüste bei Swakopmund im Herbst 1992

Vor wenigen Minuten wurde in der Raststätte die Beleuchtung auf ein Notlicht reduziert. Mit der Dämmerung hat sie ihren heutigen Betrieb eingestellt. Die Angestellten werden von einem kleinen Bus in Richtung Swakopmund gebracht.
Henry war es gelungen, einen letzten Kaffee und eine Packung Streichhölzer zu kaufen, bevor die Türen abgeschlossen wurden. Er hatte entschieden, die Nacht noch einmal draußen zu verbringen. Aus den vertrockneten Zweigen der Wüstenrosen, die es hier reichlich gibt, wird er sich ein Feuer einrichten. Wenn die Nacht unter dem wolkenlosen Himmel sehr kalt werden sollte.
Gegen einen aufkommenden Wind hat Henry hinter dem niedrigen Sandhaufen Schutz gesucht. Da ist sein Gepäck verstaut. Dorthin trägt er die Zweige, die er in der Umgebung sammelt.
Als sich mit dem Einbruch der Dunkelheit der Wind doch legt, hat er sein Feuer schon entfacht.
Henry genießt es jetzt, allein zu sein.
Vor dem Hintergrund eines diffusen Restlichts ähnelt die Silhouette der Raststätte tatsächlich eher einem Kirchenbau. Die Ebene, die sich bis zum schwach beleuchteten Horizont erstreckt, der beinahe mit den Händen zu greifen ist, wird nur durch die Straße nach Swakopmund durchschnitten, auf der sich ein reger Abendverkehr bewegt. Es würde Henry sicher leichtfallen, nach Swakopmund mitgenommen zu werden. Aber das Feuer wärmt, und die Gegenwart der verdunkelten Kathedrale versöhnt ihn mit den Anstrengungen der letzten Tage.
Während er in die Flammen starrt, greift er unwillkürlich in sein Gepäck, um das Papierbündel wieder hervorzuholen. Es wiegt schwer, und er hat Mühe, die Blätter mit einer Hand zusammen-

zuhalten. Die schwer beschädigten Einbanddeckel vermitteln nur noch den Anschein, als könnten sie dieses Paket einfassen. Henry lehnt sich an den Sandhaufen und zieht verschiedene Blätter heraus, um sie nach einer oberflächlichen Durchsicht wieder einzusortieren. Die den Texten hinzugefügten Daten erinnern ihn daran, wie lange er das Bündel schon mit sich herumträgt. Bevor er den Band zurücklegen kann, fallen ihm einige zusammengefaltete und in den hinteren Umschlag geklemmte Zettel ins Auge. Er weiß sofort, worum es sich bei diesen handelt. Auch Henrys Gewissen brauchte eine Versicherung.
Vorsichtig faltet er ein Blatt nach dem anderen auseinander. Sie hatten in den langen Jahren kaum Schaden genommen und sind deshalb noch gut lesbar. Obwohl der Wind sich gelegt hat, vibrieren sie, während er sie betrachtet.
Henry erinnert sich deutlich, wie gefährlich es damals war, an diese Kopien aus dem Ministerium zu gelangen. Er hatte alle Künste der Verstellung und Überredung, Betrug und existentielle Gefährdung einsetzen müssen, um sie in seinen Besitz zu bringen. Ganz genau gelingt es ihm nicht, zu rekonstruieren, was ihn dazu getrieben hat, aber sicherlich wollte er einen Beweis dafür haben, wie weit er sich eingemischt hat und wo sein Einfluß vielleicht endete. Da hat er nicht vorausgesehen, daß ihn diese Zettel einmal wirklich belasten könnten. Oder das Gegenteil bewirken. Auch jetzt hat er keine Ahnung, ob man aus diesen Schriftstücken eine Anklage gegen ihn erheben könnte. Er ist froh darüber, daß er sie aufbewahrt hat, aber warum soll er nach Deutschland zurückkehren, um herauszubekommen, wie schwer diese Beweise gegen ihn wiegen. Das hat er nicht vor. Und man wird sich kaum die Mühe machen, nach ihm zu fahnden, denkt er.
Wanted: »Henry Magdaleni«. Kopfgeld.
Bei dieser Vorstellung muß er schallend lachen.
Es handelt sich nur um wenige Blätter, die er langsam auseinandergefaltet hat, und die jetzt leicht auf seinem Oberschenkel liegen. Der Farbton der Fotokopien ist stark nachgedunkelt, wie er

im Schein seines Feuers gerade so erkennen kann. Sie sind jetzt fast braun.
Er beginnt damit, sie chronologisch zu ordnen. Sofort gesellen sich zu den jeweiligen Schriften die Gesichter, mit denen er damals zu tun hatte. Keines ist vergessen. Und keines ist imstande, ihn hier zu beunruhigen. Henry scheint sich an einem idealen Ort zu befinden.
Er überlegt, warum er nie der Versuchung erlegen war, diese Texte in den »Tintenpalast« zu übertragen. Vielleicht, weil er sie nicht initiiert hat, oder weil sie wirkliche Leben beschreiben?
Schließlich haben sie jahrelang im Tintenpalast gewohnt, denkt Henry und muß wieder lachen. Der Gedanke, ob er sich einen Vorwurf machen soll, und es unvorsichtig war, dieses Material in seiner Kladde zu verwahren, streift ihn nur flüchtig.
Er beginnt die erste Seite zu begutachten, die er mit seinem eigenen Kommentar eröffnet hatte.

Den Namen lasse ich weg, aber der Junge war ungefähr neunzehn Jahre alt. Kontakt hergestellt am 13. 4. 1983.
Gleich an diese erste Seite war der fotokopierte Text aus der Feder des von ihm überwachten jungen Mannes geheftet:
Ich will eine Million Arbeiter, aber schön dumm müssen sie sein. Und ich will Künstler, verrückt, aber leise. Nicht zu viele, und ich will Wissenschaftler, die sollen Wissenschaft machen und nichts sonst. Die Arbeiter können laut, aber dumm und billig müssen sie sein. Aber das ist kein Problem, und ich will eine Mauer, die muß hoch sein. Geld spielt keine Rolle. Die will ich morgen sehen. Und da kommen die Arbeiter, die sind gar nicht so laut, aber trotzdem dumm genug. Die kommen zur Tür herein, und sie sehen alle schön gleich aus und schön dumm. Einer nach dem anderen. Und dann stellen sie sich in eine Reihe. Danach kommen die Künstler. Alle total verrückt, und die Münder schön zugeklebt und die Arme schön an die Hosennaht genäht, und ein grünberockter Polizist läuft nebenher (einer mit einer großen Brille), und die Künstler

stellen sich nicht in eine Reihe mit den dummen Arbeitern. Die Arbeiter sind zu dumm. Die Künstler stellen sich in Grüppchen auf und trinken Sekt. Ja, das sind richtige Künstler, und die sind schön leise. Und jetzt kommen die Wissenschaftler. Die Wissenschaftler kommen herein, haben nachdenkliche Gesichter. Sie haben dicke Hornbrillen auf, so können sie nichts wahrnehmen von der Welt, können nur ihre Wissenschaft betreiben, ja, das sind Wissenschaftler, und die sind klug. Ja, die machen Wissenschaft. Die setzen sich in ihre Sessel und holen ihre Bücher heraus und lesen. Und die Arbeiter stehen in der Reihe, schön dumm, und die Künstler stehen in Grüppchen, schön leise, und die Wissenschaftler sitzen in ihren Sesseln, schön bebrillt. Dann schreit der Mann am Stehpult, der Kleine mit der Brille, der immer so nuschelt, der schreit dann: Und jetzt wollen wir alle miteinander tanzen. Und jetzt tanzen wir alle zusammen, und die Arbeiter, und die Künstler, und die Wissenschaftler fassen sich bei den Händen, und der kleine Mann schreit: Kasatschok, Kasatschok!

Geräuschlos fällt das Blatt im Feuer in sich zusammen. Die gefalteten Linien verfärben sich schwarz, bevor das Blatt vollständig in der einmal hastig lodernden Flamme verschwindet. Nicht nur diesen Klienten hatte er lange vergessen. Der Zettel entwickelt nur wenig Rauch, während er verglimmt. An diesem einfältigen Dichter hat er sich nicht die Hände schmutzig gemacht, denkt Henry und nimmt das nächste Blatt zur Hand.

Millionen Stunden, Tage, Millionen Traurigkeiten lang bin ich hier eingeschlossen. Unendlich lange Traurigkeiten lang und Sekunden Glücks. Steine umgeben mich. In den Spalten zwischen den Steinen Erde, anders, als vorgesehen in diesem Grab. Ich bin hinuntergelassen worden in ein unfertiges Gelaß von Boden und Wänden. Eine Gruft sollte hier an dieser Stelle entstehen. Sie sollte schön werden. Groß genug für all die Toten und trocken. Eine dichte Zelle für die Jahrtausende nach dem Leben. Ein großes unterirdisches

Gemäuer des Todes war geplant. Vielleicht hast du sie noch nicht gesehen, diese mit alter Farbe bedeckten Steine unter der Erde, die Mauern, diese Erde der Verwesung.
Übrigens begann ich gestern die alte Farbe von den Wänden abzukratzen, bereitete sie mit meinem Speichel und bemalte von neuem die gesäuberten Steine. Bilder entstanden, Bilder mit Himmel, so viel, wie ich will. Wenn ich gelbe Farbe habe, wird mein Himmel gelb. Ist sie rot, wird er rot. Nur blaß bleibt er. Immer blaß in meinem Grab.

Nur ein paar Sätze seiner abschließenden Beurteilung liest er, bevor er sie verbrennt:
Die beiden Texte wurden auf einem dilettantisch hergestellten Flugblatt festgestellt, und ich wurde damit beauftragt, den Urheber zu observieren. Zu viele dumme Arbeiter, Kasatschok, die Mauer, Tunnel usw. Was hätte ich sonst berichten sollen?
Über einen gewissen Bernhard hatte er später geschrieben. Aber er konnte sich beim besten Willen nicht erinnern, worum es sich in diesem Fall gehandelt hat. Nur, daß sich dieser Bernhard offensichtlich selbst getötet hat, kann er dem Protokoll entnehmen. Daß er vor Jahren einmal den Grundsatz verletzt hat, niemals im »Tintenpalast« über seine Tätigkeit zu schreiben – damals gerade mit dem Fall Bernhards jonglierte –, hat Henry vollständig verdrängt.
Bernhard wird seine Gründe gehabt haben, denkt Henry jetzt, und der abscheuliche Text, den dieser hinterlassen hatte, wandert nur angelesen ins Feuer.
Mit einem umfangreicheren Stapel, der die Geschichte einer Fleischverkäuferin enthält, die verdächtigt wurde, der konspirativen Gruppe um einen Pfarrer anzugehören, errichtet er einen kleinen Scheiterhaufen, den er später abbrennen will.
An die junge Frau kann er sich allerdings erinnern. An ihren ausgesprochen schmalen Hals, und daß er mit diesem Auftrag für irgend etwas bestraft werden sollte. Südlich von Leipzig in einem

der Braunkohledörfer sollte sich die Verschwörung angebahnt haben. Aber auch nach Wochen fand Henry dafür keinen Beweis. Und außerdem war es Strafe genug, sich in dieser vernachlässigten Verkaufsstelle versorgen zu müssen.
Wie Henry es zu dieser Zeit, Mitte der Achtziger, liebte, umschrieb er sie mit einem Bild aus dem Billardspiel. Er hatte sie die rote Kugel genannt. Das sagte alles. Auf einer häßlichen Karteikarte notiert: Name, Adresse, eine Nummer, der Vorgang.
Seine Versuche berührten die rote Kugel nicht, der Lauf der Dinge nahm keine Notiz von ihr.
Und der Papiervorrat, den er bald entzünden kann, wächst.
Wie die überfallartig anrückenden Attacken, die bestürzende Wiederkehr von kleinstformatigen, blitzartig getuschten Zeichnungen, die plötzlich in Henrys Bewußtsein schießen, erstaunt ihn doch.
Daß er den Bericht über Simon Sanges nicht zurückgehalten hat, kann Henry dem Papier augenblicklich entnehmen. Auch dieser Umstand hat nicht beunruhigt. Aber alles, was er dort geschrieben hat, läßt eindeutig die notwendige Distanz vermissen, die jedes andere seiner Protokolle auszeichnete. Es scheint gerade so, als wollte er Simon Ratschläge erteilen, dem, der nie in den Genuß dieser Schreiben gekommen ist.
Wen wird es interessiert haben, daß Simon es nicht verstand, angemessen gekleidet aus dem Haus zu gehen? Unpassende Accessoires. Oder war es die Genauigkeit seiner Beschreibung, mit der er Simon vor einer möglichen Gefährdung bewahren wollte. So einer konnte einfach nicht gefährlich werden.
Das wird Henry nicht mehr herausfinden. Ihm wie den anderen hat er nicht geschadet. Soweit geben diese Fragmente Auskunft, und damit will er es bewenden lassen.
Henry verwendet viel Sorgfalt darauf, das Papier so zu ordnen, daß es möglichst langsam verbrennt. Die Wüstenrose gibt abgestorbene Zweige dazu. Zusammengefallene Blüten.
Henry ist sich bewußt, daß er die Vorlage zu einem Postkarten-

motiv hergäbe, so wie er auf dem Hügel hockt, das Feuer schürt, und hinter ihm auch die Sonne langsam erlischt.
Es begeistert ihn zuzusehen, wie ein Blatt nach dem anderen zur Unkenntlichkeit zerfällt. Irgendwann wird ein zufälliger Wind es verwehen.
Schon liegt seine Hand am »Tintenpalast«, der noch stundenlang Nahrung für dieses Feuer liefern könnte. Die erste Seite herausreißen! Mit der ersten Seite beginnen! Über dem Feuer würden sich die Wolken versammeln, alle Turbulenzen der Namib zögen ein gewaltiges Gewitter zusammen, das sich dort entladen könnte. Über dem Regenmacher, dem Sturmmacher Henry. Ein letztes Mal noch auf sich aufmerksam machen.
Das Feuer verlischt. Henry konnte sich nicht entschließen. Er zerstört den Aschehaufen mit einem Fußtritt und läuft zur Raststätte, um doch noch eine Mitfahrgelegenheit zu suchen.

Swakopmund: wie die Warnung vor dem Ozean an die Küste geklebt, ein leises Aufbegehren schon, zwischen der schwierigen, stürmischen Wüste, dem verstummten Meer.
Die deutschsprachigen Aufschriften am Postamt, am Rathaus und an den Kurhäusern, die einem der Seebäder an der Ostseeküste entnommen zu sein scheinen, mögen dafür verantwortlich sein, daß Henry sich nicht erinnern will, ob er in den letzten Jahren einmal hier gewesen ist. Mutwillige Gedächtnisabstürze befreien ihn von ungewollten Lasten. Den auslöschenden Prozessen setzt er nicht nur keinen Widerstand entgegen, sondern fördert nach Kräften den willkommenen Akt des Vergessens. Wie würde eine Brandstiftung diesen Prozeß fördern? Ein weitaus umfassenderes Feuer, überlegt Henry.
In den Hauptstraßen Swakopmunds findet er eine Szenerie, der er nichts abgewinnen kann.
Er weiß nicht, warum er staunend vor der Architektur einer weit entfernten Gründerzeit stehen soll, nur weil sie gerade hier in den Wüstensand gepflanzt wurde. Für ihn bleiben es Häuser, die das

halten, was sie versprechen, nämlich Herbergen ungemütlicher Kleinbürger zu sein, Höhlen und Schutzgebiete in den namibischen Nebeln.

Leicht verwundert begegnet Henry der akzentfreien Geläufigkeit, mit der viele Einwohner Swakopmunds sich der deutschen Sprache bedienen. Deutschland haben sie nie gesehen.

Nachdrücklich die Rolle des Flüchtlings ausbeutend, wird er nach einigen Anläufen mit der Adresse von »Rudolfs Antik« versorgt. Dort träfen sich jene, die ihm weiterhelfen würden. Oft kam es offenbar nicht vor, daß ein junger Mann aus Deutschland dieser Institution seine Not offenbart hatte.

Dementsprechend kühl wird Henry von Rudolf Svoboda empfangen. Svoboda verzichtet auf eine lange Befragung und schickt ihn zu einer Pension, die ein Stück die Straße hinunter in der Nähe des Strandes liegt. Dort soll er sich einquartieren und am Abend zu einem Dinner im Haus der Svobodas erscheinen. Damit endet nach wenigen Minuten der Antrittsbesuch Henrys. Svoboda zieht sich auf seinen Platz hinter der Kasse zurück, obwohl er dort nichts zu tun hat.

Henry kündigt das Zimmer im »Hotel zur Düne« und bringt seine Tasche in die Pension am Strand.

Weil der Wind in Richtung Land gedreht hat, kann Henry in dem kleinen, von Feuchtigkeit durchdrungenen Zimmer nicht einmal ein Fenster öffnen. Er sieht durch die flüchtig gesäuberten Fensterscheiben auf die bleigrau aufgeschäumte See. Eine Heizung findet Henry in dieser Abstellkammer, die noch zwei weitere Betten beherbergt, nicht. Er kriecht unter eine der feuchten Decken und schläft, bis er für seinen Besuch das Hotel verlassen muß.

Außer Svoboda und seiner Frau sind drei weitere Swakopmunder anwesend. Svoboda stellt sie ihm als Apotheker, Holzhändler und Hotelbesitzer vor. Svobodas Frau Ruth besorgt die Zubereitung des Essens, serviert und schenkt die Getränke aus. Svoboda verweist mehrmals darauf, daß seine Frau, genauso wie er, böhmische Vorfahren habe, und daß die Gäste jetzt zur Verkostung einer böhmischen Speise schreiten werden. Henry bekommt eine ungefähre Vorstellung davon, wie oft der Apotheker, Holzhändler und Hotelbesitzer diesen Vortrag schon gehört haben. Sie lassen es sich nicht anmerken. Von der Kühle, mit der er Henry am Vormittag abgefertigt hatte, ist nichts mehr zu spüren. Offensichtlich kommt Henry an diesem Abend in den Genuß der Südwester-Gastfreundschaft.

›In brüchiger Konstitution steht der Magdaleni an der Ecke Bismarckstraße, Kaiser-Wilhelm-Straße. Er sieht den Zwergen von Swakopmund zu, wie sie versuchen, sich hinter der Sonnenfinsternis einzurichten. Die Fremdenlegion der Maulwürfe marschiert immer ringsherum, immer rings-, ringsherum um die kleine Sonne, auf der Suche nach der Sonnenfinsternis, hinter der sie sich einrichten wollen, die besonders kleinen Zwerge von Swakopmund. Ach ja, die Zwergenfreundin, die Hyäne, hat sich an den Sanddünen satt gefressen, die rings um den Wartesaal zur kleinen Sonnenfinsternis prächtig gedeihen.
Welcher schwachsinnige, vom Animus abgewandte, sinnlos besoffene, deutsch-afrikanische Meereshilfsgott hat dieses Drecknest an den Strand gespült? Die Freundin Hyäne wendet sich an der Stadtgrenze mit Grausen ab und labt sich lieber weiter an den Sanddünen, die fett und gelb die Stadt umranken. An denen hätten die Zwerge sich mästen sollen. Sie wären groß geworden, nicht gerade Riesen, aber groß. Verschlägt mir die Luft, die es hier wohl sehr reichlich geben soll. Alles über dem Meer, sagt man, sei Luft. Gerade hier muß die Ausnahme von der Regel stattfinden.‹

TINTENPALAST, 27. OKTOBER 1992

›»Rudolfs Antik«, Brückenstraße, Ecke Bismarckstraße, die Tristesse des Namens setzt sich ungebrochen ins Gedärm des Ladens fort. Mir ist die Flucht ins Gefängnis gelungen. Ausgang findet von sechs Uhr am Abend bis zum nächsten Morgen statt, wenn er stattfindet. Ich sollte ihnen zeigen, wie man es macht, wie man lockt,

beschwört, unters Hemd schiebt, was keiner braucht, ins Verderben zieht, in Rudolfs Antik. Eine Woche bin ich schon dankbar für Lohn und Brot, ein Ende ist nicht abzusehen.‹

TINTENPALAST, OKT. 92

Herbst 92, McCulloughs Camp, Omaruru

»Maria, sprich nicht mit mir, oder Maria, nur das nicht, Maria, oder Maria…
Du verstehst mich nicht, Maria.
Maria, Maria, Maria!«
Ununterbrochen ihren Namen registrierend, starrt sie gebannt auf Simons Mund, aus dem ihr Name tief und fremd tönt. Der ungewohnte Tonfall beruhigt sie und klingt nach einer Verheißung, die sich erfüllen könnte.
»Ich werde ihn umbringen! Und das ist, meine Liebe, nicht so einfach.«
Was soll es mit seiner Enthaltsamkeit, fragt sich Simon. Gibt es noch irgend etwas, das ihn zurückhalten könnte, mit Spielregeln aufzuräumen, die überflüssig sind.
Und Spielregeln sind die wertlosesten Kategorien, wenn es wie hier möglicherweise um die Liebe geht. Weil er nicht mehr bereit ist, Wera oder Henry in diesem Zusammenhang anzuführen.
Simon hat zwei Wochen mit Maria in einer Blechhütte zugebracht, wovon Dutzende leerer Wodkaflaschen, eine Schicht zerstörter Bierdosen und weitflächig verteilte gelbschimmernde Überreste seines Mageninhalts auf dem Boden zeugen. Kaum, daß sie einmal die Hütte verlassen hatten, um sich Essen zu besorgen. Getränke bringt ihnen McCullough, vergißt aber, sie auf der wöchentlichen Rechnung zu präsentieren. Simon ist unsicher, weshalb McCullough so viel daran liegt, daß er sich nicht aus der Umklammerung Marias, die in Wahrheit keine ist, entfernen soll.
Winzige Stücke zerrissener Zettel flattern durch die Hütte. Auf allen notiert: Partikel von Enthaltsamkeit, ein Korn Entsagung. In der Menge der Teilchen leuchten Worte wie Verzicht und Untergang, und die Begriffe scheinen einem Befehl zu folgen, der sie

zwingt, sich zu formieren, Wortschnüre zu knüpfen, die Simon mit ihnen verbindet und ihn weit zurückführen, weg aus dem Bett, von der weichen Dunkelheit, mit der Marias Körper ihn beeindrucken will. Auf der Jagd nach den Bruchstücken, im Versuch, die Schnüre zu lösen, vollführt er auf der Matratze einen unbändigen Tanz, schlägt wild mit den Armen um sich, läßt das Bett in seinen Eisenverankerungen beben. Sprünge, die Simon immer wahnsinniger in der Blechhütte ausführt, veranlassen die junge Fettschicht unter Marias Haut, eine leichte Dünung hervorzubringen, die, dem Rhythmus seiner Bewegungen angepaßt, ihre Silhouette um Millimeter verschiebt, sie in ein bewegtes finsteres Wasser verwandelt. Dabei bleibt er in der Lage zu beobachten, wie vom fast unnatürlichen Weiß ihrer Zähne untermalt die Profession, die Hure, von ihr abfällt, wie sie lacht und die Freude über den unbändig springenden Simon sie ganz und gar ergreifen will.
Hofft er.
Wie ihn die Lust zu springen gefangen hält, nur weiter zu springen, sich von der Kiste, dem Gefängnis zu entfernen, dem er entkommen könnte, wenigstens in dem Moment unter der Decke der Blechhütte. Und Simon springt, und das Bettgestell wehrt sich, hält mühsam die Konstruktion zusammen. Simon springt. Allein die Taubheit, der ignorierte Schmerz unter seiner Bauchdecke, will sich allen Bewegungen entziehen.
»Alles, was ich an diesem Schnaps liebe, ist nichts gegen die Abscheu, die ich dafür empfinde, daß er einen so furchtbar weinerlich werden läßt. Die Russen trinken den Wodka nicht, weil sie ein sentimentales Volk sind, sie sind so, weil sie ununterbrochen Wodka trinken. Es sei ihnen gegönnt!« erklärt er Maria.
»Nimm du das Geld für, ich weiß nicht, für irgend etwas, oder gib es mir zurück, mach nur die Andeutung, daß du es mir zurückgeben willst, damit ich ablehnen kann, was ich als Vertragsverhältnis betrachtet habe. Der Kontrakt entspringt, springt, wie meine Hüpferei, dem Wodkadelirium.«

Seit Minuten steht er still auf dem schwer beanspruchten Bett, und die Dünung unter Marias Haut hat sich beruhigt.
In den folgenden Tagen im Blechhaus zeigt der Wechsel zwischen seltsamen Blässen und überscharfen Konturen die Notwendigkeit an, nach einem festen Punkt zu suchen, einem, an dem sich Simon orientieren könnte, aber gleichzeitig ist es ihm jetzt egal. Während sein delirierender Blick zwischen der Maschinenpistole und Marias Gesicht hin und her schwankt, vergräbt er sich in ihr, nur in Gedanken, stundenlang, ohne zu ermüden, beobachtet er sich, wie er still am Rand des Bettes sitzt, um gleich darauf wieder von ihr in eine mögliche Umarmung gezogen zu werden, die er manchmal sogar handgreiflich beendet, weil die Hütte und die nähere Umgebung des Bettes keinen Sauerstoff mehr herzugeben scheinen, der ihm das Atmen ermöglicht. Ein hilfloses Fuchteln mit nutzlosen Tentakeln am unbekannten Körper.
Ohne Maria wirklich körperlich besessen zu haben, läuft Simon in der Nacht aus der Hütte, steht unterm südlichen Sternenhimmel und erbricht sich. Die nächtliche Erleichterung von nicht mehr unterscheidbaren Mageninhalten erlöst ihn aus der wochenlangen Umnachtung. Und er weiß nicht, was er mit dieser schamlosen Klarsicht anfangen soll. Er hockt sich hin und starrt auf die Tür der Blechhütte, hinter der Maria wahrscheinlich endlich in den Schlaf gefallen ist. Beginnt das einzige Gedicht zu singen, das über die Liebe zu schreiben war: Hier und hier und jetzt und jetzt!
Er hockt so lange auf dem Boden, bis ihm die Beine schmerzen, und singt dieses Lied.
Immer weiter singend, aus den Zelten erheben sich die ersten Stimmen gegen die Ruhestörung, geht Simon zurück zur Blechhütte.
»Maria?«
»Ja.«
Wie könnte es anders sein, als daß sie in den letzten Wochen neben ihm Deutsch gelernt hat, denkt er.

»Davon muß ich dir unbedingt erzählen.«

»Ja.«

»Kannst du dich an das Jahr neunzehnhundertfünfundvierzig erinnern? Nein, natürlich nicht. Ich schon und war doch noch nicht geboren. Trotzdem ist in diesem Jahr etwas geschehen, weshalb ich heute bei dir bin. Als ich ungefähr acht oder neun Jahre alt war, hat mir meine Großmutter eine Geschichte erzählt, eine kurze Geschichte von einem langen Weg, auf dem ich mich heute als letzter der Familie noch befinde. Neunjährige Jungen fragen nach. Ich war auf die Wiederholung der Geschichte angewiesen. Wieder und wieder erzählte mir meine Großmutter die Geschichte, bis ich nur noch das Thema ansprechen mußte und sich die abgewetzten, aber standfesten Möbel in unserem Wohnzimmer in das schaukelnde Obenauf eines Ochsenkarren verwandelten, auf dem ich saß. Das Verhältnis von Hoffnung und Hoffnungslosigkeit war hier auf den Kopf gestellt. Die Dörfer der Ochsenkarrenfahrer waren erobert und besetzt worden. Meine Großmutter sprach von der alten Heimat, die der Familienrest räumen mußte. Das war der Preis; ob er gerecht war oder nicht, kann ich dir nicht sagen. Auf jeden Fall bewegte sich durch Niederschlesien ein endloser Zug von Pferdewagen und Ochsenkarren. Sie saß mit ihren fünf Kindern auf dem Wagen und zügelte die Zugtiere, damit sie auf keinen Fall aus der Reihe ausscherten und den sich träge fortbewegenden Zug aufhielten. Manchmal ging sie lange Strecken, die Ochsen am Zaum führend, vor dem Wagen her. Die Augen meiner Großmutter leuchteten entschlossen, wenn sie erzählte, wie sie die Ochsen und die Kinder dazu brachte, ihr zu gehorchen. Schaukeln oben auf dem Wagen, das Holpern der Räder; die älteren Kinder hielten die jüngeren fest. Oft nahm sie die Peitsche und schlug in den Kinderhaufen, bis die Ordnung wiederhergestellt war. Links und rechts der Straße dehnten sich Rhabarberfelder aus. Die Sonne brannte wie hier. Wer ihn zuerst gesehen hatte, wußte sie nicht zu sagen. Vielleicht hat eines der Kinder den winkenden Mann im Feld, etwa fünfzig

Meter von der Straße entfernt, wahrgenommen. Einen Uniformierten zu sehen am Ende des Krieges war die normalste Sache der Welt. Auch einer, der einsam in einem Rhabarberfeld stand, konnte kaum Aufsehen erregen. Dieser da aber erschütterte meine Großmutter derart, daß sie ihn nicht vergessen hat. Es sah aus, als hielte er sich das große Rhabarberblatt über den Kopf, um sich vor der sengenden Sonne zu schützen. Des Sommers fünfundvierzig ahnungslose Hitze. Je näher der Ochsenkarren dem Mann kam, desto deutlicher konnte sie sehen, daß er sich vielleicht schützen wollte, gleichzeitig aber die letzten Kräfte mobilisierte, um mit dem Blatt zu winken. Er bat um nichts, rief nicht, wollte nicht versorgt werden. So schien es. Sein Lächeln, mit dem er die Frauen bedachte, welche die Wagen führten, Männer waren kaum darunter, war eingefroren. Demütig bat er nur darum, ihn einmal wirklich anzusehen. Gerade, daß er noch stehen konnte. Sich dem Zug zu nähern, dafür fehlte ihm die Kraft. Und auch das war nur eine Sekundenaufnahme, denn wenig später fiel er auf sein Gesicht und rührte sich nicht mehr. Er lag im Feld, den Rücken durch das große Rhabarberblatt bedeckt, war nur einer mehr, dem man nicht mehr helfen konnte, obwohl es keiner versucht hatte, meine Großmutter nicht, keiner von den anderen Wagen. Der schüchtern lächelnde Soldat starb. Keiner bestattete ihn, wie auch niemand ihre Männer begraben hatte, keiner sah nach, wer das war, wen man benachrichtigen müßte. Der Treck bewegte sich weiter. Niemand wollte riskieren, ihn aufzuhalten. Dem in der Uniform konnte nicht geholfen werden. Bei diesem Satz wußte ich, ich kannte meine Großmutter gut, daß sie mich belog.

Und Jahre später nahm Henry mir die Zügel aus der Hand und fuhr und fuhr. Deshalb muß er beseitigt werden. Du verstehst mich nicht.«

Unvermittelt steht Simon auf, öffnet die Tür, atmet mehrmals tief in die nur Minuten dauernde Dämmerung und beginnt, den Müll, die Bierdosen, die leeren Wodkaflaschen aus der Hütte zu

bringen. Er besorgt einen Eimer Wasser und fängt an, den Boden von den süßlich, nach Gärung riechenden Flecken zu säubern.
»Sie hätten den Treck anhalten müssen wegen diesem einen, einer hätte absteigen müssen, ihn wenigstens begraben. Wie ich es tun werde.«
Es ist für Maria nicht ungewöhnlich, daß sich ein weißer Mann in diesen Breitengraden fast bis zur Besinnungslosigkeit betrinkt. Die Weißen sind nicht für dieses Klima gemacht. Sie ist nicht erstaunt darüber, daß der Exzeß diese Ausmaße angenommen hat. Sie versucht nachzurechnen, seit wann sie mit dem Weißen in der Blechhütte zusammen ist. Auch daß er sie einmal geschlagen hat, empfindet sie als normal. Früher war es ihr oft viel schlimmer ergangen. Und geredet haben sie alle, die weißen, abgestandenen Männer, viel mehr geredet als die Männer bei ihr zu Hause. Die weißen Männer aus Omaruru hatte sie immerhin verstanden, auch wenn sie nur beschimpft oder bedauert wurde.
Niemals aber hatte sie einen Weißen oder eine Weiße dabei beobachtet, wie sie einen Fußboden geschrubbt haben. Sie fürchtet sich vor dem, was ihr jetzt vielleicht noch widerfahren könnte. Neben dem Bett lehnt die Maschinenpistole. Sie weiß nicht, wie man damit umgeht, aber sie kann sie vorsichtshalber mit aus der Hütte nehmen, wenn sie flieht.
Sie tastet nach der Waffe, den verrückten Weißen im Blick, der noch immer auf dem Boden kauert, um die Spuren zu beseitigen. Simon schüttet den Eimer vor der Tür aus. Maria tastet nach der Waffe. Keine Sekunde hat sie ihren Gedanken an Flucht vernachlässigt. Simon kehrt in die Hütte zurück und legt sich, ohne die Tür zu schließen, zu Maria ins Bett. Es ist früher Morgen. Am Himmel über der Hütte findet sich keine Wolke. Die Temperatur im Hochland bei Omaruru erreicht fast unaushaltbare Werte, wie üblich zu dieser Jahreszeit im südlichen Sommer.
Simon flüstert ihren Namen, »Maria, Maria«, und untersucht ihren Körper nach den Stellen, die ihm geeignet scheinen, sich ihnen vollkommen zu widmen.

Die offene Tür.
So rüde und rücksichtslos wie vor seiner überraschenden Nüchternheit nähert Simon sich ihr diesmal nicht. Durch das hereinfallende Licht nimmt sie verwundert die Begegnung wahr, die vorsichtigen Berührungen. Wie er behutsam ihr Becken mit beiden Händen umfaßt. Sie sieht den Aufwärtsschwung seiner Schläfen, die verlängerten Linien der Brauen auf seiner blassen Haut. In einem momentanen Zögern sieht sie sich nackt vor ihm liegen.
Und Simons Stimme unterstreicht seine Verwandlung, an der sie jetzt teilhaben will. Als er mit einem Mal davor zurückschreckt, sie zu verletzen, einen neuen Anlauf nimmt, wenn er sich ganz und gar aufgelöst in ihre Gewalten begibt.
»Ich bin nur eine Hure, Simon«, flüstert ihm Maria ins Ohr und hat vergessen, woran sie noch Minuten zuvor dachte.
Am aufgeheizten Blechhaus sammeln sich verstohlen die Kinder McCulloughs und sehen den beiden bei ihrem besinnungslosen Treiben zu. McCullough selbst wirft einen kurzen Blick in die Hütte, als er von der Aufmerksamkeit, die diese erregt, angezogen zu der größer werdenden Gruppe an Zuschauern hinzutritt.
»Fucking german asshole, crazy Simon«, murmelt McCullough vor sich hin und verläßt kopfschüttelnd den Ort der Vorstellung. Er freut sich darüber, daß sich seine Kinder amüsieren. Es wird ihnen sonst wenig Abwechslung geboten in seinem Camp, das er augenblicklich, aber nur für einen Moment, in einem anderen, noch häßlicheren und lebendigeren Licht sieht.
Maria und Simon verschlafen zwei überflüssige Tage, nachdem sie ihren Dialog auf offener Bühne beendet haben.
Maria bleibt zurück, als Simon die Hütte verläßt, um in der Stadt die erste richtige Mahlzeit seit Wochen einzukaufen. Er kann sich die Verfassung nicht erklären, die ihn so laut singen läßt, daß die Leute in der Stadt sich nach ihm umdrehen.
Dann wägt er in den Geschäften ab, was eine Frau wie Maria am liebsten essen würde. Die Auswahl ist nicht besonders üppig. Er sucht und findet schließlich in einem improvisierten Laden

gefrorenes Antilopenfleisch, das er von McCullough zubereiten lassen will, in der Art, in der es die Einheimischen tun würden.
Das Geld, das Simon Maria gegeben hat, liegt auf dem Bett, als er aus Omaruru ins Camp zurückkommt. Maria hält sich nicht mehr in der Hütte auf.
Simon weiß sofort, daß er abreisen muß, daß die richtige Entscheidung gefallen ist, daß er nicht mehr darauf hoffen kann, noch viele dieser Chancen zu bekommen, daß er endlich Henry finden wird.
Die gepackte Tasche an der Seite, sitzt er auf dem Bett, in dem er fast drei Wochen lang mit Maria die Exerzitien der Verwandlung geprobt hatte. In den Händen hält er die AK 47, die er mit einem Ende des Bettlakens poliert. Er denkt darüber nach, wie es sein würde, Henry mit einem Teil des Spiels bekannt zu machen, das nicht aus der Magdalenischen Feder stammt.
Er geht hinüber in die Kantine des Camps, wo er hofft, McCullough zu treffen.
Die Männer, die an der Theke mit McCullough sprechen, begrüßen Simon erstaunlicherweise fast wie einen alten Freund. Natürlich hat sich die Vorstellung, die Simon im Camp gegeben hat, wie ein Lauffeuer in Omaruru herumgesprochen. In der Stadt, in der sonst nichts passiert, ist sie das Thema der sommerdurchglühten Wochen. Er merkt, wie unbedacht er gehandelt hat, denn Maria wird mit den Folgen seiner bedenkenlosen Befriedigung leben müssen. Simon hat keine Ahnung, wie viele Tabus sie damit gebrochen hat, ihre Profession bei offener Tür auszuüben.
»Einen wie dich hat die Kaffernhure mal gebraucht. Ob sie jetzt denkt, daß sie uns gehört?« bemerkt einer der Männer am Tresen, bevor der unerwartete, von einem leisen Brummen begleitete Schlag Simons das Zentrum unter dessen Brustbein trifft. Vergeblich greift der Mann nach der Platte des Tresens, bevor ihm die Beine unter dem massigen Körper wegknicken. McCullough stellt dem Mann ungerührt die Rechnung aus. Ein anderer zahlt, und die Männer verlassen, den geschlagenen Mann in ihrer Mitte,

ohne ein Wort des Widerspruchs oder des Abschieds die Kantine. McCullough hätte sich sofort auf die Seite Simons geschlagen. Mit einem irischen Boxer würden sich die Farmer nicht anlegen. Daß Simon so zuschlagen kann, hätten diese nicht geglaubt.
»Jetzt hat der mal gemerkt, wo er hingehört«, bemerkt McCullough, und Simon wundert sich, denn das Wort »Kaffern« hat er auch schon aus McCulloughs Mund gehört.
»Du solltest mit der Waffe vorsichtig sein. Ich glaube nicht, daß es gut wäre, wenn die falschen Leute sie zu Gesicht bekommen. Du kannst sie aber auch hier lassen. Ich gebe dir dein Geld zurück. Man kann schon zehn bis fünfzehn Jahre kriegen, wenn sie dich nicht mögen und du damit erwischt wirst. Bei den Kaffern weiß man nie. Gepackt?«
»Ja, ich fahre jetzt.«
»Versuch es in Swakopmund, kann sein, daß der Junge sich dort herumtreibt. Es gibt da einen Laden, ›Rudolfs Antik‹. Da treffen sich die Deutschen. An die wird viel Gesindel verwiesen. Vielleicht wissen die was.«
»Ich habe noch Außenstände bei dir. Nimm von dem Geld, was dir zusteht, mach uns noch eine Flasche Wodka auf und gib den Rest Maria. Ich wäre dir sehr dankbar, wenn du auf sie aufpaßt, bis ich zurückkomme.«
»Du kommst nicht zurück. Das mit dem Geld und dem Wodka geht klar. Um Maria kümmere ich mich schon lange.«
McCullough stellt die Flasche auf einen der Tische, zwei Gläser, und setzt sich. Simon bleibt am anderen Tischende stehen und trinkt schweigend ein Glas nach dem anderen. Er schaut sich diesen Mann noch einmal genau an, denn auch wenn er auf ein Wiedersehen hofft, weiß er nicht genau, ob er noch einmal nach Omaruru zurückkehren wird.
Sie zieht ihn an, stößt ihn ab. Maria, eine Hure. Mehr noch, eine schwarze Hure. Simon will nicht darüber nachdenken. Der Wodka bekommt ihm nicht. Ein schaler Geschmack stößt nach jedem Schluck aus seinem Magen zurück, aber er darf McCullough

nicht beleidigen. Bei dieser einen Flasche wird er es bewenden lassen.
Als Simon glaubt, seinen Teil an der Flasche getilgt zu haben, klopft er auf den Tisch und wendet sich zur Tür.
»Warte noch! Es ist ein Brauch, der mir die Freunde wiederbringen soll.«
McCullough setzt sich an seine riesige Elektronenorgel und spielt etwas, das Bach sein könnte und bestimmt nicht von Verdi ist.

Simons Ankunft in Swakopmund könnte nicht unspektakulärer verlaufen. Er parkt seinen kleinen Ford nahe des einzigen Badestrandes. Simon trifft auf den Nebel, den Duft der Hyäne, das unterbrochene Licht, den aus der Wüste Namib ererbten Wind, und er hat nicht vor, Beschwerde darüber zu führen. Die Nebel des Benguelastromes beschweren auch ihn sofort. Simon Sanges, der Jäger, nimmt in dem Gefühl, einen entscheidenden Schritt getan zu haben, ein erstes Bad im eiskalten Atlantik.

Achtes Kapitel

Deutschland, Anfang November 1992

Die Entfernung zwischen den aufgegebenen Tagebauen und dem ruinierten Haus der Familie Rotuma in Blubars beträgt kaum mehr als zweihundert Kilometer.

Wie in den Jahren zuvor ist auch der Herbst des Jahres zweiundneunzig von nicht enden wollenden Regentagen gezeichnet.

Die Gruben der Tagebaue können kaum noch das Wasser aufnehmen, das ihnen zufließt. Wäre ihre Bestimmung nicht schon lange verloren, spätestens jetzt wäre keiner der Bagger mehr von der Stelle gekommen.

Mitten in der Grubenlandschaft halten die ratlos erblaßten Kumpel ihre Türen fest verschlossen, sitzen sooft sie können am Fenster und sehen auf die frisch verputzten grauen Mauern der Dorfkirchen. Hinter ihnen bewegt ein in den Häusern verbliebener Luftzug die leeren Kinderschaukeln in den Fluren stetig um wenige Millimeter aus ihren Ruhepositionen. Wie das Pendel, das die Drehung der Erde beweist, zeigt ihnen die Schaukel stetig ihre Bilanz an.

Kaum zweihundert Kilometer weiter, vom gleichen Regen genäßt, geben die fehlenden Ziegel im Dach des Hauses Rotuma an wenigen Stellen, kaum zu bemerken, dem Wasser den Weg in die unteren Etagen frei.

Die alte Rotuma, von der die mühsam erhaltene Eleganz nach ihrem Zusammentreffen mit Simon abgefallen ist, bemerkt davon nichts. Für sie ist der Regen nur ein Geräusch, das nicht zu ihr durchdringt, wenn sie hinter den geschlossenen Vorhängen sitzt und die Gespräche wieder aufleben läßt, die im heute ausgekühlten Eßzimmer einmal geführt wurden. Dabei klammert sie sorgfältig alles aus, was sich im letzten Jahr vor der Verhaftung ihres Mannes in diesem Raum zugetragen hat.

Sie haben sich verheiratet, sagt sie, haben sich verheiratet. Sind alle aus dem Haus.
Ganz leise summt sie ein Lied, in das der Alte, Ursula und Beatrice einstimmen, so wie sie sich das immer gewünscht hat. Allein die trockene, von derlei sentimentalen Entgleisungen abgewandte Art Rotumas ließ solch einen Chor niemals zu.
Auch aus diesem Grund singt sie das Lied leise, sehr leise. Sie will ihn dort, wo er ist, nicht stören.
Die Verkäuferin mit dem blondierten Haar über dem immer noch schmalen Hals sieht einen Pfarrer ihren sinnlos prächtig ausgestatteten Laden betreten und versucht herauszufinden, was die Leute sagen läßt, er sei ein seltsam einsilbiger, entrückter Mann. Der Pfarrer kommt und kauft ein Viertel von diesem, ein Viertel von jenem, als hätte sich ihr Angebot nicht vervielfacht, als hingen die Wände nicht voller teuer gewürzter Würste jeder nur denkbaren Rauchart. Dann verläßt er sie schnell, nicht ohne wie immer ein freundliches Wort zu hinterlassen. Sie ist sicher, daß er sie überhaupt nicht wahrgenommen hat. Man erzählt sich, daß seine Frau nach schwerer Krankheit kürzlich erst verstorben sei, andere sagen, sie hätte den Zusammenbruch dieser Gegend nicht verkraftet und sei wahnsinnig geworden.
Mit routinierter Hand und einem leichten Lappen reinigt sie schnell die Scheiben der Fleischerei und schaut dem Mann hinterher, den es durch den kalten, endlich sauberen Regen zurückzieht in das Haus, in dem die Röcke seiner vergangenen Frau hochgeflogen waren, mit jedem Schwung des Pendels, das jetzt auf ihn wartet.

Namibia, November 1992

Seit Jahren ausgeblieben, findet der warme, der kostbare ersehnte Regen zurück ins Hochtal von Tsaobis. Ein intensiver Farbton überzieht die Hügel, verfehlt die schroffen Felsen und vergilbt, bevor er sich wirklich ausbreiten könnte. Grün ins Braune spielend, das dennoch die tiefere Fruchtbarkeit des Bergstaubes beweist.

Hans, der die Farm mit Lebensmitteln versorgt, nutzt die mit allen Nebensächlichkeiten der Routine versehene Gelegenheit, um mit Emily den Nachmittag zu verbringen, während Heinz Kröger, überrascht vom ersehnten Regenwetter, sein Vieh begutachtet und Hoffnung schöpft, daß doch nicht alle Mühen umsonst gewesen sein könnten.

Nicht einmal zweihundert Schritte von Emilys andauerndem Verrat entfernt feiern die beiden Nama die Erfüllung ihrer Anrufungen in einem Bad aus warmem Regen, in das sie, ihre Dankeszeremonie im Tempelbungalow unterbrechend, immer wieder treten. Die nachhaltigen Vibrationen ihrer Gesänge, ihrer Tänze sind für den Farmer auch auf der Weide noch spürbar, ebenso wie sie Emily berühren, wenn sie, um sich kurz zu erfrischen, in das fallende Wasser tritt, das auf der Terrasse ihres Hauses niedergeht.

An einem verheimlichten Platz hinter der sandbraunen Häuserzeile des Townships, in dem sie wohnt, hat Maria ihr fadenscheiniges Kleid abgelegt. Sie ruft sich die Zeremonien in Erinnerung, die sie noch in ihrer Kindheit beobachtet hat, wenn ihre Familie den Ahnen für die Ankunft des Regens dankte.

Ihre Großmutter wußte, daß mit diesem Geschenk alles abzuwaschen war, was man auf sich geladen hatte, womit man Götter und Ahnen erzürnte.

Warum soll das heute, nachdem sie die zauberhafte Großmutter begraben hatten, nicht mehr gültig sein?
Daß Maria damit auch die Zeichen und Male, welche die Hände und der Mund des unnahbaren Weißen ihr aufgebrannt hatten, abspült, nimmt sie für die Reinigung in Kauf.
Maria ist zudringlichen Blicken und gründlich verdorbenem Gelächter in der Stadt ausgesetzt gewesen, nachdem sie sich vor aller Augen mit diesem Mann eingelassen hatte. Sie wollte sich nur noch verstecken. Abgeschieden in ihrem Bett, begann sie zu warten, daß das Gefühl der Scham nachlassen würde. Darauf gefaßt, Monate, wenn nicht Jahre, unsichtbar bleiben zu müssen, sich im Haus aufzuhalten, wo ihre Mutter sie immerhin duldete, registrierte sie erleichtert, daß die Angst schon nach einem Tag und einer Nacht dem Trotz wich. Ich darf meine eigenen Entscheidungen treffen, überzeugte sie sich selbst. Und als hätten die Wochen in der Blechhütte sie letztlich gestärkt, entschied Maria, sich den Strömungen, die sie erfassen werden, hinzugeben, auch wenn das hieß, daß sie sich verkaufen müßte. Dafür könnte sie Omaruru verlassen und ihr Glück in Windhoek versuchen. Selbst eine Reise weit in den Norden wäre vorstellbar. Bis nach Europa sogar.
Alles andere legt sie zurück in die Hände der Ahnen. Und sie wird den verhaßten Hurennamen Maria ablegen und jenen zurücknehmen, den die weißen Männer nie erfahren haben.
Unter dem Wasserschleier kommt sie für einen Moment zur Ruhe. Irgendwann wird der Regen nachlassen. Dann muß sie sich entschieden haben, was die Gegenwart für sie noch bereithalten wird. Die Gesinnungsgenossen aus Omaruru werden lernen, wie man mit ihr umgehen muß. Nur einer wird sich nicht vor ihr fürchten müssen, nicht davor, daß sie davonläuft, nicht vor einem Tritt in heidnische Eingeweide. Eines weiß sie heute mit Bestimmtheit zu sagen. Unter dem Schutz der neu erlassenen Gesetze wäre es ihr gestattet, ihrerseits zum Angriff überzugehen. Oder sich wenigstens zur Wehr zu setzen.

McCullough, der sie auf ungebetene Art und Weise zu behüten sucht, als wäre er ein naher Verwandter, hat ihr das Geld ausgehändigt, geradezu aufgedrängt, welches der seltsame Mann für sie hinterlegt hatte. McCullough beschwor sie, das Geld anzunehmen, sich die Chance nicht entgehen zu lassen, die sich aus der beträchtlichen Summe ergeben könnte. Maria weiß nicht, daß McCullough seinerseits den Betrag aufgestockt hat. Welcher Teufel hatte ihn geritten, als er wie in Trance für die Kaffernhure in das Fach unter dem Tresen griff und die Scheine zu dem Geldbündel packte, mit dem der Deutsche ihm den Auftrag erteilt hatte?
Er empfindet einen Anflug von Reue beim Anblick seiner Baustelle, die einmal das Schwimmbecken des Camps werden sollte. Beginnt auszurechnen, welche Kosten der Wasserschaden verursachen wird, und er lächelt über sein wettergegerbtes Gesicht bei der Vorstellung, daß ein Schwimmbecken vom Wasser ruiniert wird, weil er das Geld für die notwendige Reparatur einer Hure gab, ohne von ihr irgend etwas zu verlangen und ohne etwas zu bekommen.
Es scheint, als hätte es sich der große Regen zur Aufgabe gemacht, die verheerten Wege abzuwaschen, den Klang der Schritte verstummen zu lassen unter gleichförmigem Trommeln.

Aber der Plan gilt nicht für Swakopmund.
Vom Regen verschont, duckt sich der Ort unter die schweren Nebel, die vom Ozean in die Wüste ziehen. Furchtsam und still säumen scheinbar unbewohnte Häuser den Weg, den der Bedrohung verheißende, beinahe undurchsichtige Stoff nimmt.

Auf dem Atlantik, Anfang November 92

Auf dem Deck des Kutters kann man sich nur noch durch laute Rufe verständigen. Der Nebel scheint die Lautstärken einzubehalten, und die eigene Hand ist vor Augen eben noch zu erkennen. Nahe bei Swakopmund lagern sich die berghohen Dünen eng an den Ozean, um Verwandtschaft zu bezeugen. Wie ein zweieiiges Zwillingspaar.

Nie wäre er auf die Idee gekommen, mit einem altersschwachen Boot auf eines der Weltmeere hinauszufahren. Und obwohl er keinen Anlaß hatte, nicht neugierig war und auf dem Meer sicher nichts zu finden sein würde, wonach er sucht, hat er sich Trevor nicht widersetzt, als dieser ihn auf das Boot brachte.

Denn eigentlich weiß er immer noch nicht, woher die Schmerzen und seine Schwächeanfälle rühren. Dem wollte er auf den Grund gehen.

Aber die Taubheit unter den Rippenbögen wird vom unauffälligen Schlingern des Bootes nicht geheilt. Simon erarbeitet sich Möglichkeiten, seiner Krankheit einen Namen zu geben. Allen müßte eines gemeinsam sein. Es dürfe sich auf keinen Fall um eine eingebildete Krankheit handeln, denkt er. Und der Lärm aus dem Maschinenraum schlägt in ihm an. Andauernd spielt er mit ihm, zwingt ihn unmittelbar zum Aufbruch. Mitten im Atlantik das Getrappel der Meute, die sich vor den dunkelglühenden Berliner U-Bahneingängen sammelt, um über die Treppen zu fließen. Von der Reling springen, sich ihnen ungesehen im Nebel anschließen.

»Fischer, laß uns mit dem Kahn die Meute hetzen«, will er rufen. Als die Undurchsichtigkeit den Strand in Besitz nahm, stand Simon noch auf dem Landungssteg. Die Pranke des Fischers griff ihn, und die Fahrt begann.

»Wir hetzen sie nicht, wir kreisen sie ein, das ist in jeder Beziehung klüger, mein Junge.«
»Und meine Großmutter«, schreit er durch den wie ein Teig über dem Boot liegenden Dunst, »hat keinen hereingelassen, mich belogen, nichts aus ihrer Fahrenszeit gelernt. Dir kann ich es erzählen. Du hörst mich nicht mehr, Fischer. Mittendrin in der Suppe. Warum bin ich immer in die verdorbenen Gestalten aus der Masse verliebt? Und in die anderen!«
»Es ist unmöglich, bei diesem Wetter zurückzufahren. Wir müssen weiter raus, wenn die See so ruhig bleibt. Du kannst dich auf eine lange Fahrt einrichten.«
Direkt aus dem Maschinenraum durchpulst, Teil des Orchesters, das ganz versunken im Graben das unaufführbare Stück hinterm Vorhang begleitet, fühlt sich Simon eigenartig ungeschützt wie unter einem feuchtkalten Moskitonetz. Er klammert sich an den metallenen Handlauf der Reling. Einzeln unterscheidbare Themen, die Übertragungsmelodien der Zahnräder, die Flügel in Bewegung setzen wollen, heimliche Widerstände sind zu hören. Im Innern der Maschine wird Wärme erzeugt. Dort überschlägt sich die mechanische Kraft, bricht aus und setzt sich über die azurblauen Hügel hinweg. Das muß nicht erfunden werden.
Wie ließe sich sonst erklären, daß sich das geduldige Namapaar aus Tsaobis auf dem Vorderdeck eingefunden hat. Wie in ein einziges hellgraues Gewand gekleidet, muß sich die junge Frau an den alten Nama Morenga lehnen. Fast bis zu Simons Füßen scheint sich die durchsichtige Fülle des Stoffes über das Deck auszubreiten.
Simons Arm teilt den Nebel, aber die Gestalten wollen sich nicht vertreiben lassen. Für Sekunden steht er beinahe einarmig da.
Der Vogelfederaltar brachte ihn dem Voodoo auf die Spur, die er nicht verfolgen konnte, weil er nichts darüber weiß. Dort nichts zu suchen hat.
Und wie zur Bestätigung taucht er in die auf den Atlantik transportierten Ausdünstungen des milchig-weißen Ekstasegetränkes,

das er als Nebel bezeichnen würde. Er nimmt noch einmal vage die nächtlichen Umarmungen wahr und fragt sich, warum sie ihn dennoch empfangen haben.
Von einer Taurolle gesichert, lagernd im nassen Hanf, beobachtet Simon das eingebildete Paar auf dem sich entfernenden Vorderdeck. Soll er Trevor bitten, einfach weiterzufahren? Noch mehr Segel setzen. Jeden verfügbaren Lappen aufziehen, um nicht nur dem eigenen Vorderdeck hinterherzureisen, sondern nach Hause. Statt dessen liegt er auf Deck, und ihn erstaunt in gewisser Weise seine Begabung, sich auch hier gleichzeitig einrichten zu können und doch geschieden zu sein von jedem Geschehen. Wie damals, als er Henry kennenlernte. Auch Trevor Rhodes scheint ein Zeichen zu tragen, das ihm signalisiert: ich bin nicht wirklich bei dir, oder er sei überhaupt nicht wirklich, schon gar kein Fischer. Das hatte er ihm schließlich selbst erzählt.
Trevor hat dem schlafenden Simon ein Dach aus Segeltuch über den Ruheplatz gespannt, um ihn vor der Sonne zu schützen, die, nachdem sie die Nebelbank verlassen haben, das Boot unbehindert ausleuchtet.
Die Sonne selbst bleibt für Simon unsichtbar, und das helle Rechteck über seinem Kopf ganz leer, noch zu beschriften. Der ihm verbliebene Arm langt nicht hinauf.
Kein hilfreicher Stift.
Die Abdrücke aus dem Nebel festhalten, obwohl es auch einen gangbareren Weg geben muß, das weiße Papier zu verwandeln! Wie eine Kinoleinwand verstellt der Sonnenschutz Simon den ungehinderten Blick in den vermutlich leicht milchigen Atlantikhimmel.
Ist er es gewesen, der an einem freundlich beschienenen Sommermorgen im Bett lag, auf dem dicken Kissen die Arme hinterm Kopf verschränkt, Spiele beobachtend, die eine Gardine mit dem einschlagenden Licht an der Zimmerdecke trieb?
Seine zappelnden Füße warteten ungeduldig darauf, wann entschieden wird, daß sie auf dünne Sohlen springen dürfen, um in

die Schienen zu fahren, ohne zu wissen, wie die Welt da draußen das Rennen aushalten wird.
Simon fragt sich, ob das sein eigener oder ein beliebiger DEFA-MGM-Paramount-Bavaria-United Artists Film ist, der ihm suggeriert, einmal so dagelegen zu haben, siebzehn Jahre alt, so wie in diesem Moment, da auf der Leinwand über ihm bedeutungslose Lichtspiele lodern.
Er verschränkt die Arme hinter dem Kopf, und leicht aufkommender Wind fährt Simon über die Silhouette, die sich schmal auf den Planken abbildet.
Jetzt schweben. Nahe am Segeltuch aus dem Ensemble der Vogelfetische vom halluzinierten Altar eine Feder nehmen und beginnen, mit dem Kiel das Tuch zu beschriften.
Beängstigend fremd sind ihm selbstverständliche Lebensdaten geworden. Daß er irgendwo geboren wurde. Mit allen Möglichkeiten ausgestattet. Etwas will sich an Kindheit und Schule erinnern, an die abgebrochenen Ausbildungen, die mühevoll ausgehaltenen Arbeitsstellen. Nicht einmal seine Übersiedlung nach Berlin könnte er ausführlich beschreiben. Er schlich seit damals mehr, als er marschierte, auf sein Ziel zu. Und auch jenes hat keinen Namen mehr. Auf jeden Fall scheint es mißglückt zu sein.
Unwillkürlich zucken Simons Füße, winden sich umeinander, wie ein in der Nacht gemeinsam erwachendes Paar, das seit Stunden die Berührung vermißt und sich gleich auf den Weg macht.
Das alles stellt Simon mit Bedauern fest.
Über ihm das weiße Papier gibt jetzt nicht die zarteste Andeutung eines fahrigen Lichtspiels wieder.
Simon lächelt, grinst, bläst die Wangen auf, zieht die Mundwinkel breit, läßt ein schreckliches Brummen hören, das nur ihn allein an ein Gelächter erinnert, keinen sonst.
Aber für Simon klingt sein Lachen als der angenehmste Ton aus dem Chor heraus, aus dem Maschinenraum. Es ist das fruchtbarste Geräusch, das er seit langem gehört hat.
Das weiße Papier wird er mit dem einen Satz beschriften, daß ge-

rade so einem Jungen die Fülle der Möglichkeiten zur Verfügung steht, alles zu bewältigen. Aber auch der Eindruck, daß seine Antwort wieder einmal am Rande beunruhigender Verwirrung entstanden ist, verläßt Simon nicht.

Ritten sie gemeinsam über den Atlantik, Henry und er, welches Paar würde zuerst untergehen? Pferd und Reiter mit der geringeren Geschwindigkeit werden untergehen, weil ..., oder werden jene überleben, die blindes Vertrauen kultiviert haben in ..., oder kann nicht sein, was nicht sein darf, und sollte man überhaupt darauf setzen, daß der Bessere ..., wer das auch immer zu sein scheint ...?

Zuschauer, nicht einmal Schöffe, kein Richter, nur anwesend sein. Und von unten aus dem Rumpf des Bootes legt sich die Anstrengung des Motors mit starker Vibration auf das Deck.

Der Fischer weist Simon auf die glänzende Nebelwand hin, die sich weit entfernt am Strand zerstreuen will. Dessen Vorstellung ist nicht auf die Nebelbank zu projizieren. Ziellos jagen die Reiterpaare über das Ozeanfeld. Der schmale helle Streifen am Horizont müßte leicht zu überwinden sein. Ein kräftiger Absprung nur. Sie wären darüber hinweg, aber das Boot hält auf den Landungssteg von Swakopmund zu, ohne einen einzigen Fisch an Bord geholt zu haben.

Zum ersten Mal ist er auf dem Meer gefahren. Das wird er nicht vergessen. Dafür hat es gereicht. Sonst will ihm keine Begründung für diesen Ausflug einfallen. Für das leere Netz ist er nicht verantwortlich. Trevor weist ihn darauf hin, daß es zu seinem Alltag gehört, ohne Fang heimzufahren.

Zwischen die atlantische und die namibische Wüste gegründet, ist Swakopmund zu einer zweifelhaften Existenz verurteilt.

Die Fische werden heute nicht gefangen werden, nicht im Netz verrecken, und Simon wird auch dem zustimmen.

In gemächlicher Fahrt nähert sich das Boot nach vielen Stunden wieder dem Landungssteg in Swakopmund, obwohl der für Fischerboote eigentlich verboten ist.

Rudolfs Antik, Swakopmund, Nov. 1992

Nach kurzer Zeit hatte Henry sich daran gewöhnt, daß regelmäßig und unbeeinflußbar der Ort Swakopmund vor dem offenen Visier verschwindet. Mit dem Rückzug des Nebels aber verbindet er diesmal eine ganz neue Erfahrung.

So hell wie heute war es noch nie.

Den Vorzeichen abgeneigt, Untergangsszenarien nicht als zu sich gehörig betrachtend, erstaunt es Henry, wie eindringlich sich ihm das Phänomen Helligkeit diesmal aufschließt.

Am Morgen noch war er wie durch einen Tunnel von der Pension zum Laden gelaufen. Jetzt empfindet er die unnatürliche Deutlichkeit, mit der die Konturen der Häuser und Gehsteige ins Wüstennest geschlagen sind, um so stärker.

Wie konnte er in diesen Laden geraten?

Ganz in der Nähe des Schaufensters gibt es einen Platz, an dem er stundenlang ausharrt.

Nasenumrisse vorübergehender Touristen.

Die Tarnkappe ist abgezogen.

Im Schatten der engen Höfe Swakopmunds gedeiht nichts, das Henrys besondere Aufmerksamkeit verdient hätte. Hat er eine Wahl?

Ein einzelner Wagen passiert die Kurve vor Svobodas Laden. Gesteuert von einem, den Henry nicht gebrauchen kann. Vergeblich hält er nach einem weiteren Fahrzeug Ausschau. Hier kommt alles zu spät und scheint ohne Folgen zu bleiben.

So sucht er, unbeirrt von der Anwesenheit Svobodas, in der immer schmerzhafteren Blendung der Straße die Figuren zu mobilisieren, denen er die notwendigen Eintragungen in den »Tintenpalast« widmen kann. Soviel steht für ihn fest: Es gibt wieder

keine andere Ebene als diese, die ihn halten kann, und Henry verfügt über keinerlei Planung, wie lange er in »Rudolfs Antik« aushalten wird.
Doch die Unterkünfte der Palastbewohner liegen verlassen.
Jeden sinnlosen Schritt, den er auf irgendwen zugegangen ist, muß er sich am Ende auszahlen lassen, denn unter dem Magdalenischen Strich darf es kein Minus geben. Über diese grundlegende Forderung ist er schließlich gerade siebzehnjährig aufgeklärt worden.
Und ausgerechnet an diesem Tag zwingt ihn der Anblick Svobodas zu der Einsicht, daß er hier mit seiner Biographie nicht operieren kann.
Möglicherweise kann man bei ihm nicht einmal von einer Biographie sprechen. Die Löcher, die sie aufweist, legen die Vermutung nahe, daß für Henry eigenwilligere Kategorien geschaffen werden müssen. Auch wird er durch die allgemein verbindlichen Umstände seit seiner Jugend zu verhaßter Gemeinschaft gezwungen. Und schließlich hat er niemals vorgehabt, ein allseits anerkannter, im Sinne niedriger Beweggründe nützlicher Mensch zu sein, was übrigens Svoboda in seinen Augen auch nicht ist. Schon wieder eine dieser widerwärtigen Gemeinsamkeiten, denkt Henry, und gleichzeitig begeistert es ihn, daß ihm sogar heute ein solch klarer, stimmiger Gedankengang gelungen ist.
Svoboda, für sich gesehen, ist eine schreckliche Kreatur, die er jederzeit abschütteln könnte, wie ein zudringliches Haustier. Überflüssig, lästig.
Er reißt sich vom Ausblick durch die Schaufensterscheibe los und bleibt gleich mit nahezu liebevoller Anteilnahme bei der Betrachtung manierlich angetretener Holzfiguren hängen, die auf dem schweren Tisch aufgereiht stehen und den optischen Mittelpunkt der Bibliothek bilden.
Vorsichtig tastet Henry die Reihen der wundervollen Plastiken aus dem nachgedunkelten, merkwürdig schwerelosen Holz ab, die für andere preiswerter Tand sein mögen, Massenware, Nippes

für die Touristen, und die doch mit einer Detailtreue gefertigt sind, welche Henry ausgesprochen fasziniert.
Kurz wiegt er einen Elefanten in der Hand, stellt ihn wieder auf seinen Platz, greift eine Antilope, einen Leoparden und entscheidet sich endlich dafür, seine ganze Aufmerksamkeit der Miniatur eines Flußpferdes zu widmen, um es gründlicher zu betrachten. Massig ist das Tier noch in Verkleinerung, ein Mörderflußpferd. Den ausgemisteten Palastställen wird eine neue Mannschaft aushilfsweise zur Unterbringung anempfohlen. Flußpferdbeine, Flußpferdohren wandern von einer Hand in die andere, fliegen ein kurzes Stück in die Luft, werden aufgefangen, was Henry nicht ohne einige Mühe geradeso gelingt.
Fast hätte er das Tier zu Boden fallen lassen.
Unbegreiflich ist für ihn allerdings, warum sich dabei seine Handflächen mit Schweißperlen bedecken.
Das Flußpferd, wie auch die anderen Figuren, will er nicht anpreisen, verkaufen nur, wenn es nicht anders geht. Jede Kundschaft ist ihm ohnehin verhaßt.
Warum es Henry immer schwerer fällt, die Flußpferdfigur in der Hand zu halten, kann er sich nur mit dem immer heftiger ausbrechenden Schweißfluß erklären, der seine Handflächen mit salzenen Rinnsalen versieht. Die boshafte Figur rutscht ihm durch die Finger, ist mit keiner Kraftanstrengung daran zu hindern, der Erdanziehung zu folgen. Henry sieht sich von einem rotierenden, Absturz provozierenden System blankgeputzter Tierfiguren umkreist, die ihm überallhin folgen wollen. Wie ein lästiger Schwarm Moskitos. Und immer soll er darauf bedacht sein, daß keines aus der Bahn gerät, kein Unglück geschieht, nicht den ausgemergelten Krokodilen, nicht dem Warzenschwein.
Wie von einem Vakuum wird das eine Holzstück durch die Erdschwere angesaugt, so daß Henry dazu übergeht, es von einer Handfläche zur anderen zu werfen, sich die freigewordene Hand an der Hose abwischend, ohne aber einen bleibenden Effekt zu erzielen.

Svoboda beobachtet Henrys Treiben halbwegs belustigt, und doch eine verhaltene Wut unterdrückend. Er hat den Mann schließlich nicht eingestellt, damit der vor der Kundschaft, die jeden Moment den Laden betreten kann, mit der zerbrechlichen Ware jongliert.
Die Bemühungen Henrys, den Absturz des Flußpferdes zu verhindern, werden von Wurf zu Wurf verzweifelter. Der Umstand, sich vor den Augen Svobodas der Beschädigung des Inventars und einer absolut lächerlichen Vorstellung schuldig gemacht zu haben, ist nicht mehr zu übersehen.
Minutenauftritt, der wieder alles zunichte machen wird.
Mit dem über der Brust aufgerissenen Hemd versucht Henry noch, das Tier zu fangen, aber genau diese Bewegung außerhalb der Norm ist es, die die Figur mitten in ihre vertraute Holzherde stürzen läßt. Svobodas traurige Gefolgschaft ist durcheinandergeworfen. Auf den ersten Blick ist nicht zu erkennen, wie schwer die Beschädigungen ausgefallen sind. Nur weil er in dieser Kammer hocken muß. Als ob Henry endgültig hier gestrandet wäre und Svoboda der einzige sei, der ihm eine Zukunft anbieten kann.
Dieser ist unwiderstehlich angezogen vom Skandal und überlegt, welcher Kommentar zu dieser sehr speziellen Art der Verkaufstechnik angebracht wäre.
Schweißüberströmt steht Henry starr vor einem Haufen aus hölzernen Tierleibern, die durch den Fall des Flußpferdes aus ihrer mühsam ausgedachten Ordnung geraten sind. Eine Blessur kann Henry auf den ersten Blick nur beim fliegenden Flußpferd entdecken, dem jetzt eines der Beine fehlt. Augenblicklich stellt sich bei Henry lauwarmer Ekel vor dem Tierkrüppel ein. Und immer noch ist es ihm nicht möglich, seine Haltung zu verändern, in die er übergossen von Sturzbächen, die ihm aus allen Poren zu laufen scheinen, eingefroren ist.
»Ich bin bis weit ins Hochland gefahren, um diese Stücke zu besorgen, und nun bin ich wirklich froh, daß Sie nicht damit

begonnen haben, sie durch die Schaufenster nach draußen zu jonglieren. Natürlich wäre auch das noch besser gewesen als eine Nummer mit den Kavalleriesäbeln, die vorn neben der Tür hängen. Alles in allem kann ich zufrieden damit sein, wie abwechslungsreich sich mein Angestellter seinen Tag gestaltet. Ich kann nicht nur, ich bin zufrieden. Rundum, rundherum. Warum gehen Sie jetzt nicht in die Mittagspause, um sich von der Flugschau mit geschützten Tieren zu erholen. Die Reisekosten ins Hochland, Wiederbeschaffungswert, Schmerzensgeld und eine Prämie für schnelles Vergessen ziehe ich Ihnen vom umfangreichen Gewinn ab, den Sie mir bis jetzt eingebracht haben, und nicht zu vergessen, von Ihrem Lohn. Ich rechne gegen zwei Uhr wieder mit Ihnen. Beruhigen Sie sich! Wir sollten heute unbedingt noch etwas verkaufen.«

In Henrys Augenwinkeln trocknet der Schweiß, brennt, ohne daß es ihm möglich ist, etwas dagegen zu unternehmen. Die Bemerkungen Svobodas hängen als Zwergengelächter unter der Zimmerdecke, und als Henry nur die geringste Andeutung zurückkehrender Beweglichkeit spürt, greift er das Flußpferd aus dem Haufen und verläßt wortlos den Laden. Um zwei Uhr wird er sich hier wieder einfinden. Dazu gibt es keine Alternative, denkt er.

Es sei denn: Svoboda würde sich zurückfalten, verkleinern, zu dem, der er in Wahrheit ist.

Früher wäre Henry anders mit so einem umgesprungen.

Das eilig in der Hosentasche verstaute Holztier schlägt bei jedem Schritt gegen seinen nervös arbeitenden Oberschenkel.

Beinahe war ihm bei der Strafansprache Svobodas so, als hörte er den feindstimmigen Rotuma, den Verdammten, den er nicht los wird.

Ohne Absicht, ohne Kontrolle hat Henry den Weg zur Hauptstraße eingeschlagen, auf die sich am angebrochenen Mittag endlich eine Andeutung städtischer Betriebsamkeit wagt.

Die Wüstenenklaven Hentjesbay, Swakopmund, Walvis Bay haben den Verkehr untereinander aufgenommen. So ziehen dürftige Wagenkarawanen durch die Hauptstraße von Swakopmund, von einer der weit auseinanderliegenden Wüsteninseln zur anderen. Übel gelauntes, touristisches Publikum. Eilig nach einer Lunchgelegenheit suchende Einheimische.

Von einer Gruppe hemdsärmeliger Bankangestellter in die Mitte genommen, schnelles Entweichen ist nicht möglich, bleibt Henry einfach stehen und lehnt sich an ein Straßenschild, das Terrain zu sondieren. Schildhenryschatten.

Die Passanten mögen den für einen Müßiggänger halten, der die Eindrücke dieser angeblich exotischen Gemeinde in sich versammelt.

Vor einem Stück Holz hat ihn Panik befallen. Henry sucht nach einer Erklärung dafür. Er verflucht Svoboda, der seinen Hohn über die Hippojonglage offensichtlich bis zur Neige ausgekostet hat.

Auf der Hauptstraße inmitten des Zwergenaufruhrs, der vorgetäuschten Lebendigkeit, wird er nicht mit sich ins reine kommen. Aus allen Ecken grinst Svobodas Pinschergesicht ihm verkommen entgegen.

Also läuft er wenige Schritte zurück in die Gegend der Nebenstraßen, der billigen Pensionen, und tritt in eines der Logierhäuser ein, vor dem angezeigt ist, daß sich im Erdgeschoß ein Restaurant befindet.

Nicht einmal die Höchstleistung vollbringende Sonne hat eine Chance, diesen Raum zu erhellen. Durch das teilweise erblindete Glas der Fenster, dicht gewebte Vorhänge, dringt nur eine Ahnung des Tageslichts in die Kaschemme. Entschädigung bietet die Kühle, die damit ein- und abgeschlossen wird.

Gerade darum beschließt Henry zu bleiben, setzt sich und balanciert vorsichtig das Flußpferd über die Tischplatte, um es auf den verbliebenen drei Beinen abzustellen.

Die dicke, in eine Art Kittel verpackte, unablässig rauchende, offenbar weibliche grandiose Erscheinung nimmt ihn überhaupt nicht zur Kenntnis. Der Kellner, den Henry nach einer Weile registriert, ist ängstlich darum bemüht, das Getränk, von dem die Frau sich allem Anschein nach ernährt, nicht versiegen zu lassen. Irgendwann zwischen den Besorgungen, die der Schwarze für die Patronin der Frösche, Henrys abschwellender Zorn findet schnell die bildliche Entsprechung zu ihrer auffälligen Erscheinung, erledigt, erübrigt er Aufmerksamkeit für Henry, der eine kurze Bestellung aufgibt. Wasser, um seinen Flüssigkeitshaushalt in Ordnung zu bringen; zwei Stunden etwa bis zwei Uhr zeigt die überdimensionale Uhr an der gegenüberliegenden Wand an. Kaffee, um die Wut wachzuhalten.

Gekreisch, ausgestrahlt von einer südafrikanischen Fernsehstation, lärmt aus dem Gerät, zieht die dicke Frau dergestalt an, daß sie nur durch ihre Fettleibigkeit davon abgehalten wird, dem Sog in den Apparat nachzugeben.

Auf dem Bildschirm, den Henry von seinem Tisch nur zu einem Drittel einsehen kann, liefern sich knapp bekleidete, dressierte Mädchen Rededuelle in einer Sprache, die Henry als Afrikaans identifiziert, von der er nichts versteht, wo es offenbar auch nichts zu verstehen gibt.

Soll denn die Schönste oder die Klügste gewinnen? Und wer verkauft der Königin das Kind?

Er könnte sich bei der launischen Wirtin erkundigen. Die aber hat ihn immer noch nicht wahrgenommen.

Henry stellt sich den Ausschnitt des Raumes vor, den sich die Pupillen gegen das überbordende Fett um die Augen herum erkämpfen müssen. In diesem Ausschnitt ist er einfach nicht anwesend. Hauptsächlich reagiert sie ohnehin auf die Reize abnehmender Mengen im Glas und in der Zigarettenschachtel, vermutlich oft nahe daran, in ein hysterisches Strafgericht für den säumigen Kellner auszubrechen.

Der Schwarze serviert um sein Leben. Er will von ihrer Tonnage nicht zerquetscht werden, eine Alpvorstellung, die ihn verfolgt, seitdem er ihr wie ein Sklave dient. Jede noch so winzige Unmutsäußerung ihrerseits nimmt er wahr wie ein Seismograph und ist bemüht, sofort auf sie zu reagieren, was in diesem Fall nur heißen kann, den entsprechenden Nachschub zu liefern. Wieder wird Henry demonstriert, wie es aussieht, auf einem sehr schmalen Grat zu balancieren, zu marschieren oder, wie in diesem Fall, zu bedienen.

Seine Situation ist im Vergleich zu der des Schwarzen einfach paradiesisch.

Durch den Fernsehschirm wird Henrys Erscheinen überblendet. Die Patronin des Gasthauses ist dennoch, seit er im Exil ist, die erste Frau, der er seine vollständige Aufmerksamkeit widmet.

Henry registriert die Endmoränenlandschaft ihres Gesichtes. Ihm entgeht ebenfalls nicht die sorgfältig auf ihrem Kopf befestigte Haarpracht, deren Echtheit er allerdings anzweifelt. Und auch der runzlige Fuß, von keinem Strumpf verdeckt, unter der langen Tischdecke herauskriechend, wird als Teil des Gesamtkunstwerkes in Augenschein genommen.

Eine Art Verwandtsein, den Anflug eines Verlangens, sich zwischen ihren überdimensionierten Schenkeln zu verstecken, kann er nicht leugnen. Ausgerechnet das Monster in Frauengestalt bildet die Ausnahme der Zwergenregel in der Zwergenstadt und unterbreitet Henry unvermutet ein mütterliches Angebot, zu dem sie selbst nichts beiträgt außer ihrer verdorbenen Körperlichkeit, ihrer Gegenwart. Die Mutter aller Wüstenfrösche übersieht ihn. Frau Magdaleni, die Pillendreherin aus Blubars, löste in Henry niemals ähnlich animalische Zugehörigkeitswünsche aus. Sie würde ihn höchstwahrscheinlich bedauern, wenn sie ihn jetzt so erleben könnte. In einer Absteige gelandet.

Auf dem Bildschirm täuschen ratlose Masken Makellosigkeit vor. Die angestrichene Puppe links außen wird von Schnüren aus dem Verkehr gezogen. Hat sie denn das Drehbuch nicht gelesen? Wünscht Henry sich trotzdem in das Fernsehstudio? Was würde er den Mädchen erzählen aus seinem außerordentlichen Leben? Wie er der Krötenmutter entkommen ist? Wie er sich mit ihr vereint hat? Wie er ihr jeden Wunsch erfüllt hat, um einmal in den Genuß der Vollkommenheit zu gelangen? Für die in einem unbekannten Exil versammelten Seelen der Tänzerinnen hat er sowieso keine Verwendung.

Die Bemühung, das Porträt seiner Mutter aus zerfallenden Schwarzweißfotografien und dem Gesicht der Wirtin zusammenzusetzen, gelingt nicht.

Sollen das ihre Augen gewesen sein?

Henry fingert vorsichtig das Holztier zu sich heran. Kein Schweißausbruch. Und er überlegt, welche Strafe er seiner Mutter angedeihen lassen würde, dafür, daß sie in ihm nur die Kraft zur Zerrüttung angelegt hat, dafür, daß sie ihn so endgültig separiert hat von allen anderen, daß es ihm nicht einmal erlaubt ist, sich der Krötenmutter als Ziehsohn zu offerieren. Oder welches Geschenk sie verdiente? Dabei ist es ihm nicht ganz egal, welche Vorteile sich ergäben, wenn er sich mit der Alten am Tisch vereinigen würde.

Genugtuung.

Würden sich Phantasien einstellen, die alles vorangegangene an Verschlagenheit übertreffen?

Beide sind jetzt gefangengenommen durch den Chor tanzender Zombies in der grellbunten Fleischhölle Studio 9, Sun City, noch viele Meilen unterhalb des Tartaros gelegen.

Aus der Andeutung ihrer Augenhöhlen begegnet Henry der unerbittliche Blick des alten Rotuma, durchbohrt, fesselt ihn.

Neben Henrys Tisch tritt der Kellner von einem Fuß auf den anderen, wie Henry nicht ohne Genuß beobachtet. Der Kellner hat sich entschlossen, eine neuerliche Bestellung bei Henry aufzunehmen, obwohl ihn das von seiner eigentlichen Aufgabe abhält, die ihm Lohn und Unversehrtheit garantiert. Einer der beiläufigen Fingerzeige seiner Chefin könnte ihm entgehen, was das Ende seiner Anstellung und unweigerlich einen Erdrutsch in der nahen Namib zur Folge hätte.

Henry ist keineswegs gewillt, dem Drängen des Bediensteten

nachzugeben, den er selbstverständlich und ohne Verzug in sein Spiel einschließt, und ihn mit einer Antwort zu entlassen.
Es ist tatsächlich eher so, daß Henry überlegt, ob er das Restaurant verlassen soll, nachdem er so grundsätzliche Überlegungen angestellt hat.
Henry weidet sich am Anblick des nun seinerseits in Schweiß gebadeten Kellners. Auch die Beobachtung der Wirtin hat er noch nicht vollständig abgeschlossen.
Irre Blicke aus den verlorenen Augen des Kellners fliegen zwischen den beiden Polen der Berechnung hin und her.
Henry zögert seine Reaktion Minute um Minute hinaus, nicht ohne dem Kellner anzuzeigen, daß er noch gebraucht werden könnte. Dabei stellt er sich vor, wie es wäre, sich mit dem verwüsteten Kontinent, dieser Masse aus Fett und Knochen, zu vereinen. Das ist mehr als ein Gedankenspiel.
Ja, er will sich die großporige Haut der Froschkönigin umlegen, wird in Gedanken eins mit ihrer schweren Leiblichkeit, und keine Abscheu stellt sich ein.
Die verwegenste Annahme, derer Henry habhaft werden kann, ist die, daß es sich nicht um einen Zufall handelt, daß er in der verlassenen Kantine gelandet ist.
Darum gibt es keine anderen Gäste, und womöglich existieren das Haus und die Wirtschaft nur, weil beides zu dieser Stunde und an dieser Stelle für ihn notwendig ist.
Hat er nicht des verdunkelten Gastraumes bedurft, um zu begreifen, daß er keine Schuld trägt, daß er sie, wenn überhaupt, längst verbüßt hat durch seine Flucht.
Da er schon floh, als er mitten im Geschehen noch handelte?
Swakopmund, der kleine Wartesaal zur Sonnenfinsternis, ist notiert. Ostdeutschland war nur eine Vornotiz gewesen.
Eine unbekannt warme Regung, Liebe, befindet er sofort, richtet sich an ihn selbst, so etwas wie Dankbarkeit für den Weitblick, den er im »Tintenpalast« angelegt hat. Von Anfang an ist er auf die Bedeutung der Ahnungen in seinen Notizen versessen gewesen.

Darum auch hat er sorgfältig vermieden, Texte aufzunehmen, die diesem Begriff zuwider gelaufen wären. Damit würden dann wieder und wieder Feuer gelegt werden.
Nicht »Rudolfs Antik«, noch die angestaubten Reden Svobodas ermöglichen Henry weiterzukommen.
Festzuhalten ist das Datum: Heute; der Ort: »Bee-Bee Hotel«.
Die Distanz zwischen Henrys Tisch und der Festung vor dem Fernsehgerät scheint physisch uneinnehmbar. Es muß gelingen, die Entfernung zu überwinden, obwohl das beinahe ein unwürdiger Wettbewerb ist.
Soviel hingeworfene Verwandtschaft.
Dieser Ausbund an Häßlichkeit mochte zweiundzwanzigkommavier Grade auf der Richterskala, Erschütterungen, älter sein als er. Es ist nicht geklärt, welcher Bestimmung nach sie sich vereinen werden, denkt Henry. Komme was will. Über alle Abscheu hinaus projiziert er sich in seine Rolle als Froschkönig hinein.
Er kann sich nicht erinnern, wann er das letzte Mal mit einer Frau geschlafen hat. Ihm ist nicht die Möglichkeit gegeben gewesen, sich so sinnlos aufzuschließen, gar hinzugeben, sollte es auch nur eine halbe Stunde dauern, und um zu einer Professionellen zu gehen, was für ihn immerhin vorstellbar ist, scheut Henry die Ausgabe, ist ihm das wenige Geld, das er besitzt, zu schade.
Welche Form wird das Wesen annehmen, das sie miteinander kreieren? In erster Linie müssen Geschöpfe zur Verfügung stehen, die ihre Verwandtschaft mit den Gestalten des »Tintenpalast« nachweisen können.
Ausgeblühte, vielgestaltig zerrissene Wüstenkristalle lassen sich von den Farben des Spektrums besiedeln, um der Vereinigung Henrys mit ihr ein angemessenes Zeichen ins Wüstenlicht zu gebären.
Nur die Berührung mit seinen Aufzeichnungen wird ihm Klarheit verschaffen, wie die Konstellation der Figuren aussieht, die für die Zukunft in Frage kommen, und mit ihnen werden sich die Rätsel um alles weitere als leicht durchschaubare Wegweisungen

herausstellen, bei denen man nur abwarten muß, bis sie sich von selbst entschlüsseln.
Rettung, die, durch tropische Vergröberung gesehen, langsam sich nähert.
Sandgeborene Götter bewachen seinen Werdegang.
Beim Verlassen des Bee-Bee Hotels versucht er, sich von der Patronin zu verabschieden, die entgegen seiner Erwartung nicht einmal eine erbärmliche Kopfbewegung für ihn erübrigt.
Die Stunde, in der Henry von Svoboda zurückerwartet wurde, ist zwar bereits geringfügig überschritten, trotzdem entscheidet er sich dafür, in seiner Pension nach dem »Tintenpalast« zu sehen und zu versuchen, die eben erfahrene Erleuchtung in der Kladde festzuhalten.
Nicht die Atmosphäre seines Zimmers, der allgegenwärtige Sand, der Salzgeschmack, den er jede Sekunde gegenwärtigt, obwohl er sich nur kurze Zeit in seinem Zimmer aufhält, können die Ursache für die Erschöpfung sein, die ihn fast augenblicklich überfällt, nachdem er die Tür geöffnet hat. Ausgelaugt ist Henry in den vergangenen Monaten oft gewesen. Die gegenwärtige Entkräftung aber ist neu, nicht probiert, und wird deshalb als schwer verdientes Ergebnis seines glänzend errichteten Begründungsgebäudes mit Wohlwollen akzeptiert.
Vor ihm liegt aufgeschlagen die Kladde.
Henry rekapituliert die zwei Stunden zwischen Svoboda, Krötenhimmel und dem »Tintenpalast«: Wollüstige Hyäne, Wüstenpatronin, Froschnebel, irgendwas.
Müdigkeit, keine Sehschärfe, Konturlosigkeit, keine Formulierung.
Dabei, davon ist Henry überzeugt, hätte er heute einen Bericht geben können, müßte er festhalten, aber jeder Kontaktaufnahme abgeneigt, unnahbar verweigert die dünngestreifte Seite ihm die Annäherung.
Vielleicht liegt es daran, daß er nach den vielen reinweißen Seiten, die das Buch ausgemacht haben, erstmals linierte Seiten einfügen

mußte, weil nirgendwo, nicht in Swakopmund und vorher schon gar nicht, weißes Papier in der Größe aufzustöbern war, wie es für den »Tintenpalast« nötig gewesen wäre.
Dieser Umstand allerdings in Verbindung mit der unausweichlichen Versandung könnte ihn um den Verstand bringen. Er ist dann nicht mehr in der Lage zu schaffen, wozu er auserkoren ist. Unter der Feder knirscht sofort der Staub, egalisiert und verwischt jede Eintragung. Die Zeilen auf der linierten Seite wollen sich nicht beschreiben lassen.
Henry starrt schockiert auf die unvollendete Kritzelei, die kein Wort ist, schon gar kein Satz, überläßt sich mit dem aus der Hand fallenden Stift der Apathie. Heute nichts mehr, später vielleicht irgendwas schreiben zu können.
Der dicke Band, der zuvor nur aus weißem Papier und Pappe bestand, der niemals sein Feind war, ein Freund nur, bedingt durch Magdalenische Regeln, wie es jeder andere Freund auch gewesen wäre, widersetzt sich seinem Zugriff.

Neuntes Kapitel

14. November 1992, Berlin, Deutschland

Ein einziges Haus nur scheint in Aufruhr zu sein.
Aber überraschend ist für Wera in erster Linie, wie selbstverständlich Fernsehbilder Lügen gestraft werden. Wie eine Schleppe hat sie die Bilder hinter sich her gezogen, herübergetragen, und muß jetzt einsehen, daß sie keinem Vergleich standhalten.
Als sie die Tür ihrer Wohnung in München abgeschlossen hatte, wußte sie nicht, ob sie den Eingang je wieder öffnen würde. Und sie wäre damit einverstanden gewesen, es nicht zu tun.
Ihre Anfahrt vom Bahnhof Zoo endet inmitten eines unübersichtlichen Bauplatzes keine zweihundert Schritt von ihrem ehemaligen Amtsposten entfernt.
Unterm mattmetallenen Schild des Arbeitsamtes hatte man nur den Zusatz »Außenstelle« angebracht. Wera weiß, wie diese Angelegenheiten jetzt gehandhabt werden, und widersteht dem Verlangen dennoch nicht, durch die lieblos übertünchten Flure zu laufen. Ob sich die Gesichter ihrer damaligen Kolleginnen in den vergangenen drei Jahren verändert haben? Wie es ist, wenn man einmal vor einer der numerierten Türen warten muß, will sie einer Laune folgend herausfinden, auch wenn sie nicht aus diesem Grund nach Berlin gekommen ist.
Aber die freie Sicht an die Enden der Korridore ist, anders als sie es gekannt hat, durch eine große Anzahl Wartender verstellt.
Verstohlen kontrolliert sie die Schilder: Zimmernummern, Arbeitsgebiete. An die Namen einiger Kollegen meint sie, sich erinnern zu können.
Sie will sich einreihen, strebt einem leeren Stuhl zu, siebenhundertvierunddreißig ist eben aufgerufen worden, und setzt sich.

Wenn sie ein Los von der Rolle aus dem Kasten an der Wand gezogen hätte, wäre sie jetzt vielleicht achthundertvier oder achthundertzehn. Das kleine Papier würde an der feuchten Innenfläche ihrer Hand kleben, weil sie nicht wüßte, was sie erwartet, so wie sie es auch ohne das Los nicht weiß. Aber trotzdem meint sie, besser dran zu sein als die achthundert anderen des heutigen Tages. Niemand hat sie gezwungen, auf diesem Stuhl zu sitzen, und als die rote Anzeige auf eine neue Nummer umspringt, wird das Neonlicht in den Fluren gelöscht.

Jetzt leuchtet die siebenhundertfünfunddreißig noch eindringlicher. Mahnt, drängelt. Die nächste Zahl wartet schon.

Glotz nicht so erbärmlich, denkt Wera unter dem Blick ihres Gegenübers und spielt mit dem Gedanken, deshalb aufzuspringen, auf und ab zu laufen, und ihr fällt ein, daß man auf dem wachspolierten Belag des Bodens leicht ausgleiten könnte. Wenn man zu schnell ginge, unverhofft vor einer Tür stoppen müßte. Und der entsprechende Bearbeiter dahinter abscheulich lauert, wie sie es selbst früher getan hat.

Vermutlich stellt eine Schaltuhr das Licht ab. Wenn es draußen hell wird, verlischt es. Und die Heizung nimmt deutlich hörbar wieder ihren Betrieb auf, als ob es kälter würde, weil es dunkler ist.

Wera öffnet den Mantel, nimmt das Halstuch ab, drapiert es sich über die Schultern.

Wenn sie hier wirklich jemanden wiederfinden will, muß sie aufstehen und den Gang absuchen, die Schilder prüfen.

Schlag es dir aus dem Kopf!

Sie hofft, daß niemand bemerkt, wie heftig sich ihr Brustkorb bewegt. Vor allen Dingen soll der Kerl gegenüber ihr nicht dauernd in die Kleider starren. Wie sich dessen Angst an ihr festklammert, kann sie nicht ertragen. Sie wünscht ihm eine niedrig in den Achthundertern liegende Nummer an den ausgefransten Hals. Oder soll sie ihn ermuntern? Während sie seinem Blick standhält, schlägt sie ein Bein über das andere und achtet, um ihn zu provo-

zieren, darauf, daß ihr Rock leicht verrutscht. Das kann er natürlich nicht aushalten, dem ist so einer nicht gewachsen.
Immer noch steigt die Temperatur im Amt. Übertrieben eingepackt in Frostmäntel, die man erst kurz zuvor aus dem Sommerschlaf geweckt hat, sitzen links und rechts von Wera die Frierenden. Und Wera legt schon den Mantel ab.
Läßt sie sich von ihrer Chemie narren, daß sie schwitzt, wo ringsherum gefroren wird? Wenigstens der Mann gegenüber könnte einen Knopf seiner Winterjacke öffnen. Aber er ignoriert hartnäckig ihren Wunsch.
Vorhin hättest du alles für mich getan, denkt sie.
Und Simons vergilbendes Bild maskiert unvermittelt den Arbeitslosen, als ob sie an den eigentlichen Grund ihrer Reise nach Berlin erinnert werden müßte.
Es hätte viele Anlässe gegeben, um München zu verlassen. Aus ihrem Exil heraus stand sie mit der Mutter nur telefonisch in Kontakt, konnte sich nicht zu einem Besuch entscheiden. Wera schrieb ihr Briefe, wenn die Telefonrechnungen zu unübersichtlich gerieten.
Wera wollte ihrer Mutter beistehen. Sie hatte ein schlechtes Gewissen, drei Jahre in einer Art Starre verbracht zu haben, die sie an der Fahrt hinderte. Deshalb wäre sie sowieso eines Tages gefahren.
Bevor sie aber dem eigentlichen Anlaß ihres Besuches nachgehen würde, wollte sie hier sitzen und darauf hoffen, daß sie von irgendeiner ihr bekannten Person wahrgenommen würde.
Nur einmal zuvor hat sie Simons Haus betreten. Ihm eine Vorladung zugestellt. Sie würde zugeben, daß sie wenige Male vor der Klingeltafel gestanden hat. Aber er ist nicht herausgekommen, um sie hereinzubitten.
Laufen, ja, laufen.
So hatte es Simon nicht ausgedrückt, aber gelaufen waren sie dennoch immer.
Wenn es nur nicht so heiß wäre.

Die Heizung wird sicher von unbekannter Stelle weit außerhalb des Amtes geregelt. Darauf kann sie keinen Einfluß nehmen. Sie wird sich dadurch nicht vertreiben lassen. Die Zugfahrt hat immerhin zehn Stunden gedauert.
Ganz in Weras Nähe wird eine Tür geöffnet. Eine Mitarbeiterin, die mit einem Aktenberg heraustritt, kann nur schwer ihre Abneigung den Wartenden gegenüber verbergen. Dafür müßte sie die Ordner noch höher emporheben und wäre damit der Gefahr ausgesetzt, über unverschämt ausgestreckte Beine zu stürzen.
Nein, die Zuständigkeiten müssen unbeschadet von einer Tür zur nächsten befördert werden. Und sie tauscht mit einer entgegenkommenden Kollegin ein wissendes Einverständnis. Wenn die wüßten!
Diesen Betrieb überschaut man nicht von der Stuhlreihe aus. Wie es sich verzahnt, wo die Akten hineingehen und wie sie herauskommen. Wer für all die Vermerke verantwortlich ist, das können die nicht einmal ahnen. Daß man nicht jeden an die Hand nehmen kann, weil man es selbst kaum begreift, weil man nur ein verzichtbarer Teil dessen ist.
Surrt es unter den Kolleginnen. Gurrt es. Bauscht es sich auf. Wird durch die Flügeltür auf die belebte Straße getragen. Und verirrt sich unter Ahnungslose.
Die wollen es einfach nicht verstehen!
Das ist ein besonderer Tag.
Und der Aufdringliche verschwindet endlich im zuständigen Büro, aus dem er kurz darauf wieder in den Flur tritt, um mit einigermaßen feierlicher Stimme zu verkünden, daß an diesem Tag ausnahmsweise früher Schluß gemacht wird. Aus innerbetrieblichen Gründen. Welche man ihm nicht mitteilen will.
Wera trifft leise das Gerücht, daß die Außenstelle für immer schließen wird, wie alles andere in dieser Gegend auch. Dann müssen wir stundenlang durch die Stadt fahren, sagt einer.
So, fügt ein Nachdenklicher hinzu.
Was werden sie mit diesem riesigen Haus anfangen? Ein Palast,

hört Wera die Nachbarin nuscheln. Wenn die Regierung eines Tages kommt.
Man muß die Zimmer herrichten.
Wera setzt mehrmals zu einer klärenden Rede an, weil sie schließlich hier gearbeitet hat und weiß, wie man manchmal entscheiden muß. Es gelingt ihr nicht, und einige haben inzwischen begonnen, sich ihrer warmen Kleidung zu entledigen. Das sieht alles nach der Besetzung des Amtes aus. Sieht so aus, als ob die Arbeitslosen endlich begriffen hätten, wie heiß es hier ist.
Jene sind nicht tot. Aber schwitzen sie?
Oder wollen sie sich nur darauf einrichten, daß es sehr viel länger dauern könnte, bis man ihre Nummer aufruft?
Fassungslos scheitert ein künftiger Redner daran, einen Stuhl zu besteigen.
Wenn er sich nur helfen ließe. Aus seinen weiten Taschen gerutscht, poltern mehrere Bierbüchsen durch den Gang. Deutlich kann Wera hören, wie diese von unbefugter Hand geöffnet werden. Es ist kaum noch auszuhalten.
Ihre Nachbarin spricht wieder undeutlich davon, daß es sich möglicherweise um eine Verschwörung gegen die kleinen Leute handeln könne. Man weiß, wie das ist. Man könne sich ja nicht wehren.
Hilflos hebt Wera die Hand, um das Neben-ihr-Geschwätz abzuwehren.
Man könnte es wieder einmal mit einem Aufstand versuchen, spottet einer, der jahrelang vergeblich darauf gehofft hat, einmal das große Los aus dem Kasten an der Wand zu ziehen.
Es fällt zunehmend schwer, die stickige Luft zu atmen. Warum bei dieser Dunkelheit die Leuchtstoffröhren ihre Pflicht verweigern, ist nicht vernünftig zu begründen.
Unter schwerem Gepäck, turmhohen Belastungen, bahnt sich eine Karawane ihren Weg durch die gestikulierende Menge. Hoffentlich gleiten die Tiere nicht aus. Werden vom eigenen Gewicht erschlagen.

»Geht aus dem Weg!« zischt Wera. »Finger weg von den Wasserbeuteln! Die haben eine staubige Reise vor sich.«
Bevor sie, ganz von der mörderischen Temperatur abgewandt, versucht, den Ausgang des Amtes zu erreichen, hört Wera schon kriegerische Gesänge, fällt ihr ein verglühter Webervogel, schwarzpulvern bereits, nur an flüchtiger Prise sicher zu erkennen, vor die Füße. Ein Luftzug reicht aus, jede Spur von ihm zu tilgen.
In ihrem Rücken setzt sich die Entkleidungsorgie fort. Erste Anwärter beginnen sich zu paaren. Splitternackt führt der enttäuschte Liebhaber den Reigen an. Eine Polonaise folgt der Karawane. So beginnen die Aufstände hier.
Sie wird sich nicht mehr umschauen.
Abgasnebel locken Wera in den späten Nachmittag. So laut hat sie sich das nicht vorgestellt. Aber es gefällt ihr. Das wäre ein besonderer Grund, München zu verlassen.
Ungebeten wollte sich der Münchner in ihr Leben einmischen. Nach wenigen Tagen hatte er ihr unmißverständlich erklärt, wie das zu funktionieren hat.
Wera schlängelt sich an den schleichenden Wagen vorbei auf die Fahrbahnmitte.
Mit diesem Mann stand einer zur Verfügung, an den sie sich jederzeit wenden konnte. Keinen Moment ließ er sie aus den Augen. Dann doch, manchmal, sah sie ihn eine ganze Woche nicht. Bis er sie wieder bevormundete, als wäre sie eine unreife Göre.
Wera muß sich vorsehen; die überholenden Fahrzeuge nehmen keine Rücksicht auf sie.
Bis zu diesem Moment weiß sie so gut wie nichts über ihren verflossenen Retter. Das war sein Lieblingsbild.
Heimisch ist sie in Bayern nicht geworden. Fast ein Jahr hat Wera Angeordnetes befolgt. Weil es nur zu ihrem Besten war. Gezeter der Marktfrauen, die sie mit ihren Geschichten erheitern wollten.
Nicht weit entfernt zeigt die Ampel Grün. Wera springt in eine Lücke, gewinnt zwei Meter, ist bald auf der anderen Seite angekommen. Der hagere Kerl im bodenlangen Mantel könnte Simon

sein. So hat er gestern abend sein Haus verlassen. Sie ruft zaghaft, und ihre Stimme geht im Hupkonzert unter. Bald vermag sie nicht mehr, ihn in der Menge auszumachen.
Sie hat sich geirrt.
Und zu dem anderen ist sie nie zurückgekehrt.
Nachdem sie die Ferse ihres linken, leichteren Fußes auf dem Bürgersteig in Sicherheit gebracht hat, denkt sie schon nicht mehr an ihn.
Acht Briefe hat sie aus München an Simon geschrieben. Aus der einzigen Antwort, die sie erhielt, war nicht ersichtlich, wie es Simon ergangen war. Seine Handschrift war nur schwer zu entziffern. Auf der Rückseite des angeschmutzten Blattes funkelte einzig eindeutig erkennbar das Wort »Schlachthof«.
Sie wollte sich die Schuld dafür nicht in die Schuhe schieben lassen. Das war ihre erste Reaktion. Als sie noch aufgebracht war.
Wie konnte er sie verdächtigen!
Die unfertige Ordnung unzähliger Baugerüste läßt Wera Hoffnung schöpfen. Sie meint den Plan erkennen zu können, der diesem Chaos zugrunde liegt. Das wird für sie getan. Es ist wie eine Begrüßung, auch wenn keiner eine Hand für sie hebt. Sie sind zu beschäftigt dafür, weil sie zum Ende kommen müssen.
Nein, nach diesem Brief hat sie keinen weiteren erhalten. Auf die Anfrage nach einem Telefonanschluß unter dem Namen Simon Sanges wurde ihr mitgeteilt, daß ein solcher Eintrag nicht existiert.
Sie will ihm unbedingt einen starken schwarzen Tee aufbrühen, wenn sie in seiner Küche sitzen werden. Rücksichtslos ineinandertauchen.
Er wird nicht so grausam sein und etwa Bier trinken wollen. Danach müßte besprochen werden, wie die Reihenfolge aussieht, in welcher die vermißten, vernachlässigten Vergnügen nachgeholt werden.
Damit könnten sie die ganze Nacht beschäftigt sein. Wera würde noch mehr von ihrem Tee kochen.

Oder sie würden spazierengehen. Aber damit sollten sie warten, bis die Arbeiter mit den Gerüsten weitergezogen sind, bis die Aufgabe, die man nur ihretwegen begonnen hat, erledigt ist. Containerweise lagern die jungfräulich fröhlichen Fassaden noch horizontal unbereitet den Straßenzügen entlang. Die sich noch nie von Angesicht zu Angesicht gegenüberstanden.
Ein einziges Haus gerät in Aufruhr, als Wera die Lychener Straße betritt. Sie erkennt sofort, um welches Haus es sich handelt. Zögernd geht sie auf den Eingang zu, der wie die meisten übrigen mit einem Schuttauflieger verstellt ist. Die Haustafel ist herausgerissen worden. Vorsichtig steigt sie über scharfkantige Ziegelhaufen. Wera durchquert den Hausflur. Wie eine Blinde tastet sie sich am Grind der Hauswand entlang zur Hoftür. Dort muß das Geländer begonnen haben. Einige Etagen über ihr wird ein Streit entfacht. Warum sollte in dieser Ruine noch jemand wohnen? Sie wird von der schweren Furcht befallen, daß sie zu spät gekommen ist. Fünf Stunden hatte die Fahrt aus München gedauert.
Das Licht aus den Fenstern des Seitenflügels beleuchtet den Hinterhof. Drei Wohnungen des Vorderhauses geben ihre Beleuchtung preis. Sie könnten noch bewohnt sein. Allein der Hausflur liegt vollkommen finster. Wera wird die Treppe finden. Sie will sich an den aufgebrachten Stimmen orientieren, die sie wenige Minuten zuvor gehört hat.
Beim Aufstieg muß sie sich darauf verlassen, daß wenigstens die einzelnen Stufen nicht gebrochen sind. Abgeschlagenes Mauerwerk, Putzreste, Geländerschrott lassen sie straucheln. Sie hebt ihre Schritte behutsam auf den nächsten sicheren Punkt, an dem sie ausruhen kann. Da Wera dieses Treppenhaus nur einmal betreten hat, weiß sie nicht, wo ein Absatz beginnt, wo er endet.
»Ich hab's!« ruft ein Mann, und die Etagen werden von der Helligkeit starken Baulichts durchflutet.
Jede Einzelheit wird ausgeleuchtet. Messerscharfe Schattenrisse wirken wie geschliffene Lanzen, die auf sie gerichtet sind. Noch kann sie keinen der Arbeiter sehen. Die Linke der Wohnungs-

türen in der zweiten Etage ist verschlossen, anders als die Tür auf der rechten Seite. Wera entschließt sich, es an der linken Tür zu probieren. Ihr Klopfen wird nicht beantwortet. Also wiederholt sie den Versuch.

»Wer ist denn da?«

Sie kann nicht sofort unterscheiden, ob die Antwort aus der Wohnung kam oder von den Arbeitern gegeben wurde, die irgendwo über ihrem Kopf palavern. Und während sich im Hintergrund aus einem Hüsteln ein Röcheln entwickelt, das sich in einem Hustenanfall entlädt, der den Kettenraucher verrät, überlegt sie, ob der Aufwand, den sie in dieser Ruine zu treiben beabsichtigt, nicht maßlos ist. Es ist möglich, daß sie sich kindisch in die enge Bindung an Simon Sanges hineinphantasiert hat.

»Verschwinden Sie von meiner Tür, bevor ich ungemütlich werde! Wir räumen die Wohnung nicht. Da müssen Sie schon mit der Polizei wiederkommen.«

»Ich suche Simon Sanges. Er wohnte hier.«

»Wer sind Sie denn?«

»Eine Freundin von Herrn Sanges.«

»Wir wissen nicht, wo die alle sind. Wir machen die Tür nicht mehr auf. Da können Sie ewig warten. Zehntausend Mark, daß ich nicht lache. Ich glaube Ihnen kein Wort. Verschwinden Sie endlich! Hier ist nichts zu holen!«

»Kommen Sie mal die Treppe hoch!«

Wera läßt ihre Hand in Richtung Geländer gleiten. Sie hat Angst, daß sie es nicht erreichen kann. Oder daß der abgegriffene Holzlauf unter ihrer Berührung in seine Bestandteile zerfallen würde. Späne und Splitter. Ein ungeheuer leichtsinniger Kraftaufwand, wenn er umsonst wäre. Sie balanciert auf einer schmalen Planke an den Bauarbeitern vorbei, die den Putz von der Wand schlagen. Ihr Mantel streift den fleckigen Overall eines Maurers, der sich zu ihr herüberlehnt, um ihr ins Gesicht zu sehen. Ein mehliger Streifen, wie eine Markierung, bleibt an ihrer Kleidung zurück. Sie gelangt weiter hinauf.

Entgegen ihrer Annahme wird sie auf dem dritten Treppenabsatz nicht von einem der Arbeiter erwartet. Beide sind damit befaßt, den Putz abzuschlagen.
Verkleidet mit einer grauen Trainingshose und einem weißen Hemd, dessen Kragen sie an einen Vatermörder erinnert, hochgestellt und abgeknickt, empfängt sie einer der Mieter vor seiner zerbrochenen Wohnungstür.
»Sind Sie von der Presse? Schauen Sie sich ruhig um, so wird mit uns umgesprungen. Wo ist denn der Kollege mit der Kamera?«
Wera klärt den Mann einzig durch ihr ratloses Gesicht darüber auf, daß er sich im Irrtum befindet. Er scheint sich seit Tagen weder rasiert noch gewaschen zu haben. Und Wera ist sofort von seiner Erscheinung angewidert, die außerdem einen animalischen Geruch verströmt, der sich mit Moderduft und Schimmelausdünstungen zu einem ranzigsauren Parfum mischt.
»Pank. Ein Spitzname«, stellt er sich vor und streckt die Hand aus, die zerfurcht wie die Verzweiflung selbst ist. Wie seine Nagelbetten und die pechschwarzen Fingernägel.
»Haben Sie sich verirrt? So was wie Sie sieht man hier nicht oft.«
Der Versuch, einen zuvorkommenden Ausdruck in seine kalten Augen zu zwingen, verstärkt nur die Abscheulichkeit seiner Mimik. Und wo ist seine Nase geblieben? Dort, wo man sie vermuten muß, ist ein häßlicher Knopf mit dem lippenlosen Mund vernäht worden. Ein Wunder, daß er ein Wort hervorbringt.
Pank überlegt, auf welche Weise er die attraktive Frau beeindrucken könnte.
Aber allein die Tatsache, daß dieser Mann atmet, macht es für Wera beinahe unmöglich, hier zu bleiben. Jeder Satz der verdorbenen Stimme ist von einer Note fauligen Gestanks unterstrichen worden. Pank zieht hastig an einer Zigarette und kratzt verlegen im graumelierten Haar.
»Suchen Sie was?«
»Ja, ich suche Herrn Sanges.«
»Ist der jetzt ein Herr?«

»Wohnt Herr Sanges nicht mehr hier?«
»Da drüben hat er gehaust.«
Pank weist auf die halboffene Tür hinter sich.
»Der hat sich vor ein paar Monaten aus dem Staub gemacht. Von einem Tag auf den nächsten. Sein Glück. Wenn ich den erwischt hätte.«
»Was hat er Ihnen getan?«
»Mir? Sie sind wohl nicht von hier. Hätte ich mir gleich denken können. Fragen Sie nicht so viel!«
»Es muß doch einen Grund geben, daß Sie in dieser Art über ihn sprechen.«
Und bevor Pank fortfährt, hat Wera den Eindruck, daß er eine Deckung sucht. Er duckt sich ein wenig, was ihn noch kleiner erscheinen läßt. Dann spannt sich der Oberschenkel unter der Trainingshose, als würde Pank zu einem Sprung ansetzen. Wera tritt unauffällig einen Schritt zurück. Der Mann wirft einen listigen Blick über das Treppengeländer in die unteren Etagen, ob etwa einer mithören will.
»Jedermann kann Einsicht in seine Akten verlangen. Was denken Sie denn! Ich habe meinen Antrag schon gestellt.«
Pank wartet die Wirkung ab, die sein Bekenntnis auf die fremde Frau haben wird. Und bevor Wera sich noch einmal eindringlich nach Simon erkundigen kann, ist er ihr auf den Leib gerückt und bedrängt sie mit seinem Vertraulichkeit heischenden Geflüster.
»Sanges soll an oberster Stelle dabeigewesen sein. Ich will das nicht zu laut sagen. Weil ..., wenn die noch mal zurückkommen, stellen die mich an die Wand! Seine Wohnung war eindeutig Tarnung.«
Als würde er Wera von einer Verschwörung unterrichten.
»Alle im Haus haben das gewußt. Jetzt kann der sich hier nicht mehr blicken lassen. Da drüben! Gehen Sie ruhig rein. Die Möbel sind alle beim Teufel. Nur Krimskrams, das persönliche Zeug haben sie noch nicht weggeschmissen. Bis nach Afrika soll er abgehauen sein, wird gemunkelt.«

Der Nachbar, der offenbar sein Pulver verschossen hat, will wieder in sein eigenes Trümmerstück einkehren, also fragt Wera schnell und ungläubig nach:
»Nach Afrika?«
»Erzählt man in der Straße, aber so genau hat den ja keiner gekannt. Nur Geheimhaltung. Sie verstehen? Aber Sie sind ja nicht von hier.«
Er zieht die Tür, soweit es geht, hinter sich zu. Wera bleibt etwas mutlos zurück, und über den Kontinent, der eben genannt wurde, weiß sie nur sehr wenig.
Daß sie an die Tür einer verwaisten Wohnung klopft, wird Wera nicht bewußt. Instinktiv sucht sie nach einem Lichtschalter und wundert sich, daß die Lampen im Korridor wie in den anderen beiden Zimmern und der Küche ihren Dienst tun.
Und sie ruft leise nach Simon, obwohl es unsinnig ist.
Bei ihrem Rundgang bemerkt sie den absichtsvoll aufgerissenen Fußboden, das verschwundene Mobiliar, das nur seine Staubschatten zurückgelassen hat. Wertloses liegt verstreut vom Eingang bis in den hintersten Winkel, wo einmal sein Bett gestanden hat. Das hatte er ihr erzählt. Gesehen hat sie es nicht. Darin ausgeruht nie.
Es vergeht eine Stunde, in der sie durch die Wohnung streift und sich vorstellt, wie er hier gelaufen ist und gehört hat.
Hören, ja, hören.
Und sie erwidert so laut, daß es von den Wänden schallt:
Laufen, nein, laufen. Weglaufen, ja?
Fast hätte sie einen sorgsam aufgeschichteten Stapel Papiere mit ihrem Fuß umgetreten, da besinnt sie sich. Irgendein Mensch hatte sich einen Rest Anstand bewahrt und wenigstens die wichtigsten Zeugnisse seiner Existenz nicht zum Abfall erniedrigt.
Zögernd beginnt sie den Stapel durchzusehen. Nach dem ersten Augenschein scheidet sie Wichtiges von Unwichtigem. Das Zeugnis der zehnklassigen Oberschule findet sich.

Wera sortiert das Elementarste, bis sie auf einige Briefumschläge stößt, die ihre eigene Handschrift tragen.
Sie zählt insgesamt acht Briefe. Ein einziger ist geöffnet. Diesen Brief hatte er beantwortet; Verwirrung, Verzweiflung angerichtet, weil die Schrift kaum lesbar und die Vorwürfe nicht zu verstehen waren.
Die Schlachthofbeschuldigung.
Hastig stopft sie die Papiere, alles was sie an diesem Fleck fassen kann, in ihre Tasche.
Auf dem Weg nach unten wird sie beinahe von einem mannshohen Stück Putz aus der Wand erschlagen. Sie steht wie angewurzelt, während sich der feine Staub, Korn für Korn, auf ihr sammelt, niederlegt, sie millimeterdick einhüllt.
Aufpassen solle sie, nicht einfach darauf losrennen, wird ihr nachgerufen. Aber da steht sie schon auf der Straße.
Wera läuft an mehreren Cafés vorbei, bis sie eins gefunden hat, das ihr zusagt, wo sie sich endlich von ihrem ergebnislosen Versuch erholen kann. Kaffee wird gebracht, und sie zieht das dünne Päckchen mit den Briefen aus der Tasche, betastet die Umschläge, sieht sich die Stempel auf den Marken an, versucht, die Daten zu entziffern, und sieht sich mit einem Mal erstaunt im Café um, als sei sie darüber erschrocken, daß sie hierher geraten ist. Ist sie denn nicht von hier?
Ihr ist, als würde sie dabei beobachtet werden, wie sie etwas Verbotenes tut, aber keinen kümmert die Frau, die ihren verschmutzten Mantel unverzüglich abgelegt hat. Trotzdem scheut sie sich, die Briefe zu lesen, die ihr nicht mehr gehören.
Ein weiterer Kaffee. Noch ein paar Minuten Bedenkzeit.
Und dann siegt die Neugier. Es fiele ihr ohnehin schwer, sich detailliert zu erinnern, worin die Unabdingbarkeit dieser Mitteilungen an Simon Sanges bestanden hatte.
Der Brief, den sie sich zu lesen entschließt, ist vor etwa zehn Monaten von ihr abgeschickt worden.
Vertraut fließen die kleingeschriebenen Zeilen, an denen sie sich

wärmt, gestochen scharf über das Briefpapier, während sich Familiäres zu ihr gesellt.

wenn ich von dir träumen würde, ich suche heute allergnädigst um die erlaubnis nach, liefe ich einen oranienwaldigen weg entlang. allein. weil es gefährlich ist zu hören, wo keiner spricht. da nicht. und erzähle mir traurig, daß ich nicht schuld daran bin, daß du nicht da bist. wie du fehlst!
war ich damals zu schnell, bin ich jetzt viel zu langsam, um den sprung zu wagen auf den zug, der auch von hier zu dir. antworte!
würde kreuz und quer laufen, um dich zu treffen, will ich, wenn aber ein signal gesendet wird ans herz, das ständig wiederholt: kein empfang, keine meldung, kein brief. kein anruf.
ruf mich jederzeit!
bald blüht es. muß man hinausfahren. an seen liegen. wo die brunnenwasser nicht vergiftet sind. trink!
daß ich dir ebenbürtig bin und die verbannung ertrage, bis du meine strafe aufgehoben haben wirst.
vergib! klag mich für mich an. ich gehe in berufung, ich zögere dein urteil hinaus mit allen finessen. warte noch! es sieht schlecht aus: muß die schwester zurücklassen, muß ruhelos künftig, zerschnitten von mir, wandern, ewig und ohne ziel, weil du schweigst.
wera!

Plötzlich hat sie es eilig zu bezahlen. Wera wirft sich den Mantel über den Arm. Und als sie aus der Tür des Cafés tritt, weiß sie, daß es an der Zeit ist, sich über afrikanische Verhältnisse Gedanken zu machen.

Zehntes Kapitel

Tamariskia, Swakopmund im Herbst 1992

»Du hast sie gesehen, nicht wahr?«
»Wen?«
»Die Tänzer auf dem Vordeck vorhin, während wir die Nebelbank passierten.«
Simon erinnert sich jetzt wieder an die Signale, die er von den Nama empfangen hatte, die ihn auf dem Boot erreichten.
Völlig ausgeschlossen scheint es ihm aber zu sein, daß der Fischer davon irgendeine Kenntnis erlangen konnte.
»Du behauptest also, daß du sie gesehen hast, die Voodoo-oder-sonstwas-Tänzer auf dem Vordeck, die aus Tsaobis, die aus den Bergen?«
»Keine Ahnung, ob die aus Tsaobis, wo immer das auch liegt, kommen, das spielt keine Rolle, aber Trevor Rhodes hat schon oft im Nebel die Fischerei versäumt.«
»Bist du wirklich Trevor Rhodes?«
Als wäre nichts selbstverständlicher, verständigte sich Simon von Anfang an mit ihm, der das Gespräch betreibt.
Trevor Rhodes, der Fischer aus der Zwischenwelt, ist kein Schwarzer, keinem in Namibia bekannten Volk zuzuordnen, ist nicht weiß und wohnt in einem Viertel Swakopmunds eine Meile außerhalb der Fachwerkhäuser, wo sie noch nicht ganz arm sind und trotzdem von den Segnungen der Unabhängigkeit verschont bleiben.
Die Township Tamariskia, Trevors Viertel, ist das Wohnlichste der Auslagerungen, die sich die weiße Gemeinde leisten muß, um die neu privilegierte Unordnung möglichst weit weg von ihren Straßen zu halten.
Trevor, der Fischer, hatte Simon eingeladen.

Auf dem Weg nach Tamariskia erzählte er Simon, daß der Vater seiner Frau gestorben sei, daß im Hause Rhodes getrauert werde, er sich aber davon nicht abhalten lassen solle, ihre Gastfreundschaft anzunehmen. Trevor behandelte seine Einladung wie eine Nebensache, schwächte sie ab, als müsse Simon sich vor seinem Haus hüten.
Beerdigung und Trauerfeier stehen kurz bevor, so daß selbst die Beschwichtigung Trevors nicht vermag, die verstärkte Taubheit aus Simons Rippengegend zu vertreiben.
Mit neugieriger Zurückhaltung besieht er sich die Frauen.
Anders, als es Simon naiverweise im Haus des Fischers vermutet, tragen sie keinen Fisch auf. Das ungeschmückte, durch seine Kargheit schon Trauer verbreitende Haus bietet Chips und Coke, um den Hunger zu stillen.
Die Frauen, von dunklerer Haut als die von Trevors Frau, sitzen rings an den kahlen Wänden auf einfachen Stühlen, Hockern. Ihre Traurigkeit erreicht Simon nicht. Er kannte den toten Mann nicht, hat keinen Grund, ihre Trauer zu teilen. Teilnahmslos beobachtet er die Frauen, die ihn nicht mit ihrer Niedergeschlagenheit behelligen wollen. Dennoch unterbleiben ihre zaghaften Handreichungen nicht. Der Gast Trevors ist ihnen willkommen.
Die Sofas bleiben den beiden Männern vorbehalten.
Um die Unterhaltung der Männer nicht zu stören, flüstern die Schwestern, und die Witwe bedeutet dem Gast, daß er sich nicht zu ängstigen brauche, da die Geister lange besprochen seien. Die Frauen sind sorgfältig darum bemüht, unauffällig nur anwesend zu sein.
»Wen siehst du hier sitzen? Den Fischer Rhodes?
Ich habe in Köln studiert. Ich scheine der Fischer Rhodes zu sein. Aber ich bin der Maschinenbauer Rhodes, der in Köln vor fast zwanzig Jahren sein Examen gemacht hat. Weil ich nicht direkt in den Untergrundkampf in Südafrika verwickelt war, keine Bomben geworfen habe. Ich habe keine weißen Kinder entführt. Ich durfte nach Deutschland ausreisen, und ich bekam ein Stipen-

dium für begabte Farbige aus Kapstadt. Man zeigte sich erkenntlich dafür, daß ich stillgehalten habe. Meine Order aber war eindeutig.«
»Wie meine Order; so wie ich stillgehalten habe.«
»Ich wollte nach Kapstadt zurückgehen.«
»Kapstadt kenne ich nur aus dem Fernsehen.«
»Eine Stadt, die ich mir mit meiner Familie nicht mehr leisten kann.«
»Maschinenbauer?«
Simon kann sich nur der Unbegreiflichkeit dieses Berufsstandes entsinnen.
Hohepriester atlantischer Aggregatzustände, dazu Klempner, der Schamane des ersten und dritten Gesichtes auf dem Meer und in seinem Haus.
Dazu liegen offensichtlich die Einbildungen Simons wie ein niedergelegtes Geständnis vor Trevor, bleibt ihm nichts verborgen, nicht einmal die Tänzer aus Tsaobis.
Als verringere sich die Entfernung zwischen der Namib und Deutschland mit jedem Schritt in die Wüste.
»Begleiten dich oft Passagiere aufs Meer?« fragt Simon.
»Bis jetzt nicht. Ich lande normalerweise in Walvis Bay an, wo man von meinem Kutter keine Notiz nimmt. Reisende in der Wüste zählen nicht. Vom Hafen aus denken die alle: Nichts wie weg nach Walvis Bay.
Aber gestern lag etwas anderes in der Luft. Kein großer Fang in der See, eher der Geruch von den Disteln in der Namib. Ich wußte, was es ist.«
»Gibt es Disteln in der Namib?«
»Rings um Swakopmund?«
»Natürlich.«
»Nebeldisteln, oder wie du sagst, draußen auf dem Atlantik: Tänzer und eine ganze Reihe von Antworten.«
»Genau! Getroffen!«
Alle Sätze spielen in Trevor und Simon auf einer Klaviatur, die

sich nicht darum schert, Verständnis zu erzeugen, wo es nur noch um Verwandtschaft geht. Das Haus Rhodes, die Gemeinde, verkompliziert die Angelegenheit.

»Simon, kannst du nicht einfach vergessen, was du gesehen haben willst?

Bist du schon einen Schritt darüber hinaus?

Warum willst du dich mit einem Fischer wie mir unterhalten?

Was ich weiß, ist für dich nicht zu erschließen, und was du weißt, will ich beim besten Willen nicht wissen.«

»So?«

»Denn immer zieht der Nebel weiter, setzt sich auf den unbeweglichen Dingen ab, dem Sand natürlich, für die durstigen Wüstenelefanten, selbstverständlich an allen unbewegten Formen, benetzt, befeuchtet sie. Auch die versteinerten Dinge, nicht näher zu beschreiben, die Dinge, in die er eindringt und sie verändert. Der Tropfen Wasser trifft genau den Punkt, den er treffen muß, an dem er gebraucht wird.«

»Der Rest zieht weiter.«

»Nichts ist selbstverständlicher, als nichts zu verstehen, sagt die Wuste!«

»Das ist endlich mal ein Gespräch!«

»Nichts, sage ich, ist verständlicher als das, was sich auf dem Boot abgespielt hat.«

»Wetter.«

»Darum, und wir alle wissen es, darum dreht sich am Ende alles. Nebel ist Wetter und nach ...«

»Zurückfahren ist Wetter.«

»Wir hatten nur schleichende Fahrt.«

»Mir schlägt sie immer noch bis zum Hals. Muß die alte Maschine gewesen sein.«

»Neue Maschine, ganz neu, und von mir gehegt, als wäre ich mit ihr schwanger gewesen.«

»Trotzdem hat das Wetter oder meinetwegen die Maschine mein Orchester neu programmiert.«

»So muß es sein, mein Lieber! Aber beim Wetter, nichts zu begreifen.«
»Möglich.«
Kleine, heiße, noch dampfende Würste werden von den Schwestern und Schwägerinnen auf den Tisch gebracht. Es folgen wieder große Kannen eisgekühlter Coke.
Vom Wurstteller steigen durchsichtige Schwaden auf, die in der Nähe Swakopmunds an der richtigen Adresse sind.
Wurstbrühe.
Irgendwie kommt es Simon so vor, als sollten sie sich einem bekömmlicheren Thema zuwenden, oder etwas ganz anderem.
Trevor Rhodes setzt die Belehrung des ersten Passagiers fort:
»Du mußt dir das so vorstellen, genauer gesagt, also meine Erfahrung ist die: ...«
Um seinem Überdruß einen Ausweg zu bahnen, läßt sich Simon den Weg zur Toilette zeigen. Auffälliger, angenehmer Geruch nach schwarzem Pfeffer und Kardamom hüllt ihn ein, während er darüber nachdenkt, wie er sich am einfachsten, ohne Beleidigung, aus der Affäre ziehen kann.
Keine Fortsetzung der Vorlesung.
Kühle Reserviertheit, eine vollkommen verwandelte, sehr fremde Gesellschaft. Rings an den Wänden leere Stühle.
Trevor Rhodes empfiehlt Simon das Bee-Bee Hotel in der Brükkenstraße, in dem sein Schwager arbeitet. Dort gibt es immer freie Zimmer, sagt Trevor, und billig werden sie auch sein.
Im Grunde ist Trevor froh, daß er nicht gezwungen ist, dem Weißen die Übernachtung in seinem eigenen Haus anzubieten. Tamariskia ist jetzt ein unsicheres Terrain. Der Weiße soll in die Stadt fahren.

Vom angeschmutzten Laken kaum zu unterscheiden, umrandet der leicht überstehende Einband die unbeschriebene Seite des »Tintenpalast«. Flankiert wird das papierne Stilleben von einem Stift, den Henry nicht zu berühren wagt.

Er dreht seinen Kopf ein Stück zur Seite, als könne dadurch die Feindseligkeit verschwinden, als wäre es möglich, einen toten Winkel zwischen sich und den Werkzeugen einzurichten, in dem sich Henry verstecken kann. Schließlich muß es einen Grund für diesen Akt der Aggression geben, denkt er, und wie es bisher seine Strategie war, müßte er sich eine Weile bedeckt halten, bis die Situation überschaubarer ist. Verwirrung ist nicht das Terrain, auf dem sich Henry herumtreiben will. Sie kreuzt in den letzten Tagen merkwürdig oft seinen Weg.
Erklärungen dafür, Henry wirft eine nach der anderen in die Debatte, sind vielfältig. Wenn es auch noch nie vorgekommen ist, daß sich kein Faden von ihm zur Kladde spinnen ließ, könnte es auch ganz normal sein, daß es einmal eine Pause geben muß, zwischen der einen Seite und der nächsten. Henry ist auf der Suche nach einem Begriff, den er dafür verwenden könnte.
Überall dringt die Wüste ein, seine Gedanken zu stören.
Zwischen seinen Fingern reibt der Sand auf, rieselt, kein Stift läßt sich unbeschwert halten. Am Rücken, in jeder Falte, Bettfalte, Hosenfalte, Stirnfalte. Das Denken versandet. Sogar das Licht ist kaum noch Licht zu nennen, wie es sandgestrahlt von der Funzel an der Decke auf den traurigen Fleck bröckelt, den Henry und der »Tintenpalast« besetzt halten.
Henry widmet sich seiner Enttäuschung gründlich, denkt darüber nach, ob das, was er jetzt empfindet, Traurigkeit sein könnte. Schon der Ansatz des Impulses aber, den Stift zu greifen, um wenigstens diese Frage niederzuschreiben, ängstigt ihn, ist nicht auszuführen.
Soll die Verwandlung des Buches in den Intimfeind den Schlußpunkt unter seine Aufzeichnungen setzen? Immerhin führt sich Henry diese Option aus allen katastrophalen Möglichkeiten vor. Ein Schluß aus Leere? Nein! Er verfügt über die Radikallösung. Kein Papier würde der standhalten, wenn es soweit käme.
Noch ein paar Schritte durch das Zimmer gehen, den unheilvollen Platz auf dem Bett aus der Entfernung betrachten. Von da

wirkt das Licht nicht so zerfasernd, eher milde. Ganz sicher kommt es wieder einmal nur auf die Perspektive an. Keine Aufmerksamkeit für die unbeschriebene Seite, ein vorübergehendes Ausgebranntsein durch die Hitze, keine Bestrafung. Wofür auch? Und Ausgebranntsein ist doch kein Ausdruck, der Endgültiges umschreibt.

Blitzschnell greift er nach dem hölzernen Tier und schleudert es gegen die Wand, wo es einen kleinen Trichter hinterläßt und, der verbliebenen drei Beine ledig, als plumper Torso zu Boden fällt.

Nur das Ungeliebte kann schuld sein, und der Rest des Tieres muß auch noch zerstört werden, denkt Henry, und kauert sich wieder auf den leeren Fleck, nimmt wieder die Pose ein, die, wie er meint, der Gefährdung entspricht, auf die er vorbereitet sein muß.

Irrewerden in der gebotenen Langsamkeit.

Ein ehemals beleuchteter weißer Kasten, schwarze Schrift auf hellem Grund, »Bee-Bee Hotel«, zeigt, vom Licht einer Straßenlaterne fixiert, das Haus an, das Simon sucht. Durch die Fenster fällt kaum Licht auf die Straße. Im schnell abkühlenden Wüstenabend wirkt das Hotel wie eine enge europäische Festung, die der Januarkälte standhalten will.

Die Straße ist leer. Simon parkt den Ford direkt vor dem Hotel, nimmt seine Tasche, läßt die AK 47 im Wagen und betritt das Haus durch den Restauranteingang.

Außenvermutung und Innenleben haben an dieser Adresse nichts miteinander gemein. Während das Haus seinem Aussehen gemäß ein Winterdomizil in Deutschland sein könnte, schlägt Simon im Innern das grelle Geplärr einer TV-Nightshow aus Sun-City entgegen, so daß er den Eindruck gewinnen muß, direkt im Spielerparadies bei Johannesburg angekommen zu sein.

Simon nimmt neben der dicken Frau vor dem Fernseher Platz, ohne sie um Erlaubnis zu bitten.

Sie läßt ihn gewähren, nicht nur das, sie nimmt überhaupt keinen Anstoß an seiner Zudringlichkeit.
Der Affront als solcher wird nur vom Kellner registriert, der sich unauffällig bemüht, Simon an einen anderen Tisch zu lotsen, jede Sekunde mit einer Detonation von Fett und Stimme rechnend.
Nichts geschieht.
Sun-City ist stärker. Die Wirklichkeit unterliegt zum wiederholten Mal.

Alles Palastmobiliar, das Henry an diesem Tag zur Verfügung stehen sollte, stellt sich zwischen ihn, den Stift und das Papier.
Seine Idee, etwas aufzuschreiben, das an anderer Stelle in ähnlicher Weise schon notiert ist, nur der Handlung des Schreibens wegen, zur Überbrückung, gestaltet sich als ein wirres, wildes Formen von Satzanfängen, die er so oder nur wenig anders schon schrieb, die sich jetzt überlagern, gegenseitig ausblenden, ausmanövrieren wollen.
Sie führen Henrys Idee ad absurdum und lassen nichts Brauchbares entstehen. Der Stift behält den Ruhezustand bei.
Schließlich beginnt Henry mit dem Taschenmesser, den Torso des Tieres zu bearbeiten, der spröde und brüchig unter seinen Schnittversuchen in unkalkulierbare Formen zerspringt. Fast sieht es so aus, als wolle Henry etwas davon retten, in neuer Gestalt etwas aufbewahren, mit dem Messer schaffen, was mit dem Stift nicht gelingt, allein das Material verweigert auch in diesem Fall die Mitarbeit.
Bald sieht er sich einen Würfel schneiden, bald eine Pyramide, aber das Stück Holz schmilzt unter seiner Wut, als wäre es aus Eis und läge einen Kilometer weiter auf der toten Seite der Düne.

Sie schlägt auf den Tisch. Simon rückt ein Stück von ihr ab. Die dicke Alte schreit Sätze auf Afrikaans, erregt offenbar über eine Entscheidung der Jury auf der Showbühne des Fernsehstudios.

Ein flüchtiger Blick ihrerseits genügt, um den Kellner in Panik zu versetzen. Vorsichtshalber bringt er gleich ein zweites Glas für Simon, der darum nicht gebeten hatte. Wie ein Wunder erscheint es dem Kellner, daß die absolute Patronin den Gast an ihrem Tisch nicht nur zu dulden scheint, sondern irgendwie ein Vergnügen daran findet, daß der sich so unverschämt und taktlos ihrer Gesellschaft bemächtigt hat. Dergleichen hatte er noch nicht erlebt. Sie trinkt, und ohne Simon anzusehen, fordert sie ihn mit einer eindeutigen Handbewegung auf, es ihr gleichzutun.
Die Patronin leert das Glas in einem Zug, ihr Gesicht rötet sich kurz, und danach lauert sie bewegungslos, bis auch Simon sein Glas unter Mühen geleert hat.
Nur die Andeutung eines Befehls. Schon stehen erneut zwei gefüllte Gläser auf dem Tisch, randvoll mit einer Flüssigkeit, deren Ingredienzen Simon nicht genau bestimmen kann. Sehr starker Schnaps, Rum oder Verwandtes, gemischt mit einem geringen Teil einer sehr süßen, braunen Limonade, die ihn entfernt an Cola erinnert und kaum dazu in der Lage ist, der Mischung eine braune Färbung zu geben.
»Funny Jacky!«
Ein Kommentar, scheinbar etwas Gehässiges, von der Patronin an Jackys Adresse nach Sun-City.
Die Daten des Mädchens werden abgefragt. Soweit kann Simon folgen. Was die Alte in ihr Doppelkinn brabbelt, versteht er dagegen nicht.
»Judy, Louise, Karen!« tönt es.
Was hat Simon in der Nähe dieser Frau verloren? Er bemüht sich darum, sich zu erinnern.
»I need a room! Is it possible to get a room?« fragt er.
Sein Anliegen ist durch den Lärm der nächsten Entscheidung in Sun-City an ihr Ohr gedrungen. Vier Finger hält die Wirtin kurz in die Höhe, und exakt diese Zahl ist es, die Simon verschwommen auf dem Schlüssel liest, den der Kellner neben das folgende Glas legt.

Mit dem Griff nach seiner Tasche stößt Simon das volle Glas vom Tisch, wofür er einen ersten Blick von der Wirtin erntet, ein Augenmaß voller Mitleid für den, den schon ein kleines Quantum, eine Pfütze ihres Grundnahrungsmittels handlungsunfähig zu machen scheint.

Nahe an einer Majestätsbeleidigung ist der Griff, den Simon anwenden muß, um nicht vom Stuhl zu fallen. Die Tasche in der einen Hand, in der anderen den Schulterberg, der sich seiner Natur gemäß, seiner beinahe amorphen Struktur zufolge, entziehen will. Deshalb ist es nicht leicht für Simon, in diesem Gebirge überhaupt Halt zu finden, jahrzehntelang hatte das bei der Wirtin niemand mehr versucht.

Als hätte sie vergessen, daß auch außerhalb ihres Panzers Körper bestehen, ist sie derart schockiert, daß ihr kalt wird, sie in den Grenzbereich zur Nüchternheit zurückfällt, was ebenfalls jahrelang nicht geschah.

Aber der Griff, der sie umklammert, mißfällt ihr nicht. Eine kräftige Hand, die sich nahe an ihrem Hals, den man freilich nur erahnen kann, in die Masse krallt.

So oder so ähnlich ist es gewesen, als sie noch liebte, als der Wirt mit ihr lebte, und als der es mit ihr trieb, wenn er einmal aus seinem Koma erwachte. Das war ein Kerl! Dieser hier ist nur eine Karikatur. Kein Mann, wenn der beinahe harte Griff auch für ihn spricht. Mit leichtem Druck schiebt sie Simon behutsam von sich weg zur Treppe hin. Als Simon schließlich die Treppe hinaufschleicht, geschieht das Unerhörte.

Soweit es der Patronin möglich ist, dreht sie sich um und sieht dem hoffnungsvoll betrunkenen Mann hinterher, mißt ihn von oben nach unten mit einem bedächtigen Blick und findet keinen Anlaß, ihr Urteil über ihn zu korrigieren.

Geschmolzenes Holz.
Verlassen liegt die »Pension am Strand«.
Henry ist auf dem Weg.

Im ersten Obergeschoß befinden sich die Zimmer. Der Flur macht einen musealen Eindruck. Ein angejahrter sauberer Läufer markiert auf dem Boden ziemlich genau die Mitte der Etage. Rechts und links davon gehen auf jeder Seite drei Zimmer ab. Dunkles rötliches Holz schützt Decke und Wände vor der Erosion durch den feinen Sand, der auch hier überall zu finden ist. Im übrigen hat Simon zum wiederholten Mal den Eindruck, durch einen Zeittunnel geschritten zu sein, der ihn einhundert Jahre zurückbringt, und es nun jederzeit möglich ist, daß das Treiben auf den Etagen des Hauses ausbricht, so wie es irgendwann damals gewesen sein muß.
Die Tür am Ende des Flures trägt die Nummer vier. Aus keinem der anderen Zimmer ist nur der leiseste Hinweis darauf zu vernehmen, daß es außer Simon weitere Gäste im Hotel gibt.
Auf Begegnungen gleich welcher Art legt er zwar momentan, seinem Zustand geschuldet, keinen Wert; aber wenn doch mit einem Mal die anderen Zimmertüren aufsprängen. Glänzend poliert stünden erst einmal die Schuhe der Hotelgäste in Reihe und Glied auf dem Flur. Und von einem ungeübt krächzenden Telefonweckruf aufgebracht, würde die schwarze Geliebte des Diamantensuchers halbnackt aus seinem Zimmer flüchten. Simon würde ihr amüsiert nachschauen. In der Frühe wäre er wach, und um die Mittagszeit könnte er sich einen Cocktail mit dem Inspekteur der Kolonialverwaltung genehmigen, der aus Übersee zu einem zweiwöchigen Besuch angereist wäre.
Simon hat oft unmäßig getrunken. Einmal trank er mit einem sowjetischen Offizier, der Flugzeugtreibstoff zu einem Drink verdünnt haben wollte. Das hat er überlebt. Ja, natürlich, Gedächtnislücken.

Nur der Zustand, in dem er sich jetzt nach zwei Gläsern eines alkoholischen Getränkes befindet, erstaunt ihn, macht ihm ernsthaft Sorgen.

Die Tür mit der Nummer vier hält ihn auf.

Die Reise ins Swakopmunder Gestern setzt sich beim Betreten des Zimmers fort.

An der tadellosen Ordnung, die in diesem Raum herrscht, hat er nichts auszusetzen. Lange ist an dieser Einrichtung nichts verändert worden. So überzieht alle Möbel, wie eine Folie hingestreut, das Wüstenübel und beginnt die Möblierung für die Ewigkeit zu konservieren, als solle man nicht vergessen, wie nahe das Haus der Namib ist.

Um sich der Tüchtigkeit vitaler Funktionen zu versichern, beschließt Simon, die Ruhe sofort zu stören und die Ablagerungen wenigstens vom Mobiliar zu entfernen. Er jagt der kleinsten Düne nach, die sich unweigerlich bildet, wenn er die Bettdecke in die eine oder andere Richtung anhebt. Dabei erwacht er vollständig aus dem Rausch, und nach einer knappen Stunde steht er unter der Dusche und spült sich die Überreste seiner Bemühung von der Haut, aus den Haaren. Der Wasserstrahl schirmt ihn ab, so daß er für einen Augenblick die Reise vergessen kann. Mit dem Wasser perlt sie für Sekunden ab.

Keine Fragen nach der Unausweichlichkeit des stillen Ringens mit Emily und der noch sanfteren Versenkung in die Fremdheit Marias, nicht einmal ein Ton des Namatanzes dringt durch den Wasservorhang, bis der Strahl erkaltet und Simon hellwach weiß, daß er jetzt daran gehen muß, seinen wenig durchdachten Plan in die Tat umzusetzen.

Nachhaltig ist die Wirkung des laut ausgesprochenen Namens: Henry Magdaleni!

Wie nahe Simon der Wahrheit damit kommt, ahnt er nicht, denn Henry verläßt gerade das Bee-Bee Hotel, nachdem der Kellner ihm signalisiert hat, daß das Restaurant in den nächsten Minuten schließen wird.

Widerwilllig zieht Simon erneut seine Kleider über, die in den letzten Wochen nicht gereinigt wurden und nun die Körnung erneut auf seiner Haut verteilen.
Nebensächlichkeiten.
Auf dem winzigen Tisch liegt ein angemessen kleiner Block mit dem verblichenen Signum des Hotels. Der Bleistift an einer Schnur ist mit Vorbedacht gewählt worden, konnte er doch in den letzten Jahren nicht austrocknen, wie es bei einem Kugelschreiber wohl oder übel der Fall gewesen wäre. Vielleicht war der Kugelschreiber noch nicht einmal erfunden worden, als der Stift an den Tisch gebunden wurde. Das Papier ist fast vollständig vergilbt, hat nur in der Mitte ein paar hellere Flecken.
Die erste Seite des Blocks soll Simons genauen Plan aufnehmen. Er streicht über das Papier, das kaum die Größe seiner Hand hat, und besieht sich das Signum genauer, als müsse er sich der Einleitung des anstehenden Vorhabens auf jede nur mögliche Weise versichern. Ungeschickte, versetzt übereinanderstehende, verzierte B's, die sich nur leicht berühren, so wie sie heute keiner mehr entwerfen würde.
Die ersten Notizen schließen einen direkten Besuch in »Rudolfs Antik« aus, obwohl Simon dafür keine schlüssige Begründung hat, fürchtet dort vielleicht schlafende Hunde zu wecken.

McCullough konnte ihm nicht versprechen, daß er Henry in »Rudolfs Antik« aufspüren würde. Er versicherte lediglich, daß es eine Chance gäbe. Wenn überhaupt, dann dort. Da träfen sie ein, die Orientierungslosen, die Flüchtlinge. Das hatte sich schon lange herumgesprochen. Natürlich kann er sich auf einen derart vagen Hinweis nicht gänzlich verlassen. Einen Standort aber, von dem aus er den Laden eine Weile beobachten kann, zwei oder drei Tage, bis sich herausstellt, daß Henry dort nicht verkehrt, wird er suchen. Später kann er immer noch nachfragen.
Sollte er ihn aber wirklich finden, wird er sich minutiös Henrys Tagesablauf einprägen müssen, ihn möglichst nicht mehr aus den

Augen lassen, wird sich nicht zu erkennen geben. Warum soll er die erste Gelegenheit zum Rollentausch nicht auskosten? In den Lauf hinein fiele Henry die Überraschung vor die Füße.
Schon eine Weile hat er den Umschlag nicht mehr im Wagen gesehen. Simon überlegt, wo er abgeblieben sein könnte. Der Umschlag lag unter der Maschinenpistole.
Aber davon abgesehen weiß er, daß dieser Umstand nichts an seiner Planung ändern wird, daß er marginal ist. Simon wird Magdaleni nachsetzen. Drei Wochen bleiben ihm dafür. Ob er dann nach Deutschland zurückkehrt, wird sich zeigen, wie es sich umgehen ließe, kann er nicht sagen.
Mehr als zwei Tage hat Simon die Waffe vernachlässigt. Er sorgt sich um ihren Zustand, den Einfluß, den die salzhaltige Luft auf die Funktionstüchtigkeit der AK 47 haben kann. Wenn er auch nicht weiß, welche Rolle sie spielen wird, muß sie doch unbedingt funktionieren.
Das Spiel, oder was daraus erwachsen kann, will er noch nicht bedenken.
Posten beziehen.
In Vergangenheiten herumwühlen? Morgen erst.
Die Sachen wieder herunter. Ins Prokrustesbett.
Verkleidung, Entkleidung in der Wüste. Die Rolle ändert sich nicht, nicht einmal die Kulisse.
Am ersten Morgen wird »Rudolfs Antik« großräumig umgangen. Simon will sich von einer Seite dem Platz der Beobachtung nähern, von der aus er nicht erwartet wird.
Der Laden liegt jetzt rechter Hand. Eine kleine Treppe führt zum Eingang hinauf. Gegenüber sieht er den idealen Ort. Noch einmal umkehren, zurück nach einer Viertelstunde angespannten Spaziergangs, Annäherung in einem Neunzig-Grad-Winkel zur vorher begangenen Strecke. Der Laden liegt wieder auf der rechten Seite. Die Front der Schaufenster reflektiert die Morgensonne. Im Innern ist nichts zu erkennen.
Brücken-, Ecke Bismarckstraße, auf der einen Seite ein Ramsch-

laden, heruntergekommener Allessammler. Simon tritt schnell ein. Es geht darum, freie Sicht zu schaffen, unauffällig genug, um nicht nach kurzer Zeit des Ladens verwiesen zu werden oder Anlaß für Gerüchte zu bieten, die schnell auch die andere Straßenseite erreichen würden und ihn verraten müssen.
Zwischen einem Waschmaschinenurahn, einem Ungetüm, an dem vier ausgewachsene Männer schwer zu tragen hätten, und einer Ansammlung schmutziger Körbe, deren einstmaliger Inhalt, wahrscheinlich Walfleisch aus der Blütezeit der Jagd mit der Harpune, furchtbar gestunken haben muß, wie ihm seine überempfindlichen Sinne verraten, wird Simon nach seinen Wünschen gefragt.
Simon ist überrascht, wie plausibel die Erklärung klingt, die er sofort anzubieten hat. Der burische Besitzer hört Simon erzählen, daß er ein leidenschaftlicher Forscher in Sachen antiquierter Technik, insbesondere interessiert an verschollenen Frühformen von heute alltäglich benutzten Hausgeräten sei.
»Leider ist davon in Europa nicht mehr viel zu finden. Die Technikwerdung des Geistes, die sich in den einfachen Geräten manifestiert, ist lange, zu lange, geringgeschätzt worden.«
Der Besitzer versichert Simon seiner versammelten Raritäten und weist ihn darauf hin, daß gerade die Maschine, neben der er Aufstellung genommen hat, eine dieser urzeitlichen Seltenheiten ist.
Simon glaubt kaum, was er sich da sagen gehört hatte. Das Monstrum, erklärt der Bure weiter, ist ein Modell der ersten in Südafrika gefertigten Waschmaschinen. Vielleicht das Letzte seiner Art.
»Auf der roten Liste der vom Aussterben bedrohten Arten?«
Offensichtlich aber kommt die fröhlich vorgebrachte Wendung beim Schrottsammler nicht als solche an. Eine Spur von Mißtrauen mischt sich in die Ausführungen des Buren. Die Veranlassung, überschwengliche Anteilnahme an der Begeisterung des Ladenbesitzers zu heucheln, liegt für Simon auf der Hand.

»Träfe man irgendwo auf eine solche Ansammlung von Schrott und Abfall, würde man ...«
Simon bleibt die Tirade dafür im Hals stecken.
»... ist für mich viel erholsamer, als mich am Strand oder in der Wüste herumzutreiben.«
Das sind die Komplimente, die der Schrotthändler braucht, um sich unterm Hemd aufzupumpen. Er erntet völlig unverhofft den Lohn für sein Geschäft, das er noch nie unter diesem Aspekt betrachtet hatte. Simon gibt seiner schrottbeladenen Existenz endlich einen Sinn. Inmitten der mühelos vorgenommenen Sinngebung richten sich Simons Blicke auf das Haus schräg gegenüber. Aber aufkommender Hunger läßt ihn seinen Beobachtungsposten schneller verlassen, als es der Plan vorsieht.
Nur wenige Schritte, schnell gegangen, überhaupt nicht unauffällig, auf geradem Weg, wie in einem Stummfilm mit gerafften Bewegungsabläufen, und Simon tritt in den mittäglichen Dämmer des Restaurants im Bee-Bee Hotel. Mittäglicher Dämmer nur, weil die Verdunkelung, die den ganzen Tag die Atmosphäre des Restaurants beherrscht, von Simon erstmals tagsüber registriert wird.
Ein im wahrsten Sinne des Wortes gastfreies Haus.
Der seit Jahrzehnten freigehaltene Stuhl an der Seite der Patronin wird Simon gleich und bestimmt hingeschoben. Um diese Stunde wird er erwartet.
Die Patronin mästet sich an einem Haufen mühevoll selbst geschälter Pistazien.
»Look!«
Als täte Simon nicht genau das. Das TV-Gerät dominiert die Töne in der Gaststube derart, daß er nicht anders konnte als hinzusehen.
»Look!«
Dabei trommelt sie wieder auf den Tisch, daß es dem Angestellten sofort hinter die Bar verschlägt, um nachvollziehbarere Aktivitäten zu entfalten.
Gläser werden gefüllt.

Simon fürchtet sich vor einer erneuten Einladung, die er nicht ablehnen kann.
Zwei Gläser.
»I'm hungry!« hört er sich sagen.
Eine zweite grauenerregende Veränderung nimmt dem Kellner seinen flachen Atem.
Was bislang unlösbar mit dem Stuhl verbunden war, nabelt sich ganz langsam von diesem Möbelstück ab. Einer strengen, geheimen Ordnung gehorchend, erhebt sie sich und wabert wie in Zeitlupe in die von der Gaststube aus nicht einsehbare Küche.
Jetzt stockt ihm der Atem.
Simon ist sich sofort darüber im klaren, einem Wunder beizuwohnen.
Der Kellner, einer Ohnmacht nahe, trinkt ohne Rücksicht auf den eventuellen Zeugen einen großen Schluck aus der unetikettierten Flasche, aus der er die Gläser bedient, welche die Patronin Tag für Tag leert.
Simon, alleingelassen vor dem Bildschirm, übernimmt die Rolle der Wirtin.
»Look«, flüstert er über den Tisch, »look around!
Look around, the death!«
Während sich der Kellner am Tresen zu schaffen macht, erträgt Simon allein den Fernseher und seinen Auswurf.
Was ist mit denen, die zu Lebzeiten die Hölle durchmachen müssen, überlegt Simon. Haben die einen Bonus für das Danach in einem Himmel ohne Fernsehanschluß?
Simon würde sich jetzt ergeben, wenn ihn einer dazu auffordern würde. So könnte er sich den Untergang vorstellen.
Weiße Fahnen am Rand der Wüste in der Gemeinde Swakopmund.
– Look around! –
Mehr als eine Frage. Mehr als ein Zweifel am Rundblick über die Namib. Sand sowieso.
Keine Ausrede greift vor Simons Einsehen, daß ihn eine Schwä-

che erfaßt, die ihm neu ist, die er als unbegründet ablegen möchte.
Die letzten Tage dehnen sich zur dicken Patronin hin, lassen den Bildschirm, das Delirium, die Tanzhäuser, die er hier nicht besucht hat, den unerhört umfangreichen Oberschenkel liebenswerte Züge annehmen.
Zum wiederholten Mal kann sich Simon seine Erschöpfung nicht erklären.
Es ist eigentlich kein Ort denkbar, an dem er sich besser erholen könnte, wo der menschliche Kontakt mehr beschränkt wäre, wo er sich nicht zu rechtfertigen braucht, oder ähnlich wundbrandige Belastungen ihn erwarten.
Im Zeitraffer reihen sich Simons Erklärungen aneinander. Persilscheine, die er für möglich halten will.
– I'm proud to present the Sun-City-Queen of the Day! What's your name? –
Simons Verschlingung.
– Applaus. –
Die Chance, sich bemerkbar zu machen, ist eben verspielt.
Da kommen solche Dinge vor, wo er sich auf das Naheliegende konzentrieren will, ohne zu wissen, was das ist.
Die Versuchung, seine Bilanz zu schönen, überfällt ihn vor dem Fernseher, weil doch alles klar ist... Dagegen steht ein animalischer Hunger. Wenn sie auf einem Teller alles anbrächte, wonach ihm gelüstet.
Taubes Gestein.
Der Hunger stellt sich als das hervorragendste Problem dar, das es sofort zu bekämpfen gilt.
Ganz simpel.
Simon fragt sich, wie lange die Wirtin noch auf sich warten lassen will, der er inzwischen unterstellt, daß sie irgendwo hingegangen ist, um ihm etwas zu kochen.
Es widert Simon an, daß der Hunger ihn zusätzlich verwirrt, gerade jetzt, wo er endlich einen Plan entworfen hat.
Einen verhältnismäßig kleinen Teller, Porzellan immerhin, vor

sich her tragend, nähert sich die schönste Diskrepanz aus Gebirge, Vorgebirge, Zerbrechlichkeit, Nahrung.
Mit Kraut und Kartoffeln garniert, überragt eine der Bauernwürste den Tellerrand, erledigt alle Spekulationen Simons nach der Chance, satt zu werden.
Jetzt spielt es keine Rolle mehr, wo Simon herkommt, wen er beobachten will, weil er essen wird, bis er von der Wurst, dem Kraut und der Beilage verschüttet ist.
Die Rum-Cola Mutantin tritt ohne Kostüm in der Inszenierung auf, die er sich eingebrockt hat.
Jene, die in Sun-City leben wollen, werden auch die Chance dazu bekommen, dabei zu sein.
In rosaroten Kulissen zappeln die Puppen um ihr Leben. Simon sieht deutlich, wohin der Aufmarsch zielt. Drinnen und draußen Pappmachéwunderwelt. Künstliche Lagunen, obwohl ihr Land von zwei Ozeanen umgeben ist. Da könnten sie selbst eintauchen. Schrill kreischen die Anwärterinnen, die dabei sind, Vogelfreiheit zu gewinnen.
Kamera vier zeigt johlendes Volk.
Wie ein heiliges Abendmahl senkt die Patronin den Teller vor Simon auf die Tischplatte. Säuerlich Verwurstetes steigt auf, verbindet sich mit seinem Brechreiz. Auf der kleinen Platte Porzellan windet sie sich mit einer leichten Drehung ins Innere des Tellers, die Bauernwurst, fettmarmoriert, grau; wie sie sich eng verwandt ausbreitet in der Nähe der Köchin.
Hat sie davon gekostet oder leckt sie sich die Lippen, weil sie davon kosten will, von ein und derselben Bee-Bee-Hotel-Restaurant-Gabel? Überall quillt es jetzt heraus. Der Teller ist zur Nebensache geworden. Überall steht es zur Verfügung, und Simon erstickt an der Vorstellung, alles essen zu müssen.
Die Alte neben ihm bleckt die Zähne.
»Look!«
Ihr Speichelfluß ist bis in den hintersten Winkel der Wirtschaft zu hören.

»You're welcome!«
Simon weiß nicht mehr zu unterscheiden, wem die Geräusche und Ankündigungen zugedacht sein könnten.
Vor ihm vollführt immer noch die Bauernwurst den Schlangentanz, daß sich ihr keiner nähern möchte, um nicht die Gefahr einzugehen, zu früh zu sterben. Simon fühlt sich in dem Zimmer, in dem irgendwer aus Versehen eine Tür offenstehen gelassen hat, elend.
Mit einem Mal träumt er davon, sich ein leichtes Huhn auch mitten im Sand zu fangen, es zu rupfen, zu braten, zu fressen, ohne am Tellerrand ihre gierigen Augen gegenwärtigen zu müssen.
Da ist immer noch der Hunger, so daß er auch im Dämmer den Teller noch ausmachen kann, wenn er ihn nicht riechen …
Kein Vergnügen, denkt Simon sich, den Hunger zu stillen.
Man darf im Land der Diamanten nicht zu tief hineinfassen wollen, könnte sich an der Lauge die Hände verbrennen.
Alles das geht vorbei …
Aber die Patronin schickt sich an, ein Stück der grauenhaften Wurst in die Höhe zu halten; Simon springen zu lassen, der sich sowieso kaum noch auf dem Stuhl halten kann.
»Look!«
Ohne zuzufassen, hat er den pelzigen Geschmack auf der Zunge, den Gift erzeugen würde. So stellt sich Simon das vor.
– Francis and Kathrin, what's your profession? –
»Look around!«
Simons Aufforderung verblüfft die Wirtin.
Die Mahlzeiten, die man in der Namib zu sich nimmt, knirschen zwischen den Zähnen.
Unberührter Teller, aber Simon schlägt mit den Armen an seinen Brustkorb, als müsse er sich wärmen, steht auf, läßt die Bewegungen rhythmischer werden, tanzt, ohne daß es ihm gelingt, die Tischdecke mit dem Teller zu Boden zu reißen. Setzt sich müde.
Das herunterwürgen, weit entfernt vom Bedürfnis, irgendwen zu verschlingen, irgendwas im Maul zu bewegen.

Simon stellt sich vor, wie es wäre, zu Hause zu Abend zu essen. Er würde einen Eid leisten, daß er damit Berlin meint, und doch in Zimmer vier absteigen.
Damit hat er für heute die Höchstleistung vollbracht, mit der ihn das menschliche Denken vor der niederen Natur auszeichnet.
Was jetzt? Die Wirtin und ihr Mobiliar zu Scherben schlagen, nur um sie loszuwerden?
Essenreste, vor denen es Simon weniger ekelt, werden immer irgendwo zu finden sein.
Und neben ihr die Ahnung von hochroten Schloten, die über die Wüste hinausragen könnten; aus dem Sand heraus strahlten sie dann mitten in den Gastraum. Als wäre man aufgefordert zu sagen: es war einmal im Bee-Bee Hotel.
Am Anfang dieses Mittags war die Idee zu essen. Am Ende wird auch das nur eine Idee gewesen sein.
Simons Hände fahren über die große Tischplatte, reißen Tuch und Teller herunter, fahren über den Platz, als suchten sie etwas. Plötzlich klappt er wie ein Taschenmesser, von einer stählernen Feder gezwungen, zusammen.
Das Erwachen der Taubheit unter den Rippenbögen wirft ihn mitten hinein in Explosionen, die ihn auf dem Holz des Tisches aufschlagen lassen, kaum von einem Laut begleitet.
Und die Krötenmutter investiert einen ernsthaften, besorgten Blick. Sie will den jungen Mann nicht verlieren. Der ist noch nicht erzogen. Bei dem würde sich das lohnen, da er sie an nichts erinnert.
Gleich darauf, im Moment, da sie begreift, daß es sich bei Simons Zusammenbruch weder um eine Simulation noch um die Fortsetzung des Tanzes mit anderen, extremeren Mitteln handelt, bemächtigt sie sich energisch der Initiative. Sie ordert eine Kanne Kaffee für sich, muß aber einsehen, daß ihr Angestellter nicht um die Raffinessen der Zubereitung weiß, und macht sich in einem irrwischhaften Auftritt daran, sich selbst mit Kaffee zu versorgen und gleichzeitig die Maßnahmen einzuleiten, die, wie sie meint,

notwendig sind, Simon die Gesundheit zu erhalten und erste Hilfe ins Bee-Bee Hotel zu bringen.
Für den Kellner ist das alles zuviel. Er meint, sich auf einen Stuhl fallen lassen zu müssen, um den vollkommen abseitigen Verlauf der letzten beiden Tage einigermaßen zu verdauen. Hilflos sieht er zu, wie man sich seiner Nützlichkeit entledigen will. Immer ist er gelaufen. Und jetzt werden ihm die Knie schwach, obwohl er nicht erkrankt ist, nicht vornübergeschlagen.
Ohne ihre Stimme zu erheben oder die Fürsorge für Simon zu vernachlässigen, den sie inzwischen auf den Boden gebettet hat, weist die Wirtin ihrem Angestellten ruhig wenige leicht durchschaubare Aufgaben an, läßt ihn in heißes Wasser getauchte Tücher bereitlegen, Simons Stirn mit Eiswasser kühlen und macht ihm überhaupt klar, daß sie sich auf ihn verläßt, was die Beobachtung Simons anbelangt, wenn sie kurz den Raum verlassen muß.
Der Diener Hosea hat erstmals das Gefühl, daß er als Mensch wahrgenommen wird. Die Absonderlichkeit seiner Chefin wird ihm immer unheimlicher. Vorerst ist es nur ein Gedankenspiel, aber er könnte auf die Idee kommen, daß es auch bei den Weißen eine, wenn auch sehr verkümmerte, menschliche Form gibt. Eigenartigerweise beruhigt ihn diese Hypothese überhaupt nicht. Was werden sie damit anrichten?
Unter Berücksichtigung der verhältnismäßig niedrigen Temperatur in der Gaststube ist der schweißnasse Körper Simons nur damit zu erklären, daß es den Mann wirklich schwer erwischt haben muß. Hosea bemüht sich, die Symptome des Anfalls zu mildern, wie er es bei seiner jüngeren Schwester, die von einer Reise in den Norden die Malaria mitbrachte, getan hatte. Dabei ähnelt der Anfall des Fremden keinem Malariaanfall. Es kam zu plötzlich. Viel plötzlicher als bei seiner Schwester.
Die Wirtin steht in der Küche und telefoniert nach einem Krankenwagen und einem Arzt.
Hosea hört sie so ruhig sprechen, wie er sich das einmal in seinen Angelegenheiten gewünscht hätte.

Unter den mißtrauischen Augen der Wirtin wird Simon schließlich von einem Arzt versorgt und für den Abtransport vorbereitet.
Simon atmet schnell und preßt die eingeatmete Luft flach und mühevoll wieder hervor, bis die Spritze zu wirken beginnt.
Aus Beinahebewußtlosigkeit wird Beinaheschlaf.
Die Patronin leiht Simons Großmutter ihr Gesicht, während sie ihn hinaustragen.
Von den Entschuldigungen, die Simon auf dem Weg von der Dunkelheit in die Mittagshitze formuliert, verläßt nicht eine seinen ausgedörrten Hals. Was hat er der Großmutter noch zu sagen, ihr, die ihn auch belogen hat.
Die andere da, sie hat ihm ...
... ein fremdes Zimmer beschert, in dem Simon aufwacht, ohne das Wissen um Stunden oder Tage, die spurlos vergangen sein mußten.
Nur eine mehrfach zerschnittene, wahllos zusammengefügte Folge verschiedenfarbiger Lichtwechsel, nur in Konturen gefaßte Porträts Unbekannter liegen darunter.
Nachdem er sich sehr langsam versichert hatte, daß die Finger sich bewegen lassen und der Arm, daß sein Kopf die Steuerung seiner Maschine nicht aufgegeben hat, tastet er sich zur Bauchdecke vor.
Er darf nicht lachen, weil die Narbe aufbrechen könnte. Hat es überhaupt eine Operation gegeben? Simon findet keinen Verband, und bei gründlicher Untersuchung stellt er die Taubheit am wesentlichen Ort unter der Bauchdecke fest, wo es keine Naht gibt.
Bei Bewußtsein, allein in einem Krankenzimmer, von Schmerzen verschont, ist Simon fast bereit, sich mit dem Geschenk einer echten Krankheit, einer, die ihn vollständig in Besitz nimmt, anzufreunden. Er hat sie zur Kenntnis genommen. Dieser feste Punkt gehört endgültig zu ihm und erlöst ihn aus der Unsicherheit, ein mit allen Möglichkeiten ausgestatteter Mann zu sein. Damit er-

ledigt sich die Notwendigkeit, das zu untersuchen, bis darüber Klarheit geherrscht hätte.
Magdaleni, trommelt es in ihm, und es klopft an der Tür.
In der folgenden halben Stunde klärt ein eifriger Assistenzarzt Simon darüber auf, daß er noch an diesem Tag entlassen wird, eine genaue Diagnose seiner Erkrankung in so kurzer Zeit nicht möglich sei, daß er schnell nach Deutschland zurückkehren solle, um eine gründliche Untersuchung folgen zu lassen.
Das Klima würde ihn über kurz oder lang umbringen. Offensichtlich geht der Arzt davon aus, daß Simon ein Einheimischer ist, ein Zugereister, kein Reisender. Simon beläßt es dabei.
Soll er um das Geschenk gebracht werden?
Diese Frage und Henrys Name verfolgen ihn, während er den Ablauf der Entlassung ohne Anteilnahme über sich ergehen läßt. Eine Feststellung nur bringt Simon kurz aus der Fassung. Auf seinen Wunsch, die Rechnung noch am gleichen Tag zu begleichen, hält die Schwester ihm entgegen, daß sie längst beglichen sei, und er sich nicht erkundigen solle, wer das für ihn übernommen habe.
Kaum mehr als vierundzwanzig Stunden hat Simon auf der Krankenstation verbracht, bis er auf der glühendheißen Swakopmunder Straße ein paar von den gestern unterbrochenen Tanzschritten ausprobiert, die ihm den Weg zum Bee-Bee Hotel abkürzen sollen.
Von der Fußspitze zum Absatz unterscheiden sich die Töne kaum. In den kurzen, kühleren Hausschatten klingen die Schläge der Schuhsohlen tiefer, also springt er aus dem Schatten in die Sonnenglut und zurück, vervollständigt die Tonfolge in den eigenen Resonanzräumen und erregt trotzdem kein Aufsehen auf der leeren Straße. Er sehnt sich nach seinem Zimmer.
Heftiges Winken der Patronin begrüßt ihn im Hotelrestaurant. Sein Stuhl steht parat, und Simon fällt keine bessere Beschreibung für ihr Lächeln ein, als daß es selig und geheimnisvoll um ihre dünnen Lippen spielt.

»Look!«, begleitet von einem herrlich tiefen Lachen und dem gewohnten Schlag auf den Tisch.
Simon bedankt sich ausführlich, läßt sich aber nicht überreden, Platz zu nehmen. Er sei zu müde. Hält vier Finger in die Höhe, lacht dazu gequält, weist in die obere Etage. Ruhe bräuchte er nur. Verständnisvoll gibt ihm die freundliche Frau einen vorsichtigen Stoß zur Treppe hin. Er soll sich beeilen.
Nur wenige Tage später hält sich Simon wieder im Laden schräg gegenüber von »Rudolfs Antik« auf.
Pfeile, Richtungsweiser, beschriebene Notizblätter, alles weist darauf hin, daß er aushalten muß zwischen ausgestopften Antilopenschädeln, billig nachgemachten Trommeln und Autoteilen, die keiner mehr braucht und niemand vermißt.
Von Zeit zu Zeit wird ihm unsicher ein Kaffee angeboten, dem, mit dem man in diesem Laden nichts anfangen kann, weil er für kein Geschäft zu interessieren ist. Allein die Höflichkeit verbietet es, dieser blaßverwandten Neugier die Tür so nachdrücklich zu zeigen, wie man es mit anderen ungebetenen Eindringlingen schon getan hatte. Aber auch burischer Langmut sind Grenzen gesetzt, und Simon ist dabei, sie auszuschreiten. Er meldet den Fund eines ihm vollkommen unbekannten Bauteils, dessen Funktion er sich nicht erklären kann, schindet Zeit, läßt den Blick auf die andere Seite nicht sinken.
Am zehnten Tag endlich verläßt Henry Magdaleni überraschend die Dekoration seines Exils.
Einige Tage später hätte Simon aufgegeben. Oft mußte er seinen hoffnungslosen Beobachtungspunkt verlassen, um sich in seinem Zimmer zu erholen. Er hielt manchmal nicht länger als eine Stunde beim Schrotthändler aus. Aber in den Laden an der Ecke gegenüber wäre er niemals gegangen.
Simon Sanges ist aufgebracht durch die unausgesetzten Versuche des Ladenbesitzers, ihm ein Gerät aufzuschwatzen, und verpaßte deshalb sicher einige Male Henrys Auftritt. Diesmal aber trifft Simons Aufmerksamkeit den Richtigen.

Der auf einmal, da drüben, überrascht ihn in ungegerbter Haut. Simons Aufruhr eckt an den geplünderten Zebraseelen an. Strohköpfiges Wiehern von ihren Aufhängungen im Laden aus. Sie blecken unaufhörlich brüchige Gebisse.
Ein erneutes Angebot, Kaffee zu trinken, einem Vortrag über die Trommeln ausgeschlachteter Waschmaschinen beizuwohnen, schlägt Simon ungehalten aus.
Henry ist auf die Straße getreten. Ganz langsam schließt sich die Ladentür hinter ihm. Er dreht sich nicht um, geht nicht wieder hinein. Er läuft in kaum dreißig Meter Entfernung an Simon vorüber. Dieser folgt.
Eine Verfolgung in der Art, wie Henry sie praktiziert hat.
Der Weg zu Henrys Pension am Strand beträgt etwa eine halbe Meile, auf der ihm Simon folgt.
Simon wird nicht noch einmal durchs Land reisen müssen. Er hat ihn gefunden.
Aus dem Wortwechsel am Empfang des Strandhotels die Zimmernummer erfahren und sich wieder in Sicherheit bringen.
Maschinenlärm müßte weit hörbar jeden aufschrecken. Begleitorchester dagegen jubilieren.
Einmal nur noch läßt er ihn laufen, als Henry das Zimmer und das Haus schnell wieder verläßt, und entschließt sich, Henrys Versteck zu inspizieren.
Er überwindet die Rezeption, hinterläßt dort keine Spuren, auch nicht an der Tür, die er fast geräuschlos öffnet.
Ein muffiger Verschlag, der Simon Henrys finanzielle Zerrüttung anzeigt.
Drei Betten, das Fenster seit Monaten nicht geöffnet, die Wäsche klamm und kaum ein Zeichen, daß hier ein Mensch haust.
Ein frischgeschlagenes, nicht allzu tiefes Loch in der Wand.
Überall rieselt es heraus. Was Simon auch greift, nichts ist vom Angriff der Substanz, die ringsherum regiert, verschont geblieben. Sandgestraft, ansonsten aber beinahe unberührt, liegt die Kemenate Henrys vor Simon.

Von drei Betten ist eines benutzt.
Dann die Begegnung mit dem wichtigsten Fund in der Behausung Magdalenis.
Auf dem Boden neben dem Bett findet er eine umfangreiche Sammlung handbeschriebener Seiten, gebunden fast wie ein Buch, mit einem Umschlag, einem Titel:
»Tintenpalast«.
Simon ist zuerst unsicher, ob er den Packen Papier aufblättern soll.
Nicht der Titel allein, auch das Lesen einiger Zeilen beweist ihm die Brisanz der Entdeckung.
Ihm scheint der geheimste Nachlaß Magdalenis zugespielt worden zu sein. Er nimmt das jedenfalls an. Vielleicht hält er den Beweis in den Händen.
Von der Einsicht, daß er damit in Henrys Kreise zurückgekehrt ist, läßt sich Simon warnen, aber es bleibt ihm keine Zeit, darüber nachzudenken, ob er sich des Bandes bemächtigen soll. Nach einem weiteren ungläubigen Blättern, die Zeilen auf den Seiten fließen ihm durch die Hände, kann er das Bündel nicht mehr herausgeben. Als wenn er ein Recht daran besäße, einen Anspruch darauf hätte.
Eine gefährliche Zeitlang soll er im Besitz des »Tintenpalast« sein. Die Entscheidung, Kommentare anzubringen und die Aufzeichnungen unter allen Umständen wieder zurückzulegen, fällt er erst später.
Den umfangreichen Band unterm Hemd verborgen, gelingt ihm mühelos die Flucht aus der nachlässig behüteten Pension.
Simon besäuft sich auf dem Weg ins Bee-Bee Hotel an seinem Fund, hat bald den Grad an Trunkenheit erreicht, wie sie dem ihm nicht bekannten Elmer Gantry unterlaufen sein mußte, von dem er irgendwo am Anfang des »Tintenpalast« gelesen hat.

Elftes Kapitel

6. November 1992, Swakopmund

Hosea klopft an die Tür mit der Nummer vier.
Überraschend ruhig hatte ihm Stunden zuvor die Patronin erklärt, wer im Bee-Bee Hotel in den kommenden Tagen die Hauptrolle spielen würde. Hosea wundert sich nicht darüber, daß ihm so viel Unverstand unterstellt wird.
Die Augen des Deutschen sind ihm unheimlich. Sie befehlen, ohne daß er spricht.
Dafür werden sich eines Tages Hoseas krumme schwarze Daumen in ihr ungerades, fahles Gesicht graben. Großvater wird ihm dort, wohin er zurückgekehrt ist, später vergeben.
Seit langer Zeit ist der Fremde der erste Logiergast. Hosea mußte nicht erklärt werden, daß sich damit alles ändert.
Während ihrer durchsichtigen Ansprache erhob sie nicht ein einziges Mal die Stimme, schälte bedächtig Orangen, die sie sich in einer riesigen Kiste hatte liefern lassen. Mit laut hörbarem Genuß sog sie den Saft aus den Fruchtstücken, ließ ihn in den grauen Haaren unter ihrem Kinn versickern, brabbelte und sabberte in ihre Umgebung, begann, sich an ihrem Orangenkonsum und der Verwandlung zu einer unvermutet erblühenden Erzählerin sichtbar zu ergötzen.
Welche Macht konnte seine Ära im Bee-Bee Hotel beenden wollen? Würden demnächst die Barmherzigen Schwestern die Regentschaft im Hotel übernehmen? Wird die Patronin ihren Besitz unter die Hunde werfen und ihn dazu, nur weil sie zu entdecken glaubt, daß sie ihr großes, fauliges Herz zu verschenken hat?
Jeder Dahergelaufene kann ihn um seine Existenz bringen.
Die eckig schwarze Scheibe des Fernsehers, wie ein Spiegel, ohne die schönen jungen Mädchen aus Sun-City, zeigt nur das eigene ängstlich graustichige Gesicht.

Sie muß den Fernseher selbst abgeschaltet haben.
»Jacky, the winner is ... Mrs. Martini ...«, funkt es zu Hosea aus dem stillgelegten Programm. Von den Partikeln längst vergebener Siegerschleifen, vom unruhigen Flimmern des Bildschirms, bleibt nur die Einsicht, daß nichts so unzerstörbar ist, wie es scheint. Und Mrs. Martini natürlich, die Patronin, will immer Siegerin sein.
Seitdem die Vorhänge in der Gaststube weit aufgezogen sind, bemerkt er, daß der Raum eine ungewohnte Palette an Farbtönen bereithält.
Mit der gleichen ausufernden Helligkeit, die ihm das Restaurant entfremdete, empfängt ihn auch Simons Zimmer. Die Kanne Tee und die Schüssel mit der Suppe stellt er auf dem winzigen Tisch ab.
Mit einem Trinkgeld rechnend, streckt Hosea die Hand aus und stellt sich vor.
Mit diesem Deutschen will der Kellner es sich nicht verderben, auch wenn er ihm dafür die Hand geben muß. Seitdem dieser sich im Bee-Bee Hotel ausgebreitet hat, muß Hosea dauernd auf die maßlosesten Überraschungen gefaßt sein. Ein Wunder, daß so einer Verfügung über die geheimen Quellen besitzt, mit denen einem überfälligen Ungetüm wie Mrs. Martini beizukommen ist. In der unauffälligen Physiognomie des Hotelgastes will sich absolut keine Ähnlichkeit mit einem der Hosea bekannten Zauberer finden lassen. Nur die schrecklichen Augen im gewöhnlichen Gesicht geben vielleicht einen Hinweis, aber Hosea kennt sich mit dem Augenspiel der Weißen nicht gut aus, hat sich meist nicht getraut, den aufdringlichen Blicken standzuhalten.
Nicht einmal sein kurz zuvor verstorbener Großvater, der ein imponierender Mann gewesen war, hätte diesem Dämon Einhalt gebieten können.
Hosea rührt sich nicht, starrt auf den Boden. Der Großvater und die Ahnen fast vergessener Verwandter konkurrieren in Hoseas Kopf mit seiner Scham um ungeteilte Aufmerksamkeit.

Simon ahnt davon nichts.
Das Bündel Papier, die wiedererkannte Handschrift, liegt auf dem Bett. So sieht also eine Trophäe aus.
Simon greift nach Hoseas Hand und zwingt ihn in den Tanzschritt, den er von der Straße in sein Zimmer gerettet hat, der zu seiner Feier zu passen scheint. Es ist nicht seine Schuld, daß er die Schatten vom Straßenasphalt nicht ins Zimmer bitten konnte. Nun kann man die Tanzschritte kaum hören. Aus dem vormaligen Schattentanz wird lautloses Herüberschleichen. Weißer Jäger mit schwarzem Scout. In aller Stille.
Etwas Skandalöseres ist Hosea nie geschehen, aber die Stimme des Großvaters mischt sich ein und gemahnt ihn an seinen Namensgeber, der die Hure zur Frau nehmen mußte und sich den Hurenkindern verpflichtete, deren Vater er nicht einmal war. Strafdienst absolviert er schon lange. Die nächste Prüfung kann wie ein Tanz daherkommen. Woher soll er das wissen? Plumper, dreister Annäherungsversuch, wie ihn nicht einmal die Chefin probiert hatte. Trostlos, wie sich der Weiße bewegt. In himmellosen Zimmern tanzen. Zum Mörder werden. Großvater verraten. Nichts davon scheint jetzt in seiner Hand zu liegen.
Hosea übernimmt die Führung in diesem Reigen, der nur durch eine flüchtige Berührung zusammengehalten wird, verändert den Rhythmus der Schrittfolge, singt nicht, brummt, summt, und Simon kann den Kontakt herstellen, schwebt überm Lehmboden des schnell erreichten Krals, klammert sich an den schwarzen Mann, der ihn sicher führt. Jetzt ist nichts selbstverständlicher, als hier zu sein.
Es entsteht eine Zehntelsekunde des Gleichschritts, etwas unerhört Schwereloses, das später nicht mehr beschrieben werden kann.
Simon würde sich der wiegenden Bewegung, die der Schwarze vorgibt, für eine sehr lange Zeit anvertrauen.
Im sandigen Kreis gefangen, drehen sie sich umeinander.
Verschwommen kippt eine der Wände langsam auf Simon zu

und zeigt an, daß er unbedingt aus der Gefahrenzone heraustanzen muß. Hosea hat das ausgelöst. Von ihm geht die Gefahr aus. Der wie ausgeschnitten wirkende Umriß des Fensters fängt seine Wahrnehmung auf. Er erinnert sich daran, daß ihm Schonung verordnet wurde.

Nur einmal noch auf dem Tanzplatz in das schwarze Gesicht schauen, auf die verhallenden Töne hören, um Zentimeter zuletzt noch den Fuß verschieben, ohne ihn anzuheben. Für Hosea grenzt die Verschwendung seiner Arbeitszeit, die er Minute für Minute in Zimmer vier verbringt, an Maßlosigkeit.

Der Großvater soll erneut mit einer Entschuldigung aushelfen, und der Tanz findet ein unspektakuläres Ende.

Von den hastigen Erklärungen Hoseas versteht Simon nicht viel. Dessen Englisch ist so exotisch wie sein eigenes.

Dabei tritt Hosea nervös auf der Stelle, fingert an seinem Hemd. Das Wenige, das Simon aus der schnell vorgetragenen Erzählung entnehmen kann, ist der Name Mrs. Martini. Daß es Hosea nicht gut erginge, wenn sich Simon bei ihr über irgendeine Nachlässigkeit beklagen würde.

»Is she from Italy?« fragt Simon, obwohl ihn etwas anderes beschäftigt.

Warum gibt es keine unanzweifelbare Instanz, an die er sich im Prozeß wenden könnte?

Mit den fremden Voodoo-Göttern verhandeln? Götter, die sich in den Ecken baufälliger Hochlandbungalows ihre Tempel bauen lassen. Vor denen wird er nicht bestehen. Obwohl er sich in der Wüste befindet. Dort soll er wohnen. Der Bestrafer. Darum müßte er weg hier. Er wird ihm nicht entkommen. Nicht einmal, wenn er die rotgelbe Düne hinaufliefe. Auf die namibischen Stürme wäre kein Verlaß.

Mit einem Blick auf den unruhig wartenden Hosea erwägt er, sich ihm anzuschließen, oder den Tänzern, den Sängern, einem anderen Kult beizutreten, in der Einöde animistischer Priester zu werden. Ein Ausgebleichter.

Aber vor welchen Richter er die Jahre mit Henry auch schleppen würde, die Gewichte blieben gleich, wiegen zu schwer, wie die Jahre davor, die danach.
Wie die Anklageschrift, die auf seinem Bett bereitliegt.
Auf seine Frage nach Mrs. Martini erhält Simon von Hosea keine Antwort. Der steht vorm eigenen Gericht.
Schmerzhafte Signale aus der Magengegend zwingen Simon, sich zur Hühnersuppenschüssel an den Tisch zu setzen.
Als sich die Tür hinter Hosea schließt, ist er für Simon kein Gegenstand der Aufmerksamkeit mehr.
»Tintenpalast« verheißt Versteck, Kerker, billig Beschriebenes.
Auch in Begleitung des Früchtetees schmecken die Arzneien bitter.
Gleich schließt Simon eine Untersuchung an, diagnostiziert erneut die Stumpfheit unter seiner Bauchdecke, wo die Nerven offen liegen.
Der Tee hat nicht die Wirkung, auf die es ihm ankäme.
Die Vorstellung, was mit den Aufzeichnungen Henrys geschehen soll, ist noch sehr vage, auf keinen Fall aber dürfte Simon sie im jetzigen Zustand zurückgeben.
Im Grunde bleibt zu überlegen, ob er den Text verändern, ihn möglicherweise zerstören soll, was Henry jedoch in keiner Weise beeinträchtigen würde. Den Autor einfach zu erschießen, ist indessen auch möglich, ohne sich vorher dieser Lektion zu unterziehen.
Simons Neugier siegt über seine unausgegorene Mordlust. Es überfordert ihn augenscheinlich, sich die Szene auszumalen. Echtes Blut soll fließen.
Aus einem Etui wählt Simon das Werkzeug der Korrektur aus, wobei es ihm zuerst schwerfällt, sich zwischen einer Farbe und einer anderen zu entscheiden, mit der er Spuren hinterlassen könnte.
Wenn der Schatten nicht abzuschütteln ist, dann käme nur ein grüner Stift in Frage. Keine Farbe ist dem Schatten angemessener.

Er muß eine Warnfarbe wählen, und da seine Farbenlehre sehr konventionell und durch das Licht aus der Wüste kaum differenzierter ausfällt, kann es sich nur um einen roten Stift handeln.
Wenn Simon sich jetzt umschauen würde, wäre da keiner mehr, der ihm folgt.
Er richtet sich auf eine zermürbende Lesezeit ein, in der Hosea ihn mit der Gesundheitskost versorgen wird, die Mrs. Martini anweist, und er sich der Exegese widmen kann, für die er sich ein bequemes Lager auf dem Bett richtet, das ihm für einen Zeitraum von mehreren Tagen ein an Sicherheit grenzendes Quartier bieten könnte, immer wieder die Kissen am Rücken fahrig ordnend.
Aber weder von dem einen noch von dem anderen wird Simon wirklich abgesichert.
Zittern im Gefieder.
Vorsichtiges Blättern, ein schnell gelesener Abschnitt aus dem »Tintenpalast«.

14. August 1982:
– Einmal die Manege betreten, die Möglichkeit bekommen, Dinge zu erfahren, die nur dort mit aller Konsequenz geschehen. Das kleine Rund, das man von dort sieht, ist nicht leer. Solange man oben sitzt, scheint es so leer zu sein, daß man sich hinabstürzen möchte. Noch versagt man sich aus Feigheit den Sprung. Kein Weg führt an der Arena vorbei.
Aber unten dabei sein; alles aus der Nähe ansehen; die Rätsel weitergeben; mittun.
Die Traversen, die den übrigen Raum füllen, sind dicht besetzt, Gesicht an Gesicht. Körper reiben sich aneinander, um ein wenig Wärme nur zu erzeugen.
Ich, Henry Magdaleni, sehe, daß die meisten der Zuschauer nahe am Schlaf siedeln. Muß ich meine Position ändern, damit ich sehen kann, ob sie schlafen? Soll ich, Henry Magdaleni, sie wecken? Ich steige langsam von der Höhe hinab. Ich weiß, daß der Clown seinen Auftritt angesagt hat. Sie fürchten und lieben ihn, sind nie

sicher, ob er mit der Fratze im Sand liegen bleibt, oder sie in den Dreck befördert. Der Clown ist ein kleiner Mann, größer als ich, hager, die Maske im Gesicht, fällt er gleich, bleibt liegen, erhebt sich. Die Maske, die verloren ist, liegt im Sand, mit ihr das schlaue Lächeln; ich werde einspringen müssen, bevor die Zuschauer von den rasenden Elefanten zertrampelt werden. Mittendrin, den Blick nach oben gerichtet, verrichte ich den Dienst des Freundes, der schnell sein Leben ausgehaucht hat. Solange ich da bin, wird es im Zirkus nicht langweilig sein. Wie lange die Vorstellung wohl dauert? –

Die allererste Seite aufschlagen. Dort beginnt alles mit der Erwähnung eines Mannes, den Simon nicht kennt.
Elmer Gantry war betrunken, liest er. Die nächste Seite schon ist sehr schwer. Das Umblättern gelingt nur mühsam. Wer ist dieser Mann überhaupt. Keiner aus dem näheren Kreis.
Und so besoffen konnte Elmer Gantry überhaupt nicht gewesen sein, daß er sich damit einverstanden erklärt hätte, einem solchen Konvolut vorzustehen.
Liest, ohne den Stift aufs Papier zu senken.

– In der Kapelle hatten sie den Schleier von der Maria genommen. Hast du gewußt, daß es sich bei Maria um eine Hure aus Omaruru handelt; wenn überhaupt, habe ich ihr was weggerissen; kann das der Name der Hure gewesen sein, oder der Name der anderen, die du wohl mit der Mutter Gottes verwechselst; das war seit vierundvierzig Jahren nicht geschehen, erklärte, verschwieg der Kaplan. Jahrelang bedeckte ein dünner weißer Schleier die Figur aus schlechtem Gips, vermute ich, so wie es bei dir immer der Fall war. Gott frißt mir aus der Hand. (Klingt gut, entspricht aber nicht ganz der Wahrheit, noch nicht. Luftpumpengott. Das ist der, der mir niemals vorgestellt wurde. Wahrscheinlich, weil es der ist, der schon gehäutet war, bevor du mich kennengelernt hast.) –

Die Sätze Simons spazieren mit denen Henrys an den Wänden von Zimmer vier entlang. Wenige unverbesserliche kehren zu Simon zurück, andere bleiben verschollen.
Stille breitet sich vom Bett aus, als Simon damit beginnt, den verlorengegangenen Sätzen nachzugehen. Mit einer Symphonie hat er nicht gerechnet. Wenn die Stifte unbrauchbar werden. Jeder mit jedem.
Vor den gelben Wänden, die immer noch wanken, nicht weichen, kratzt keiner dem anderen einen wichtigen Ton aus.

›Alles ausprobieren, die Basis verbessern, warum sich begnügen, wenn man alles haben kann? –‹ TINTENP. 30. OKTOBER 1978

Hinter der Rezeption Schutz zu suchen und einen überraschten Schrei auszustoßen, ist für den Mann, der in der Pension am Strand die Eintragungen ins Gästebuch vornimmt, eins. So gelingt es ihm gerade noch, den Händen Henrys zu entwischen, die ihn packen wollen.
»Kann sich in meinem Zimmer jeder bedienen, an meinem Eigentum vergreifen? Oder wie erklären Sie sich, daß ich bestohlen worden bin?«
»Ich habe keine Ahnung, wovon Sie sprechen.«
»Als ob das so schwer zu begreifen wäre. Ich kann nachhelfen.«
»Gehen Sie zur Polizei! Ich bin erst seit heute morgen wieder im Dienst. Ich war wochenlang nicht hier«, entgegnet leise fluchend der Rezeptionist, »... fällt Ihnen ein? ... nur ein Job, Schläger ... bin nicht deine Amme?«
»Zur Polizei?«
Henry ist gezwungen einzusehen, daß er auf diese Weise nicht weiterkommen wird. Den Weg zur Polizei kann er sich sparen, er darf nicht einmal darüber nachdenken, wie schnell sie ihn außer Landes befördern würden, wenn sie erführen, daß er keine gültigen Papiere mehr besitzt.

Nutzlos, an dieser Stelle nachzufassen.
Auf dem kurzen Fußweg zum Laden verwirft er Plan für Plan, bis schließlich die anfängliche Zuversicht, den Fall aufzuklären, der aufsteigenden Furcht weicht, unter Beobachtung zu stehen.
Wenig später trifft er in »Rudolfs Antik« ein.
Svoboda wagt nicht, ihn anzusprechen.
Er hat sich darauf verlegt, leiseste Spannungen, von Henry in den Laden getragen, zu erspüren und sie je nachdem zu einem Gesprächseinstieg zu nutzen.
Schweigsam und wieder Geschäftigkeit vortäuschend, will er Henry heute vorläufig in Ruhe lassen.
Verbissen ordnet er Rechnungen, die schon seit Monaten bezahlt sind, holt sie aus ihren Kartons und schichtet sie in andere hinein. Einen Säbel aus der Zeit der Herreroaufstände poliert er, bis sich der Lappen in seine Fasern aufgelöst hat. Schwarz glänzt die Klinge wie zuvor.
Svoboda rafft sich zu einem Akt des Wagemutes auf.
»Ich habe den Eindruck, daß Ihnen die Position, die ich Ihnen bieten kann, ja das ganze Swakopmunder Leben nicht weiterhelfen werden. Sie haben sich in der letzten Zeit ja auch mehr als rar gemacht.«
Svoboda erwartet ängstlich Henrys Reaktion, rechnet mit einer heftigen Erwiderung, die aber ausbleibt, was ihn verunsichert.
»Ich mache mir, besser gesagt, wir machen uns Sorgen, Henry. Sie sollen in unserer kleinen Stadt nicht verkümmern. Wäre doch schade um eine solche Begabung. Um all die herrlichen, nicht genutzten Fähigkeiten.«
Nie zuvor war Henry von Svoboda mit einer derart ausgeprägten Ironie bedacht worden.
»Natürlich wird es Zeit, daß Sie mich loswerden.«
»Um Gottes willen, bei der Jungfrau Maria und allen Heiligen. Jetzt haben Sie mich mißverstanden.«
Synchron fingernd, suchen die Hände das Taschentuch, um sich die Schweißperlen von der Stirn zu wischen.

»Da habe ich ja verdammtes Glück gehabt. Sie wissen, daß Sie vor mir nichts verheimlichen können. Wie ein aufgeschlagenes Buch, Rudolf.«
Henry kann sich nicht entsinnen, ihn jemals beim Vornamen genannt zu haben.
»Ich denke nach. Eigentlich hat meine Frau ja den Einfall gehabt, daß wir Ihnen weiterhelfen sollten. Sie macht sich schon eine geraume Zeit Sorgen um Sie.«
»Ihre Frau?«
»Ganz sicher!«
»Das beruhigt mich.«
»Auf jeden Fall ist es so, daß sie mich an Freunde in Südafrika erinnert hat, die möglicherweise einen Mann mit Ihren Fähigkeiten gebrauchen könnten. Gerade jetzt, wo die Kaffern an der Regierung sind.«
»Südafrika?«
»Wenn Sie wollen? Wunderbare Leute, ein herrliches Land, kein öder Winkel wie unser Sandhaufen. Ich könnte mich kundig machen, schon in den nächsten Tagen, wie der Zufall es will, treffe ich mich ...«
»Spielen Sie es durch, Rudolf, meinen Segen haben Sie! Obwohl, nachdem ich meinen Schaden beglichen habe, bleiben mir keine Mittel, um eine Weiterreise zu bezahlen.«
»Das soll die geringste Ihrer Sorgen sein. Ein winziges Mißgeschick, das jedem passieren kann.«
»So hörte sich das ganz und gar nicht an«, antwortet Henry.
»Schlechter Tag. Tragen Sie mir das nicht nach! Über Reisespesen werden wir auf alle Fälle reden und uns einig werden. Die Frauen im Süden sind eine Augenweide, auch die Kaffernweiber. Man sollte es nicht glauben. Wenn ich könnte; einer wie Sie hat da enorme Möglichkeiten.«
Als ob es dieser Aufforderung bedurft hätte. Henry sieht sich von den staubigen Bücherregalen befreit.
»Tun Sie, was Sie für richtig halten!«

Mit einem Nicken quittiert Svoboda das Ende der Unterhaltung. Henry sieht sich als Führer einer Gruppe weißer Untergrundaktivisten, Regierungsgegner, der ihnen endlich die ideologische Führung gibt, die sie bis dahin schmerzlich vermißt haben. Sie halten kleine Paraden ab, Manöver, die den Aufstand gegen das schwarze Regime simulieren. Henry über Karten gebeugt, Reden haltend, an Lagerfeuern Geschichten aus seiner Arbeit als Doppelagent erzählend. Hin und wieder muß ein zweifelhafter Fortschritt korrigiert werden. Darin hat er Übung. Dabei wäre er zweifelsohne seiner Bestimmung näher, als in diesem Trödelladen, der mit der Kunst der Konspiration auch auf den zweiten Blick nichts zu tun hat.

Simon flucht in Zimmer vier:
»Kein Plan, kein Palast, ordinäre Tinte.« Und unbeeindruckt davon berichtet der »Tintenpalast«.
Der offenkundige Versuch der Verschleierung, nicht die Namen, die zu lesen sein müßten, preiszugeben. Bin ich der erste, einzige Leser?
Unmöglich, irgend etwas Konkretes zu erfahren, der Fick mit dem Luftpumpengott, ... was soll ..., bräuchten eine hochnotpeinliche Befragung ... kennst du dich dabei aus ..., alles herauszupressen, was ich vermute, ... aber noch ist nicht aller Tage Abend, und ich putze sie, reinige sie, öle die Teile, baue auseinander, setze wieder zusammen, damit sie jederzeit funktionierten.

– Der Alte mit seinen Zahlen weiß nicht, worum es wirklich geht. Er hat sich absolut verrannt. Ich werde nichts mehr aufschreiben. –

Den Sand, der mir beim Lesen immer wieder zwischen die Seiten gerät, nicht zu einer alles verdeckenden Düne anwachsen lassen, denkt Simon. Wische ihn weg, kratze ihn aus den Ritzen, den unerreichbaren Zwischenräumen, die beim Aufblättern deiner

Ergüsse entstehen. Immerhin werde ich dir den »Tintenpalast« in einem noch lesbaren Zustand rückübereignen.
Stunden später, verwirrt und rasend empfindlich, findet Simon endlich eine annähernd verständliche Eintragung.

– Meine Registratur wehrt sich entschieden, eine Rubrik für diese Art letaler Verfehlungen einzurichten. Was nützt es noch, wenn ich mir den Blick des jungen Mannes ins Gedächtnis zurückrufe, wenn er versucht, mich zu quälen mit seinem Vorwurf. Ich habe ihn nicht umgebracht; nicht Hand an dich gelegt, Bernhard, nicht, daß ich deinen Namen jemals vergessen könnte, und als sie, die anderen, deren bloßer Handlanger ich war, mir die Nachricht übermittelt haben, daß du dich … habe ich nichts dazu tun können, hier hinein. –

In der Mär von den eisverwandten Wüstennächten, phantasiert Simon, gestehe ich in der Hitze, zermürbt; was nützt ein besinnungsloses Urteil aus der Hitze; kann den fehlfarbenen Kommentar nicht herausradieren, ausschraffieren ja, aber die Stifte sind nicht dafür gemacht, Kommentarstifte würden das nicht lange mitmachen; zwischen dem Wunsch, mit Hosea zu singen und dich für mich verantwortlich zu machen, grinst gnadenlos deine unbegreifbare Personage.

– Habe in keiner Weise den Druck bestimmt, den sie auf dich ausgeübt haben, und wollte anwesend sein, um dich zu schützen! Nur vor dir konnte ich dich nicht bewahren. Auf die Regeln, nach denen dieses Spiel gespielt wird, ich glaube, daß ich dich darüber informiert habe, kann ich keinen Einfluß nehmen.
Und dein Brief, Bernhard, du Selbstmörder! Ich zitiere ihn hier nicht.
Dieser Brief, den Bernhard, der lebendige, mir zugesteckt hat. Ich zitiere ihn hier nicht. Ein Ausbruch gewalttätiger Phantasien, denen er erlegen ist. Jede Hilfe käme zu spät! Mußte der Idiot sich um-

bringen, wo es nicht so schlecht um seinen Fall stand, ich alles in meiner dürftigen Macht Stehende hätte...
Ich zitiere ihn hier nicht.
Wenn der Hund, nenn ich ihn an dieser Stelle Bernhard, erst mal nach seinen Herren, den Spielern, schnappt; versorgen den Töter, nehmen Entbehrungen in Kauf für das Große, Ganze; stecken ihm Geschenke zu, Nahrhaftes, und der Hund ist undankbar. Hundert Fratzen, mit denen wir gemeint waren, wollte er schlagen.
Der Entschluß ist mir nicht schwergefallen. Ich werde eine Messe besuchen, eine katholische Messe, obwohl ich nicht weiß, ob der Mann, der tote Bernhard, einer bestimmten Konfession angehört hat; ich wähle die katholische Messe, die dem Anlaß entspricht, morbider, weihevoller, rätselhafter ist.
In den nächsten Tagen werde ich den Entschluß in die Tat umsetzen. Ornate! Kostüme!
»Ego te absolvo a peccatis tuis, in nomine Patris et Filii et Spiritus Sancti. Amen.« Was weiß ich schon von den Geheimnissen des Kultes, der Kirche, der immerwährenden Mystifikation?
Marien!
Endlich wieder auf den kalten Fliesen liegen und den Druck des eigenen Körpers so lange spüren, bis er sich aufhebt, und durch die eigene Schwere die Leichtigkeit durchschlägt, die befreit und befreit...
Noch liegen die Schatten Bernhards davor, dehnen sich die Stunden, beschwert, bis ich den befreienden Ort aufsuchen kann.
Meine Arbeit ist zu absolvieren. – TINTENP. 1. JAN. 85

Der antarktische Benguelastrom verhindert, daß ich jetzt schwimmen gehe. Und meine Erschöpfung verhindert, daß ich jetzt schwimmen gehe, versichert sich Simon.
Als sich der Benguelastrom um den Bruchteil eines Grades Celsius erwärmte, sind Zehntausende Robben an der Küste, der Skelettküste, verhungert. Fische mögen es nicht zu warm.

Robben sind geradezu in Fische vernarrt. Steigen Sie in den eiskalten Ozean, er wird Sie erfrischen!
Die Kälte ist sehr gefährlich.
Die Wände weichen nicht. Sandgelb geht Simons Blick über sie hinweg.
Gefährlicher noch ist die Strömung, die mich hinausziehen würde für eine gewisse Zeit, um dann meinen Kadaver an Land zu spülen, einer Laune folgend. Ich lese, bis mir schwindelt, denkt er.
Simon versucht, die Knie ans Kinn zu ziehen, mit den Händen die Fußgelenke zu ergreifen, fest, um sich vollkommen zusammenzufalten.
Als es ihm wirklich gelingt, währt die Erholung nur kurz.
Stunden geht das so, träumt Simon. Sie schlagen ihn. Aber sie berühren ihn dabei nicht. Ob er nicht lesen könne. Oder antworten. Sie schlagen ihn. Es geht immer nur um das eine. Er soll ihnen das Geburtsdatum seiner Mutter verraten. Er weiß es genau. Er müßte sich bei ihr entschuldigen, wenn er es vergessen hätte. Aber er weiß es genau. Sie sehen ihm direkt in die Augen. Zwei sind es oder vier. Fünf. Wann ist sie geboren?
Hohe Maschinenhalle. Nutzlos rostige Flaschenzüge. Zerbrochene Fenster. Tauben fliegen ein und aus.
Als hätten sie ihn hier abgestellt. Sie schlagen noch, da ist er sich sicher. Simon ruft ihnen zu, daß sie aufhören können, weil er einer von ihnen ist und das Datum keine Rolle spielt. Sie wollen es wissen. Wann ist sie geboren? Ich gehöre zu euch, ruft er Flaschenzuggeräusche. Sie sind lange nicht benutzt worden. Ich bin für euch, ruft er. Er sei dafür, aus jeder und jedem das Geburtsdatum der Mutter herauszuprügeln, koste es, was es wolle.
Ja, er hätte am Montag, dem Ersten, eine mit nach Hause genommen und den Beischlaf vollzogen. Ja, er hatte am Dienstag, dem siebenten Tag, eine Hure, sie ist freiwillig mitgegangen, hieß nicht DDR, sie hatte kein Geburtsdatum, begattet. Ja, auch am dritten Tag. Und so weiter.

Gefickt! Er sei kein Tagebuch.
Erwachen.
Aufspringen, um sich den Band aus der Ferne anzuschauen, die Entfernung zwischen sich und dem tödlich giftigen Reptil abzuschätzen.
Jetzt, wo er den »Tintenpalast« vom Fenster aus anstarrt, in einem grotesk zur Hysterie hinreichenden Mienenspiel gefangen ist, ahnt er, woran es dem Band entschieden mangelt.
In den letzten Monaten des Jahres 1984 kannte er Henry schon. Mit dem Jahr vierundachtzig beginnend, sieht er die Eintragungen Henrys noch einmal durch. Möglich, daß er einen entscheidenden Hinweis übersehen hat.
Er beginnt erneut, den Band systematisch zu prüfen, vergleicht Daten, versucht sich zu erinnern, ob er sich in den aufgefundenen Zeitabschnitten in der Umgebung Henrys aufgehalten hat, bis jeder Zweifel ausgeschlossen ist.
Der Aufwand der Reise samt den Phantomschmerzen erscheinen ihm lächerlich.
Hat Henry ihn ausgetauscht gegen einen Toten, an dessen Selbstmord er beteiligt gewesen war?
Der betrunkene Elmer Gantry führt eine Reihe von Figuren an, deren Namen Simon nie gehört hat. Dominospieler, Hunde sogar spielen die Hauptrolle.
Kein Eintrag über den ersten Besuch bei ihm.
Es findet sich kein einziger Hinweis auf Simon im gesamten »Tintenpalast«.
Eifersüchtig auf diesen Trinker Gantry, setzt Simon die Fahndung bis zum nächsten Morgen fort. Er bleibt unsichtbar, war keiner Erwähnung wert.
Soll er sich Jahre später einen Platz erstreiten wollen, den er niemals eingenommen hat, den er sich lediglich vorgaukelte?
Und wenn er die Welt von Henry reinigen würde, müßte er nicht sich selbst bestrafen. Zu gering, zu vernachlässigen war seine Rolle, wie ihm die Niederschrift beweisen will.

Ihm bleibt das Kalkül Henrys dennoch schleierhaft. Wollte Henry Simon schonen?
Wofür?
Konnte Henry mit dem Abhandenkommen des Werkes gerechnet haben?
Ein Wiedersehen war nicht ausgemacht. Einen Abschied hatte es nicht gegeben.
Er hätte ihn auffliegen lassen können. Niemand hätte ihm geglaubt.
Mindestens zweimal ist von einem Todesfall die Rede, in den er verstrickt war.
Tod durch Erschießen!
Simon spricht es ein paarmal laut in die nächtliche Stille Swakopmunds. Es klingt von Ausruf zu Ausruf gerechter.
Einer muß schließlich dafür büßen, auch wenn die schaurige Prozession nur aus ihm und Henry bestehen wird.
Und dann ist da natürlich noch der ominöse, nie geöffnete Umschlag, den Simon aus den Händen der alten Frau erhielt. Er kann sich beim besten Willen nicht darauf besinnen, wo der Umschlag abgeblieben sein könnte. Ohne Rücksicht auf die frühe Stunde, auf eine mögliche Ruhestörung, sucht Simon seinen Wagen auf und beginnt mit der gründlichen Suche nach dem verschollenen Umschlag.
Akribisch baut er den Kofferraum auseinander, sucht den Boden ab, jede Spalte, in welcher der Umschlag verschwunden sein könnte.

›*Fragwürdige, kaum ernstzunehmende, absurde ~~Existenz~~ Instanz, die an einem Ort waltet, der sich »Tintenpalast« nennt.*

(10. 11. 1989)‹

Schweres Geläuf für Henry, der sich umschaut nach denen, die ihn über die Bahn hetzen. Er wälzt sich zwischen den Laken, verfängt sich, stürzt auf die Bahn, währenddessen sich die Nachtjäger nähern.

Simon entgeht, daß inzwischen fast Mittag ist.
Passanten, die dem seltenen Schauspiel einer Autodemontage auf offener Straße zusehen, nimmt er nicht wahr. Der Umschlag bleibt unauffindbar.
Was vor ihm liegen könnte, ist durch den Nebel nicht zu greifen. Er will Mrs. Martini um ein Frühstück bitten, Bauernwurst, gebratene Kartoffeln, Käse, Eier, ungesunde, schwer verdauliche Dinge. Danach wird er versuchen, ein paar Stunden zu schlafen. Die Patronin ist überrascht, ihn von der Straßenseite hereinkommen zu sehen. Schnell schiebt sie ihm wieder den Stuhl hin, nickt aufgeregt und lächelt.
Hosea ist nicht zu sehen. Simon befürchtet, daß Mrs. Martini ihn entlassen haben könnte, weil er jetzt entbehrlich ist, denn wie Simon sieht, hält sie sich bei einer Tasse Tee auf.
Der Fernseher schweigt, hat sich resigniert in die Mißachtung gefügt, samt seines ganzen überflüssigen Personals.
Wie kann man einen solchen Tänzer aus dem Haus weisen? Er will Mrs. Martini nach ihm fragen.
Vorerst begnügt sich Simon damit, seine Bitte vorzutragen, und sie verschwindet kopfschüttelnd in der Küche. Simon richtet sich darauf ein, eine Weile warten zu müssen, bis die Hausherrin alles zubereitet hat, was er wünschte. Unvermutet schnell kehrt sie indessen aus der Küche zurück, wo sie offenbar die Krankenkost lange vorbereitet hatte.
Simon sieht sich einer Schüssel Gemüsebrühe gegenüber, zwei dünnen Scheiben Toast und der unvermeidlichen Kanne mit dem Früchtetee. Er fügt sich der wohlmeinenden Fürsorge Mrs. Martinis und beginnt widerwillig die Suppe zu löffeln, vermeidet es aber, der Wirtin in die Augen zu blicken.

So hat sie Gelegenheit, ihre Erzählung auszuführen. Und weil es Simon schwerfällt, dem mit starkem Akzent versehenen Englisch zu folgen, hört er nur mäßig interessiert zu.
Seitdem sie die scharfen Getränke gegen Tee getauscht hat, tauchen die Erinnerungen wieder bei ihr auf.
Zerstreut hört Simon die Namen der Stationen, die Mrs. Martini berührt hatte, bis sie schließlich in Swakopmund anlandete.
Mexico-City, Miami, Kapstadt, Johannesburg, Swakop...
Dabei hebt sie kaum einmal die Stimme, achtet nicht auf ihren Zuhörer, den der eintönige Singsang einschläfert, bis die Aufzählung der Schandtaten ihres Mannes, der sie in die Falle gelockt hatte, ganz ausgeblendet ist, nur das eigene Dilemma noch nach Antworten verlangt.
Ist nicht die Tatsache, daß er sich bewaffnet hat mit einer realen Waffe, einer scharfen AK 47, Beweis genug, daß er nicht mehr zu retten ist, daß Schluß sein muß mit dieser Gesellschaft, den Hoseas und Mrs. Martinis, dieser ganzen absonderlichen Inszenierung?
Ein durchsichtig staubiger Film beginnt oben in Zimmer Nummer vier, sich wieder des »Tintenpalast« zu bemächtigen.
Für die Fahrt, die der Treck unbeirrt fortsetzt, für den Passagier gibt es kein Signal, das einen Halt oder die Wende anzeigt.
An der Naht zweier Existenzen.
Welche Vorbereitungen müßten getroffen werden, damit er Namibia in Richtung Deutschland verlassen kann? Es ist geradezu beunruhigend leicht, einfach nach Hause zu fahren. Simon kann sich mit der Vorstellung anfreunden, die Zelte in Swakopmund abzubrechen.
Den Faden, den ihm die Patronin auslegen wollte, hat er verloren, starrt sie an, die schweigend auf irgendeine Antwort wartet, die er nicht liefern kann. Unaufgefordert schenkt Mrs. Martini vom Früchtetee nach und läßt es sich nicht anmerken, wenn sie die Unaufmerksamkeit Simons gekränkt hat.

Daß Henry schweißgebadet erwacht, ist bei der Kälte in der wüstennahen Nacht ungewöhnlich.
Hellwach registriert er das Fehlen des »Tintenpalast« neben seinem Bett. Die nicht besetzte Stelle scheint überscharf vom Rest des Bodens abgehoben, wie eine Erhöhung, ein unbewohntes Plateau.
Die Stunde seines Arbeitsbeginns bei Svoboda ist versäumt, und Henry wird ihn heute erneut enttäuschen, wird seinen Pflichten nicht nachkommen, sich nicht einmal abmelden. Wer ist denn Svoboda überhaupt?
Der Termin für seine Abreise ist lange überfällig. Und nun befindet er sich wirklich auf der Flucht.
Nur die Schlafstatt nicht verlassen, auch wenn sein Hemd klatschnaß an ihm klebt, sich eine Blase stickiger Atmosphäre unter der Decke gebildet hat!
Warum bestrahlt die Sonne sein Versteck intensiver als an jedem vorangegangenen Tag?
Was waren das für Wanderungen, endlose Weidezäune entlang, draußen, durstig, Paranoia im aufgeheizten Kopf?
Henry ertappt sich erschrocken dabei, daß er im Begriff ist, die Bilanz zu schönen.
Sollen sie lesen. Fahnden, wo sie nichts finden können!
Aber außerhalb des »Tintenpalast« existiert nicht eine der Figuren, die Henry mit Sicherheit versorgen können.
Mit dem Zurückschlagen seiner Bettdecke zerspringt der Ballon, füllt augenblicklich das ganze Zimmer mit dem schweren Parfum seines Nachtschweißes. Den kurzen Weg zur Dusche schleppt sich Henry wie ein Greis, bringt aber nicht die Kraft auf, sich ins Emaillebecken zu stellen, den Wasserhahn aufzudrehen.
Sein Rückweg auf die Matratze scheint endlos lang.

Flüche zwischen die Buchrücken verteilend, bekräftigt Svoboda währenddessen seinen Entschluß, sich endgültig des Doppelagenten Magdaleni zu entledigen.

Mit Henry wird nicht zu spaßen sein, überlegt Svoboda, er ist bereit, beinahe jeden Preis zu zahlen, um die suspekte Person, die ihm im Laden immer ein Ärgernis war, abzuschaffen.
In den letzten Tagen hat er damit begonnen, Geld aus der Kasse beiseite zu legen, ohne seiner Frau davon zu erzählen, um sie nicht zu beunruhigen. Er wird Henry ein Angebot unterbreiten, das ihm die Abreise erleichtern soll. Auf keinen Fall darf bei diesem Unberechenbaren ein fader Geschmack, etwa ein Rachegedanke, zurückbleiben.
Eine detaillierte Liste mit möglichen Anlaufstellen und Adressen in Südafrika hat er neben dem Geldbündel für Henry bereitgelegt.
Nein, sagt Svoboda, zum Helden tauge ich nicht, und macht sich darauf gefaßt, Henry an diesem Tag nicht mehr zu Gesicht zu bekommen.

Während der zwei Stunden seines Intermezzos bei Mrs. Martini hat Simon manchmal ein überanstrengtes Lächeln oder zerstreutes Kopfschütteln zur Unterhaltung beigetragen. Der größte Teil ihrer Ausführungen ist ihm schlicht und einfach entgangen. Sie muß unter der Tyrannei ihres Mannes all das verloren haben, was sie einmal ausmachte, hatte sich ihm bis zu seinem Tod ergeben, und seitdem noch nicht den Mut gefaßt, sein Gespenst ein für allemal aus dem Hotel zu jagen.
Auf Simons Frage nach dem Verbleib Hoseas bleibt sie einsilbig. Im Hause Trevor Rhodes, dem Schwager Hoseas, wird man ihm vielleicht Auskunft geben können.
Oder Simon würde heute noch nach Windhoek zurückfahren und einen Platz in der nächsten Maschine nach Deutschland reservieren.
Den »Tintenpalast« könnte er durch einen Boten in die Pension bringen lassen, ohne seine Identität preiszugeben, und damit wäre die Angelegenheit erledigt.

Die Wahrscheinlichkeit, daß er Henry finden würde, war außerdem von vornherein sehr gering gewesen.
Obwohl sein Geld für eine Weiterreise ausreicht, erleichtert ihn die Vorstellung, daß er das gesamte anstrengende Unternehmen auf der Stelle beenden könnte.
Von den Nebelbänken, weit im Innern der Wüste, aus der Helligkeit, Töne, Gesänge, das Schaukeln eines Vorderdecks, die Mitteilung, daß er die Freiheit hat. Löchrige Netze, kieloben schwimmen die Reusen in den Dünentälern.
Er wischt mit der Hand durch die Luft, als gäbe es da etwas zu vertreiben.
Bis auf die Treppe, bis in den Flur vor seinem Zimmer, verfolgt ihn die Aufforderung, nichts zu überstürzen.
Und hinter der Tür mit der Nummer vier liegt höchstwahrscheinlich nicht die Beschreibung der Destination Deutschland.
Simon ist bereit zu akzeptieren, sich vorzustellen, daß es von dem Ort, an dem er sich befindet, keinen Anschluß an irgendeine Fluggesellschaft gibt; sein Zwischenkontinent, der außerhalb aller bekannten Reiserouten angelegt ist, noch lange nicht afrikanischer Boden, aus der Ferne immer nur schwer identifizierbare Laute; die Nahtstelle eher verwandt mit absaufenden Gruben, nicht mehr Europa und nicht Afrika, nein.
Beim Öffnen der Tür bemerkt Simon einen heftigen Windstoß, der sich im Hotel fängt, als würde selten aufkommender Sturm einen wenig ernstgemeinten Probelauf exerzieren.
Mechanisch sammelt er seine Sachen im Zimmer zusammen und wirft sie in Richtung seiner Tasche, versichert sich des Tickets. Reisepaß und Geldbörse finden sich nach kurzer Suche. Er ist nach wenigen Minuten bereit, Swakopmund zu verlassen.
Auf dem Bett liegt aufgeschlagen der Band.

– … heimlich, unterderhand, aus dem Ärmel, werden die Spielregeln weitergegeben. Lautstark das Gegenteil.
Bizarre Gemeinde. Ins Hauptquartier, in der Burg an der Einfall-

straße nach Berlin hinein, in die Frankfurter Alle, wollen sie mich nicht einladen, noch kein Orden, keine Loge, weder rauchgeschwärzte Gewölbe noch Kutten, nicht einmal Kostüme; Schilder und Schwerter, Verwalter und Wärter ..., bis daß der Tod uns, wär ich aus Blubars nie herausgekommen.
Nicht einmal zur Grabpflege!
Der krümmste Hund im ganzen Land, das ist und bleibt ... mein Anteil an der Verschwörung. TINTENPALAST SILVESTER 87

Abgesehen davon, daß sich Simon der Sinn dieses Eintrages wiederum nicht vollkommen erschließt, bringt er es sowieso nicht fertig, den Stift über dem Papier auszugießen. Mitten in der Wüste nimmt die Maßregelung Henrys vollends irreale Züge an.
Mit einem Blick auf seine Reisetasche, versichert er sich wieder der Möglichkeit, dem aus dem Weg zu gehen, heute noch nach Windhoek zu fahren. Morgen den Flieger ..., keine Airline, die einen Paß akzeptiert, der irgendwo dazwischen im nicht Nachweisbaren ausgestellt wurde.
Bis zum Einbruch der Dunkelheit, über Stunden, wiederholt sich der von wenig Klarsicht begleitete Disput. Simon meint, noch abwägen zu können, wo die Entscheidung gegen die Abreise längst gefallen ist.
Aus dem Zweifel auszubrechen ist Simon nicht möglich.
Das Zimmer Nummer vier zu verlassen steht allein in seiner Macht. Mit dem »Tintenpalast« in der Hand, verläßt Simon das Hotel.
In seinem Wagen nimmt er in der Nähe der Pension Henrys Aufstellung. Simon wird ein zweites Mal des Windes gewahr, der, nachdrücklich aus der Namib kommend, jetzt schon stärker bläst, aber noch nicht die Kennzeichen eines Sturmes trägt.
Simon stellt sich vor:
Die Straße ist leer, fällt etwas zum Atlantik hin ab, die Leinwand diesmal von der anderen Seite sichtbar, dunkel, vom Ozean unterspült.

Er projiziert den Akt mit Emily Kröger in diese Nacht und fragt, ob sich die Fahrt nur deswegen gelohnt hat, oder wegen Marias Duldsamkeit, oder wegen aller namenloser Gesichter aus dem Delirium.
Projektionsgewitter unterbelichteter Filmausschnitte, nachtfarbene Bildsequenzen reichen ihn hinüber in den Schlaf, wo sie sich unreflektiert fortsetzen bis zu Mister McCullough, der an der Orgel sitzt und einen irischen Tanz spielt, zu dem McCullough selbst den Reigen anführt.
Erste frühe Bewegungen am nahen Strand wecken ihn.
Der Wind hat merklich und anhaltend aufgefrischt, weht aus der Namib in die Stadt, kündigt eines der seltenen Unwetter über Land an.
Alle Leidenschaft, die Simon aufbringen kann, versammelt sich unter dem verschmutzten Himmel des kleinen Wagens. Kaum daß er einmal den Blick von der Tür der Pension am Strand wendet.
Und als Henry, der sich kurzfristig entschieden hat, wenigstens den Schein zu wahren und auf seiner Arbeitsstelle zu erscheinen, die Pension auf dem Weg zu »Rudolfs Antik« verläßt, wartet Simon noch einige Minuten, um dem anderen einen Vorsprung zu lassen, vielleicht auch, um Henry die Chance zu geben, sich unverhofft als Fata Morgana zu erweisen. Henry könnte einer aus Fleisch und Nervenbahnen bleiben.
Erst jetzt setzt sich der Wagen in Bewegung, rollt langsam die Straße hinauf, verringert den Abstand. Dann plötzlich Vollgas, so daß der Ford einen Sprung macht. Henry bleibt erschrocken stehen und zieht sich dann vorsichtshalber in den Schatten einer Toreinfahrt zurück.
Das ist mißlungen. Vor Simons Kühlerhaube taucht ein himmelblauer Müllsack auf, und gleich darauf sieht er in die weit aufgerissenen Augen eines Jungen. Müllsackfarbene Augen im schwarzen Gesicht. Winzige irrlichternde Gasflammen. Hatten sich vor dem rasenden Wagen in Sicherheit bringen wollen. Der Junge bleibt unverletzt.

Simon stellt den Wagen in einer Seitenstraße ab. Nur schwer lösen sich seine Finger vom Lenkrad. Beinahe wäre des Jungen Zukunft an seinem Wagen zerschellt. Auch dafür hätte Henry die Schuld übernehmen müssen.
Fußgänger wechseln die Straßenseite, um nicht mit dem stehenden Ford zu kollidieren.
Windstöße aus der Namib. Der Wüstenhimmel verdunkelt sich am Morgen schon.
Bis zum Einbruch der Nacht wird der Schweiß in Simons Kleidern noch nicht getrocknet sein.
Ohne zwingenden Grund fährt er ein paar Straßen weiter, parkt. Nachtleben gibt es in Swakopmund nicht. Henry wird ihn hier nicht entdecken. In ein paar Stunden könnte er in Windhoek sein. Auf dem Flughafen wird Henry nicht nach ihm suchen. Aber wie soll der ahnen, daß ihn Simon gefunden hat.
Es gibt keinen Beweis, daß der andere Henry ist. Der Verfasser des »Tintenpalast« kennt keinen Simon Sanges.
Schwerwiegende Verwechslungen gibt es alle Tage.
Er könnte den Mann unter einem anderen Namen ansprechen, wenn er dazu den Mut aufbrächte.
Und das erstaunte Gesicht würde ihm schnell beweisen, daß er sich geirrt hat. Er erkennt Simon nicht. Mehr konnte man nicht tun. Die alte Frau kann nicht von ihm verlangen, daß er sein Leben lang nach Henry sucht.
Und Mrs. Martini wird sich Sorgen machen. Aber Simon bleibt, wo er ist. Hoseas Klopfen an der Tür von Zimmer Nummer vier wird ohne Antwort bleiben. Hühnersuppe erkaltet. Weder Hosea noch Mrs. Martini wissen, daß Simon nur wenige hundert Meter weiter im Wagen die Nacht verbringen wird.
Seine Berliner Wohnung läge ganz in der Nähe. Zehn Stunden Flug nur. Er muß sich darum kümmern, daß endlich die Rechnungen bezahlt werden, wenn er die Wohnung nicht verlieren will.
Oder einfach nur: »Herr Magdaleni?«
Damit gibt er nicht zu erkennen, daß der einmal sein Freund war.

Wenn er es sein sollte. Man muß mit dem Unwahrscheinlichsten rechnen. Die Komplizen können nicht voneinander lassen.
»Henry?«

Vier Tage später lenkt er den Ford aus der Einfahrt des Bee-Bee Hotels in Richtung Strand.
Mrs. Martini hatte ihn nicht aus den Augen gelassen, seitdem er ins Hotel zurückgekehrt war. Sie sei entsetzt über sein schlechtes Aussehen. Keine Widerrede. Hosea kam zweimal am Tag mit den widerlichen Portionen. Er verließ sein Zimmer nicht, und das Papierbündel blieb unbeachtet neben seinem Bett liegen.
Mit Hosea wechselte er kein Wort.
Henry läßt nicht auf sich warten. Und außerdem ist der Morgen eher kühl. Wolkenbänder ziehen in die Namib.
Noch hat er ein wenig Hoffnung, daß jener, der zweihundert Schritt vor ihm läuft, nicht der Gesuchte ist.
Durch die nächstliegende Querstraße fährt er zurück zum Hotel.
Alle Versuche Mrs. Martinis, ihn zu einem Frühstück zu überreden, wehrt er ab. Trotzdem setzt er sich zu ihr an den Tisch.
Vom stillgelegten Bildschirm wird ein übertrieben beruhigtes Bild der beiden aufgezeichnet.
Es fällt kein Wort. Den ganzen Tag. Die Nacht.
Die Vorbereitungszeit läuft ab, ohne daß die beiden sich aus der Gaststube entfernt hätten.
Jetzt erkennt er schon jedes Haus. Als wäre er in Berlin. Mit verbundenen Augen wäre er in der Lage, der Spur zu folgen. Letzte Chance. Berlin ist weit weg. Kaiser-Wilhelm-Straße, Moltkestraße, kreuz und quer, Woermann, an der Am-Zoll Promenade vorbei, zurück durch die Brückenstraße, Rhode Allee, zum Strandhotel.
Die aufspringende Beifahrertür stoppt Henrys Spaziergang, der mißtrauisch aus den Augenwinkeln beobachtet hatte, wie ihm ein Wagen folgte. Sekundenschnell vergleicht er die Erscheinung Simons mit den Verfolgern, die er erwarten würde.
Keinerlei Übereinstimmungen.

Er erkennt das Gesicht im dunklen Innern des Wagens nicht.
»Steig ein!«
Die Stimme des Komparsen Simon.
Und ohne eine weitere Aufforderung abzuwarten, ganz selbstverständlich, steigt Henry zu Simon in den Wagen.
Und in Berlin nimmt niemand Notiz davon.
Und in Swakopmund fallen den Möwen die jungen Männer im kleinen Ford nicht auf.
Keine Schlagzeile in der Allgemeinen Zeitung wird gesetzt.
Kein Applaus für Simon, als würde das nervenraubende Stück nicht aufgeführt.
Wenn Simon erwartet hatte, einen Aufschrei der Überraschung zu hören oder wenigstens einen Fluchtversuch vereiteln zu müssen, wird er enttäuscht. Henry verschanzt sich hinter einer gleichmütigen Fassade. Simon läuft sekundenlang Gefahr, der vorsätzlichen Täuschung zu unterliegen.
Sie sehen sich einige Minuten schonungslos an, wie sie es schon einmal fast zehn Jahre zuvor in Berlin getan hatten, aber die anerkennende Zuneigung stellt sich nicht ein.
Den Weg hätte Sanges sich sparen können, denkt Henry, auch wenn ich ihm vor Jahren eine bedeutungslose Postkarte geschickt habe. Gelassen wohnt er der Fahrt bei.
Simon steuert den Wagen die Brückenstraße hinauf zur Hauptstraße, will dort in Richtung Namib abbiegen.
Henry äußert sich auch nicht, als der Ford an »Rudolfs Antik« vorbeirollt.
Svoboda ist keinesfalls geneigt, das Zuspätkommen oder mögliche Ausbleiben Henrys ein weiteres Mal zu tolerieren, er legt sich die Rede, die Adressen und das Geld zurecht, mit denen er Henry aus dem Laden weisen wird. Wenn er das erst einmal hinter sich gebracht hat, werden die Geschäfte wieder anlaufen, denn der neue Svoboda, noch nicht ganz ein Held, wird dem ganzen Betrieb einen epochalen Schub geben.
Frau Svoboda wird ihm endlich den nötigen Respekt zollen, ihm,

dem böhmischen Mannsbild, den sie von dieser energiegeladenen Seite nie kennengelernt hat.
Nach der einzigen Kurve, die der Wagen aus der Stadt heraus befahren muß, steht die notwendige Kulisse der ockergelben Dünen wie zur Seite geschoben am Straßenrand und wartet darauf, bespielt zu werden.
Im Rückspiegel, kurz bevor Simon die Brückenstraße mit dem Bee-Bee Hotel verläßt, sieht er, daß Mrs. Martini die Tür zum Restaurant aufsperrt, sie offenstehen läßt und weit auf den Gehsteig hinausläuft, um einen günstigen Blick auf den Strand zu haben, den sie sich, glaubt man Simons Gedächtnisprotokollen, jahrelang versagt hat.

Zwölftes Kapitel

»Du fährst gut«, sagt Henry, als Swakopmund eine trügerische Strecke hinter ihnen liegt. Er versucht, seine Bemerkung so beiläufig wie möglich klingen zu lassen. Man macht einem alten Freund ein überflüssiges Kompliment, etwas von oben herab, aber soviel Zuneigung suggerierend, wie es notwendig scheint.
An der Windschutzscheibe trommelt das Insekt. Eine afrikanische Irrfliege will aus dem Wagen heraus. Aber das Glas bricht nicht. Die Wilde wird nicht entkommen. Henry beobachtet sie. Auch Simon konzentriert sich auf das Insekt, wenn er vom Gegenverkehr nicht abgelenkt wird. Henry lächelt, als er es bemerkt. Simon schwitzt. Seine Handflächen schmerzen am Lenkrad. Henry entspannt sich.
Und wenn er auch nie einen als Freund bezeichnet hat, unter anderen Umständen wäre nur Simon dafür in Frage gekommen. Nur der.
Aber die Kluft zwischen diesem Wunsch und der Gegenwart des Insekts ist nicht zu überbrücken.
Er hätte Simon, der sich heute kaum von der armseligen Figur unterscheidet, die er vor fast zehn Jahren in dessen Wohnung angetroffen hatte, überall sofort wiedererkannt. Für die auffällige Verstörtheit seines Blickes hatte Henry immer nach einem Begriff gesucht. Jetzt hat er ihn gefunden: Fanatisch oder dem Fanatischen sehr verwandt. Das ist es.
Die Fliege erobert alle Aufmerksamkeit zurück. Ihre Flugbahnen werden dauernd verstellt, was sie rasend macht. Es war nie der Fliege Bestimmung, das bedrohliche Schweigen in diesem Fahrzeug mit ihrem Ausbruchsversuch zu kommentieren. Dazu ent-

geht sie meist nur mit knapper Not den Schlägen, die ihr nach dem armseligen Insektenleben trachten.
Henry hat es wiederholt versucht. Sie ist ihm immer entwischt.
Sie ist unterwegs, sich zu paaren, wird einen Weg finden, zu entkommen.
Wie Henry, der nach einem Sinn forscht, welcher ihm die Entführung schmackhaft machen würde.

Der »Tintenpalast« muß fortgeschrieben werden. Mißlungene Versuche müssen so oft wiederholt werden, bis sie gelingen. Es ist zweitrangig, wo das geschieht, wenn es nur nicht die hinterlistige Wüste ist.
»Greif unter den Fahrersitz. Dort habe ich eine Überraschung für dich deponiert!« fordert Simon ihn unvermittelt auf.
Nach kurzem Zögern befördert Henry den »Tintenpalast« auf seinen Schoß.
»Du wirst präzise meinen Anweisungen folgen!«
Wie soll Henry die beiden überraschenden Phänomene zusammenbringen: Der »Tintenpalast« in den Händen dieses Kretins?
Raus hier! Die Vorhaben neu formieren. Nichts ist mehr sicher.
Mit einer raschen Handbewegung schlägt Henry nach dem Trommeln an der Windschutzscheibe. Er verfehlt das afrikanische Tier. Dann ist es nicht mehr zu sehen. Hinter Henry meldet sich ein erneuter Ausbruchsversuch. Das Insekt gibt nicht auf.
Abrupt hält Simon am Straßenrand und steigt aus.
Henry erwägt die Flucht im fremden Wagen, während Simon einfach weggehen möchte, den Wagen und seinen mißratenen Inhalt stehenlassen. Zu Fuß.
Statt dessen öffnet er die Beifahrertür und weist Henry mit einer knappen Geste an, die Führung des Wagens zu übernehmen.
Kein Schritt in den Schatten ist möglich. Von seinen wenigen Schritten aufgewirbelter Staub legt sich schnell. Wind formiert sich, schleicht und verharrt in Bereitschaft. Beobachtet den Wagen. Es bedarf keiner Prüfung, ob er in der Lage wäre, den Ford

anzuheben und ihn ins Meer zu schleudern. Wenn der Wind all dessen überdrüssig wäre: der Protagonisten und ihrer Jagd nach dem fliehenden Insekt, das entfernt verwandt mit ihm ist.
Ohne eine Erklärung abzugeben, setzt Simon sich hinter Henry in den Fond des Wagens. Jetzt liegt die Maschinenpistole unauffällig zu seinen Füßen. Er tippt Henry auf die Schulter, der nicht zögert und den Wagen startet.
Zwanzig Minuten Fahrt, rechts der Ozean, links die sandigen Wallanlagen, mit denen die Namib die Straße von Swakopmund nach Walvis Bay bedroht.
Jetzt hat Henry zumindest das Steuer übernommen. Die Kuppen und Schneisen in den Sandbergen am Straßensaum sind wenig markant. Ein gleichmütig dunkelgelbes Band, könnte man leichtsinnigerweise vermuten.
Fluchtwagen, Entführungskutschen sollen von den Opfern gesteuert werden.
Henry tritt stärker auf das Gaspedal.
Er sitzt mir im Genick.
Simons Schuh streicht über den dunkel gemaserten Kolben der Waffe. Kein Luftzug im hermetisch abgeschlossenen Wagen.
Henry verlangsamt die Fahrt, nimmt Gas weg.
– Er hat nicht erklärt, wohin wir fahren. Ich werde den Blick nicht von der Straße wenden. Ich bin jahrelang nicht mehr gefahren. Linksverkehr. –
»Kehren wir in Walvis Bay um? In einer Stunde müßten wir dort sein. In Swakopmund wartet die Arbeit auf mich.«
Henrys Frage erneut ignorierend, beobachtet Simon angespannt die Straße.
Jetzt, direkt hinter seinem Feind, stellt er sich wieder vor, wie es sein wird, Henry vor sich her durch die Dünen zu treiben. Dorthin, wo sich ein Tor öffnen wird, in welches sie eintreten, das sich hinter ihnen schließen wird. Als ob es sie nie gegeben hätte. Wahrscheinlich würden die Schritte im Sand keine Spur hinterlassen, keine Wirkung. Unter der Oberfläche der Wüste ent-

stünde ein Klumpen Schlacke, den die Paläontologen für eine frühe Form des Homo erectus halten könnten. Die frühe Bestie. In unlösbarer Umarmung würden sie gefunden werden. Überreste menschlicher Schädel mit deutlicher Kinnpyramide, hoch aufsteigender Stirnwölbung, ein Gehirntier in der Oase im Innern der Berge. Wo alles verziehen wurde. Jedem.

»Dorthin! Bitte.«

Henry folgt seiner Anweisung und hält erneut auf der rechten Straßenseite, fast am Strand.

Simon ist freundlich, aber dieser Ton macht Henry noch mißtrauischer. Unter allen Tonlagen, die Simons Repertoire ausmachten, war nie eine solche bestimmende, leise, gefährliche.

Der Verkehr auf der Straße zwischen Swakopmund und Walvis Bay, die an den Dünen vorbeiführt, wird am späten Vormittag dichter.

Simon greift über Henrys Schulter und öffnet ihm die Tür. Aber Henry bleibt noch einen Moment sitzen, verläßt dann nur zögernd den Wagen, macht ein paar Schritte um ihn herum, erwartet, daß endlich eine Erklärung für diesen Ausflug folgen würde. Verblüfft, entsetzt, von einer vermeintlichen Halluzination genarrt, registriert Henry die auf ihn gerichtete Waffe. Das ist der Augenblick, an dem Simon Einhalt geboten werden muß. Henry müßte sich auf ihn stürzen, ihm die Waffe entwinden und ... Schluß.

Aber er schweigt. Macht sich mit dem Anblick der Mündung vertraut.

Ein kurzer Stoß mit dem Lauf der Kalaschnikow versichert Henry Simons unmittelbarer Aufmerksamkeit und nötigt ihn, sich auf die andere Seite der Straße zu bewegen. Nach Möglichkeit die Waffe verdeckend, tänzelt die komische zweiköpfige Fehlbesetzung auf die Dünenlandschaft zu. Vier oder fünf Wagen passieren sie, bis sie die andere Straßenseite erreicht haben. Nur keine Aufmerksamkeit erregen. Aber später wird sich ohnehin keiner mehr an diese Szene erinnern.

Vom Straßenrand bis hinauf zur Düne müssen sie einen knappen Kilometer bewältigen, auf dem sie beobachtet werden könnten. Unter einem grauen Himmel, gegen den Wind, in einer Zweisamkeit, die diese Strecke vor der Vergangenheit und der Zukunft abgeschlossen hat, bewegen sich die Figuren auf den Kamm der Düne zu.

Der falsche Tag, denkt Simon, und der einzig mögliche, weil er nicht länger warten kann. Gelegenheit, die Expedition zu beenden. Die Wüste soll sich vor ihnen teilen, damit sie in die Kieselwelt eingehen können.

Und die beiderseitige Verrottung weist auf einen ungehindert sich verströmenden Sündenfall hin: auf Gemetzel und ermüdendes Geschrei.

Schwere Schritte, tiefes Versinken auf der windabgewandten Flanke der Düne.

Es scheint, als unternähme der Sturm mehrere Anläufe, um den richtigen Punkt zu bestimmen, von dem aus er sich mit opfergenauer Wucht auszubreiten gedenkt.

Als grübe man einen Sarg ein:

Vier Meter tief wird der Holzkasten versenkt. Sand rutscht immer wieder nach in die auszuschachtende Grube. Wenn man die Zeit hat und die Winde den Arbeitseifer nicht lächerlich erscheinen lassen.

Wer ohne Schuld ist, soll es versuchen.

Vier Meter, bis man der Meinung ist, daß es nun tief genug wäre, um einen wie Henry vergessen zu machen.

Der lackierte Holzkasten glänzt, bis die Sonne hinter den Dünengraten verschwunden ist. So lange spielt sie mit dem splitternden Spiegel.

Und dann, wenn er vier Meter tief begraben ist, geht man weg. Zu früh. Das kann man nicht überschauen. Die Wüste gräbt den Kasten wieder aus. Der nicht zu ihr gehört. Behaltet ihn für euch!

Stetig, Zentimeter um Zentimeter, wächst der Sarg aus dem

Sand, während die wachsame Düne längst weitergezogen ist, sich ebenbürtigen Gegnern zu widmen. Und die Temperaturen wären stark gefallen. Wie sie es schon andeuten. Am niedrigsten liegt die Temperatur in der Luft, niedriger als im Wasser, wo es immer kalt ist vor dieser Küste. Nur im Sand bleibt es länger warm, weil der auch aus dem Innern gespeist wird, anders als das Wasser, als die Luft.

Für Henry ist klar, daß er aus der Komödie aussteigen muß, bevor ihn etwas wirklich Dramatisches ereilt. Als ihm einer der Farmer den Orkan beschrieb, hat er ihm nicht geglaubt. Dieser erzählte vom Licht, das sich über dem Meer mit tintiger Dunkelheit betankt. Wie die Sonne kräftig nachlegt, noch einmal strahlend Auftrag erteilt. Sich dann zurückzieht, alles den Sturmobersten überläßt. Henry vermutete damals, der Träumer habe es an zähfließenden Farmabenden erfunden, sich einen Orkan ins gleichförmige Leben gewünscht. Doch jetzt beobachtet er es genau so, wie vom Farmer beschrieben. Alle Signale werden gesendet. Da zieht etwas Grauenvolles heran.

Henry fände es unerträglich, wenn er darüber nicht mehr in der Kladde schreiben könnte.

Zum ersten Mal überfällt ihn die Befürchtung, daß Sanges es ernst meinen könnte, ihn einfach abknallen wird. Henry hat gewußt, daß er die Wüste, die Bedrohung an sich, meiden sollte. Und bei allen Routen, die er in den vergangenen Jahren beschrieb, hat er die Wüste verfehlt. Aus gutem Grund.

Er beschließt, nicht übereilt zu handeln, vorläufig abzuwarten, ob der Amokläufer, zum ersten Mal nennt er ihn so, ihn gewalttätig verhören würde. Wie soll man eine Zeit schinden, die nicht existiert. Die andere weiße Kugel läßt sich nicht mehr anspielen.

Der weite Weg von der Straße zum Dünenkamm ist bezwungen. Vom Horizont nicht mehr zu unterscheiden, versucht der Atlantik bleischwer, jede Aussicht auf ein Entkommen zu verschließen. Auch wenn der Blick von hier oben weit reichen könnte.

Aus einer Höhe von zweihundert Metern über dem Meeresspiegel beginnen die beiden den Abstieg in eine tiefe Senke, bis Henry sich weigert weiterzulaufen, und sich im weichen Sand niederläßt.

»Ich kann mich beim besten Willen nicht von der Vorstellung lösen, dich erschießen zu dürfen«, ruft Simon. »Geh weiter! Wir müssen so weit in die Namib hinein, daß die Schüsse, die unweigerlich fallen werden, auf der Straße nicht zu hören sind.«

Ich verurteile sie zu ... Windverwehtes Urteil. Death row. Hört man nicht. Meine Damen und Herren Geschworenen, warum erheben Sie sich nicht von den Plätzen? Kein Richter hat den Raum betreten? Nicht einmal ein Ankläger und schon gar kein Verteidiger? Es gäbe nichts zu verhandeln? Seinen Einwand wirft der Sturm aus einiger Entfernung ein. Als gäbe es nichts zu verhandeln. Aber der Spruch müßte einstimmig erfolgen. Das ist nicht in Sicht. Harmonie, glatte Sicherheit in Bereichen, in denen alles fragwürdig ist. Was ist vor unseren Augen, welche Gegenwart? Wer trägt dafür die Verantwortung? Wer hält die verlogenen Attribute im Besitz? Darf Schuld und Urteil verkaufen, wie es beliebt, zur Befriedigung autistischer Gelüste? In Städten und Gärten? Wovon wirklich nichts in Sicht ist. Keine Fremdenherbergen, noch Hospitäler, weder Siegesfeiern noch der Glanz des Heiligenscheins.

Hundefamilien, Spieler, für die es keinen Ersatz gibt, wenn sie eliminiert sind. Man schreit: Herein! Richtet hin. Aber der Orkan behält die Oberhand.

Nur die aufgeblasene Krötenmutter spendet müde einen Blick, bevor ihre klebrig endlose Zunge sich bedient.

Zum Sterben ist die Namib ein schrecklicher Ort.

Henry läuft nun noch mühsameren Schrittes auf dem Dünenkamm. Feinstkörnige Wimpel sind aufgestellt. Warnsignale. Als ob es nicht schon schwer genug wäre, voranzukommen. Wo sich nie etwas verfestigt, kein sicherer Tritt geboten wird. Ein Weg ist das eigentlich nicht. Nicht dafür gedacht; kein Korn Wahrheit darunter.

Simon folgt ihm in einem Abstand von wenigen Metern.
»Weil du wahnsinnig bist«, versucht Henry gegen den stärker werdenden Wind aufzubegehren, »einem Zwang unterliegst, oder einfach nur ein Vollidiot bist, soll ich mit meinem Leben bezahlen.«
Henrys Zorn vibriert, verdichtet sich.
»Schmierentheater!«
Henry muß sich der Waffe versichern. Wie sind die Kräfte verteilt? Natürlich wiegen Wüstenerfahrungen hier schwer. Doch weder Simon noch Henry verfügen über solche. Und die drei Jahre der auszehrenden Farmaufenthalte Henrys sind eine schlechte Voraussetzung, um sich mit Simon einzulassen. Der tiefe Sand ist kein leichtes Feld, wenn man ohnehin geschwächt ist. Ein ungeschickter Abwehrversuch, der die Maschinenpistole trifft. Die ist nicht gesichert und wird im ungünstigsten Moment feuern.
Durch die offenen Tore dringen die Geschosse in den Tintenpalast ein, Querschläger sind darunter, aber sie verletzen niemanden. Das Personal ist geflohen oder hält sich im trockenen Keller versteckt. Dichtgedrängt hocken dort die Dominospieler neben den Betrogenen. Maria hält behutsam den Durst im Arm. Wie viele Stunden mögen seit dem Verlassen Swakopmunds vergangen sein?
Simon gibt einen kurzen Feuerstoß in den Himmel ab.
Durch den feinen Sand, den Henry so oft verflucht hat, wird er nachhaltig daran gehindert, wegzulaufen. Verdammtes Namibia. Irgendwo in Europa wäre er auf eine vorüberfahrende Straßenbahn gesprungen, oder in einen Metroeingang geflohen, hätte sich in der Menschenmenge verloren. Hätte sich an einem bacchantischen Gelage beteiligt, sich dort versteckt, wäre vielleicht zu Tode gekommen, verspeist worden. Aber in Europa. Auf einer Helfershelferorgie untergetaucht. Beim Kaiserwalzer im Dreivierteltakt. Linksherum gedreht auf glattem, ausgehärtetem Parkett. Oder hätte sich bei den absterbenden Klängen eines Rummelplatzes nach einer Aufgabe umgesehen.
Heimtückische Wüste!

Es ist nicht einmal möglich, sich mit den Händen abzustützen, weil sich Getier vor dem Sturm unter die Oberfläche verkrochen hat. Dort erwartet es jene, die stürzen, die angeschlagenen Konkurrenten, die sich in den Dünen nicht auskennen. Also droht auch von dort Gefahr, von der gleichfalls tödlichen Puffotter und dem Skorpion.
Henrys verzweifelte Anstrengung, auf der anderen Seite aus der Senke zu fliehen, scheitert nach wenigen Schritten. Simon steht immer noch hinter ihm.
»Sie hat mir einen Umschlag für dich mitgegeben und die Bemerkung: Magdaleni soll es erfahren!«
Er spürt seinen Atem wieder im Genick.
»Ich habe keine Ahnung, von wem du sprichst.«
»Sie sah aus, als läge ihr sehr viel daran.«
Es hätte übermenschlicher, eher noch übersinnlicher Kräfte bedurft, um Henry eine Auswahl zu ermöglichen, denn näher kennengelernt hatte er nur wenige Frauen, und eine alte ist nicht darunter gewesen, soweit er sich mühsam erinnert.
»Gib mir den Umschlag!«
»Du hast nichts anzuordnen, gar nichts. Mein Wort muß dir genügen: du hast nicht mehr genug Zeit, um Briefe zu lesen.«
»Ein Absender?«
»Nein. Eigentlich auch kein Umschlag.«
Außer dem Wind gibt es keine unmittelbare Zeugenschaft, aber auch der vermag nicht einzudringen in den lautlosen Bereich, das Auge des Zyklons, das sie sicher im Visier hält.
Schickt einer dem Windstoß ein paar Worte mit, dreht der Wind sofort, und sie schlagen unvermittelt zurück ins Gesicht des Absenders. Oder sie sind zu schnell, um aufgenommen zu werden, weil die Geschwindigkeiten zunehmen. So trudeln die Wortkaskaden an ihrem Empfänger vorbei in die Namib hinein, wo sie abstürzen werden, sich in verirrte Windhosen mischen, noch einmal aufwirbeln, verstümmelt, verdorben, bis zur Unverständlichkeit entstellt, nur noch ein sandiges Bett suchen.

Solange sie nicht ausgesprochen werden, die Gedanken, behalten sie ihren Wert, bleiben sie richtig.
Sie erreichen den Grund der Senke, wo der Wind nicht so stark zu spüren ist, aber Henry achtet auf die Vorhänge, die dicht von den Zinnen der Wüstenburg wehen.
Sicheln werden sandgestrahlt.
Warum hat Simon den Umschlag ins Gespräch gebracht? Er braucht sich vor Henry nicht zu rechtfertigen.
Es ist zu spät für ein schlechtes Gewissen, wo er den Kerl wie seinen Gefangenen in die Wüste getrieben hat. Er ist so weit gegangen, zu weit vielleicht, aber zurück will er nicht mehr. Das ist nicht möglich. Ein verführerisches Nachlassen des Windes ausnutzend, versucht Henry es erneut:
»Drei Jahre treibe ich mich …«
Simon hebt den Lauf der Waffe ein wenig an.
»Der Alte hieß Rotuma, der Name des jungen …«
Plötzlich, wie ein Überfall, ohne freundschaftliche Ankündigung, verschmilzt die Wüste mit dem verblichenen Rest des Himmels zu dem einen, das seine absolute Überlegenheit beweist, Dramen eröffnet oder, wie in diesem Fall, zu beenden sucht.
Henry, der den nur wenige Meter vor ihm stehenden Simon sofort aus dem Blick verliert, ergreift die gebotene Chance, obwohl er starke Zweifel hat, sich aus der Senke zurück zur Straße orientieren zu können.
»Und dafür, daß ich in deinen Aufzeichnungen nicht existiere.«
Aber Henry hört es nicht, und wenige Zentimeter von seinen Füßen entfernt spritzt der Sand in hastigen Fontänen hoch, nachdem die Geschosse aus Simons AK 47 eingeschlagen sind. Von den Schüssen war nichts zu hören. Am liebsten würde Henry die Geschosse ausgraben, um einen Beweis in den Händen zu halten. Es ist doch ganz und gar ausgeschlossen, daß diese Schüsse ihm galten. Er hörte sie nicht kommen. Fast gleichzeitig und nur wenige Handbreit auseinander waren die Trichter entstanden. Fontäne, Trichter und gleich aufgefüllt vom Orkan, der sich mit

Nebensächlichkeiten nicht aufhält. Es ist nichts mehr zu erkennen. Henry muß sich getäuscht haben.
Schlagartig hat sich auch das Licht bis auf eine spärliche Beleuchtung reduziert, die zwischen den schmerzhaft einschlagenden Sandkaskaden kaum eine Wirkung erzielt. Sich des Irrwitzes seines Versuches durchaus bewußt und um den Standort Simons vielleicht doch zu erfahren, setzt Henry das Gespräch mühsam schreiend fort. Bei jedem Wort füllt sich sein Mund mit den winzigen Kieseln, nimmt ihm der Orkan den Atem.
»Wie hieß die alte Frau?«
Die eigene Frage verschwindet sogar für den Fragesteller ungehört in der mitreißenden Lautstärke. Und allen gewalttätigen Umständen zum Trotz gelingt es Henry, sich von der Stelle des Verhörs zu entfernen. Es steht ihm zu, hinter dem Vorhang zu verschwinden, endgültig für das ungeliebte Publikum unsichtbar zu werden. Auch nach seiner beschwerlichen Reise durch Namibia gibt er keinem der abgefeimten Widersacher eine Chance, ihn zu beseitigen. Wenn sein wahnsinnig gewordener alter Mitstreiter ahnte, mit welchen Kräften er sich ewig verbunden weiß.
So ist es ihm möglich zu entkommen, – kein Applaus, nicht noch einmal vor den Vorhang treten –, widmet er sich dem unfairen Kräftemessen mit Wind und Dunkelheit. Sehr schwach und selten nur setzt die Sonne eine Lichtmarke, die Henry sofort eine Richtung weist, und es entfährt ihm unbändiger Jubel darüber, daß er befähigt ist, das Unwetter, das ihn begraben will, zu überwinden, zu überlisten.
Ganz eng an den Hang geschmiegt, den er nicht sieht, nur fühlt, der aus dem Element der Zerstörung aufgeworfen ist, liegt er, wenn eine schwere Bö von den Aufwehungen herunter Sand in seine Richtung schießt. Auch davon wird er nicht getroffen werden. Er wühlt sich in Deckung, den Kopf tief zwischen die Schultern gebettet. Springt auf in das Trockengewitter, in den Urlärm, in die Getösewelt hinein, um wenige Meter zu gewinnen. Seine Augen sind geschlossen. Dennoch dringt der Sturm ein.

Dann wartet er ab und entwirft den Text, so wie er im »Tintenpalast« zu lesen sein soll:
›In einer Runde erfahrener Kämpfer müßte erzählt werden. Obwohl das Überleben schon alles sagt, folgt der Bericht aus dem Graben. Den Kessel aufbrechen, wo es möglich ist. Einen Bunker erreichen; andere Deckung. Angriffe vortäuschen. Alles hängt davon ab, ein falsches Bild zu vermitteln. Nur dann besteht eine geringe Chance.
Nur ungern kommt der Vertreter mit den Zweidrittelverlierern zusammen; schwere Weine, Hostienersatz.
Für die neuen Theorien werden brüchige Gebäude gefunden werden.
Kartentische, Generalstabsdarsteller im Fieber.
Nicht singen, sondern regieren!‹
So könnte es beginnen. Er wird später genügend Zeit haben, daran zu feilen.
Jedes leichte Abflauen, jede Pause, das Kräftesammeln des Gegners, nutzt Henry, um sich ein weiteres Stück in Sicherheit zu bringen. Jetzt ist kein Horizont zu sehen. Und die Nase zu heben, um einen Hauch vom Ozean aufzunehmen, eine Himmelsrichtung festzustellen, verbietet die Intensität des Ereignisses. Henry windet sich, gräbt den Flüchtling aus, wo er zu versanden droht, hält den Ausgang der Partie offen, hat nie zuvor so intensiv gespürt, über welche Macht er verfügt. Henry ist unbezähmbar. Das ist es, was ihn im Moment ausfüllt, woran er sich begeistert.
Aus diesem Grund schlägt der Orkan heute zu. Henrys Dankbarkeit, der Jubel, der ihn fast zerreißt, richtet sich am vielfach verstärkten Wissen um seine Kraft aus, gestärkt, weil er wankte unter den von Rachsucht gespeisten Anschuldigungen eines Uneingeweihten, die nicht mehr und nicht weniger als eine fixe Idee Simons waren.
Henry Magdaleni ist unsterblich.
Sein Triumph beschreibt die Niederlage Simons.
Dieser kann sich noch nicht eingestehen, daß es jetzt nur noch

um sein Überleben geht. Tausendfach getroffene Haut hat sich in Leder verwandelt. Und der andere Name flimmert unaufhörlich unter seinen geschlossenen Lidern.
Um nicht verschüttet, zugeweht zu werden, kriecht Simon, soweit ihm das möglich ist, ein Stück in Richtung des Himmels, der sich etwa einhundert Meter über ihm befinden muß.
Um ein Zeichen zu geben, an dem Henry sich orientieren kann, möglicherweise auch, um ihn vor der Flucht zu warnen, schießt Simon vergeblich in die tagschwarze Runde.
»Hier bin ich!« flüstert er noch einmal.
Simon rutscht ab, und auch der Versuch, sich mit der Waffe abzustützen, irgendwo Halt zu finden, gelingt nicht. Er gleitet am Hang wieder hinunter und verliert die AK 47 aus der Hand, mit der er gleich versucht, die Augen zu schützen. Es ist nicht möglich, auch nur wenige Meter weit zu sehen. Unter verzweifelter Anstrengung richtet er sich ein wenig auf und drängt gegen den Wind, der wie eine Sturzflut am Hang der Düne klebt, wieder hinauf.
Gegen den Strom schwimmen, wenigstens den ernsthaften Versuch unternehmen; nur einmal möge es gelingen.
Er will die Waffe nicht verlorengeben, meint, etwas Dunkles auszumachen, was sekundenschnell verschwindet. Sofort hechtet er in die Richtung des flüchtig ausgemachten Zieles, greift aber nur ins Leere. Kein metallener Widerstand, kein Fleisch, nichts, um sich festzukrallen.
Wo sich Henry befindet, kann Simon nur vermuten.
»Henry?«
Lächerlich ist die Bemühung, da er kaum seinen eigenen Schrei orten kann, und Henry würde sich hüten, ihm zu antworten, auch wenn er ihn hören könnte. Auf Händen und Füßen kriecht Simon weiter vorwärts, und bei der Suche nach seiner Waffe verdrängt er, daß er die Orientierung völlig verloren hat.
Diesen einzigen Tag hätte der Sturm auslassen können. In Jahrmillionen einen Tag für Simon freihalten.

Letztlich den friedlicheren Schweif einer Bö nutzend, kann Simon sich aufrichten, gelangt er, von einer leichteren Windbö noch einmal aus dem Gleichgewicht gebracht, an die Stelle, an welche er Henry phantasiert hat.
Leerer Ort. Verlassene Bühne.
Hat er sich in der Richtung geirrt? Ist Henry schon in die Wüstenwelt eingegangen? Er wühlt Sandhaufen mit unsichtbaren, weit gespreizten, wunden Fingern auf, findet ihn nicht.
Ein anderer Versuch dagegen gelingt. Wie einen Schmerzanfall, dem nur zu begegnen ist, indem man ihn abstrahiert, von sich distanziert, den man verwundert registriert, weil auch er nichts ändert am unveränderlichen Ablauf der Dinge, überläßt sich Simon dem Aufgebot an nie gehörten Tönen, in einer Lautstärke dargeboten, die ihn um den Verstand bringen möchte. Dort ist der Sturm, aber deutlich versteht Simon dennoch mit einem Mal seine Stimme, der es gelungen ist, ihre eigene Existenz zurückzugewinnen. Er probiert es aus. Immer wieder dringt jedes Wort zu ihm, als säße er in einem schalldichten Raum.
– So bleibt die Verwandlung Illusion. –
Das hätte er für sich behalten sollen.
Seine Spekulation wird jäh von einer nicht für möglich gehaltenen Zuspitzung des Orkans unterbrochen. Sandige Vorhänge reißen auf und ab, werden schnell ersetzt, verdoppelt, verzehnfacht.
Hier wohne ich. Die Namib ist meine feste Burg.
Unter dem Bleigewicht des Wasserspiegels wäre es wärmer.
Der Sturm will ihm seinen Namen ins Gehör brüllen. Hat ihn eingeschlossen, formt die Werkzeuge zu einem Trichter, den er an Simons Kopf ansetzen will. Weil der Name dort hinein muß.
OZEAN!
Die Prophezeiung Henrys scheint sich zu erfüllen. Es ginge darum, das wunderbare Leben zu retten. Aber wofür?
Wenn Simon vom Technischen nicht so angewidert wäre, würde er Preßluftmeißelorgie, Hammersymphonie rufen. Wenn er den

Umfang der Stahlwalze überblicken könnte, die sich auf ihn zu bewegt.
Wohin?
An Ort und Stelle läßt sich Simon nieder und zieht sich die Jacke, soweit es geht, über den Kopf und die Schultern, wieder einen Kokon zu schaffen, in dem er zu überleben gedenkt. Mit dem Sturm ist es viel kälter geworden, kälter als in jeder Wüstennacht, aber es regnet dennoch nicht.
Das sandige Iglu wächst schnell.
Simon verdammt diesen Tag, der seiner Ausmerzung nicht zugänglich sein wollte, und überläßt sich erst der totalen Dunkelheit in seinem Bau, dann zunehmend der Stille.
Summt nur, brummt.

EINMAL DECKT ALLES WÜSTE
ERLÖST
DIE HOFFNUNGSVOLL VERLASSENEN NATIONEN

Dreizehntes Kapitel

Alles hatte sich verändert. Aber trotzig noch will es sich einer letzten Infragestellung widersetzen. Will sich nicht verabschieden, als ginge am morgigen Tag alles so weiter.
Als erleuchteten nicht Fegefeuer siegessicher die durchzechte Nacht. Vorstellungen werden unterbrochen, weit entfernt fiel der eiserne Vorhang. Clowns, Zwerge und Harlekine, Polizisten, Berufslügner und Verbrecher sollen dort, wie hier, noch einmal auf die Bühne kommen, obwohl sie bereits abgeschminkt in ihren Garderoben saßen.
Wenn das, was um die Wüste herum sich ausbreitet, Afrika heißen soll ...
Als unter den Sandgarben des Orkans, der sich bis nach Omaruru ausbreitete, das Gesicht Marys zum Vorschein kommt, ermahnen die Barmherzigen Schwestern zum wiederholten Mal zur Andacht.

McCullough wundert sich nicht. Es überrascht ihn eher, Maria so lange nicht gesehen zu haben. Ihr versengter Blick verspricht ihm mehr als die leichtgewichtigen Scheine wert sein könnten, die er ihr überließ.
Was ihn wirklich überrascht, ist der Umstand, daß Mary ihn unumwunden darum gebeten hat, ihr Zuhältergott zu sein, ... auf den Knien ... in Zukunft und für alle Zeit, wie sie sagte. Sie will irgendwann nach Kapstadt fahren, wenn das Geld ausreicht, das sie sich vom Geschäft absparen will. Dieses verschweigt sie McCullough. Ausschweifungen, einer sagenhaften Hure würdig, hat sie ihrer Zukunft verschrieben. Sie hat oft von Kapstadt gehört. Sie wird schwer arbeiten müssen und braucht Schutz, denkt

Mary. McCullough ist besser als einer der verheerten schwarzen Männer, die sie auch nur verwahrlosen werden.
Sandkörner schlagen auf ihrer Haut ein, kaum einen Eindruck hinterlassend; Schmerzen, die sie verbergen muß.
McCullough, der damit beschäftigt ist, eine neue Musik auf der elektrisch vorlauten Orgel zu probieren, die Notenblätter hatte ihm ein Motorradfahrer geschenkt, kann nicht so schnell umschalten von den vibrierenden schwarzen Punkten auf dem Papier zur viel intensiver erregten Haut Marys. Ihm ist trotzdem sofort klar, daß er gezahlt hat, ohne zu wissen, was mit seiner Investition geschieht, und daß er sich jetzt bemühen muß.
Das Geld ist verteilt worden. Mary möchte nicht darüber sprechen.
Sie nennt sich jetzt Mary. Das hat sie ihm gleich gesagt.
Das wußte er noch nicht. Wie kühl sich ihre Stimme anhören kann. Er sollte ihr die Symphonie vom Abschmelzen des schwarzen Eises widmen.
Endgültig zieht sie aus dem Dorf weg, fragt sich, was sie noch auf ihrem Land soll, nachdem sie die Gemeinde verlassen hat.
Ihre Hurenschaft bekommt eine völlig andere Bedeutung: der Herr, dem sie vertraut und der sie beschützen wird, der sie nicht gebrauchen wird, aber wahrscheinlich gebrauchen darf, ist ein Freund, wird Familie. Im Moment der Unabhängigkeit steht sie still, die Augenlider öffnen sich nicht freiwillig.
Der eigene Name, nicht Maria noch Mary, ist vergessen. Sie spricht ihn nicht mehr aus. Sie wird ihn nicht mehr denken, ihn nicht mehr in Anspruch nehmen. Der späte Heiligenschein Marias hat ihr kein Glück gebracht. Mary steht ohne einen Cent vor McCullough, dem nicht so schnell Antworten einfallen auf die Fragen, die ihm Mary noch nicht stellt.
Ihre Mutter hatte das Geld ohne zu zögern eingesteckt. Ohne mit ihr zu sprechen. Das nicht. Hatte die Scheine unter die Röcke geschoben und war mit den jüngsten der Geschwister auf den Markt gegangen. Ihre Rückkehr hat Mary nicht mehr abgewartet.

Die Wüste sandet in lautlosen Wellen an die Schwelle des Restaurants. Und minutenlang breitet sich die Furcht vor einem neuerlichen Angriff aus der Namib aus.
So hatten McCullough und Mary ihre Rollen noch nie interpretiert.
Sie sind im Begriff, alle Bindungen, jene an den Ursprung, solche an die Familie im Camp, fallenzulassen, ohne zu wissen, was sie sich dafür einhandeln.
Der große Sturm ist eine willkommene Abwechslung gewesen, bis er wirklich Schaden angerichtet hat.
Sogar nach Tsaobis ist er eingeflogen, hat Warnungen hinterlassen. Ein Höhenkilometer dazwischen.
Inzwischen laufen die beiden über den Platz.
McCullough fürchtet, seine Liaison bekannt zu machen. Noch ist nichts abgesprochen. McCullough hat eine leichtfertige Zusage gegeben.
... und im südlichen Afrika gibt es Hoffnung.

Der künftige Präsident Clinton präsentiert sich den Fotografen aus aller Welt als außerordentlich erfolgreicher Golfer. Sogar die schwierigen Schläge aus dem Bunker gelingen. Der Wind weht aufspritzende Sandfontänen in den nahen Atlantik. Als ob er nicht wissen würde, was er damit anrichtet.

In McCulloughs Bar dreht sich das Gespräch um einen zerfleischten Farmer, den man ermordet in den Trümmern seines Hauses gefunden hat.
Er lebte allein auf der Farm.
Von den Schwarzen hat keiner etwas gesehen.
Der Nebel nahm ihnen die Sicht. Sagen sie.
Da war kein Nebel. Zu windig.
Gerüchte besetzen den Hocker an der Theke.
Die sind's gewesen.
Natürlich.

Nicht lange fackeln.
Darauf haben die Mörder nur gewartet.
Die anderen Farmer hätten alle Hände voll zu tun gehabt.
Es wird Zeit.
Noch eine Runde.
Zu Frau und Kindern, bevor die wiederkommen.
Gleich an den Türen stehen die Gewehre.
Einen Bestimmten hätten sie im Auge.
Im Grunde ist das kein Klima, um Mary zurückzuholen.
McCullough und Mary entfernen sich von den bewohnten Häusern.
Sie stehen auf der zerschlissenen Weite des Platzes.
Deutlich ist die Zahl der Gäste, der Touristen überhaupt, angewachsen. Die Durchreisenden finden sich mit den erbärmlichen Bedingungen des Camps ab.
McCullough weiß nicht, wie daraus etwas werden soll.
Mehr recht als schlecht lebt er von den Vermietungen an der Peripherie Omarurus.
Marys künftiger Zuhälter sein. Welcher Aufstieg vom lausigen Organisten zum kümmerlichen Ludenkönig von Omaruru. Davon ist nie die Rede gewesen. Das will gut überlegt sein. Aber wie soll er es seiner Frau und den Kindern beibringen, die einen Anspruch darauf haben. Er kann sie nicht damit abspeisen, daß ihn Gerüchte dazu zwingen würden, seine Familie zu betrügen.
Mary erkundigt sich nach der Blechhütte, die sie mit dem verfluchten Weißen bewohnt hat.
Nachdem man in ihrem Dorf erfahren hat, was sich hier zugetragen hatte, mußte sie ihr Haus verlassen.
Warum hatte er die Tür nicht geschlossen, bevor er sich über sie hermachte?
Vielleicht könnte sie dort unterkommen. In der Hütte. McCullough schüttelt den Kopf. Daß es nicht in Frage komme, sagt er. Und obwohl sie damit gerechnet hat, zieht Mary ihr Tuch fast über den Kopf, hält es eng am Hals zusammen. Keine noch so

durchdringende Temperatur hilft ihr. Dann hat er ihr das Wenige zerstört, was sie festhalten wollte. Wie könnte man das nennen, fragt sie sich. Mary ... Maria, was soll das schon heißen? Die Tür öffnete sich unwiderruflich.
Sie ist unwiderstehlich, wenn sie friert, denkt McCullough. Warum sollte sie frieren bei fünfundvierzig Grad Celsius. So unberechenbar sind sie, konstatiert er. Seine Kinder rennen auf sie zu, aber McCullough bremst ihren Lauf mit einer Handbewegung. Jetzt nicht.
Nahe bei der bewußten Hütte, zweihundert Meter vom Eingang entfernt, stehen sie.
Zikaden unterstreichen durchdringend mit ihrem zänkischen Konzert, daß sie nicht gewillt sind, einer Veränderung zuzustimmen. Es wird bleiben, wie es immer war. Alles andere ist den Zikaden egal.
McCullough wird Mary nicht wegschicken. Die Hütte muß vermietet werden, da jeder Cent dringend gebraucht wird. Mary wird sich fügen müssen.
Ermattet schlägt in den Profilen des Metalls die Sonne auf. Die Hütte steht seit Tagen leer. Nutzloser Haufen Blech.
Und weil alles viel langsamer vor sich geht, als man es möglicherweise behauptet, darf Maria-Mary jetzt einen weiteren Anlauf nehmen.
Sie könnte in der Hütte wohnen, wenn sie leersteht. Sie würde warten, bis er eines Tages zurückkehrt, um dann ihren Fluch persönlich vorzutragen. Niemand kannte sie, aber der besoffene Tourist hat sie lächerlich gemacht, hat sie beschenkt.

In den Sommernächten sollen sie vor den Häusern sitzen und singen.

Sie werden nicht gut auf Mary zu sprechen sein, die Männer aus Omaruru, denkt McCullough und wartet darauf, daß sie noch einmal fragen wird, wie es weitergehen soll.

So eine kräftige Figur, die aus ihren geraden Schultern zu fließen scheint.
Einmal unter diesen schwarzen Schädel schauen, denkt McCullough.
Sein Leben lang hatte er das Gefühl, daß sich die Schwarzen verstellen, wenn er auf sie zu geht. Daß sie ihm nicht glauben. Obwohl er tatsächlich meistens darauf bedacht gewesen ist, sie korrekt zu behandeln.
Leise lispelnd will sich Mary ins Geschäft feilschen. Sie schlägt vor und McCullough schlägt aus. Aber sie bewegen sich aufeinander zu.
In den Sommernächten sollten sie vor den Häusern sitzen und singen, sagt Mary, und sie fügt hinzu, daß sie kein Haus ihr eigen nennen kann, wo das möglich wäre.
Leicht abschüssig neigte sich der Platz in der Mitte ihres Dorfes dem Haus des Ältesten zu, als müßten dort die Nachrichten ohne fremdes Zutun zusammenfließen, was sie selbstverständlich taten. Darauf war immer Verlaß gewesen. Wie auf die Ratschläge, die daraufhin erteilt wurden.
Eine Woche zur Probe? Bis zur ersten Abrechnung?
Seit einer Woche steht die Hütte leer. Wenn er die Hure hier einziehen läßt, wird sich bald die Polizei auf seinem Hof herumtreiben, abkassieren wollen. Es ist nicht möglich, ihr ein Haus zu geben. Er wird es dennoch tun. Sie wird ihn ohnehin nicht in Ruhe lassen. Sie wird ihn nicht in Ruhe lassen können.
Mary nimmt die Veränderung sofort wahr. Sie wird sich hier einrichten. Warum probiert der Chef nicht einfach aus, was ihm gehört. Danach wird sie für sich selbst und McCullough die Zukunft verdienen. Wie sie ihn betrügen kann, kalkuliert sie kalt, wie sie teilen wird, wieviel sie abliefern sollte, muß sie sich ausrechnen, wenn sie allein ist.
Erschrocken zieht sie ihre Hand von der blechernen Hauswand ab, an der sie sich verbrannt hat.
Diese zweihundert Meter bis zum Haus waren sie umeinander ge-

kreist. Sie geht wenige Schritte vor ihm, er ist bemüht aufzuholen, in Hörweite noch Vertraulichkeit und Distanz zu wahren.

Ganz anderen Festlichkeiten ist man in Tsaobis zugetan. Zwar hatte der Sturm nur das angejahrte Flugzeug schwer malträtiert, aber eine gründliche Beschädigung macht deutlich auf sich aufmerksam. Zwischen den Bungalows, am Tempel, haben sich die Krögers seit dem Unwetter nicht mehr sehen lassen. Sie haben nicht kontrolliert, ob sich alles in Ordnung befindet. Die Bungalows, die Käfige mit den verletzten schwarzen Paviansternen, die Koppel der Bergzebras.
Mit wenigen Handgriffen öffnet der alte Nama die Gatter, die Gittertüren. Der Alte erledigt das mit Gleichmut. Der Tag dehnt sich den entlaufenden Tieren nach. Der alte Nama Morenga sieht den fliehenden Geschöpfen hinterher.
Das Camp in Tsaobis beginnt in ein bewohntes und ein geliebtes Feld zu zerfallen, so wie es immer sein sollte. Selbstverständlich nimmt der alte Nama das geliebte Feld wieder in Besitz. Von der abwesenden Anwesenheit der Weißen nimmt er hingegen keine Notiz. Morengas Kosmos besteht schon seit langem aus den sich wiederholenden Erfahrungen von Landschaft, Sicherheit gebietenden Gesten, Fortpflanzung, Fortsetzung der Familiengeschichte auf der rauchigen Höhe des Tsaobistales.
Kröger hat die Ruhe nach dem Sturm genutzt, um nach Kapstadt zu fahren. Nicht, daß es ihn besonders gestört hätte zu beobachten, wie Emily dann und wann in gastfreundliche Umarmungen fiel. Kapstadt war sein Traum. Das Land hier oben hat ihm noch nie gehört. Einige kühle Rechnungen. Sollen sie doch ihren Schnaps brennen, sie, die seine Sprache nicht sprechen. Sollen sie tanzen und sich vom Sand erhalten. Keine seiner Predigten hätte daran etwas ändern können.

Der Dezembermorgen, der die schlammigen Wege auf dem Friedhof von Blubars enthüllt, und der märkische Dunst sind nicht in

der Lage, die armselige Zahl der Zuschauer zu beschönigen, die an der Beerdigung Rotuma/67/92 teilnehmen. Gerade vier Menschen zählt die Gruppe, die sich bei dieser Kälte am Erdloch eingefunden hat. Der Stein ist entfernt worden, um den vierten Namen hineinzuschneiden, so daß der Platz namenlos ist wie der strauchelnde Redner. Auf den Blättern des Rhododendrons blitzt trügerisch schwerfälliges Wasser. Morsche Baumstümpfe säumen die Friedhofswege, wie auch die Allee, die zur Villa führt. Über dem leerstehenden Haus sammeln sich die Zugvögel, um in den Süden zu fliegen. Sie finden hier kein Futter mehr. Aus dem Gelände des Friedhofs klingt ein erbärmliches Glöckchen nicht bis zu ihnen hinauf. Es wird Zeit für sie, Blubars zu verlassen.
Keiner der beiden entfernten Verwandten, welche die Mutter Rotuma an diesem Tag zu Grabe tragen, hat jemals etwas von einem Henry Magdaleni gehört. Die alte Rotuma erfuhr vor ihrem Tod nicht mehr, ob die Mission, mit der sie Simon beauftragt hatte, erfolgreich gewesen war.

Kröger denkt, daß es noch nicht zu spät wäre, nach Kapstadt umzusiedeln. Auch wenn er seine Farm in Tsaobis zurücklassen müßte.
Ohne Rücksicht auf Emily, die schließlich nicht an das Hochland versprochen war wie er.
Nachträglich beinahe verordnete der Nama Morenga, stolz den vererbten Namen in den Vordergrund schiebend, die Zeremonie. Schnapsleicht fällt der Beschluß, daß es Zeit sei, den Stundentakt in Tsaobis endlich anzuhalten. Einen langen Atem zu schöpfen.

Eröffnung des Vergnügungsparkes »Lost City« in Bophuhatswana am 1. Dezember 1992
»... kamen nomadisierende Menschen aus dem Norden hierher und fanden in einem Vulkankrater fruchtbaren Boden, Gold und Platin in den Berghängen. Sie ließen sich nieder und kamen zu Wohlstand.

Es entstand ein wunderbares Anwesen, gekrönt vom riesigen Palast des Herrschers. Doch eines Tages erschütterte ein schweres Erdbeben das ›Tal der Ahnen‹. Die Menschen flohen und trauten sich nie wieder zurück. So entstand die ›Verlorene Stadt‹.«
Ist in der Werbeschrift des amerikanischen Autors zu lesen.
Während seines letzten Aufenthalts in »Lost City« stürzte der Schöpfer der kunterbunten Broschüre aus ungeklärten Gründen aus dem Fenster seiner Suite im zwanzigsten Stock des Bophuhatswana Grand Hotels. Es konnte nicht geklärt werden, ob der Autor einem Anschlag zum Opfer gefallen ist oder den Freitod gewählt hatte.

Warum erst so weit gehen? Aber diese Frage, denkt Simon, ist nicht die, die der andere gestellt hätte.
Die Reise abzusagen hätte ein vielfaches Versagen bedeutet.
Zurückzukehren dagegen?

Aus dem Kieselkokon ausgegraben, die Düne heruntergelaufen, geflogen fast, findet er seinen kleinen Ford, leer. Schnelle Fahrt zurück zum Hotel, das verlassen steht. Die Türen sind nur angelehnt. Verschlossen ist weder die Tür des Restaurants noch der hintere Eingang, der direkt in die Etage darüber führt.
Es ist Simon gelungen, sich aus der Verschüttung zu befreien.
Er betritt sein Zimmer, in dem sich scheinbar nichts verändert hat. Die Inspektion der anderen Räume vermittelt den Eindruck überraschender Sauberkeit. Aber offenbar halten sich weder Mrs. Martini noch Hosea im Haus auf. Simon ruft. Keine Antwort. Die Gaststube liegt abgedunkelt und verwaist. Verwundert nimmt er die sonderbaren Umstände zur Kenntnis. Einen zerzausten Diener zu ertragen wäre ihm jetzt aber nicht möglich, so genießt er die weitgespannte Ruhe im Bee-Bee Hotel.

Bei einem Bombenanschlag in der Kapprovinz wurden achtzehn Weiße verletzt, fünf von ihnen schwer.

Meldet die »Berliner Zeitung« am 6. Dezember 1992.
Dabei war nichts zu hören. Nicht einmal in Berlin. Für zweihundert Rand pro Person fuhr eine Gruppe holländischer Touristen vom Kap der Guten Hoffnung zum whale-watching auf den Indischen Ozean hinaus.

Heinz Kröger wähnt sich kurz in unmittelbarer Nähe einer Entscheidung. Dann setzt er seine traurige Expedition durch Kindheitslandschaften fort.

Daß Henry jemals wieder in die Augen der Verkäuferin blicken wird, die er vor Jahren zu verfolgen beauftragt war, ist eher unwahrscheinlich.
Immer wieder beschlägt staubgrauer Wind die große Scheibe der Fleischerei an der Brikettfabrik, weshalb die Verkäuferin mit dem schlanken Hals es aufgegeben hat, sie zu säubern. Irritiert ist sie allein davon, daß im Ort das Gerücht verbreitet wird, sie hätte ein Verhältnis mit dem Pfarrer.

Rudolf Svoboda versucht sich in Swakopmund etwa zur gleichen Stunde an einem Satz:
»Wenn sich mein Gemüt verdunkelt…, nein, so klingt es einfach nicht…«
Bis zur Mittagszeit hat er nichts verkauft. Seine Frau sieht ihn erschrocken an. Er hat sich verändert, seitdem der ungebetene Gast aus dem Haus ist. Sie hört ihn Selbstgespräche führen. Manchmal gestikuliert er wild im kleinen Verkaufsraum. Dort, wo sich die Tierminiaturen befinden.
»Mach schon! Oder wie lange soll ich auf mein Essen warten? Glaubst du, die Kundschaft will sich die Beine in den Bauch stehen, nur weil du fast einschläfst, bei allem, was du tust?«
Beleidigt schöpft sie die dickflüssig saure Brühe auf seinen geblümten Teller.

»Reuter« meldet
Windhoek:
Bei den Regional- und Kommunalwahlen liegt die regierende SWAPO weit vor ihren Konkurrenten.
Über Unregelmäßigkeiten wird gemunkelt. Hubschrauber steigen in den namibischen Himmel auf, um örtliche Funktionäre zur Siegesfeier zu transportieren. Ein deutscher Tourist bringt stundenlang kein Wort heraus, weil er die schönste Frau der Welt im Hinterzimmer des Telegrafenamtes von Okaukoejo entdeckt hat.

Keine Spur Swakopmunder Geschwätzigkeit dringt in Zimmer vier des Bee-Bee Hotels ein.
Auf dem Boden hockend, mit äußerst verlangsamten Bewegungen, hebt Simon Stück für Stück in die Reisetasche. Nur kein Geräusch verursachen, das einen anderen Laut übertönen könnte. Ruhe bewahren!
Das Haus atmet auf. Als wäre er, bevor die Ewigkeit anbricht, der letzte Gast.

– konnte den fehlfarbenen Kommentar nicht herausradieren,
ausschraffieren ja, aber die Stifte sind nicht dafür gemacht,
Kommentarstifte würden das nicht lange mitmachen;
zwischen dem Wunsch, mit Hosea zu singen und mordlüstern
dich für mich verantwortlich zu machen, grinst
unverschämt deine unbegreifbare Personage.
ich käme
wenn du mich riefst –

Einem Abzählreim gleich, lädt Simon jedem Stück, das in die Tasche wandert, die Entscheidung auf, ob er nach Deutschland fahren wird oder nicht. Obwohl sie schon gefallen ist.

flackert kalt
aus ebenerdiger Restauration

vormals Kneipe
weit unterhalb des Dachbodens, wo der Verrat sich wegen zu hohen Mietzinses nicht einzurichten wagt
flimmert es kalt aus ebenerdiger Ostberliner Restauration
vormals Kneipe

Andererseits ist offensichtlich, daß sein Besuch in diesem Hotel beendet ist. Er will die Abreise nicht länger hinauszögern. Hirngespinstige Tanzereien waren nur hier angebracht gewesen. Simon schließt leise die Tür des Zimmers vier hinter sich. Er steigt die Treppe hinunter, legt Geld und Schlüssel auf den Tresen der Rezeption.

Bei der Autovermietung, wo er den kleinen Ford abstellt und abmeldet, reagiert man mit Erstaunen auf sein Ansinnen, die Reise ohne den Wagen fortzusetzen. Auf ein Vehikel zu verzichten. Schallendes Gelächter. Er erntet den Hinweis, daß man Windhoek kaum mit der Bahn oder einem anderen Verkehrsmittel erreichen kann. Man ist bereit, sich zu erkundigen. Simon lehnt freundlich ab. Neonlicht im Büro, Sonnenlicht draußen. Die Verabschiedung findet schnell ein Ende.

Trevor Rhodes bereitet eine Ausfahrt vor. Gerade jetzt will er aufs Meer fahren. Simon war auf dem Weg zu ihm und trifft ihn vor dem Haus. Selbstverständlich kommt er noch einmal zurück, hat Trevor Rhodes gewußt.

Sie brauchen sich nicht mit Erklärungen aufzuhalten. Trevor plaziert Simon in seinem Wagen und fährt mit ihm zum Hafen. Simon stellt keine Fragen. Wonach sollte er fragen? Trevor Rhodes seinerseits benötigt keine Erklärungen von einem, der auf dem Weg ist. Wie bei der ersten Ausfahrt. Der Deutsche hat dafür kein Rezept. Trevor amüsiert sich ohne Häme.

Auch draußen auf See stellt Simon keine Frage nach dem etwaigen Ziel. Trevor wird fischen wollen. Was sonst? Danach den Heimathafen anlaufen. Wohin sonst?

Abgeschliffen, wie eingeebnet, das Fischerboot ignorierend, ver-

zichtet der Atlantik auf jeden Kommentar. Das Deck des Bootes weist keinerlei Unregelmäßigkeiten auf. Niemand tanzt. Ein Lied oder ein übermütiger Ton ist nicht zu vernehmen. Gleichmäßig gibt nur der Motor einen Takt vor, der nirgendwo widerhallt. Simon registriert die Umstände mit Genugtuung. Als wenn es vorüber wäre. Steht neben Trevor auf der Brücke.
»... nur einmal nachsehen, was aus ihr geworden ist.«
»Kannst du dir vorstellen, daß sie sogar Owambos aus Angola ins Land geholt haben, damit sie die Wahl gewinnen. Jeden Bürgermeisterposten greifen sie sich. Bis runter in den Süden. Dort haben nie zuvor Owambos gelebt.«
»Keine Ahnung, wovon du sprichst. Ich weiß nicht mal, wen du wiedersehen willst.«
Parallel zur Küstenlinie bewegt sich das Boot nach Süden. Gerade noch erkennbar sind die Dünenketten, deren selbstverständliche Drohgebärde Simon nicht vergessen hat.
Trevor bittet ihn, das Ruder auf Kurs zu halten. Sie würden sich der Reede nähern, sagt er. Die Netze müssen eingeholt werden. Simon stellt sich vor, wie die Fische naßsilbrig glänzen werden, wenn man sie an Bord hieven wird.
Er steht allein auf der Brücke. Leichten Ausschlag nach links, nach rechts, gewährt die Schwerfälligkeit des Bootskörpers. Spielerisch immerhin. Immer noch mischt sich der Ozean nicht in die Fahrt. Wenige Meter vor ihm an Deck holt Trevor das Netz ein. Kaum ein Fang zu erkennen. Unter Deck ausgeleert, verstaut. Länger als eine Stunde steht er am Ruder, bis Trevor wieder übernimmt.
»Um ein Grad nur, sagen sie, ist das Wasser wärmer geworden in den vergangenen Jahren, aber die Fische bleiben weg. Es wird gerade so reichen, um Sprit zu kaufen.«
Viele Stunden Fahrt.
Bis er das Steuerrad plötzlich nach links herumwirft, sagt er nichts mehr, frißt es in sich hinein. Dann erst meint er kurzangebunden: »Meine zweite Heimat. Rechts die Halbinsel haben sie nach den Haien benannt. Nach denen aus der Stadt natürlich.«

Auf der Reede vor dem Hafenbecken von Lüderitz läßt Trevor den Anker in den Grund fahren.
Sie verabreden sich für einen späteren Zeitpunkt.
Trevor muß den Fisch anlanden. Simon soll sich umsehen, verspricht sich aber nichts von der neuerlichen Erkundung. Er ist nicht als Tourist in dieses Land gekommen.

Zwei Tage lang schon produziert Morenga in seiner Brennerei in Tsaobis die milchig-weiße Flüssigkeit, die seine Ahnen milde stimmen soll und ihm Zugang zu ihren Auskünften verschaffen wird. Unter milchig-trüben Wettern versöhnen sich Tal und Jahreszeit. Morenga will bald ein Fest geben, das zu feiern.
Keiner wagt dagegen einzuschreiten.
Emily Kröger beginnt sich mit dem Gedanken anzufreunden, Tsaobis für immer den Rücken zu kehren. Im Lichtschein rauschender Feste stehend, sieht sie sich ein Leben nachholen, für das sie immer geschaffen war.

Schon an der Treppe in das Tanzlokal, in dem Simon sich mit Trevor verabredet hat, wird er nach Waffen durchsucht. Eine AK 47 wäre ihm hier teuer zu stehen gekommen. Der weiße Stempelabdruck auf seiner Hand, der ihm Unbewaffnetheit attestiert, ist auf der blassen Haut kaum zu sehen. Auch dafür fällt ihm keine Erklärung ein. Warum sie keine schwarze Tinte verwenden?
Nicht ohne einen Anflug von Aggression wird er von einer Gruppe schwarzer Jugendlicher gemustert, die ihm den Weg ins Lokal versperren wollen. Entschlossen darüber hinwegsehen, weitergehen! Widerwillig weichen sie aus.
Die leere Tanzfläche wird von geistlos heimatlosem Pop beschallt. Zu dieser frühen Stunde schon stieren ihn Augenpaare an, die seine Person und das Delirium zum Ziel zu haben scheinen. Nach Geld wird Simon gefragt und nach Zigaretten, was er beides nicht anbieten will.
Sie werden sich diesen Mann merken.

Als er an den Tisch tritt, an dem Trevor ihn erwartet, verflüchtigt sich die bedrohliche Aufmerksamkeit der jungen Leute sofort. Dieser Tisch ist verbotenes Revier. Dort sitzen die Unangreifbaren.
Trevor ist betrunken. Auch eine Batterie geleerter Flaschen zeugt davon. Er hat lange hier gesessen. Simon ist der einzige Weiße im Raum. Die Männer, denen Simon vorgestellt wird, nicken anerkennend, weil er es gewagt hat einzutreten.

In King Williams Town, zweihundert Kilometer östlich von Port Elizabeth gelegen, kamen am vergangenen Wochenende vier Weiße ums Leben.
Ein unbekannter Schwarzer wurde am Tatort tot aufgefunden.
In der Township spricht man davon, daß seiner Mutter ein Engel erschienen sei und Auferstehung versprochen habe. Daraufhin hat man die Leiche sofort gesalbt und in feste Tücher geschlagen. Zwei Polizisten halten am Eingang der Hütte Wache, weil zu befürchten ist, daß es zu Tumulten kommt. Obwohl keiner weiß, wer den Schwarzen umgebracht hat. Sein Name wird vor der Öffentlichkeit geheimgehalten. Schwere Strafen sind angedroht.
Die erschlagenen Weißen sind in der Stadt bekannt. Daß es ausgerechnet Familienväter treffen mußte.

Gleichgültiges Schulterzucken anderswo.

Die herrschaftliche Tischgesellschaft kümmert sich nicht um Simon. Unterhaltungen sind beim Tanzlärm fast unmöglich. Manchmal brüllt Trevor ihm Erklärungen ins Ohr, von denen er nur flüchtige Fetzen versteht.
Einer der anwesenden Männer brachte die örtliche Fischverarbeitung gewalttätig unter seine Kontrolle.
Ein zweiter, wenigstens hier berüchtigter Mann sehr dunkler Hautfarbe handelt mit Diamanten. Und der betrunkene Verschwörerblick Trevors bedeutet Simon, daß es nichts gibt, das strafbarer ist.

Lebensgefährlicher ist vielleicht nur ein Blick auf die inzwischen überfüllte Tanzfläche.
Im südlichsten Tanzsaal versammelt sich namibische Verführung. Simon hat dergleichen nie gesehen. Wie die Rückkehr in den Traum unter schwarzen Sternen.
Simon beobachtet, daß der Rhythmus sich in den jungen Frauen bewegt, in ihnen. Eine Verschwörung orgiastischer Unnahbarkeit. Keine reicht ihm auch nur bis zur Schulter. Er brächte niemals den Mut auf, eine Tänzerin anzusprechen.
Trevor, der aus den Augenwinkeln heraus auf diesen Moment gewartet hat, zögert nicht, seine Trunkenheit aus dem Spiel zu werfen und Simon jene zu zeigen, auf die es ihm ankommen soll.
Daß er das trügerische Bild nicht lange ertragen wird, steht für Simon fest. Er beginnt, Trevor zum Aufbruch zu drängen. Bevor sich der Tanzboden auftut, und er einbricht mit ihr.
Wenn er ihr von seinem Geld anböte?
»Kouki«, unterbricht Trevor Simons abgründige Phantasie, »ist meine Schwester in Lüderitz. Du wirst sie treffen, hoffe ich.«
Instinktiv schüttelt Simon den Kopf und verneint die vermeintliche Anfrage. In Sangesscher Realität geschehen diese Dinge nicht.
Aber gleichzeitig nimmt er das Orchester wahr, das sich erhoben hat, um ihm zu applaudieren und ihn zu beglückwünschen.

Das leere Gebäude in der Nebenstraße in Swakopmund, das Bee-Bee Hotel, wird täglich unter der zweifelhaften Deckung der Nacht gereinigt. Ein Raum nach dem anderen wird vom Sand befreit. Jede Nacht. Die Zimmer sollen bereitstehen, wenn ein Gast das Haus betritt. Die Zimmer und die Gaststube. Dort hockt Hosea nächtlich nach der Reinigung vor dem Fernseher auf dem Platz der Patronin, mit deren schwerem, unförmigem Leichnam er mehr Mühe hatte, als er sich vorstellen konnte.
Und wenn endlich nach Programmschluß der Bildschirm leer bleibt, schaut Hosea auf das mörderische Flimmern, gönnt sich

einen Tee, bevor er in der Morgendämmerung aus dem Hotel entwischt.
Aufatmen wird das Haus, bis Hosea die Saison eröffnet. Und er wird die Türen einen Spaltbreit offenstehen lassen, nur zum Zeichen, daß dieses Hotel wieder bewohnbar ist, nachdem er seinen Frieden mit sich gemacht und nicht nur den Propheten seines Namens abgeschafft hat.

Freitags fällt der Wind aus der Namib auch in Lüderitz ein. Noch nicht am Morgen, im Laufe des Tages erst; aber ganz sicher am Freitag jeder Woche. Er verödet die Straßen, weil man unter seinem Beschuß nicht draußen herumlaufen kann, erinnert die Stadt daran, daß sie gefährdet ist und daß es im Ermessen der Wüste liegt, wann sie den Häuserhaufen wieder in Besitz nimmt.
An einem Freitagmorgen weckt Trevor seinen Gast Simon Sanges. Mit dem Versprechen, ihn einem ungeheuren Schauspiel zuzuführen, bringt er Simon dazu, ihn so früh am Morgen widerspruchslos zu begleiten.
Die verschlafen holpernde Fahrt endet weit abseits der Stadt an einer seichten Bucht, dem Achatstrand. Die Haifischinsel ist vom Achatstrand aus noch zu sehen. Nur die Haifischinsel von dieser Stelle aus.
Aber Trevor hält sich nicht lange auf, bittet ihn, sich in den Sand zu setzen und abzuwarten, bis er ihn abholen wird. Wenn er wirklich noch mit ihm zurückfahren will.
Kurz darauf setzt sich Kouki neben ihn in den Sand.

Wo er sich mit Trevors Schwester verstecken wird, weiß Simon noch nicht, aber an diesem Freitag, als der Wüstenwind erst den Achatstrand, dann die nahe Stadt Lüderitz der wöchentlichen Belagerung aussetzt, meldet Trevor Rhodes beide als vermißt.

Vierzehntes Kapitel

Südafrika, 3. Jan. 93

Bei Henry, denkt Simon, könnte ich das gelesen haben. Wie käme ich sonst dazu, es dauernd zu wiederholen, mir vorzustellen, wie es geschrieben aussehen könnte, was es bedeuten mag. Im eben angebrochenen Jahr.

– Er sehe nicht, was ist, höhnt es irgendwoher, und blind sei er außerdem für das Naheliegendste. Was er gehört habe, sei nicht der Rede wert gewesen. –

Schließlich hatte Simon sie nicht gezwungen, mit ihm über die Grenze nach Südafrika zu gehen. Er hat sie nicht einmal überredet, obwohl er sich ausgerechnet an diesem Punkt nicht ganz sicher ist.

»Eigentlich sinnlos, hier zu warten«, ruft er Kouki zu, die auf der anderen Seite der Straße im Schatten ausruht und mit den Füßen den lockeren Staub aufwirbelt. Sie hat ihre Sandalen ausgezogen, und Simon beobachtet, wie ihre hellen Fußsohlen aufblitzen, als wolle sie ihm damit Zeichen für einen vorzeitigen Abschied geben. Auch wenn er in Deutschland die Straße nicht unbedingt gemieden hatte, hätte er niemals geglaubt, daß er sich einmal wirklich wohlfühlen würde ohne eine sichere Wohnung, in die er zurückkehren kann. Er vermißt nicht einmal den geliehenen Ford, den er in Swakopmund zurückgelassen hat.

Das ist für Simon Sanges völlig neu. Und ausgerechnet jene, die mit ihm gegangen ist, hat er möglicherweise in eine strafbare Handlung verwickelt, was sie überhaupt nicht zu berühren scheint. Kouki hält die Augen geschlossen. Simon fragt sich, ob sie ihn in diesem Moment vergessen hat, ob sie darüber nachdenkt, was mit ihr geschieht, wenn man ihr den illegalen Grenzübertritt nachweist. Wie wird das hier gehandhabt?

Die Arme ausgestreckt, als versuche er etwas sehr weit Entferntes zu greifen, beginnt Simon wieder sein afrikanisches Spiel. In Swakopmund hatte er das Schattenballett erfunden. Doch er steht in der Sonne auf der heißeren Seite der Straße. Außer seinem eigenen ist da kein Schatten, mit dem er tanzen könnte.
Kouki hat ihm von ihrer überstürzten Abreise aus Lüderitz nicht viel erzählt. Sie spricht nicht über ihre Familie, erklärt nicht, wen sie zurückgelassen hat. Simon wird sie danach fragen müssen, auch weil er ihr zeigen will, wie wenig selbstverständlich alles ist, was sie bis hierhin getan hat. Sie ist auf der Flucht wie er. Nur daß sie wahrscheinlich besser weiß, wovor sie flieht und vor wem. Aber denkbar wäre auch, daß Simon wieder etwas Grundlegendes verwechselt. Nicht jeder, dem er begegnet, wird ihn mit seinem Ballast behelligen wollen oder in einen Abgrund führen, ihn in Zweifelhaftes verstricken. Nur weil er mit Magdaleni nicht fertig geworden ist, muß das nicht heißen, daß sich Kouki nicht für ihn entschieden haben könnte. Er ist bereit, sich endgültig mit dieser Vorstellung abzufinden, und wird sich der lächerlichen Pose, in der er immer noch gedankenverloren am Straßenrand ausharrt, bewußt. Autofahrer hätten ihn für den absichtsvoll hinterlassenen Teil einer Kreuzigungsgruppe halten können, wie er da steht mit abgespreizten Armen. Und trotzdem hat keiner angehalten, sich nach seinem Befinden zu erkundigen. Die Übung hat ihn dennoch entspannt.
Seit einigen Tagen ist der Schmerz in seinen Därmen einem dumpfen Pochen gewichen, an das er sich gewöhnt hat, das er nicht mehr als Behinderung empfindet.
Kouki hält die Augen geschlossen, aber Simon ist nicht sicher, ob sie die Pose beobachtet hat und nun über ihn lacht.
Seine finanziellen Reserven werden nicht ausreichen, die Unternehmung durchzuhalten.
Sein Aufenthalt dauert nun schon länger, als er es sich hätte leisten können, und mit der letzten Abhebung hat er alles flüssig gemacht, was ihm noch zur Verfügung stand. Dieses Geld trägt

er bei sich. Was werden soll, wenn es aufgebraucht ist, weiß er nicht. Niemand wird für ihn in Berlin die Miete überweisen, keiner die anfallenden Rechnungen bezahlen. Für seine Stelle wird sich Ersatz finden. Ein paar Tage, möglicherweise auch Wochen, werden sie auf ihn warten, aber danach wird es keine Arbeit und keine Wohnung mehr geben, nur ein Bankkonto, das die Verschuldung registriert. Eine Fahndung nach dem Schuldner, der sich abgesetzt haben soll, wird eingeleitet werden.
Mit diesen Bedrückungen wird er Kouki nicht konfrontieren.
Sie stehen ganz am Anfang eines wie auch immer gearteten Experiments. Ein Versuch, der morgen zu Ende sein kann.
Vielleicht wird er sie eines Tages mit dem vertraut machen, was ihm am Straßenrand in diesem Moment durch den Kopf geht.
Kouki hat sich schon als Kind in der Kunstfertigkeit geübt, ihre Umgebung mit geschlossenen Augen zu beobachten. Immer wieder verblüffte es ihre Mutter, wenn Kouki sie über Vorkommnisse im Haus befragte, von denen Kouki nichts wissen konnte, weil sie schlafend auf ihrem Bett gelegen hatte, die Augen fest verschlossen, wie ihre Mutter meinte. Es war und ist keine Verschlagenheit oder etwa Böswilligkeit, die Kouki dazu treibt, ihre angeborene Geschicklichkeit auszuprobieren.
Ihre Mutter war meist kopfschüttelnd über die seltsamen Fragen der Tochter hinweggegangen, und Kouki hatte nie irgendwem von ihrer Fähigkeit erzählt. So ist ihr auch diesmal nicht entgangen, wie sich Simon auf der anderen Straßenseite bewegt hat, ihr etwas zurief, das sie nicht verstand, und wie er schließlich nach merkwürdigen Verrenkungen in einer Pose verharrte, die sie an einen der moderneren Filme über Christus erinnerte. Sie hatte Trevor vertraut, der sie unbedingt mit diesem Mann bekanntmachen wollte, und sie hat es bis jetzt nicht bereut. Es gab bis dahin keinen Anlaß, Lüderitz zu verlassen. Einzig ihre Begegnung mit Simon am Achatstrand hat sie dazu bewegt. Sie hat sich für ihn entschieden, wie sie es gegen ihn tun würde.
Es war ihr gelungen, niemanden im Haus aufzuwecken, als sie

ging. Eilig griff sie nur ein Blatt Papier und schrieb flüchtige, schwer lesbare Zeilen an ihre Mutter. In der großen Reisetasche ihrer Schwester konnte sie fast alles unterbringen, was ihr unverzichtbar erschien, Kleider vor allem, ein Bild der Familie, ein Talisman und ihr Tagebuch. Sollte es ihnen gelingen, in den nächsten Tagen ein sicheres Quartier zu finden, will sie damit beginnen, die Lektionen festzuhalten, die sie ihm erteilen wird.
Der lackierte Band, den sie erst kurz vor der Flucht gekauft hatte, wird mit ihrer Abreise beginnen. Ihre alten Tagebücher hat sie, gut versteckt, zu Hause gelassen. Dieser neue Band ist noch vollkommen leer, und es steht fest, daß der neunzehnte Band von ganz anderer Beschaffenheit sein wird als alle vorherigen. Achtzehn Tagebücher hat sie gefüllt. Niemals ist sie in ihren Notizen bisher von der Wahrhaftigkeit der Dinge abgewichen, doch diesmal wird es anders sein. Sie spielt mit dem Gedanken, dem neunzehnten Band einen Titel zu geben und in ihrer Niederschrift die Wahrheit ins Phantastische hinaus auszuweiten, bis sie sich möglicherweise selbst nicht mehr wiedererkennt. Auf diese hochmütige Absicht soll auch der Titel einen Hinweis geben. Er wird ihr im richtigen Moment einfallen.
Diesseits der Grenze ist die Landschaft nur schwer von jener im Süden Namibias zu unterscheiden. Steiniges, weithin ausgetrocknetes Gelände erinnert Simon an die durchfahrenen Savannen der letzten Wochen.
»Kouki?«
Diesmal öffnet sie die Augen und schaut ihn fragend an.
»Ist es nicht nutzlos, noch länger hier herumzustehen? Wir könnten ein paar Kilometer laufen. Vielleicht finden wir den Eingang zu einer Farm.«
»Eine Farm? In dieser Gegend? Was ist, wenn wir wirklich eine finden?«
Kouki registriert die Anstrengung, die ihr die wenigen Worte, gar nicht laut über die Straße gerufen, verursachen. Warum kommt Simon nicht zu ihr herüber. Seine Pantomime scheint abgeschlos-

sen zu sein. Es ist ihr noch nie in diesem Maß aufgefallen, wie anstrengend es sein kann, sich zu unterhalten. Simon kommt näher. Er versucht, einen Wagen anzuhalten, aber der Fahrer wirft einen Blick auf Kouki und fährt ungerührt an den beiden vorbei.
Es gibt keinen Grund, so schnell aufzugeben, denkt Simon, und er geht beinahe aufreizend langsam auf Kouki zu, ist indessen einzig und allein auf den Anblick der schönen Frau fixiert, deren Haut heller ist als in dieser Gegend üblich. Langsam wandert Simon über die mäßig befahrene Straße und langt unbeschadet bei Kouki an. Er hat sich ihr nie wirklich genähert, und nun setzt er sich neben sie auf den staubigen Boden.
»Du hast recht«, sagt Kouki, »es ist schließlich egal, ob wir hier sitzen bleiben oder ein paar Meter laufen, weil uns hier und auf der Strecke sowieso keiner mitnimmt.«
»Wir sind bis hierher gekommen. Ich habe es nicht eilig. Wo sollten wir auf dem schnellsten Weg hinkommen wollen?«
»Gut, die Hitze wird im Laufe des Nachmittags nachlassen, du wirst langsam gehen müssen, weil ich langsam gehen werde. Ich bin sehr müde. Ich bin es nicht gewohnt, abzuhauen.«
Sie hätten ebensogut sitzen bleiben können, denkt Simon und behält es für sich.
Also trotten sie am Straßenrand entlang, wenig auf die vorbeifahrenden Wagen achtend, und Simon paßt sich, ganz wie es seine Gewohnheit ist, ihrem Gang an, bis er die Frequenz ihrer Schritte beinahe imitiert. In das zeitlupenhafte Tempo war Kouki nach kurzer Wegstrecke und mit aller Selbstverständlichkeit gefallen. Sie kommen nur langsam von der Stelle. Aber wohin auch, denkt Simon.
Kouki kalkuliert unterdessen, wie lange sie durchhalten wird. Sie ist zu müde für einen Gewaltmarsch. Bald wird sie Simon mit der Tatsache vertraut machen müssen, daß sie sich an jeder beliebigen Stelle niedersetzen könnte, um einzuschlafen. Kouki würde ihn allein weitergehen lassen und sich nicht dafür interessieren. In frühester Kindheit hatte sie gelernt, mißtrauisch zu sein, nicht

nur den Weißen aus Lüderitz gegenüber. Auch ihren eigenen Entschlüssen durfte sie nicht trauen. Es hatte sich herausgestellt, daß sie dazu neigt, sich vorschnell preiszugeben. Was sie sich dadurch eingehandelt hat? Diesmal will sie auf der Hut sein, von jedem Versprechen skrupellos zurücktreten, wenn es ihr ratsam erscheint.
Aufkommender Hunger setzt Simon zu.
Und sie hatten nicht genügend Wasser mitgenommen. Dafür war der Aufbruch zu überstürzt. Sie wollten es mit leichtem Gepäck wagen. Kanister hätten zu schwer gewogen.
Die eilig verstauten Flaschen waren nach kurzer Zeit geleert. Man hatte ihnen unterwegs zu trinken angeboten, doch das ist viele Stunden her. Aber Simon kann es sich einfach nicht vorstellen, hier an der Straße zu verdursten. So etwas geschieht in der Realität nicht.
Wirklich ist das Geräusch eines gefährlich knapp neben ihnen stoppenden Wagens. Aus dem Fahrerfenster des Pickups winkt ihnen ein Weißer zu, lädt sie ein, zuzusteigen. Simon will sich nicht bitten lassen, aber er bemerkt sofort, welche Schwierigkeiten es Kouki bereitet, in diesen Wagen zu den beiden weißen Südafrikanern zu steigen. Bis dahin waren sie ausschließlich mit Touristen gereist. Diesmal ist es anders. Unverhohlen belustigt starrt sie der betrunkene Beifahrer an. Er quetscht einen Satz an Koukis Adresse durch spaltbreit geöffnete Zahnreihen, spricht Afrikaans, das Simon nicht versteht, und Koukis Blick belehrt ihn darüber, daß es sich nicht um eine freundliche Bemerkung gehandelt haben kann.
Kouki schweigt. Sie sieht Simon nicht mehr an, der versucht, mit ihr in Kontakt zu treten. Das Gespräch der Männer bleibt für Simon unverständlich. Sicher ist, daß sie über Kouki befinden. Auch wenn Simon an einem höllischen Durst leidet, schlägt er das Angebot des Beifahrers aus, der ihm eine Büchse Bier offeriert. Dankbar sieht Kouki zu ihm herüber. Die Hilflosigkeit, der er sich, eingesperrt zwischen dem Beifahrer und Kouki, ausgelie-

fert sieht, beschämt Simon und macht ihn wütend. An diesem Tag sollte alles anders sein, als es vorher jemals der Fall war, aber ich bin nicht in der Lage, Kouki vor diesen Schweinen in Schutz zu nehmen, wirft er sich vor.

»Ich möchte jetzt aussteigen«, dämmt Kouki die Ausläufer seines Selbstmitleids. Ihre Tonlage läßt keinen Zweifel an der Ernsthaftigkeit ihrer Entscheidung.

»Hier und sofort aussteigen!«

Simon hatte sie noch nicht so aufgebracht gesehen und versucht trotzdem, sie zu beschwichtigen.

»Noch ein paar Kilometer.«

»Ich steige sofort aus, allein oder mit dir. Das ist mir jetzt egal.«

»Sie werden dir nichts tun. Ich sorge dafür.«

Simon erntet Heiterkeit auf der Fahrerseite.

»Du kannst nicht verstehen, was sie sich erzählen. Sei nicht so naiv, mein Junge! Jetzt, sofort!«

Kouki schreit Simon an, sie schreit die Männer an. Eine Sturzflut unverständlicher Flüche ergießt sich über den Fahrer und seinen Begleiter, bis Simon deutlich das Wort »Stop« registriert und der Wagen eine scharfe Bremsung über sich ergehen lassen muß. Sich weit über Simon lehnend, immer noch angriffslustig kommentierend, öffnet der Beifahrer die Tür auf Koukis Seite. Mitten in ihrer heftigen Gegenrede steigt Kouki aus, und die Worte verfehlen diesmal ihre Wirkung nicht. Sekundenlang starren die Männer sie an.

Wenige Jahre zuvor wäre Kouki schwer bestraft worden. Noch steht es auf Messers Schneide. Simon ist ihnen nicht gewachsen. Er müßte sich seitwärts in den Steppenbewuchs flüchten.

Dann schlägt der Beifahrer doch die Wagentür zu, und sie fahren auf einer Schlangenlinie davon.

Kouki beruhigt sich offenbar sehr schnell, als hätte sie dergleichen schon zu oft erlebt. Unter Simons Füßen verwandelt sich die Straße in ein Laufband, das ihn von Kouki trennen will, und es fällt ihm schwer, auf den Beinen zu bleiben. Er läuft und läuft,

aber er müßte noch schneller gehen, um auf ihrer Höhe zu bleiben. Oder viel langsamer.
Was in den letzten Minuten geschehen ist, könnte das Ende ihrer Fahrt bedeuten. In Koukis Augen ist ein Rest von Entrüstung geblieben, den Simon allein auf sich bezieht. Er findet wenig Halt auf der glatten Straße. Am liebsten würde er sich fallen lassen, um allem, was folgen könnte, aus dem Weg zu gehen. Aber das wäre gewiß das Ende.
»Du hättest mit den Männern weiterfahren können. Ich bin aus meinem Haus weggegangen. Das kann ich sowieso nicht rückgängig machen.«
Weil sich die Landschaft nach der kurzen Fahrstrecke wenig verändert zeigt, Gruppen wahllos in den Millionen jahrelang durchglühten Sand geworfener Felsen, dazwischen das anthrazitfarbene Band der Straße, regt sich in Simon eine unscheinbare Hoffnungslosigkeit. Außerdem beschleicht ihn die Furcht, daß Kouki unterwegs plötzlich umkehren könnte, oder er sie durch andere Umstände verlieren würde, bevor er die Initiative ergreifen könnte, seinerseits wegzugehen. Diesmal, wenn es sein soll, muß es ihm gelingen, selbst den Schlußpunkt zu setzen.
Nach und nach finden Kouki und Simon den Rhythmus ihrer Schritte wieder. Ihre Langsamkeiten nähern sich an. Und als ob er sie vor einem ungeschickten Tritt bewahren wollte, streift er kurz ihren Rücken, gibt ihr für einen Moment einen zusätzlichen Halt. Gleichzeitig gewinnt Simon die Überzeugung, daß er nicht nur in der Lage ist, sie zu berühren, sondern sogar die Kraft hätte, es allein zu schaffen, allein weiterzulaufen.
Es beschäftigt Simon eine schweigsame halbe Stunde lang, mit den unausgereiften Visionen zu jonglieren. Er könnte sich selbst zur Verfügung stellen, die folgenden Schritte bestimmen. Das geht ihm durch den Kopf und ist immer gepaart mit einem grundlegenden Zweifel daran. Was sollte besser sein, dachte er vor Stunden, denkt er auch jetzt noch, als gemeinsam mit Kouki voranzukommen?

Ich habe sie bis hierher gebracht. Auf jeden Fall bis an diesen Ort. Das ist keine große Leistung. Es ist mir nur die bemerkenswerteste Leistung, die ich bisher vollbracht habe. Und es ist noch nicht zu Ende. Und das Ende ist vorläufig nicht abzusehen. Ich habe meinen Anteil daran gehabt, denkt Simon.
Und wieder wird Kouki von diesen Überlegungen nichts erfahren.
Es schien ihr anfangs keine Mühe zu bereiten, wegzulaufen. Später, kurz hinter der Grenze, überkam sie diese Müdigkeit, die aber nichts damit zu tun haben muß, daß sie auf der Flucht ist. Sie ist mittendrin, zweifelt nicht an ihrem Erfolg.
In Kindheit und Jugend ist Kouki nicht oft mit den Deutschen in Berührung gekommen, die ziemlich zahlreich in Lüderitz leben. Selten ist Kouki mit der Mutter aus der Township in die Stadt Lüderitz gefahren. Die Deutschen haben sich nicht für kleine schwarze Mädchen interessiert. Nur Kouki hat sich gewundert, warum ihre Hautfarbe, anders als die ihrer Geschwister, die der Cousins und Cousinen, ein wenig zum blassen Ton der Weißen hin tendiert. Neugierig unschuldige Fragen überging ihre Mutter mit strenger, undurchdringlicher Miene. Der Vater gab ihr ebenfalls keine ernsthafte Antwort auf die Frage nach ihrer seltsamen Hautfarbe, mit der sie sich auffällig von den meisten Kindern in der Township unterschied. Er scherzte nur darüber, und am Ende liefen seine Antworten immer auf den gleichen Witz hinaus, daß die Geister in dem Moment, als sie auf die Welt kam, aus Versehen einen Eimer weißer Farbe umgeworfen haben, mit der sie Wolken an den Himmel malen wollten, und Kouki habe ein paar Spritzer zuviel davon abbekommen. Kouki schloß daraus, daß sie in gewisser Weise dadurch mit den Wolken verwandt sei, und dieses gab ihr einen Vorsprung vor den anderen Kindern, die nicht so himmlischer Herkunft waren, wie Kouki an deren sehr dunkler Hautfarbe ablesen konnte. Die himmlische Herkunft blieb Bestandteil ihrer wenigen Wachträume. Immer wieder finden sich Eintragungen dazu in den Tagebüchern.

Später hat sie als Zimmermädchen im größten Hotel von Lüderitz gearbeitet. Sie hat sich bis zur Rezeption hochgedient, mußte aber noch einmal auf der Schulbank sitzen, um diese Stelle zu bekommen. Deutsch hat sie dort gelernt, was ihr leicht fiel, aber eine höhere Schule blieb ihr dennoch verschlossen. Und sie mußte einsehen, daß die Stadt den anderen gehört, den Weißen. Es ist die Neugier auf diesen weißen Mann, die sie nicht kennt. Daß sie Verwandtschaft zu diesem Riesen spürt, verunsichert sie.
Was wäre, wenn ihr Vater ein Deutscher aus Lüderitz ist. Mehrmals hat sie sich mit einer solchen Möglichkeit beschäftigt, seitdem sie weiß, wie man zu der Hautfarbe kommt, die sie hat. Nichts würde sich dadurch ändern, aber sie könnte möglicherweise eine Erklärung dafür finden, warum sie mit Simon weggegangen ist. Sie hat darum beschlossen, Simon nicht eher zu verlassen, bis sie genau weiß, warum sie ausgerechnet ihn zu ihrem Fluchthelfer gewählt hat. Es war eine überraschende Begegnung, wie man sie vielleicht für eine derartige Entscheidung braucht.
»Bist du anders als die Weißen, die ich aus Lüderitz kenne?«
Als ob er damit gerechnet hätte, so etwas gefragt zu werden, erstaunt ihn die Antwort, die er ohne zu zögern gibt, nicht.
»Nein, ich glaube nicht. Genau kann ich das nicht sagen.«
»Gut.«
»Nur noch eine Stunde, und es wird dunkel sein.«
Kouki wird dadurch nicht veranlaßt, ihre Schritte zu beschleunigen. Schließlich können sie den Abend an jedem beliebigen Punkt des Weges empfangen.
Die kurze Dämmerung kündigt den Einbruch der Nacht im Süden hinter der Grenze weniger flüchtig an, aber die Heftigkeit, mit der sie die Finsternis mit einem Mal umschließt, überrascht Simon doch. Nach einer weiteren halben Stunde sieht er am Ausgang einer weitläufigen Kurve Lichter auf der linken Seite der Straße. In die abkühlende Nacht hinein nähern sich die beiden

einem baufälligen Laden, dessen Frontseite eine verrostete Zapfsäule ziert. Dahinter stehen in einem verwilderten Garten zwei marode Schuppen, die Fremdenzimmer beherbergen könnten. Simon spricht den Besitzer des Ladens sofort auf eine Unterkunft an, was dieser mit einem Blick auf Kouki verneint. So bleibt ihm nur, Getränke und einen kleinen Imbiß zu kaufen, den er nach draußen zu Kouki bringt, die den Laden unverzüglich wieder verlassen hatte. Am Rande des Gartens setzen sich die beiden in den Schein einer altersschwachen Laterne und beginnen, ihr Abendessen zu verzehren. Ganz dicht bei Kouki bleibt Simon sitzen und hält den Pappteller auf seinen Knien in der Balance.
Könnte er sich ihr Gesicht vorstellen, wenn sie nicht neben ihm säße, wenn sie getrennt würden, und sie ihn anrufen müßte, ihre Stimme sagen würde »Hallo?«. Er wird diese Frage in absehbarer Frist beantworten können.
Simon stellt fest, daß die Gesichter Emilys und Marias verschollen sind, nicht heraufzubeschwören. Intensiv versucht er, beide zu projizieren. Die Gesichtszüge, die er sich vorstellen kann, ähneln eher denen Mrs. Martinis. Simon wüßte gern, was aus ihr später werden wird. Ihr Hotel wird sie nicht mehr lange führen können, wenn sie so weitersäuft, überlegt er.
Nein, an Koukis Augenpartie würde er sich nicht erinnern können. Irgendeine ihm bekannte Stimme ohne erinnerbares Antlitz würde ›Hallo‹ sagen.
»Für heute werden wir uns hier einrichten müssen, wenn uns der Ladeninhaber auf seinem Besitz duldet. Es wird kalt werden.«
»Schau dir an, wie uns die Leute anstarren! Als wären wir wilde Tiere.«
»Sie haben Langeweile, und wir stellen uns zur Schau.«
»Ich habe eine dünne Decke, eher ein Tuch, in der Tasche, das du dir umlegen kannst«, sagt Simon.
»Wir uns!«
»Es ist nur ein schmales Tuch!«
»Für uns wird es reichen«, sagt Kouki.

Die Glühbirne in der antiken Laterne flackert kurz, und Simon nutzt den Moment, um Kouki anzusehen.
»Soll ich die Glühbirne herausdrehen, damit es wenigstens dunkel wird, wenn wir schon kein Zimmer haben?«
»Das ist eine seltsame Logik. Der Ladenbesitzer wird uns aus seinem Gemüsegarten prügeln.«
»Gemüse?«
»Garten.«
»Gut.«
»Wir können froh sein, wenn wir hier draußen nicht überfallen werden. Das ist ein schrecklicher Platz, um die Nacht zu verbringen. Im Busch wäre es sicherer.«
Kouki stellt praktische Überlegungen an, denkt Simon, sie handelt, während ich träume. Henry handelte, während ich noch überlegte, welchen Wert seine Versprechungen haben könnten.
Kouki spricht aus, wie gehandelt werden sollte und was möglich ist.
Sie blinzelt in das flackernde Licht, welches sich aus der traurig-rostigen Lampe über die beiden ergießt.
Vor der spärlich beleuchteten Tankstelle kommt ein Toyota älterer Bauart zum Stehen. Eine selbst im Gartendunkel noch sehr blasse Frau ruft aus dem Beifahrerfenster etwas, das Simon nicht versteht. Kouki antwortet schnell und bestimmt. Der Fahrer, der inzwischen ausgestiegen ist, wendet sich Simon zu.
»Es ist kein Schloß, aber wenn ihr etwas für die Nacht braucht, wird es ausreichen.«
»Dann ist die Reise also nicht beendet«, sagt Kouki, während der Fahrer die Taschen in den Kofferraum wirft.
Wenig später ins Gehöft des Ehepaares einfahrend, erkennt Simon die Umrisse eines unbeleuchteten, nicht sehr großen Hauses, an das sich einige noch kleinere Nebengebäude anschließen. Im Scheinwerferlicht ist schwer zu beurteilen, ob auf dem Hof irgendeine Form von Vegetation gedeiht.
Die Frau, eine hagere Mittfünfzigerin, kann sich nur mit Kouki

verständigen. Anders als ihr Mann, der ein stark akzentgefärbtes Deutsch spricht. Er nimmt sich gleich der Unterbringung Simons und dessen Begleiterin an. Ohne unhöflich zu sein, wahrt er dennoch eine Distanz zu Kouki, obwohl er sich mit ihr wahrscheinlich besser verständigen könnte, geläufiger, in der Heimatsprache.
Vor einem der Nebengelasse angekommen, beginnt er sich für Simons Zahlungsfähigkeit zu interessieren.
»Ihr könnt so lange bleiben, wie ihr wollt. Luxus können wir euch nicht bieten, aber es ist ungefährlicher, als im Freien zu übernachten. Wir nehmen manchmal junge Leute mit, die beim alten de Kock an der Straße nicht unterkommen. Der ist ein Idiot, sucht sich seine Gäste aus. Ich würde dir zwanzig Rand für die Übernachtung berechnen. Wenn ihr Frühstück wollt, oder mit uns essen, mittags, abends, werden es noch ein paar Rand mehr. Nicht der Rede wert. Keine Angst, ich bin kein Straßenräuber.«
Simon hat ohnehin keine andere Wahl, als dieses Angebot zu akzeptieren.
»Wir wissen noch nicht, wie lange wir bleiben werden. Ich kann Ihnen eine Anzahlung geben, sagen wir für zwei Nächte.«
»Abgemacht. Sagt mir nur Bescheid, wenn ihr etwas braucht!«
»Gegessen haben wir heute abend.«
»Wasser ist dort am Brunnen, und Licht habe ich vergangenes Jahr in das Häuschen gelegt. Ihr werdet euch zurechtfinden. So ein Paar wie euch trifft man in dieser Gegend nicht sehr oft.«
»Das kann ich mir vorstellen.«
»Eure Sache. Wir mischen uns da nicht ein. Jeder soll sehen, wie er glücklich wird. Und die Kleine ist ein verdammt hübsches Weib. Glaub mir!«
Kouki ist inzwischen dazugekommen, hat die Tür geöffnet und sieht sich um im hell erleuchteten Raum.
»Also bis morgen. Das Geld kannst du morgen früh meiner Frau geben. Ich werde kurz nach Sonnenaufgang schon unterwegs sein. Ich bin übrigens der junge de Kock. Ihr könnt mich Junior

nennen, auch wenn ich nicht mehr so jung bin. Der Alte an der Straße ist mein Vater. Aber keine Angst, der treibt sich hier nicht herum.«

So läßt de Kock jr. das Paar in ihrem Quartier zurück. Der Raum ist zwar nur karg mit zwei Eisenbetten, einem Stuhl und einem Tisch aus rohen Brettern möbliert, wirkt aber auf den ersten Blick sauber. Vor dem einzigen Fenster blähen sich grellbunte Vorhänge im Luftzug, den das undichte Fenster nicht abzuhalten vermag. Mit dem gleichen Stoff ist ein lächerlich winziger Lampenschirm bezogen, in dem sich der Flugsand sammelt, der durch Tür und Fenster in das Zimmer fällt.

»So sieht unser erstes Zuhause aus«, eröffnet Kouki ihm.

»Ein Anfang ist gemacht.«

Sie läßt sich auf einem der Betten nieder und setzt ihre an der Raststätte unterbrochene Mahlzeit fort.

Wie sie in aller Ruhe essen kann, wundert sich Simon. Er hat sich die Unterkunft, in der er einmal eine Zeit mit Kouki verbringen würde, anders vorgestellt. Es ist und bleibt ein waghalsiger Wahnsinn, den sie unternommen haben. Er überlegt, ob Kouki mit einem Paß ausgestattet sein könnte, fragt sie aber nicht. Sein Geld könnte vielleicht für zwei Standby-Tickets nach Deutschland reichen, wenn sie ihren Aufenthalt sofort abbrächen und am nächsten Morgen schon auf dem Weg nach Windhoek wären, ohne einen Cent auszugeben. Zurück über die Grenze, zurück nach Deutschland. Daß er diesen Anflug von Wankelmut registrieren muß, ärgert Simon, bringt ihn andererseits aber nicht aus der beruhigten Verfassung, in der er seit Stunden badet. Kouki soll von seinem Zweifel nichts erfahren.

»Was weißt du über Deutschland«, fragt er sie dennoch.

»Es ist sehr weit weg.«

»Dem ist nichts hinzuzufügen.«

»Ob die Leute etwas dagegen haben, wenn wir das Zimmer ein wenig umräumen? Die Betten sollten nebeneinander stehen.«

»Die sehen nicht so aus, als wären sie von der Sittenpolizei.«

Mit wenig Aufwand werden die Betten verschoben und der Tisch draußen vor dem Haus abgestellt. So erreichen sie mehr Bewegungsfreiheit in diesem Raum, der eigentlich eher einem Geräteschuppen gleicht. Kouki verläßt kurz das Domizil und kommt mit eilig ausgerissenen Zweigen und Blättern zurück. Sie drapiert das schnell welkende Laub auf dem Boden. Es gelingt ihr in kürzester Zeit auf wunderbare Weise eine Atmosphäre zu schaffen, die Simon undeutlich an eine Nacht in Tsaobis erinnert, die vom Altar aus Vogelfedern ausging. Vielleicht ist Kouki ein Teil der Voodoo-Verschwörung, die ihn von seinem Weg abbringen sollte. Die Gegenspieler wollen ihn sich einverleiben, und dafür ist ihnen jedes Mittel recht. Die beiden Nama, Trevor Rhodes, der Achatstrand und schließlich Kouki.
Simon glaubt nun, daß er sich ihr Gesicht vorstellen könnte, wenn sie noch einmal das Haus verließe. Selbst die Blätter am Boden bilden nach längerem Betrachten Koukis Mund ab, stellt er fest. Alle Gerüche der Alten Welt würden sich angesichts dieser Frau verzweifelt einen Wind suchen, der sie zerstreut, denkt er, und in der folgenden Sekunde ist der erbärmliche Zustand ihrer Unterkunft vergessen.
Was ihm trotz all der flüchtigen Nähe, die er einmal zu einer Frau namens Wera versucht hatte, nicht gelungen war: sich an ihren Duft zu erinnern. Aber diese hier heißt ganz sicher nicht Wera. Der entsetzliche Sommer des Jahres neunundachtzig hat den Namen verloren, mit dem er einmal gerufen werden konnte.
Unter einem Himmel blaßblau getünchter Bretter schlägt er ein neues Lager auf.
Kouki löscht das Licht.
Simon weiß nicht, wie schnell sie ihrer Müdigkeit erlegen sein könnte, will aber ihr Schweigen oder ihren Schlaf nicht stören. Deutlich sieht er sich unter der Schwärze des Bretterhimmels neben ihr liegen. Die Geräusche der Steppe dringen ein. Wind bewegt die Tür des Schuppens und vervielfacht sich in nächtlichem Ausgeliefertsein. Auch wenn er immer noch keine Vorstellung

hat, wie es weitergehen könnte: Koukis Visionen wären zu untersuchen.
Alles andere läßt Simon offen.
Und er hört Kouki verhalten atmen, hofft, daß sie das Hämmern seines tobenden Herzmuskels nicht wahrnehmen kann. Simons gesteigerte Empfindlichkeit verrät ihm Koukis Annäherung. Leicht liegt ihre Hand auf seinem Oberschenkel.
Hat sie sich niedergelassen? Läßt sie sich übers Gefieder streichen?
Auch die nachfolgenden Berührungen, die Scheu zu empfangen, zu erkennen, jeder Versuch, die Schwelle zu überschreiten, werden in warmes Schweigen gehüllt.
Durch einen schmalen Spalt zwischen den Vorhängen fällt ein Streifen Sonnenlicht auf ihr Gesicht. Die wenigen feinen Falten, die sich über Koukis Stirn ziehen, nehmen das Licht auf und leiten es weiter, über ihr Kissen bis in das Zimmer, das sich mit den sagenhaft lichternden Strahlen füllt. Simon tastet sich von ihrem Haaransatz über die schwach gefurchten Felder, zu den leicht gebogenen Augenbrauen und darunter hinweg zu ihren Lidern, unter denen die Augäpfel sich wild bewegen, bis ein unerhörter Befehl ihnen Einhalt gebietet. Stehen nicht ihre Augen ein wenig zu weit auseinander, um sie schön nennen zu können? Ihre gerade, nicht einmal breite Nase schwingt in wenig bewegte Nasenflügel aus, die auf ihre Wangen zu weisen scheinen, wo eine frühe Krankheit winzige Krater, nie zu löschende Narben hinterlassen hat.
In den Landschaften im Süden Namibias wie auch in der Wüste hat Simon Ebenen gesehen, die dieser Oberfläche auf das Genaueste entsprachen.
Von ihren Wangen abwärts über die Düne ihrer Oberlippe, in den fast verschlossenen Kegel des Vulkans, und auf der anderen Seite wieder aufsteigend, fängt sich Simon endlich an der Kinnlinie, die zu ihrem Mund nahezu parallel verläuft, und wagt es nicht, seine Reise zu ihrem Hals fortzusetzen. Wenn er nur in den

Stand gesetzt würde, es jetzt festzuhalten. Immer mißlungene Übung.
Sich vom Anblick ihres Mundes loszureißen und der Versuchung zu widerstehen, sie zu küssen, ist eins. Es wäre gefährlich, sie zu wecken. Wieder vergleicht Simon, welche Gemeinsamkeiten sich zwischen dem Gesicht in seiner Vorstellung und ihrem wirklichen finden lassen. Er stellt fest, daß er mit einem Mal in der Lage wäre, Kouki genauer zu beschreiben als sich selbst.
Gegen diese Einsicht verblaßt jede Auskunft, die er über Simon Sanges erteilen könnte.
Möglicherweise wird er Kouki in den kommenden Tagen, wahrscheinlich aber schon im Laufe der nächsten Stunden verlassen müssen. Und er wird es ihr verschweigen; ihr, die ihm Sicherheit verschafft hat. Er wird sie mit Reisegeld ausstatten. Ungerecht wird er sein, rücksichtslos, und wird dennoch an ihrer Seite wachen, solange sie diesen gnadenlosen Morgen verschläft.

Fünfzehntes Kapitel

FRANKFURT/MAIN, FLUGHAFEN

Wera schreibt am 5. Januar 1993 am späten Nachmittag einen Brief an ihre Mutter.

der dunkle wasserfall, den ich hinunterstürzte, hat sich in das flughafenrestaurant verwandelt. mutter, hättest du das gedacht? nach alldem?
woher solltest du auch wissen, wo ich gelandet bin, eigentlich ja abfliegen wollte. zwischen all den rettungslos reisenden. da sich bei mir die erwartungen aufzulösen beginnen, nicht ein span von hoffnung und hoffnungslosigkeit geblieben ist. nicht im traum oder auf dem tablett der kellnerin, die mir seit tagen abwechselnd kaffee und mutlosigkeit bringt.
und mutter, das ist keine bilanz, sondern höchstens, und auch das wage ich kaum auszusprechen, mein spiegelbild. ich lasse mich nicht täuschen. die fahrigen wasser entweichen durch verriegelte türen. deine adresse habe ich wahrscheinlich in den letzten tagen verlegt.
hier öffnet man automatisch, um den reibungslosen durchlauf des gepäcks zu gewährleisten.
du mußt es wissen! bin ich nicht als kind leuchtende hänge heruntergerutscht, mitten hinein?
türen, die sich wie von geisterhand bewegen, und jeder hat genügend zeit, die koffer hineinzuschaffen und die taschen und das ganze elend, mit dem sie unterwegs sind. und die mitbringsel und die behälter für die mitbringsel, die sie mitbringen müssen. wollen sie einen wirbel vollführen, wenn sie durch die tür sind? mißlingt er, obwohl es gründe dafür gibt, daß sie einen wirbel vollbringen könnten. weil sie gerade um die ganze welt gereist sind? gründlich!
ich habe mich an den verschiedensten schaltern angestellt.

mißlungen.
um mich herum nur koffer und das ganze habeichauch. kein ticket nach afrika. es gäbe diese destination nicht.
schließen sich die türen hinter den familien, den einzelreisenden, wenn sie drinnen sind. mit aller unbedingheit wollen sie das. unbedingt! unbedingt hinein. draußen sei das nichts, oder wenigstens das, was sie nicht wollen. von dort komme ich, bin ich, werde ich ankommen, mutter, obwohl ich seit dem 30. dezember auf dem flughafen in frankfurt bin. bleiben muß. am wasserfall. moloch. es handelte sich um die sache: abfliegen.
oder auch.
nach afrika.
von hier aus, hatte man mir dringend geraten,
von frankfurt aus gäbe es viele verbindungen dorthin. nach afrika. ich habe keine übung darin abzufliegen, abzuhauen. das weißt du ja. wo wir herkommen, war das die einzige möglichkeit. das weißt du ja. nach drinnen und nach draußen. aber hier fehlt mir die übung. unter unserer pflege haben wir keine übung erlangt. so hat sich die krankheit vollständig in uns ausgebreitet, die flugunfähigkeit. wurde das flugunfähigkeitsgen von dir auf mich vererbt. und du trägst keine schuld.
welche verlockung!
haben die koffertransportierer denn nicht verstanden, wie sich in diesen hallen die unmöglichkeiten verdichten? immer unverschämtere rudel fallen in die abfertigungsareale ein.
vier tage nach neujahr oder fünf. die einreisenden warten auf ihr gepäck, während sie ihre arbeit verlieren. oder sie verlieren ihre arbeit, weil sie ihr gepäck abgeben?
ohne ticket kann ich mich nicht einmal einer gruppe anschließen, die sich hierhin oder dorthin bewegt. die wie die verrückten in ihr unglück rennen. ich habe kein ticket. ich könnte es dir erst genau sagen, wenn ich ein ticket hätte. dazu müßte ich wissen, wohin ich fliegen soll. man hat mir keine auskunft gegeben, ob und wohin ein simon sanges geflogen ist. datenschutz!

ich habe ihnen gesagt, daß er nach afrika geflogen ist. der ganze flughafen in frankfurt hat gelacht.
und wenn ich für meinen zustand ein wort wie unglück überhaupt verwenden soll, dann verwende ich es für die tage, die ich zwischen abfertigungsarealen, automatischen kofferschleusen und dem flughafenhotel verbracht habe. du wirst sagen: ich habe den verstand verloren. was denn sonst!
sie sind aus dem nichts ins nichts unterwegs. der zustand, der sich jeder entwaffnung ein für allemal entzieht. dafür dürfen sie jederzeit und überall ein ticket erwerben. sogar in letzter minute. billig erwerben.
wie ich vor sechs tagen ausgesehen habe! wie eine weltreisende! schminke, mutter!
sechs tage, die ich an diesem tisch sitze, wo ich jetzt den brief schreibe, der tisch, den ich jeden tag erobere. wie herausgefallen. obwohl man mir in der flughafenapotheke seit tagen die erhöhung der dosis ausreden will. wie soll ich denn sonst in diesem hotel in den schlaf finden. wenn sich ringsherum die kofferberge stapeln, die einen anhänger haben, auf dem verzeichnet ist, wohin es geht. obwohl.
ich werde nie wieder von hier abreisen können.
in der nacht machen die die areale dicht. wußtest du das?

Sechzehntes Kapitel

SÜDAFRIKA, 5. JANUAR 93

In den drei Jahren des trügerischen Exils in Namibia hatte Henry ein einziges Mal den Tintenpalast gesehen, den wahrhaftig in Quader und Verzierung gegossenen Palast der Regierung in Windhoek. Aus der Entfernung unscharf, schälten sich verläßliche Bruchstücke des Gebäudes aus dem Kulissengrün des staubigen Palastparks.

Da die Angelegenheit Simon Sanges, den er nur noch den Amokläufer nennt, nicht bereinigt werden konnte, erlaubt Henry sich nicht, einen Blick in das Innere des Gebäudes zu werfen. Verräterische Spuren!

Verirrte Geschosse, die ihn nicht erreichen werden. Soll er seine Waffe in Bereitschaft halten, gut geölt, nutzlos?

Mit der durchsichtigen, einmal schon probierten Geschichte vom Attentäter hätte Henry zu einer Privataudienz beim Präsidenten gelangen können.

Womöglich dann in prächtigen Ketten gefangengehalten werden, in den feuchtglänzenden Räumen im Bauch des Hügels, auf dem der Palast errichtet wurde.

Weder sein Gelächter noch der lauthalse Versuch, alles als einen Baustein der Magdalenischen Fiktion hinzustellen, wäre aus dem Verlies an das Gehör der Spaziergänger im Park gedrungen.

Aus dem Kerker gellen die fröhlichen Schreie der Gefolterten, aber die Geschäfte müssen weitergehen.

Henry labt sich an der Vorstellung, er wäre als einziger in die Freiheit entkommen.

Denn auch die Erläuterung seines intimen Verhältnisses zu einem Band namens »Tintenpalast« wäre wohl kaum in der Lage gewesen, ihn der Bestrafung in diesem besonderen Fall zu entziehen.

Die Gelegenheit hat sich nicht ergeben.
Und er will keine Kraft mehr darauf verschwenden, ein Wenn und Aber zu konstruieren, wo sich doch ganz deutlich neue Anstrengungen abzeichnen, die ihm bevorstehen werden.

Hier in Südafrika, heraus aus der Wüstenfalle Namibias, kann er einen erneuten Anlauf nehmen, ins angemessene Format zu wachsen.
Erste Sätze einer Ansprache, mit der er sich seinen künftigen Gastgebern vorstellen will, nehmen konkrete Formen an.
Henry läßt sich in die wäßrigen Tonlagen fallen, die ihm für seine jeweilige Rolle angemessen erscheinen.
Er ist ganz und gar in seinem Element.

~~*›Wenn die Karten jetzt neu gemischt werden, bin ich dabei.‹*~~
Liest Henry und streicht es wieder.
~~*›Dem rasenden Simon ist auch nicht mehr zu helfen. Daß ich den noch mal gesehen habe, alles andere, nur das … klang ja gerade, als hätte er sich für meinen Komplizen gehalten, der komische Held! Sandgestrahlt werden die Teile der Maschinenpistole, die hoffentlich unter der Düne keiner mehr auffinden wird, die unnütz, nur noch als meine Information vorhanden ist, von der verschenkten Gelegenheit, mich zu bestrafen.‹*~~

Einer funkelnden Aggression gegen die eigene Niederschrift folgend, beginnt Henry überall zu streichen, nicht etwa die Seiten herauszureißen, sie zu verstreuen, nein, er will sich die Mühe machen, jeden einzelnen Satz durchzustreichen, so daß er zwar lesbar bleibt, mit Mühe vielleicht zu entziffern wäre.
Barrieren.
Er beginnt bei einem Absatz vom Schluß des Bandes, bemerkt aber schnell die beängstigende Präsenz, Koexistenz, die er damit den markierten Notizen zugesteht.
Seine Stimmung an diesem Tag ist nicht mehr zu verbessern.

~~*›Bin ich endgültig aus dem Haus entkommen. Über der Haustür das Signum der Pillendreher, Türschild: ›Magdaleni‹. Daß ich die sieben Häute des Apothekers gewendet habe.‹*~~

~~TINTENPALAST, ENDE DEZEMBER 1992~~

Nach wenigen Zeilen verliert er das Interesse an der unfruchtbaren Kritzelei.
Windhoek war wieder nur Station.
Im schwarzweißen Gewimmel der Independence Avenue verlor sich sein lächelndes Gesicht.
In einem Restaurant unterhalb des Tintenpalastes aß er zu Mittag.
Er dehnte die Mahlzeit aus und genoß es, mit Svobodas Geld um sich zu werfen.
Straußensteaks und einige Flaschen vom teuersten Bier. Svoboda würde die Rechnung schlaflose Nächte bereitet haben.
Beinahe glücklich ging er zu Fuß zum vereinbarten Treffpunkt.

Henry stützt sich auf das rissige Geländer einer Brücke aus steinhartem, unzerstörbarem Holz und sieht auf das ausgetrocknete Flußbett eines Seitenarms des Oranjeflusses, einige Kilometer südlich der Grenze zu Namibia, hinunter.
Vor ihm auf der Brüstung liegt aufgeschlagen der schwergewichtige Packen Papier, den der Einband nur noch mit Mühe zusammenhält.
Zögernd blättert der heiße Wind, der hier nicht aus der Namib, sondern aus der Kalahari mit der unbarmherzigen Temperatur versorgt wird, die letzten dünngestreiften Seiten auf, die Henry für mögliche Aufzeichnungen zur Verfügung stehen.
Er kann sich mit diesem linierten Papier nicht wieder anfreunden, notiert dennoch an den unteren Rand der sinistren Seite eine letzte Bemerkung, bevor neben ihm ein schwerer Lastwagen zum Halten kommt, dessen Näherkommen er nicht wahrgenommen hatte. Überrascht befördert er mit einem ungeschickten Ellenbo-

genstreich den »Tintenpalast« von der Brücke in das trockene Flußbett unter ihm und macht sich nicht die Mühe, den Band wieder heraufzuholen.

Der Transporter wartet.

Auf liniertem Papier wollte Henry nie schreiben. Weiß soll es sein. Nur so. Verloren war das Bündel schon seit längerem. Ein Hochwasser für die linierten Papiere! Elmer Gantry muß auf einen letzten Gruß verzichten.

Wie in Zeitlupe wendet Henry sich vom Brückengeländer und seinen Blick von den Papieren ab. Kupferfarbener Staub färbt die Seiten schnell und nachhaltig.

Kupfern ist die Welt.

Nervendes, aufgebrachtes Hupen.

Vielleicht, mutmaßt Henry, muß er ihn der Fügung anvertrauen. Die Kladde wird nicht noch einmal in die trostlosen Hände Simons fallen. Dessen unsägliche Inszenierung hatte das Gebäude für Henry ohnehin vollständig unbewohnbar gemacht.

Der Fahrer stellt Henry keine Fragen nach einem Ziel. Irgendwann an der Straße soll ihm der merkwürdige Mann anzeigen, wenn er seine Reise beenden will.

Henry stellt sich vor, daß diese Fahrt nicht stattfinden würde, wenn Simon ihn auf der Düne abgeknallt hätte. Ihn und wer weiß wen noch. Auf dem Heimweg wäre es dann möglicherweise vollständig über Simon gekommen. Amoklauf in Swakopmund und Umgebung.

Das unsympathische Gesicht dieses Fahrers hätte auf irgendeine Art und Weise Simons Weg gekreuzt, und schon hätte auch der dran glauben müssen, dieser noch und jener; unzählige Leute, vorlaute Verwandte, neunschwänzige Familien müßten ihre Zukunft umschreiben, nur weil ein Amokläufer den Süden Afrikas unsicher macht.

Henry könnte den Fahrer damit vertraut machen, daß dieser um Haaresbreite einem Attentat entkommen ist.

Nein, noch ist seine Erfindung zu fad und harmlos, um sie dem

Fahrer auftischen zu können. Mit jedem weiteren Kilometer aber erfindet Henry ein Detail, das ihm die unmittelbare Nähe der Gefahr anschaulich vor Augen führen wird.
Bis dahin, bis zum Anfang, begnügt sich Henry damit, den Fahrer ausgelassen anzugrinsen und dessen verärgerter Reaktion keine Beachtung zu schenken.
Ein hoher, metallischer Ton, der aus dem Motorblock zu kommen scheint, den Fahrer aber keineswegs beunruhigt, bildet die kaum zu übertönende Kulisse jeder möglichen Unterhaltung.
Die Vorstellung, wie der nächste Regen, mit dem die Berge den Oranjefluß auffüllen werden, den »Tintenpalast« in den Hauptarm spülen wird, beschäftigt und erheitert Henry zusätzlich.
Irgendwann, wenn er sich bis dahin noch nicht in den sandigen Fluten aufgerieben hat, könnte vom »Tintenpalast« vielleicht noch der Einband ohne den längst ausgewaschenen Titel den Atlantik erreichen.
So korrespondiert die momentane Gelassenheit, seine geradezu satanische Heiterkeit mit der letzten Eintragung, die Henry der Kladde hinterließ.

DAS WÄRE VORSTELLBAR.